KB100357

밤의 대통령

밤의 대통령 2부 3

이원호 장편소설

초판 3쇄 찍은 날 § 2023년 6월 27일
초판 3쇄 펴낸 날 § 2023년 7월 4일

지은이 § 이원호
펴낸이 § 서경석

편집책임 § 황창선
편집 § 박현성 김범석
마케팅 § 서기원

펴낸곳 § 도서출판 청어람
등록번호 § 제387-1999-000006호
등록일자 § 1999. 5. 31
어람번호 § 제8-0065호

주소 § 경기도 부천시 원미구 부일로 483번길 40 서경B/D 3F (우) 14640
전화 § 032-656-4452 팩스 § 032-656-4453
E-mail § chungeorambook@daum.net

ISBN 979-11-04-90652-7 04810
ISBN 979-11-04-90649-7 (세트)

2부

3

밤의 대통령

개정판

이원호 장편소설

도서출판 청어람

CONTENTS

제 1 장 끝없는 도피 • 007

제 2 장 지옥의 밤거리 • 053

제 3 장 벌거벗은 여자 • 091

제 4 장 의혹 • 133

제 5 장 삶과 죽음 사이로 • 175

제 6 장 세 구의 시체 • 221

제 7 장 심야의 저격 • 259

제 8 장 경기장의 두 사람 • 301

제 9 장 죽음의 예행연습 • 351

제10장 어둠의 끝 • 395

제1장

끝없는 도피

밤의 대통령

"저기 온다."

그들을 먼저 발견한 것은 김칠성이었다. 승용차의 뒷좌석에 앉아 자는 줄만 알았던 그가 옆쪽의 골목 입구로 들어서는 대여섯 명의 사내들을 본 것이다.

"가만있어라, 아직 나가긴 이르다."

앞좌석에 앉아 있던 백동혁이 부스럭거리며 상체를 움직이자 김칠성이 다시 말했다.

어둠에 잠겨 있는 골목을 밝혀 주고 있는 것은 쓰레기통 옆에 세워진 가로등 하나였다. 50미터쯤 되는 골목은 중심 부분만 가로등의 불빛을 받아서인지 스산한 데다 지저분했고, 양쪽 끝은 어둡다. 그러나 서초모텔로 들어서는 직선 코스였으므로 차에서 내리면 이 골목을 통과해야 된다.

사내들이 가로등 밑을 지나게 되자 모습이 뚜렷이 드러났다. 여섯 명이다. 그리고 뒤쪽에 다섯 명이 또 있었다. 모두 열한 명인 것이다.

앞을 바라보던 백동혁은 숨을 길게 뱉었다가 다시 천천히, 그리고 깊게 들이마셨다.

그놈들은 안정태가 거느리고 있는 부하들 중 일부였다. 안정태는 가정이 없는 부하들을 일정한 곳에 합숙시키고 있었는데 서초모텔도 그 합숙소 중 하나이다.

놈들은 열두 시간 근무를 마치고 합숙소로 돌아오는 참이고, 이곳의 책임자는 리즈호텔에서 영업부장 직을 맡고 있는 민기찬이라는 것도 알아 놓았다. 놈은 무술의 유단자이고, 특히 검도가 5단이었다.

이쪽은 서초모텔 옆의 장어구이집 앞에 주차시킨 수산물 센터의 배달용 승합차 안이다. 바로 옆 서초모텔 앞에는 경비원 두 명이 서성거리고 있지만 이쪽을 눈여겨보지는 않았다.

"자."

외마디 소리를 뱉으면서 김칠성이 문을 열어젖히자 숨을 죽이고 있던 백동혁이 앞쪽에서 뛰쳐나갔다. 놈들과의 거리는 10미터가 조금 넘었다. 대여섯 번 발을 떼면 되었다.

백동혁이 바바리코트의 자락을 펄럭이며 앞장을 섰다. 손에 든 목검을 위쪽으로 치켜든 자세였다. 그의 뒤를 김칠성과 세 명의 부하가 따른다.

다섯 명과 열한 명의 대결이다. 이쪽의 다섯 명은 모두 입을 꾹 다물고 눈을 치켜뜬 자세로 부딪쳐 갔는데 저쪽은 달랐다. 앞장선 사내들이 주춤 멈추었고, 그러자 뒤쪽의 사내들과 뭉친 형태가 되었는데 다섯 명이 물이 쏟아지듯 덮쳐 가자 어지럽게 엉클어지면서 한두 걸음씩 물러섰다. 그동안 저희끼리 부르고, 소리치고, 말도 안 되는 외마디 소리들을 어지럽게 뱉어낸 것은 물론이다.

김칠성은 사내들의 중심 부분으로 쳐들어간 백동혁이 목검을 내려쳐 사내 한 명의 골통을 깨는 것을 보았다. 그리고 다음 순간에 또 다른 한 명의 배를 찌른다.

"에에익!"

저도 모르게 기합 소리를 뱉어낸 김칠성은 손에 들고 있던 곡괭이 자루를 내려쳐 사내 한 명의 어깨뼈를 부수었다. 맞는 감촉이 손에 뿌듯하게 전달됨과 동시에 사내의 처절한 비명이 뒤를 따랐다. 번득이는 칼날이 희미한 불빛을 뚫고 그의 가슴을 스치고 지났다.

그는 다시 곡괭이 자루를 휘둘러 등을 보인 사내의 등판을 찍었다. 등뼈가 부러진 모양인지 사내가 그 자리에서 앞으로 엎어지다가 다른 사내와 엉키면서 같이 넘어졌다.

골목 안은 비명과 고함 소리로 가득 찼는데, 이것은 모두 안정태의 부하들이 지르는 소리임에 틀림없었다. 놈들은 모두 손에 칼과 쇠뭉치를 쥐고 있었으나 기습을 당하는 바람에 제대로 쓰지를 못한다.

한 방의 총성이 골목 안을 울렸다. 그러나 다시 비명이 계속되다가 이윽고 멈추었다. 2분도 채 되지 않는 짧은 시간이었다. 좁은 장소에서는 적은 인원이 절대적으로 유리했다. 숫자가 많은 상대방은 효과적으로 그들의 이점을 운용할 수가 없다.

김칠성은 곡괭이 자루를 내리고 주위를 둘러보았다. 조금 전에 울렸던 총성이 궁금하기도 했다. 사내 여섯 명이 서 있었다. 이쪽의 다섯 명보다 한 사람이 많다. 그들은 어느 결에 가로등이 서 있는 부분까지 밀고 와 있었으므로 부하들의 얼굴이 보였다. 모두 서 있었다. 그러나 낯선 얼굴이 한 명 더 있었다.

그는 지금 백동혁과 마주 보고 서 있었는데 손에 날이 시퍼런 일본도를 들고 있는 것이 보였다.

발밑에 엎드려 있던 사내 한 명이 두 팔을 땅에 짚고 상반신을 세웠으므로 김칠성은 곡괭이 자루를 휘둘러 사내의 어깨를 쳤다. 자지러지는 듯한 비명을 지르면서 사내가 땅바닥에 코를 박았다. 이곳저곳에서 사내들의 신음 소리가 났다.

"돌아간다."

김칠성이 소리치듯 말하자 백동혁이 주춤 머리를 들었고, 그 순간 칼끝으로 백동혁의 얼굴을 겨누고 있던 사내가 일본도를 내려쳤다. 백동혁이 옆으로 몸을 비켜 칼을 피하고는 가로등 빛이 비치는 얼굴에 웃음을 띠었다. 김칠성은 자신의 말에 백동혁의 자세가 흔들렸다는 것을 알고는 한 걸음 물러섰다.

부하들도 이곳저곳의 어둠 속에 선 채로 목검을 든 백동혁과 일본도를 든 민기찬을 바라본 채 입을 열지 않았다. 벌써 여러

합 부딪친 모양이었다. 그들의 얼굴은 긴장으로 굳어 있었고 민기찬의 이마에서 땀방울이 번들거렸다.

"이야아!"

다시 민기찬이 골목 안을 울리는 고함을 지르면서 달려들었다. 칼을 위로 번쩍 치켜든 자세였다. 그는 백동혁을 위에서 아래로 반쪽을 낼 듯이 내려치고는 번쩍 몸을 돌리면서 동작을 바꾸었다.

헛칼질을 했고, 그사이 백동혁의 목검이 그의 얼굴을 스치고 지나갔다. 몸을 비튼 민기찬은 상반신을 숙이면서 백동혁의 목검을 피한 후 눕혀 들고 있던 칼을 휘둘러 백동혁의 옆구리를 쳤다. 백동혁의 목검이 칼날을 받자 민기찬이 이를 드러내며 웃었다. 그는 주위에 둘러선 김칠성과 부하들을 의식하지 않는 눈치였다.

입맛을 다신 김칠성이 주위를 둘러보다가 쓰레기통 옆에 놓여 있는 검은색 비닐 자루를 집어 들었다. 묵직한 자루 안에는 무엇이 들어 있는지 알 수 없었으나 김칠성은 그들에게로 한 걸음 다가갔다.

"야, 인마."

김칠성이 불렀으나 민기찬은 백동혁을 노려본 채 대답하지 않았다. 앞으로 내뻗은 팔에 칼을 세워 들고 있는 자세였다.

"야!"

외마디 소리를 내면서 김칠성은 양동이만 한 쓰레기 자루를 민기찬의 가슴께를 향해 던졌다. 자루가 그의 가슴에 부딪치면서 쓰레기가 쏟아져 나왔다. 민기찬의 얼굴에도 튀었으므로 그는 머리를 뒤로 젖혔다.

그 순간에 백동혁의 목검이 날아 민기찬의 머리를 쳤다. 그러나 칼을 들어 목검을 받아낸 민기찬이 한 걸음 물러서자 김칠성의 곡괭이 자루가 바람 소리를 내며 날아와 민기찬의 옆구리를 쳤다.

'퍽' 하는 소리가 들리고는 민기찬이 몸을 비틀면서 한 걸음 옆으로 물러서자 다시 백동혁의 목검이 그의 어깨를 쳤다. 민기찬이 칼을 떨어뜨리면서 땅바닥에 한쪽 무릎을 꿇었다.

그는 이제 김칠성의 한 걸음 앞에 등을 돌린 채 꿇려진 것이다. 번쩍 곡괭이 자루를 치켜들었던 김칠성이 갑자기 움직임을 멈추고는 백동혁을 바라보았다.

"야, 니가 쳐라."

"예, 형님."

백동혁이 한 걸음 다가가 목검을 치켜들었다.

"비겁한 놈들, 정정당당히 승부를 내자."

한쪽 무릎을 꿇었으나 머리를 치켜든 민기찬의 목소리가 골목을 울렸다.

"미친놈, 여기가 도장이냐? 니가 검도인이고?"

백동혁이 이를 드러내며 웃었다.

"나는 개백정이다, 이 새끼야."

목검이 날아와 민기찬의 이마를 두 쪽으로 갈라놓았다. 민기찬이 뒤로 반듯이 넘어가자 백동혁이 목검을 거둬들이면서 다시 말했다.

"너는 개고."

이찬형과 고성섭은 안국동의 한정식집에 마주 앉아 있었다. 밤이 꽤 깊은 시간이었다.

넓은 방이어서 두 사람이 술을 마시기에는 다소 썰렁한 분위기였지만 이찬형의 얼굴은 술기운에 붉게 달아올라 있었다. 고성섭이 따라 준 술을 받아 한 모금에 들이켠 이찬형이 입으로 더운 김을 뱉으며 잔을 내려놓았다.

"난 내일 각하에게 사직서를 올릴 작정이야, 고 차장. 책임은 나 혼자 지겠어."

그가 술기운으로 붉어진 눈으로 고성섭을 바라보았다.

"할 수 없지. 내가 더 이상 일을 진행시킨다면 그것은 이제 반역이야. 정권을 위협하는 일이 돼."

"판단은 역사가 합니다, 부장님. 지금 당장 할 수 있는 것이 아닙니다. 그리고……."

"시끄러워, 듣기 싫어."

이찬형이 와락 이맛살을 찌푸렸다.

"자넨 역사도 조작할 수 있는 것이라고 말하고 싶겠지. 더러운 과거가 들추어지지 않고 묻힌 것처럼."

고성섭이 앞에 놓인 잔을 들어 입에 털어 넣었다.

"조웅남의 난동은 난동만으로 정리되어야 합니다. 그것으로 이무섭의 수사를 중지시킨다는 것은 말도 안 됩니다."

"이봐, 끝난 일이야."

머리를 저은 이찬형이 젓가락을 들었다가 내려놓고는 그를 바라보았다.

"조웅남은 김원국의 오른팔이고 수배 중인 인물이었어. 이무섭은 결백을 입증하려는 상황이었고. 이 빌어먹을 여론이 어떻게 돌아가는지 알고 있지?"

"……."

"이젠 기대할 것이 없네, 더 이상."

"황인규 대령이 있습니다, 부장님."

고성섭이 그를 똑바로 바라보았다.

"그가 증언할 겁니다. 기무 사령관과 참모장이 이무섭을 옹호했다는 사실을 말입니다."

"위험해, 쓸데없는 짓이고."

이찬형이 머리를 저었다.

"증거도 없어. 그건 추측일 뿐이야. 자네가 충고해 주게, 더 이상 돌출되는 행동은 하지 말라고."

길게 숨을 내쉰 고성섭이 시선을 탁자 위로 떨어뜨렸다.

두 시간이 넘도록 이야기를 주고받은 결론은 이찬형이 내일자로 사직서를 올리고 손을 떼겠다는 것이었다. 조웅남의 습격 사건은 아직도 여파가 가라앉지 않았는데, 매스컴은 말할 것도 없고 시중의 여론도 김원국의 조직을 매도하고 있었다.

청와대의 관계자는 대통령이 그렇게 화를 내는 것을 처음 보았다고도 전해 주었다. 이제는 안기부가 어떤 증거를 제시한다고 해도 늦은 것이다.

"부장님이 그러신다면 저도 그만두겠습니다."

고성섭이 머리를 들며 말하자 이찬형이 혀를 찼다.

"그만두는 것보다 남아서 정리하는 것이 더 어려운 일이라네. 자네가 그 일을 맡아야겠어."

"제가 그만두지 않더라도 잘릴 겁니다."

"업무를 인수인계하는 시간은 있어야 할 것 아닌가? 쉽게 내보내지는 못할 거야."

머리를 든 고성섭이 치켜뜬 시선으로 이찬형을 찬찬히 바라보았다. 탐색하는 듯한 눈길이었다.

"나는 신문 수송 사건에 대한 책임, 경찰과 비협조적인 자세를 취한 데 대한 책임을 지고 물러나는 거야. 자네는 남아서 조직을 정리하게. 아마 새로 온 부장도 자네를 필요로 할 테니까."

"……."

"이제 김원국의 조직은 끝났네. 지금쯤 근거지를 옮기고 있겠지."

"막다른 구석으로 몰린 사람들입니다. 제 생각엔 이대로 끝날 것 같지가 않습니다, 부장님."

"그러면 그럴수록 더 빨리 조직이 분해되어 가겠지."

"사회가 극도로 혼란스러워질 가능성이 있습니다. 이제까지는 저희들이 얼마쯤 억제시켜 왔습니다만."

"그럴 때는 자네도 경찰과 협력해서 그들을 빨리 제거해야 되지 않겠어?"

"제거하다니요?"

"내 말은 사회를 안정시켜야 한단 말이야."

그들은 앞에 놓인 술과 안주를 내려다보면서 한동안 입을 열지 않았다.

휴지통에 담배꽁초를 버린 황인규는 길가의 가게로 들어섰다. 대로에서 골목으로 꺾어지는 입구에 자리 잡은 목이 좋은 가게였다. 부지런한 주인이 채소에서 과일과 반찬거리까지 내다 파는 관계로 서너 명의 동네 여자들이 모여 있었다.

"우유 한 병 주세요."

황인규가 말했으나 비닐봉지에 물품을 넣는 데 바쁜 주인은 턱으로 냉장고를 가리켰다.

"거기서 집어 가시지요."

우유를 집어 든 황인규는 몸을 돌려 가게 밖을 바라보았다. 골목길은 깨끗하게 포장이 되어 있었으나 차 두 대가 겨우 비켜 지나갈 정도였다. 약간 경사진 도로는 100미터쯤 지나서는 왼쪽으로 꺾어져 보이지 않았다. 그래서 이쪽에서 올려다보면 커다란 철문이 달린 저택이 골목의 끝이었다.

계산을 마친 손님이 나가자 다시 다른 여자가 책상 위에 물품을 쏟아 놓았다. 황인규는 마신 우유를 휴지통에 넣고는 다시 냉장고를 열어 종이 팩에 담긴 주스를 집었다.

"아저씨, 여기 주스 하나 더 마십니다."

"그러세요."

소형 승용차 한 대가 조심스럽게 골목을 내려와 가게 앞에 멈추어 서더니 대로로 나갈 틈을 노리고 있었다. 이제까지 네 번째 이곳에 왔지만 가게에 들어온 것은 처음이었다. 전에는 대로 건너편의 분식집에 앉아 있거나 커피 전문점에서 시간을 보냈던 것이다.

지난 정권의 안보 보좌관 임종휘가 살고 있는 집을 찾아내는 것은 황인규에게 어렵지 않은 일이었다. 기무사에는 그에 대한 자료가 완벽하게 갖추어져 있다.

황인규는 계산을 치르고 가게를 나왔다. 11월로 접어들자 날씨는 추위를 느낄 만큼 썰렁했고, 오후의 약해져 가는 햇살이 비스듬히 비치고 있었다. 임종휘가 배후의 중심인물일지 모른다는 생각이 든 것은 두 달쯤 전이었다. 자료실에 들어가 퇴역 장성들의 행적 보고서를 읽던 그는 임종휘가 한 번도 개인적인 용무로는 외출한 기록이 없는 것을 발견하게 되었다.

그가 지난 일 년 동안 외출한 것은 두 번뿐이었는데 한 번은 미군 사령관의 초청으로 만찬에 참석했었고, 또 한 번은 국회 국방 위원장과 오찬을 한 것이다.

황인규는 임종휘의 기록이 조작된 것임을 금방 알아차렸다. 군의 요직에 있었던 장교는 기무사의 보호 대상이 되었는데 그것은 첫째로 군사 기밀이 적에게 노출되는 것을 방지하기 위해서였다. 다른 장성들은 한 달에 열 번 이상의 모임과 회의 등 활발한 활동을 하고 있는데 임종휘는 일 년에 두 번의 외출이라는 것은 말도 되지 않았다.

그것은 곧 기무사 내에서 다시 만들어졌다는 것을 의미했고, 그럴 만한 힘이 있는 사람은 사령관과 참모장 둘밖에 없었다. 그렇게 생각하자 황인규의 머릿속에는 피라미드의 정점이 어렴풋이 보이는 것 같았다. 임종휘를 꼭짓점으로, 사령관인 오성국과 참모장 안영찬, 그리고 이무섭과 이철우이다. 강한석과 박동호 등이 그들과 어떤 관계인지는 확실하지 않았으나 호흡을 맞추고 있는 것은 알 수 있었다.

대로로 나간 황인규는 손목시계를 들여다보았다. 오후 5시가 가까워져 있었다. 사단장에게 서울 출장 허락을 받았으므로 오늘 밤은 집에서 묵어도 되었다. 그가 택시 정류장으로 발을 옮기는데 옆쪽을 스쳐 지나는 검은색 승용차가 눈에 띄었다. 사람들에 가려 차 안은 잘 보이지 않았으나 뒤쪽의 번호판이 그의 눈에 들어왔다.

그것은 그의 눈에 익은 기무사 사령관 자가용의 번호였다. 승용차는 좌측의 신호등을 켜더니 대로에서 골목 안으로 진입해 들어갔다. 어깨를 추켜올리면서 숨을 들이마신 황인규는 그제야 자신의 가슴이 뛰는 것을 느꼈다. 네 번째에 가서야 확실한 증거를 잡은 것이다.

이제까지는 스스로의 확신이 있었지만 증거를 잡을 수가 없었다. 그 노력의 대가가 오늘 이루어졌다. 한동안 승용차가 사라진 골목 입구를 바라보던 황인규는 몸을 돌렸다.

임종휘의 저택에 설치된 감시 카메라는 골목 입구의 가게까지 담을 수 있다. 그리고 승용차의 뒤를 따라 들어설 만큼 무모

한 그도 아니었다.

두 시간쯤 후에 황인규는 마포의 조그만 일식집 밀실에 앉아 있었다. 그의 옆자리에 앉아 있는 것은 고성섭이다.

어젯밤에도 과음을 한 고성섭은 피로한 듯 온몸을 늘어뜨리듯이 앉아 황인규를 바라보았다. 막 주문을 마친 참이다.

"출장 나온 거구만, 전방에서?"

고성섭이 물었다.

황인규는 엽차 잔을 내려놓고 고성섭을 똑바로 바라보았다.

"저, 조금 전까지 임종휘 씨 집 앞에 있었습니다."

눈을 껌벅이며 고성섭이 그를 바라보았다. 그러나 입을 열지는 않는다.

"오늘까지 네 번째 그 사람 집 앞에서 감시를 했었지요. 믿을 만한 부하도 없어서요."

"잠깐만, 도무지 나는 영문을 알 수가 없는데."

손을 들어 황인규의 말을 막으며 고성섭이 조심스럽게 주위를 둘러보았다.

"그 사람이 어쨌다는 거야? 나한테 무슨 이야기를 하려고 그래?"

"임종휘가 이 사건의 최종 배후 인물 같습니다. 오늘 저는 그런 확증을 갖게 되었어요."

"이 사람, 정신 나간 소리 하고 있어."

고성섭의 얼굴은 팽팽하게 긴장되어 있었다. 상체를 똑바로 세운 그가 황인규를 쏘아보았다.

"그 은둔자가 배후라니. 그리고 그 사건은 이제 끝났어. 자네, 신문도 읽지 않았나? 오늘 우리 부장이 청와대로 갔어. 사직서를 올렸단 말이야."

"상관없습니다, 나하고는."

"상관없다니? 쓸데없는 말썽 일으키지 말라는 충고야, 자네를 위해서."

"이미 한번 빼어 든 칼입니다. 내 목숨 따위는 아무것도 아닙니다. 군인으로서 명예를 걸고 있는 겁니다."

눈을 치켜뜬 황인규가 고성섭을 노려보았을 때 문에서 노크 소리가 들리더니 음식 쟁반을 든 종업원이 들어섰다. 그들이 나갈 때까지 방 안의 두 사람은 한동안 입을 열지 않았다.

다시 입을 연 것은 황인규였다.

"임종휘는 밤의 세계를 장악하고 다음 달에 당 대표로 선출될 예정인 강한석을 조종하게 될 겁니다. 그렇게 되면 한국은 밤낮의 구별이 없는 혼란된 체제가 되고 임종휘는 모든 것을 지배하게 됩니다."

"……."

"선배님, 이것을 막아야 합니다."

황인규가 차근차근한 말투로 이야기를 시작했다. 그가 오늘 오후에 있었던 일까지 얘기하는 것을 마치자 고성섭이 잠자코 술잔을 들어 한 모금에 삼켰다.

"따지고 보면 오성국도 임종휘의 후배지. 임종휘의 배려를 받지 않은 장군은 거의 없어."

술잔을 내려놓은 고성섭이 뱉듯이 말했다.

"나도 한때는 그가 초대한 파티에 나갔어. 그것이 은근한 자랑이었지. 내가 아직 차장보도 되기 전이었으니까."

"그들은 쿠데타를 일으키려고 하는 것입니다. 그것부터 분명히 해놓고 말씀하세요."

"나는 손을 뗐었어. 이것은 부장의 지시이고 통치자의 명령이기도 해."

"잘못된 지시나 명령에 대해서는 목숨을 걸고 직언을 해야 참다운 공직자입니다. 현실에만 적응하려는 자는 국가의 녹을 먹을 자격이 없습니다."

"자네 이야기는 객관성이 없어."

"제가 출세를 위해서 이러고 있는 것이 아니라는 것을 선배님이 잘 아실 겁니다."

고성섭이 찌푸린 얼굴로 술잔을 소리 나게 식탁에 내려놓았다. 그들은 아직 안주 접시에는 젓가락도 대지 않았다.

"내가 이야기할 성질은 아니다만, 방법이 있다, 있기는."

"있으면 해야지요."

황인규가 상체를 세웠다.

"말씀하십시오, 선배님."

"자네의 잘못된 판단으로 인해서 임종휘가 무고한 누명을 쓰게 된다면 어떻게 할 건가? 우선 그것부터 묻지."

"예, 제가 죽음으로 사죄하지요. 그 사람의 명예를 세워 주고 죽겠습니다."

"좋다."

고성섭이 술잔에 술을 따르며 그를 향해 처음으로 웃었다.

"그때는 나도 책임을 져야지."

"커어, 술맛 좋다."

붉은 입을 커다랗게 벌린 조웅남이 입으로 더운 김을 뿜으며 말했다. 그는 술병에 남아 있는 술은 종이컵에 따르고는 앞자리에 앉아 있는 손채석을 바라보았다.

"야, 채석아. 너도 한잔헐래?"

"저는 됐습니다, 형님."

"안 헌다믄 헐 수 없지."

기대하지도 않았다는 듯 조웅남은 술을 벌컥이며 마시고는 종이컵을 구겨 차 바닥에다 버렸다.

"아직도 안 나오냐? 그노무 시키 말이여."

그가 투덜대듯 말하자 손채석이 초조한 듯 상체를 숙여 앞쪽을 바라보았다. 그들의 차가 주차된 50미터 앞쪽에는 번쩍이는 조명이 현란한 유흥업소들이 지붕을 잇대고 있었다. 그중에서 제일 크게 간판을 내걸고 있는 곳이 '야성클럽' 이다.

밤 12시 반이 되어 있어서 클럽 앞의 좁은 길에는 다소 인파가 줄어들었다. 그러나 술 취한 행인들 때문에 차량들은 아직도 거북이걸음이었다. 조웅남이 입을 벌리고는 커다란 소리로 트림을 했다. 더운 김과 함께 아까 먹었던 김치 냄새가 9인승 승합차 안을 가득 메웠다.

"아따, 그노무 시키, 밀실에서 재미 보고 나오는갑다."

입맛을 다시면서 조웅남이 다시 투덜거렸다. 그들은 수유리의 유흥가 골목에서 안정태의 부하들 중 중간 간부인 홍장규를 기다리고 있는 중이다.

홍장규가 12시 조금 넘어서 '야성클럽' 에 들어가 수금을 하고 나온다는 것은 알 사람은 모두 알고 있었다. 그는 두 대의 차에 탄 여덟 명의 부하들의 경호를 받고 하루 매상 천만 원 정도를 수금해 간다. 오늘은 홍장규를 두들기고 수금한 돈을 가져갈 작정으로 이곳에 온 것이었다.

조웅남은 한때 수십 개의 업체를 소유했었고, 리즈호텔의 사장실에 앉아 군림했다. 그러나 지금은 승합차 한 대와 일곱 명의 부하들이 남아 있었고, 자금이 떨어져 수금한 돈을 강탈해 가려는 처지가 되었다.

"어어, 저기 나옵니다, 형님."

번쩍 머리를 든 손채석이 소리를 지르듯이 말하고 나서 문을 열고 밖으로 나갔다. 그의 뒤를 따라 부하들이 서둘러 나가자 열어 놓은 문을 통해 서늘한 밤공기가 들어와 피부를 스쳤다.

허리를 숙이고 밖으로 나오던 조웅남은 빈 소주병을 밟고는 비틀거리다가 혀를 찼다. 차 밖으로 나와 서서 허리를 펴자 이제는 소변이 마려웠다. 그러나 지금 일을 볼 수는 없다. 클럽 앞에서 여자들의 날카로운 비명 소리가 들렸고, 남자들의 고함 소리가 뒤를 이었다.

막 승용차에 타려던 홍장규의 부하들은 난데없이 달려온 이쪽에 놀라 허둥거리고 있었다. 작전도 없고 대책도 없다. 그저 홍장규를 치고 돈 가방을 빼앗아 오라는 것이 조웅남의 지시였기 때문이다.

비틀거리면서 클럽 앞으로 다가가는 조웅남의 눈에 이리 뛰고 저리 뛰는 사내들 사이에 있는 두목급 같은 사내가 보였다. 정장 차림에 한 손에는 검은색 가죽 가방을 들고 있는 것이다. 클럽의 입구 쪽을 손채석이 가로막고 있었으므로 그는 두어 명의 부하들에게 둘러싸여 이쪽으로 달려 나왔다.

클럽 앞은 수라장이 되어 있었다. 이쪽은 이미 도끼와 야구 방망이, 쇠파이프를 쥐고 이리 치고 저리 때리는 판이어서 저쪽의 기세가 눈에 띄게 줄어들어 있었다. 조웅남의 눈에는 이미 끝난 싸움으로 보였다.

손채석이 쇠파이프를 휘두르며 악을 쓰면서도 이쪽으로 달려오지 않는 것은 조웅남에게 선물을 안길 생각 때문일 것이다. 조웅남은 두 손바닥을 입으로 가져다 대고는 침을 뱉었다. 그 순간 달려오던 사내들이 멈칫거리면서 서너 걸음을 반동으로 뛰어오다가 멈추어 섰다. 거리는 불과 서너 발 앞이었다. 어두운 골목에서 나오는 조웅남의 모습을 그제야 알아본 것이다.

조웅남은 홍장규의 한 손에 날이 선 단검이 쥐어져 있는 것을 보았다. 세 명의 부하들도 제각기 단검과 쇠뭉치를 들고 있었다. 침을 뱉은 손을 잠깐 들여다본 조웅남은 얼굴을 찌푸리면서 한 손을 바지 혁대에 찔러 넣었다. 그러고는 권총을 꺼내어 앞장선 사내를 향해 방아쇠를 당겼다.

타앙!

밤하늘에 요란한 총성이 울려 퍼지자 클럽 앞은 순식간에 조용해졌다. 다시 한 발의 총성이 울렸을 때는 클럽 앞에 남아 있던 저쪽의 부하 두어 명이 무릎을 꿇었다.

타앙!

세 발째의 총알은 빗나갔는지 옆쪽의 시멘트벽에 맞아 예리한 소리를 내며 튕겨 올랐다.

"아이구, 형님."

홍장규가 가방을 떨어뜨리며 땅바닥에 무릎을 꿇었다. 홍장규는 두 손을 영화의 한 장면처럼 번쩍 치켜들고 있었다. 두 명의 부하는 땅바닥에 쓰러져 움직이지 않았고, 남아 있던 부하 한 명은 혼이 나간 듯 멍한 얼굴로 서 있을 뿐이다.

"워매, 이것이 좋기는 좋구나, 잉."

권총의 총구를 들여다보면서 조웅남이 감탄한 듯 머리를 끄덕였다. 그들의 뒤쪽으로 손채석과 부하들이 급히 달려오고 있는 것이 보였다.

조웅남은 옆으로 몸을 돌리고는 담을 향해 바지의 지퍼를 내렸다. 이제는 도저히 오줌을 참을 수가 없었기 때문이다. 그가 배설을 시작하는데 손채석이 달려들어 홍장규의 어깨를 발로 차 쓰러뜨렸다. 부하 한 명은 제 풀에 주저앉았고, 손채석을 따라온 부하들은 조웅남을 보자 제각기 머리를 돌렸다.

"이거 웬 놈이 소변을 보았나? 왜 이렇게 지린내가 나?"

이맛살을 찌푸린 최순태가 주위를 둘러보았다.

"빌어먹을, 이놈의 시키들 뒤만 따라다니는 데 지쳤다."

"계장님, 조웅남이가 총을 쏘았다고 하던데요. 막판입니다. 그 자식이 총질을 하다니."

이갑룡이 다가오다가 문득 걸음을 멈추고는 플래시로 발밑을 비추었다. 그는 물이 고인 땅바닥 위에 서 있었다.

"이거, 피 아냐?"

"피는 무슨, 피가 그렇게 많아?"

최순태가 그로부터 한 걸음 뒤로 물러섰다. 어지럽게 플래시를 휘두르던 이갑룡은 벽에 그려진 물 자국을 보았다. 물은 벽에 부딪치며 땅바닥으로 흘러내린 것이다.

"이런 썅."

이갑룡이 와락 얼굴을 찌푸렸다.

"어떤 놈이 오줌을 싼 거구만."

최순태는 골목 안을 둘러보았다.

부상자들은 모두 병원으로 호송되었고, 사건 현장의 정리는 끝나가고 있었다. 조웅남이 홍장규를 쳐서 홍장규를 비롯한 부하 여덟 명이 중경상을 입었고, 수금한 돈을 몽땅 털린 것이다.

그는 몸을 돌려 지린내가 진동하는 골목을 빠져나왔다.

"계장님, 이런 식으로 테러가 계속되다가는 밤거리가 무법천지가 되겠습니다."

이갑룡이 옆을 따르며 말했다.

"기동대를 24시간 대기시켜 놓아도 치고 도망가는 놈들보다 언제나 한발 늦는단 말입니다. 이번에는 신고가 빨랐는데도 놓쳤어요."

그들은 골목을 봉쇄하고 있는 경찰들 사이를 빠져나와 승용차에 올랐다.

클럽의 앞쪽은 구경꾼들로 가득 차 있었는데 모두 호기심에 가득 찬 표정들이었다.

"젠장, 구경이라면 밥 먹다 말고 뛰어나오는 국민성이라……."

앞자리의 이갑룡이 투덜거리자 운전사인 고 순경이 차 앞을 가로막은 군중들을 향해 경적을 울렸다. 승용차는 천천히 야성 클럽의 앞쪽을 지났다.

"안정태가 열 받겠군요. 엊그제도 서초모텔 골목에서 김칠성이한테 열한 명이 당했는데."

차가 속력을 내자 이갑룡이 몸을 돌려 최순태를 바라보았다.

"이러다가는 부하들이 남아나질 않겠습니다."

"안정태는 당장에 동원할 수 있는 조직원만 해도 3천 명이 넘어. 모기한테 한 방 물린 셈 치면 돼."

최순태가 등받이에 등을 대면서 팔짱을 끼었다.

"문제는 시민들이야. 자네도 아까 구경꾼들 표정 보았지? 도무지 무서워하는 것 같지가 않아."

"구경꾼들 아닙니까? 무섭고 흉한 것일수록 더 좋아하게 되어 있습니다."

"저희들을 해치지 않을 거라고 믿고 있기 때문이야, 김원국이가 말이야."

"……."

"점점 김원국의 인기가 높아지고 있어. 그놈은 지금 현대판 홍길동이가 되어 가고 있다구."

승용차는 동부 고속도로의 입구로 들어서더니 속력을 내었다. 밤길을 달리는 차량들이 적었으므로 고 순경은 마음껏 액셀러레이터를 밟는 모양이었다.

"놈들은 사흘 간격으로 은신처를 옮기고 있습니다. 그래서 추적하기가 쉽지 않아요."

이갑룡이 혼잣소리처럼 말했다.

"신고 전화도 대부분 장난이고, 기껏해야 놈들이 떠난 빈집을 가르쳐 주는 게……."

"연고자들, 이를테면 놈들의 마누라나 부모 형제들에게 감시를 붙여야겠어."

"계장님, 진작부터 지시가 내려졌지만 인원이 부족해서 애를 먹고 있다고 합니다. 밤거리 경비하랴, 업체들 주변에서 24시간 교대 근무를 하랴, 다른 업무를 볼 시간이 없다고 불평이……."

"개자식들, 불평은 무슨 불평? 누군 놀고 있나?"

최순태는 시계를 내려다보았다.

"빌어먹을, 이 개자식은 전화 한 통을 해주지 않는군."

새벽 3시에 가까운 시간이었으니 자빠져 잘 놈들은 이미 잘 것이다.

이갑룡은 그가 누구를 향해 욕하는 줄 알았다. 이것은 김원국 쪽과 안정태, 아니 이철우와 이무섭 쪽의 전쟁이다. 어떻게 보면 경찰은 안정태의 조직을 돕고 있는 셈이 되었다.

"이봐, 우리도 어디 가까운 여관이라도 가서 자자구. 집에 들어갔다 출근하기에는 시간이 늦었어."

최순태가 말하자 이갑룡이 카폰을 빼어 들었다. 뒤를 따라오는 승용차에게 연락을 할 모양이었다.

안정태는 눈을 뜬 채 꼼짝하지 않고 천장을 올려다보았다. 11월 중순이어서 호텔은 히터를 가동시키고 있었다. 춥지도 덥지도 않은 쾌적한 공기가 방 안에 흐르고 있는 것이 느껴졌다.

조금 전에 시계가 8시 종을 쳤으므로 이제 일어나야 할 시간이었으나 안정태는 손끝 하나 까닥이기가 귀찮았다. 어젯밤 과음을 한 데다 비몽사몽간에 치열한 섹스를 했기 때문일 것이다.

호텔 밖의 도로를 달리는 자동차의 바퀴 소리가 희미하게 들려왔고, 복도의 한쪽에서 문이 닫히는 소리도 났다. 그러자 옆쪽에서부터 나직한 숨소리와 함께 화장품 냄새가 코로 스며들었다.

어젯밤의 여자가 옆에 누워 있는 것이다. 그녀는 호텔 나이트클럽에서 제일가는 미모와 몸매를 갖춘 무용수였는데 지금까지 세 번째 잠자리를 같이하는 여자였다. 그러나 이름은 모른다. 그녀가 이름을 말해 주었을 테지만 번번이 잊었고, 그것에 대해서 미안한 마음은 없었다. 그녀가 자신과 잠자리를 같이한 대가로 받은 것은 아마 대령이 장군으로 진급되었을 때 변화되는 여러 가지 상황보다 못하지 않을 것이라는 것을 알고 있기 때문이었다.

한 번 이상 잠자리를 한 여자가 거의 없다는 것을 알고 있는 안정태의 부하들이 그녀를 어렵게 생각하는 것은 당연했다. 그리고 산전수전을 다 겪은 이 여자가 그것을 눈치채지 못할 리도 없다. 호텔과 10여 개의 업체들을 관장하고 있는 안정태의 애인인 것이다.

그녀는 예전처럼 차를 주차시키려고 애쓰지 않더라도 도어맨이 달려 나와 대신해 주었을 것이고, 피로하면 프런트에서 키를 받아 방에 들어가 쉬기도 했을 것이다. 호텔의 바에서는 그녀가 나타나면 칵테일을 서비스했을 것이고, 식당은 말할 것도 없다. 춤을 추기 싫어 테이블에 앉아 있어도 지배인이나 영업부장은 눈길 한번 돌리지 않았을 것이다.

안정태는 머리만을 돌려 여자를 바라보았다. 긴 머리칼이 한쪽 얼굴을 덮었으나 깨끗한 피부와 짙은 윤곽이 보였다. 그가 좋아하는 서구형의 미인이다. 오뚝 선 콧날과 다소 큰 듯한 입, 인조 눈썹이 아닌 짙은 속눈썹이 가지런히 드리워져 있었다. 몸매도 일품이었고, 손과 발도 잘 다듬어져 있는 데다 잠자리의 기교도 요란스럽지도 움츠러들지도 않고 이쪽에 맞추는 스타일이다.

"야, 일어나."

저도 모르게 안정태의 입에서 거친 목소리가 터져 나오자 여자가 놀란 듯 눈을 떴다. 우산이 활짝 펴지는 것 같았고, 맑은 눈의 한쪽에 조그만 눈곱이 한 점 붙어 있었다.

화난 듯한 안정태의 얼굴을 본 여자는 상반신을 일으키다가 휘감긴 시트에 끌려 다시 엎어졌다. 그러자 여자의 머리칼이 안정태의 이마를 스치면서 향기를 뿜어내었다.

"야, 이것, 빨어."

안정태가 눈으로만 아래쪽을 가리키며 겨우 상체를 세운 여자에게 말했다. 언제부터인가 그의 남성은 발기해 있었던 것이다.

여자는 몸을 감았던 시트를 치워내고는 알몸으로 그의 하반신에 부딪쳐 왔다. 그녀의 둥근 엉덩이와 반들거리며 윤기를 내는 어깨와 허리의 살이 보였다. 여자가 입으로 그의 남성을 물었을 때 머리맡에 놓인 전화기가 울렸다.

안정태는 손만 뻗어 전화기를 쥐고 귀에 대었다.

"여보세요."

거친 듯한 그의 말소리에 놀란 듯 저쪽은 잠시 대답이 없었다.

"여보세요."

그는 한 손으로 여자의 머리를 눌러 일을 계속하라는 시늉을 한 후 조금 더 거칠게 말했다.

—나야.

짧게 대답한 저쪽의 목소리를 안정태는 금방 알아들었다. 이철우였다.

"아아, 예, 웬일이십니까?"

그의 놀란 듯한 목소리에 여자가 머리를 이쪽으로 돌렸다. 물기에 젖은 입을 반쯤 벌린 채였다. 안정태는 여자의 머리를 아래쪽으로 다시 밀어 놓았다.

—자네, 오늘 저녁에 시간 있나?

이철우가 가라앉은 목소리로 묻자 안정태는 이맛살을 찌푸렸다.

"네, 시간을 내겠습니다. 하지만……."

—하지만 뭔가?

"오후에 단장님과 약속이 있어서요. 무슨 일인지는 모르겠습니다만."

—언제 끝날지 알 수 없다는 말이로군.

"아닙니다. 제가 빠져나오지요. 시간과 장소만 말씀해 주신다면."

뜨거운 열기가 아래쪽으로 몰려들기 시작했으므로 안정태는 하반신을 추켜올렸다가 내렸다. 여자가 머리를 끄덕이는 속도가 점점 빨라지고 있었다.

—대충 몇 시에 끝날 것 같나?

"그것이… 잘 알 수가 없습니다만, 어쨌든……."

—그럼 오후에 다시 전화를 하지.

안정태는 다시 하반신을 추켜들었다. 그러자 뜨거운 열기가 밖으로 분출되는 것을 느낄 수 있었다.

"꼭 전화를 주십시오."

수화기를 내려놓은 안정태는 억눌렀던 숨을 몰아쉬면서 온몸을 늘어뜨렸다.

알몸의 여자가 방을 가로질러 화장실로 들어섰고, 곧 타월을 들고 나왔다. 안정태는 전화기를 다시 집어 들고는 다이얼을 눌렀다. 여자가 젖은 타월로 그의 하반신을 닦는 동안 그는 상체를 반쯤 일으켜 세웠다.

"단장님, 접니다."

그는 머리를 똑바로 들었다.

"이 소령한테서 방금 전화가 왔었습니다. 저녁때 만나자는 말이어서 제가 오후에 단장님과 약속이 있다고 했습니다만……."

여자는 그의 하반신을 꼼꼼하게 닦은 다음 일어서서 다시 화장실로 향했다. 그녀의 뒷모습에 시선을 주던 안정태가 다시 말했다.

"잘 알겠습니다. 염려하지 마십시오."

수화기를 내려놓은 안정태는 두 팔과 다리를 한껏 뻗으면서 기지개를 켰다. 그러자 온몸에서 날아갈 듯한 생기가 넘치는 것을 느낄 수가 있었다.

"이 새끼를 가만둘 수가 없습니다. 제가 언제부터 단장님과 같이 논다고."

서대식이 눈을 치켜뜨고 이철우를 바라보았다.

"대장님, 아무래도 우린 겉돌고 있습니다. 이게 뭡니까? 매일 기원에나 다니시고."

"시끄럽다."

신문을 접어 탁자 위에 내려놓은 이철우가 이맛살을 찌푸렸다.

"네놈이 뭘 안다고 소릴 지르고 야단이냐? 건방지게."

잠시 주춤했던 서대식이 다시 머리를 치켜들었다.

"야단맞더라도 오늘은 말씀드려야겠습니다. 지금 대장님 주위에 남아 있는 것은 일곱 명밖에 없습니다. 모두 대장님의 심복뿐이지요. 나머지는 하나둘씩 안정태나 박용근이 밑으로 빠져나갔습니다."

"당연하지. 나하고 단장님이 합의해서 그렇게 한 거야. 그리고 당분간은 내가 나설 처지도 못 되고, 너도 알고 있지 않아?"

"저는 이해가 안 갑니다. 시간이 지날수록 안정태의 기반이 굳어지고 있다는 것만 알고 있습니다."

"더 이상 지껄이면 용서하지 않겠다."

이철우가 퍼뜩 눈을 치켜뜨자 서대식이 탁자 위로 시선을 떨어뜨렸다.

응접실 안의 두 사람은 한동안 침묵을 지키고 있었다. 어딘지 모르게 썰렁한 느낌이 드는 아파트였다. 가구는 새것이었고, 갖출 것은 모두 갖추어져 있어서 얼핏 보기에는 서른다섯 평의 아파트가 꽉 차 있는 것처럼 보인다.

그러나 흰색 벽에 붙여 놓은 흑색 소파와 회색빛 찬장, 그리고 주방 쪽의 식탁은 검은색 니스 칠을 한 데다 탁자는 연한 노란색이다. 자세히 보면 여기저기에서 제각기 주워 온 가구들이라는 것을 알 수가 있었다. 안주인이 없어 사내들끼리 살림살이를 장만했기 때문이다.

"대장님, 단장님께 연락해 보시지요."

서대식이 머리를 들고 이철우를 바라보았다. 아까보다는 다소 가라앉은 표정이었으나 어금니를 물고 있는 것이 이대로는 물러나지 않겠다는 것 같았다.

"안정태와 단장님이 오후에 약속이 있는지 없는지를 확인해 보십시오."

"필요 없다."

자리에서 일어선 이철우는 벽에 붙여 세운 선반으로 다가가 위스키 병을 쥐었다.

언제부터인가 그에게는 아침에 위스키를 한두 잔씩 마시는 버릇이 생겼는데, 구태여 삼갈 생각은 들지 않았다. 알코올중독도 아닐뿐더러 설령 중독이 되었더라도 마음만 먹으면 스스로 끊을 수 있을 것이라고 믿고 있기 때문이다.

유리컵에 술을 3분의 1쯤 채운 이철우는 한 번에 입안으로 털어 넣었다. 그러고는 몸을 돌려 서대식을 내려다보았다.

"너도 일하고 싶으면 안정태나 다른 사람 밑으로 가라. 내가 간부급 자리를 만들어 주마."

"안 갑니다, 저는. 사람을 우습게 보지 마십시오, 대장님."

눈을 부릅뜬 서대식이 그를 노려보았다.

"주인을 버려두고 부하가 출셋길을 찾아 떠나다니요. 그런 놈은 사람이 아닙니다."

"난 네 주인이 아냐. 한때 네 상관이었을 뿐이야."

"전 대장님을 따라 이 일을 한 것뿐입니다. 안정태나 이무섭이는 알지도 못했습니다."

"말을 삼가라, 이 자식."

버럭 소리를 지른 이철우가 어깨를 펴고 서대식을 노려보았다.

"너는 내가 소외당했다고 생각하는 거냐?"

"아닙니다, 대장님. 대장님은 배신당하신 겁니다."

그 순간 이철우가 집어 던진 술잔이 서대식의 얼굴을 스치고 벽에 맞아 부서졌다.

"건방진 놈, 보자 보자 하니까 끝없이 기어오르는구나."

"저뿐만이 아닙니다. 남아 있는 일곱 사람 모두 똑같은 생각입니다."

"……."

"대장님은 싸움의 전면에 내세워진 척후입니다. 제물이기도 하지요."

이철우가 술병을 움켜쥐고는 그것을 내려다보았다.

서대식이 말을 이었다.

"지금 대장님은 모든 오해가 풀린 자유인이 되었습니다. 김원국의 업체들을 관리하기에 아직 이르다면 다른 사업체를 세워 일을 맡길 수도 있었습니다."

"그렇게 이야기가 되었다."

술병을 들어 입으로 가져가며 이철우가 말했다. 이제는 화난 듯한 표정도 아니었다.

"난 곧 운수 회사를 하나 맡게 될 거다. 꽤 커다란 회사야."

"그리고 조직과는 결별하게 되시겠지요."

"……."

"그까짓 운수 회사 하나를 받으신단 말입니까? 어떤 놈은 수십 개, 아니 세금을 전국의 수천 개 업체로부터 거둬들이는 위치가 되었는데 말입니다."

"곧 달라질 거야. 안정태는 내 대역일 뿐이다. 그리고……."

위스키를 다시 한 모금 삼킨 이철우는 입을 벌리고 더운 김을 뱉어냈다.

"나는 그런 큰 욕심은 없다. 주역은 단장이었고, 그 이상의 주역도 있어. 난 맡겨진 일만을 해왔고, 주어진 것만을 받는다. 상관에게 충실하고 그 권위를 넘보지 않는단 말이다."

"단장님과 안정태가 대장님을 견제하는 이유는 뭡니까? 회의에 참석하신 적도 없고 요즘은 만나시지도 않지 않습니까?"

이철우는 술병을 내려놓고 조그맣게 머리를 저었다. 쓴웃음을 지은 그는 지친 표정을 지어 보였다.

"이제 그만해라. 나는 배신당하지 않았다. 단장님과 안정태가 날 견제할 이유도 없어."

"이유가 있을 겁니다, 대장님."

서대식도 지친 표정으로 어깨를 늘어뜨렸다.

"제가 납득이 안 되어서 그럽니다. 다른 사람들도 마찬가지구요. 대장님이 외톨이가 되어 가는 이유를 말입니다."

승용차에서 내린 정기욱이 희빈클럽의 안으로 들어서자 영업부장인 강용수가 허겁지겁 달려 나왔다.

"아이구, 사장님, 연락도 안 주시고 갑자기 이렇게……."
"이 상무 어디 있어?"
대뜸 정기욱이 묻자 강용수의 얼굴이 순식간에 굳어졌다.
"내실에 있습니다. 제가……."
"필요 없어, 이 새끼야."
강용수를 젖히고 정기욱이 어두운 복도를 앞장서 갔다. 그의 뒤를 7, 8명의 부하들이 따랐는데 모두 사나운 기세였다.
"이, 이거 무슨 일이야?"
맨 뒤의 부하를 따라잡은 강용수가 당황한 표정으로 물었다.
"그걸 내가 알아? 너희들이 알지."
쏘아붙이는 듯한 그의 말에 강용수는 더 이상 입을 열지 않았다. 정기욱이 내실의 문을 열어젖히자 탁자를 둘러싸고 앉아 있던 세 명의 사내가 튕기듯이 일어섰다. 전표를 정리하고 있었던 모양으로 탁자 위에는 쪽지들이 수북하게 쌓여 있다.
"아이구, 형님, 웬일이십니까?"
그중 나이 들어 보이는 사내가 얼굴에 웃음을 띠어 보였다. 반쯤 벗겨진 이마에 몸에는 살집이 많았고 혈색도 붉다. 그가 희빈클럽을 총괄하는 이재동 상무였다.
"이 새끼, 너, 거기 앉아."
정기욱이 소파에 털썩 엉덩이를 내려놓으면서 턱으로 앞자리를 가리켰다.
눈을 한번 깜박이는 시늉을 하며 이재동이 문 쪽에 둘러서 있는 사내들을 훑어보았다. 웃는 얼굴이 긴장으로 굳어지자 볼의 살집이 아래쪽으로 늘어졌다.

"예. 앉지요, 형님."

이재동이 목을 늘어뜨리는 듯한 자세로 대답하고는 자리에 앉았으나 나머지 두 사내는 아직 일어선 채였다.

"네놈들도 앉아."

정기욱의 말에 그들도 이재동의 옆에 나란히 앉았다. 방 안에는 잠시 정적이 흘렀다. 정기욱은 이재동을 쏘아본 채 아직 입을 열지 않았고, 문 앞에 둘러선 사내들은 숨소리마저 죽이고 있다.

"너, 오늘 아침에 어디 갔다 왔어?"

정기욱의 양철판을 긁는 듯한 목소리가 정적을 깨었다. 번쩍 머리를 치켜든 이재동이 정기욱을 바라보았다.

"아침에요? 시내에 볼일이 있어서……. 실은 병원에 다녀왔습니다. 간이 안 좋거든요."

이재동이 걱정이라는 듯이 이맛살을 찌푸리며 말을 이었다.

"매일 직업으로 술을 마시다 보니까 간이 말이 아닙니다. 혈압도 자꾸……."

잠자코 그를 바라본 채 정기욱은 입을 열지 않았다.

이재동은 정기욱과 비슷한 나이였다. 아마 한두 살쯤 많아서 마흔이 넘었을지도 모른다. 20년 가깝게 유흥가에서 굴러다닌 이재동은 주먹도 대단했지만 성깔도 독해서 쉽게 건드리지 못하는 사내였다. 그런 그가 조직의 일원으로 발탁되지 못한 이유는 주사가 심한 데다 손버릇이 나빴기 때문이다.

그러나 정기욱은 출옥한 지 얼마 되지 않은 이재동에게 희빈클럽을 맡기면서 단단히 경고를 했고, 그도 서약서를 써 내었다.

"형님, 도대체 무슨 일로 이렇게 오신 겁니까?"

정기욱이 잠자코 있자 다소 여유를 찾은 이재동이 눈을 깜박이며 그를 바라보았다.

정기욱이 생각에서 깨어난 듯 허리를 세웠다. 그러고는 손을 들어 이재동을 가리키면서 문 앞의 부하들을 바라보았다. 그러자 부하들이 와락 덮치듯이 이재동을 향해 달려들었는데 두어 명은 정기욱 앞에 놓인 탁자 위로 뛰어올라 양쪽에서 달려들었다.

"어어! 이 새끼들 봐라!"

이재동의 악을 쓰는 소리가, 퉁탕거리며 의자가 넘어지고 그릇이 깨어지는 소리와 섞여 들렸다. 한꺼번에 대여섯 명이 덮치는 데다 방 안이 비좁다 보니 아무리 완력이 뛰어난 이재동이라도 마음대로 팔다리를 휘젓지 못하고 결국에는 바닥에 깔리게 되었다.

"이것 안 놔! 야! 이 새끼들!"

악을 쓰던 이재동의 목소리가 방 안을 울렸으나 부하들은 입을 열지 않았다. 정기욱은 소파에 앉아 잠자코 그들의 소란을 바라보았다. 이윽고 부하들이 흐트러진 옷차림으로 하나씩 몸을 세웠고, 이재동의 모습도 드러났다.

팔과 다리가 나일론 끈에 억세게 묶여 있는 데다 옷은 찢어졌고, 얼굴을 얻어맞아서 코와 입에서 피가 흘러내리고 있다 이재동의 옆쪽에 앉아 있던 두 명의 사내는 방구석으로 밀려났다가 문 앞에 있던 부하들에게 잡혀 꿇어앉아 있었다.

"야, 정기욱이! 너, 나한테……."

이재동이 시뻘건 입을 벌리고 다시 악을 썼다.

"너 이 새끼, 제 세상 만난 줄 아는 모양인데."

"이 새끼가!"

부하 한 명이 쇠장갑을 낀 주먹으로 이재동의 한쪽 볼을 치자 피가 탁자 위로 뿜어져 나왔다. 아마 옆쪽의 이빨 대여섯 개는 물러앉았을 것이다.

"이재동이 너, 박용근이를 믿고 그러는 모양인데."

정기욱의 갈라진 목소리가 방 안을 울렸다.

"너 이 새끼, 오늘 이태원에서 안재일 만난 거 알고 있어."

이재동이 눈을 부릅뜬 얼굴로 정기욱을 바라보았다.

정기욱이 말을 이었다.

"무슨 이야기를 했는지만 말하면 살려는 주마. 만일 시간만 끌었다가는 내일부터 네놈은 세상에서 사라지게 된다."

"날 죽이면 네놈은 온전할 것 같으냐? 증인이 수십 명이야, 인마."

이재동이 피범벅이 된 입을 벌리고 웃었다.

"그래, 내가 어떻게 된다면 모두 네놈의 소행일 것이라는 이야기도 했다. 그러니 넌 날 어떻게 하지 못해."

정기욱이 머리를 끄덕였다.

"안재일과 내통한 것은 사실이구만, 이 더러운 놈."
"개똥이나 고양이 똥이나 마찬가지다, 더러운 것은."
"너는 오늘 밤에 죽는다."
"그렇게 되면 너는 박 사장님 조직에 정면으로 도전하는 것이 되지. 넌 아직 그럴 만한 실력이 없어."
"손을 잡았구만, 박용근하고."
머리를 끄덕인 정기욱이 자리에서 일어섰다.
"이 가게는 내가 관리하는 곳이야. 오늘 자로 이곳에서 떠나라. 박용근이가 여기까지 손을 댈 수는 없을 테니까."
이재동이 머리를 들고 그를 올려다보았으나 선뜻 입을 열지는 않았다. 분위기로 보아 살려 주는 것 같았기에 바락바락 악을 쓸 이유도 없을 것이다.
"저 새끼, 풀어 줘라."
부하들에게 이르고 난 정기욱은 내실을 나왔다. 복도 구석에서는 강용수가 온몸을 바짝 굳히고 벽에 붙어 서 있었다. 정기욱이 잠자코 스쳐 지나가자 그는 어깨를 늘어뜨리면서 가늘게 긴 숨을 뱉었다.

새벽 2시가 지난 강남역 근처의 유흥가는 말 그대로 혼란 상태였다.
거리에서 택시를 잡으려는 취객들이 차도에까지 밀려 나와 소란을 피웠고, 택시는 일 차선에서 정지하여 승객들을 태우기도 했다.

나이트클럽 앞에서 사내들이 드잡이를 하다가 그중 한 사내가 돌멩이를 집어 들자 상대방이 총알같이 도망을 쳤다. 싸움의 원인을 제공한 것으로 보이는 서너 명의 여자들이 길가에 서서 승부가 끝나기를 기다리고 있었다.

좁은 골목 안에서 오가는 차량들이 서로 머리를 맞대고 경적만 울려 대고 있다. 무리를 이룬 남녀들이 클럽 옆쪽의 여관으로 몰려 들어가고 있는 것도 보였고, 길 복판에서 허리를 기역 자로 구부리고 있는 사내는 아마도 토하고 있는 모양이었다.

"야, 넌 여기서 기다리고 있어."

이재동이 승용차의 문을 열고 나오면서 소리쳐 말했다.

삼 차선에 멈추어 선 택시들 때문에 승용차는 더 이상 앞으로 나아가질 못하고 있었다. 이 차선에는 택시를 타려는 취객들이 몰려나와 있어서 차선을 바꿀 수도 없다. 이재동은 바바리코트 자락을 펄럭이며 앞쪽에 보이는 '파도클럽'으로 다가갔다.

파도클럽은 박용근이 장악하고 있는 업체들 가운데 하나였다. 좌석이 500석이 넘는 대형 클럽이었고 종업원의 수만도 50명이 넘는다.

이재동은 취객들 사이를 지나면서 손을 들어 콧등을 조심스럽게 눌렀다. 코뼈가 부러졌는지 콧등이 양쪽으로 부어올라서 콧날의 윤곽이 두리넓적해져 있었다. 한쪽 이빨은 네 개가 뽑혀 나간 데다 다섯 개가 흔들거리고 있어서 내일은 치과에 가서 아예 틀니를 해 넣을 작정이었다.

그가 한 무리의 취객들 사이를 빠져나가는데 옆쪽의 조그만

카페 앞에서 사내 한 명이 비틀거리며 다가왔다. 차도로 나가 택시를 잡을 모양이었다. 그가 다가오는 방향과 이쪽이 직진해서 가는 방향을 비교하면 니은 자의 각진 부분에서 만날 확률이 컸으므로 그는 걸음을 늦추었다. 취객이 비틀거리면서 상반신을 숙였다.

이맛살을 찌푸린 이재동은 커다랗게 발을 떼어 그의 앞을 지났다. 그 순간 이재동은 허리가 선뜻해지는 느낌이 들었고, 무의식중에 상반신을 틀어 옆을 바라보았다.

취객이 그와 몸을 부딪쳐 온 것이다. 사내의 얼굴이 바로 눈앞에 있었는데 날카로운 눈빛과 꾹 다문 입술은 취한 사람의 것이 아니었다. 그다음 순간 이재동은 배 속에서 끓어오르는 신음 소리를 뱉어냈다. 옆구리의 한쪽에서 극심한 통증을 느낀 것이다.

"이봐, 이 새끼, 저리 못 비켜?"

뒤따라 걷던 부하 한 명이 외치는 소리가 아득하게 들려왔다.

"어어, 저 새끼."

다른 부하 한 명이 소리를 쳤고, 그들은 땅바닥에 한쪽 무릎을 꿇으며 상반신을 숙이는 이재동과 차도를 뛰어 건너는 사내를 번갈아 바라보았다.

부하 한 명이 이재동의 어깨를 움켜쥐었다.

"형님, 형님."

옆구리를 움켜쥔 이재동이 머리를 들었다. 흐린 시선이었다.

부하는 움켜쥔 그의 두 손가락 사이로 거무스레한 물기가 번져 나오는 것을 보았다.

"어어어……."

이재동이 머리를 들고 길게 신음 소리를 뱉었다.

"형님!"

부하가 그의 어깨를 쥔 채 머리를 들어 주위를 둘러보았다. 사람들이 하나둘 그들 주위로 몰려들었고, 다른 한 명은 사내를 쫓아갔는지 보이지 않았다.

파도클럽의 밀실에 앉아 있던 안재일은 허둥거리며 들어선 부하를 보고는 이맛살을 찌푸렸다.

"무슨 일이냐?"

"형님, 이재동이가, 요 앞 길가에서……."

부하가 손을 들어 옆쪽을 가리켰다.

"칼에 찔렸습니다. 지금 병원으로 실려 갔는데……."

"누구한테?"

"장우길입니다. 김승진이 보았답니다."

"장우길?"

턱을 치켜든 안재일이 아랫입술을 물었다. 장우길이라면 구찌클럽에 있다가 천일준을 불구자로 만들고는 튄 놈이다. 그가 지금 김원국의 일당과 몰려다니고 있다는 것을 모르는 사람은 없었다.

"이런, 빌어먹을."

자리에서 벌떡 일어선 안재일은 부하를 쏘아보았다.

"그래서 그 새끼는 어떻게 되었어?"

"도망쳤습니다. 애들이 쫓아갔지만, 아직."

"이런 병신 같은 놈들. 애들을 모아라."

"예, 형님."

몸을 돌린 부하가 방을 뛰쳐나가자 안재일은 다시 자리에 앉았다. 얼굴이 나무토막처럼 굳어진 그는 손을 뻗어 휴대폰을 쥐었다.

휴대폰을 내려놓은 박용근은 목을 좌우로 저었다. 자신을 바라보고 있는 이무섭의 시선을 의식한 행동이었다.

"왜, 무슨 일 있소?"

이무섭이 묻자 박용근이 가볍게 헛기침을 했다.

"예, 김원국의 부하들이 칼부림을 했다고 합니다."

"김원국의 부하라니? 누구 말이오?"

이무섭이 술잔을 내려놓고 상체를 세웠다.

"누가 다쳤소?"

"장우길이라고 구찌클럽에서 난동을 부리고 튄 놈이랍니다. 그리고 찔린 놈은 우리 애들이 아닙니다. 정기욱 업체의 상무라는데, 이름은 모르겠다는군요."

"……."

"이거 밤거리가 뒤숭숭해서 야단났습니다. 이놈들을 어서 찾아내야겠는데."

이무섭이 힐끗 그를 바라보고는 다시 술잔을 들었다. 북한산이 눈앞에 펼쳐져 있는 서울 외곽의 갈비집 안이었다.

그들은 방 안에 앉아 갈비 안주로 양주를 마시고 있었는데 바깥쪽의 홀에서는 발소리 한번 들리지 않았다. 식당은 문을 안에서 걸어 잠그고 다른 손님은 받지 않았기 때문이다.

"박 사장, 나는 마찰을 원하지 않았어요. 정 사장과 박 사장은 김원국의 세력이 소탕되는 데 각각 일조를 했고, 지금은 그 공백을 메우는 데 필요합니다."

이무섭의 차분한 말소리가 방 안을 울렸다.

"박 사장도 알고 계시겠지요?"

"알고 있습니다."

둥근 얼굴을 든 박용근이 부리부리한 눈을 굴려 이무섭을 바라보았다.

"전부터 정기욱의 뒤를 봐주고 있다는 것을 짐작하고 있었어요. 그래서 내버려둔 겁니다."

머리를 끄덕인 이무섭이 고기 한 점을 입에 넣고 씹어 삼켰다.

"김원국의 일당이 마지막 발악을 하고 있어요. 놈들은 닥치는 대로 우리를 공격할 겁니다. 일부러 사회를 혼란시켜서 정부의 기능을 약화시키려는 거요. 국민에게 불안감을 심어 주려는 의도지요."

박용근이 잠자코 있자 이무섭이 입술 끝을 비틀면서 웃었다.

"놈들은 당한 일을 교본으로 만들어 놓는 모양이오. 어리석은 짓이지만 꽤 성과는 올리고 있지 않습니까? 며칠 전에는 안정태의 수금 사원이 당했고."

"우린 철저히 경비하고 있습니다. 인원도 늘렸어요. 그까짓 놈들은 합쳐 봐도 몇십 명 안 됩니다."

이무섭이 입맛을 다셨다.

"방심은 안 돼요. 놈들은 기반을 잃었지만 우두머리는 대부분 살아 있어요."

"……."

"김원국이도 서울에 있다는 증거를 잡았습니다. 인천 근처의 별장에서 묵고 있다가 경찰이 들이닥치기 직전에 거처를 옮겼어요. 놈은 당당히 흔적을 남겨 놓았습니다."

"경찰에서 정보가 새어 나간 겁니다."

"이제 그럴 사람도 없어요."

박용근이 눈을 껌벅이며 그를 바라보았다. 새벽 2시가 넘도록 술을 마시고 있지만 이무섭의 자세는 조금도 흐트러지지 않았다. 얼굴색도 변하지 않았다.

"난 오늘 그 말씀을 드리려고 박 사장님을 모신 거요. 세 조직이 협력해서 김원국의 테러를 막아야 한다는 것. 지금은 그렇게 해야 할 때입니다."

이무섭이 머리를 들고 박용근을 똑바로 노려보았다. 짙은 눈썹 밑의 날카로운 시선과 부딪치자 박용근은 탁자 위의 술잔을 쥐었다.

이무섭이 말을 이었다.

"각 조직의 조정은 내가 합니다. 그것을 분명히 말씀드리고 싶어서요. 자신의 위치에 불안해하는 사람이 있다면 그것은 곧 우리를 불신하고 있다는 뜻이 됩니다. 나 모르게 세력을 확장하거나 지역을 정리하실 수는 없습니다."

가볍게 헛기침을 한 박용근이 술잔을 들어 한 모금을 삼키고 내려놓았다.

"그건 말씀하실 필요도 없습니다. 잘 알고 있으니까요."

그는 술기운에 불콰해진 얼굴을 펴고 웃었다.

"우선 김원국이나 잡고 보지요."

제2장

지옥의 밤거리

밤의 대통령

마당으로 내려선 김원국은 담장 밑의 나무 벤치에 앉아 있는 이재영에게 다가갔다. 발에 밟힌 마른 나뭇잎이 버석거리는 소리를 내었는데도 이재영은 건너편의 야산을 바라본 채 머리를 돌리지 않았다.

"그래, 나한테 할 이야기가 있다고 했나?"

다가선 그가 묻자 이재영이 머리를 들었다. 처음 만난 사람을 보는 것 같은 시선이었다. 길고 현란하게 물결치는 듯했던 머리칼을 뒤쪽으로 묶어 올렸으므로 부드러운 목의 곡선이 드러났다. 바람이 불어와 마른 나뭇잎 두어 개가 그녀의 무릎 위에 떨어졌다. 진 바지 차림이어서 허벅지의 윤곽이 뚜렷했다.

"전 돌아가지 않겠어요."

나뭇잎처럼 건조한 목소리가 그녀에게서 흘러나왔다. 시선은 아직도 똑바로 김원국을 향하고 있었다.

"이곳에 있겠어요. 그렇게 하게 해주세요."

"안 돼."

김원국이 머리를 저었다.

"이런 축사에서 여자들을 고생시킬 수는 없어. 이곳에 비하면 만탄 섬은 천국과 같은 곳이지."

김원국이 벤치 끝에 엉덩이를 걸치고 앉아 그녀와 나란히 건너편의 야산을 바라보았다. 바람결에 짐승의 노린내와 분뇨 냄새가 섞여 콧속으로 들어왔고, 야산의 나무들은 모두 앙상한 가지만을 내보이고 있을 뿐이다. 빛바랜 색깔로 덮인 산야는 마치 겨울이 오기도 전에 지친 듯한 모습이었다.

"만탄 섬은 하늘이 언제나 파랗고 햇살은 따뜻해. 바다는 맑아서 물속의 고기가 보이고, 섬사람들은 인정이 많고 착하지."

바지 위에 떨어진 나뭇잎을 털면서 김원국이 말했다.

"먹을 것도 충분해. 어선이 큰 놈으로 두 척 있는데, 거기서 잡은 고기를 먹고 남은 걸 팔아 섬사람들의 생필품을 넉넉하게 공급해 주고 있어."

"저는 싫어요."

고집 센 아이처럼 이재영이 머리를 몇 번씩이나 저었다.

"남게 해주시지 않는다면 이곳을 떠나겠어요. 하지만 섬에는 안 가요."

아래쪽의 축사에서 백동혁과 서너 명의 부하들이 이쪽의 농가로 올라오고 있는 것이 보였다. 그들은 이쪽을 바라보더니 어슷하게 옆쪽을 향해 발길을 돌렸다. 그들이 향하는 곳은 농가의 변소 쪽이었으나 그곳을 지나면 뒷문이 나오기도 했다.

김원국은 주머니에서 담배를 꺼내어 입에 물었다.

"한국에 있다가 잡히면 징역을 살아야 돼. 아마 몇 년쯤은 살아야 할걸?"

"상관없어요."

"쓸데없는 고집."

김원국이 길게 연기를 내뿜으면서 이맛살을 찌푸렸다.

"말 듣지 않으면 억지로라도 데려갈 테니까 그렇게 알고 있어."

이재영은 대답하지 않았으나, 그렇다고 그의 말에 승복하는 것 같지도 않았다.

여자들은 만탄 섬으로 떠나게 되어 있었는데 그것은 강만철의 부인인 안미혜의 바람이기도 했다. 비좁은 농가의 방 두 칸에서 생활하는 것은 감옥 생활과 다름이 없었고, 언제 경찰의 손길이 뻗쳐 올지 알 수 없는 불안한 나날이었다. 조웅남의 부인인 김경지와 안미혜, 한세라와 이재영 등 네 명의 여자와 세 명의 아이들이다.

"저는 다른 분들하고는 입장이 달라요. 그리고 여기 남아서 할 일도 있고."

이재영이 머리를 돌려 그를 바라보았다.

"여기서 당신을 돕겠어요. 무슨 일이든."

"이제 그럴 일은 없어, 이곳저곳으로 옮겨 다니면서 싸울 테니까. 그리고 하나둘씩 피투성이가 되어서 버려진단 말이다. 장례식도 제대로 치르지 못하고 죽게 될 거야."

김원국의 말소리는 부드러웠다. 그는 이재영의 드러난 목덜미에 시선을 주었다가 머리를 돌렸다.

"섬으로 가. 가서 기다려."

"기다리라구요?"

퍼뜩 시선을 든 이재영이 그의 옆얼굴을 바라보았다. 그러자 피우다 만 담배를 땅바닥에 버린 김원국이 자리에서 일어섰다.

"날씨가 점점 추워져. 쫓겨 다니는 사람에게는 추운 날씨도 짐이 돼."

몸을 돌린 그가 마당을 가로질러 걸었으나 이재영은 아래쪽으로 시선을 준 채 움직이지 않았다.

농가의 안방으로 들어가던 김원국은 대청에 서 있는 백동혁을 보고는 걸음을 멈추었다. 뒷문으로 해서 집 안으로 들어온 모양이었다.

"무슨 일이 있느냐?"

"예, 큰형님께 보고드릴 게……."

두 손을 앞으로 모은 백동혁이 한 걸음 다가섰다.

"아랫동네에 면사무소 직원이 와서 여기 사정을 알아보고 있었습니다. 지난번에 왔던 사람이 아니어서……."

지난번에 호구조사차 왔던 직원에게는 백동혁이 100만 원을 건네주었다. 그에게 이쪽은 수양 생활을 하는 신흥 종교 단체라고 설명해 주었지만 100만 원의 효력이 얼마나 갈지 몰라 불안했던 것이다.

아랫동네란 축사에서 300미터쯤 아래쪽에 있는 여섯 채의 농가를 말한다.

그곳에는 50대 미만의 사람은 한 명도 없고, 여섯 명의 할아버지와 다섯 명의 할머니가 농사를 지으며 산다. 짝이 맞지 않는 것은 한 집의 할아버지가 몇 년 전에 상처를 했기 때문이다.

그곳의 집 세 채에 방을 얻어 부하들이 묵고 있었는데 다시 면사무소 직원이 찾아온 모양이었다. 김원국이 잠자코 있자 백동혁이 말을 이었다.

"그래서 우선 붙잡아 두었습니다. 전처럼 돈을 주어야 될지, 아니면……."

"네가 보니까 어떻더냐?"

"전에 왔던 사람하고 다릅니다. 잡히고 나니까 고분고분해졌습니다만, 아무래도……."

"풀려나면 터뜨릴 것 같단 말이지?"

"네, 형님."

"네가 결정해라."

김원국이 불쑥 말하자 백동혁이 졸린 듯한 눈을 추켜올렸다.

"돈을 주어서 입막음이 될 것 같으면 그렇게 하고, 그렇게 되지 않을 것 같으면……."

말을 멈춘 김원국이 힐끗 그와 시선을 마주쳤다가 몸을 돌렸다. 안방으로 들어가 마당으로 향한 창문을 열자 헐벗은 산야가 시야에 들어왔다. 평평한 마당이 끝나는 쪽에 놓여 있는 빈 나무 벤치도 보였다. 한동안 그쪽을 바라보던 김원국은 창문을 닫고 몸을 돌렸다.

"나는 이 일이 끝나면 군복을 벗을 작정이오. 그것으로 책임을 질 겁니다."

황인규가 똑바로 머리를 들고 김칠성을 바라보았다.

"이런 방법밖에 없다는 것이 분합니다. 이제 와서 말하는 게 어울리지는 않지만."

"나는 이미 목숨을 버렸습니다. 구질구질하게 살고 싶지도 않구요."

꺼칠하게 자란 턱수염을 손바닥으로 쓸면서 김칠성이 말했다. 의정부 교외에 있는 조그만 매운탕집 안이었다. 열 평도 되지 않는 홀과 한 개의 방이 있었는데 그들은 매운탕 냄비를 사이에 두고 마주 앉아 있었다.

"어쨌든 이것으로 임종휘란 놈의 경비 상태는 알겠습니다. 물론 놈들은 모두 총기로 무장하고 있겠지요?"

"그럴 겁니다. 청와대 출신이라 경호원들을 그쪽에서 데리고 왔을 수도 있지요."

"그것, 거창하구만. 10명이 넘는 경호 부대에 둘러싸여 있다니."

"이무섭이도 지원해 주었을 거요."

김칠성은 식탁의 한쪽에 놓여 있는 종이를 접어 주머니에 넣었다. 황인규가 그려 온 임종휘 저택의 약도였다.

"어차피 한판 붙을 바에는 많을수록 좋지. 옛날 생각이 나는구만."

"어떻게 하실 겁니까?"

식탁 위에 놓인 술잔에는 손도 대지 않은 채 황인규가 물었다.

"어떻게 하다뇨? 뻔하지 않습니까? 모조리 죽여 없애는 것이지요. 잡고 자시고 할 경황도 없을 것이고."

"저택에는 어떻게 진입해 들어갈 겁니까?"

"글쎄, 그것이……."

눈을 껌뻑이며 황인규를 바라보던 김칠성이 입맛을 다셨다.

"벨을 눌러서 문을 열어 달라고 할 수도 없고, 불을 지르고 소방수가 되어서 쳐들어가는 것은 누가 한 번 써먹어 버렸으니……."

"나는 당신들 작전에는 참가할 수 없어요. 하지만 조언은 해드릴 수가 있는데, 정상적인 방법으로는 안 됩니다."

"알고 있어요. 그 방법은 돌아가서 상의해 볼랍니다. 이제 이것이 있으니까."

김칠성이 약도를 넣은 호주머니를 손으로 두드려 보였다.

"방법이 있겠지요. 우리는 이것보다 더 큰 일도 해치웠습니다."

"인원은 몇 명이나 됩니까?"

"열 명 정도. 나까지 포함해서요. 그것으로 충분해요."

"열 명이라……."

황인규가 힐끗 김칠성을 올려다보고는 젓가락을 들었다. 그러나 이것저것 반찬을 뒤적일 뿐 입에 넣지는 않는다.

"임종휘는 좀처럼 외출을 하지 않아요. 공식적인 회합에 참석하지도 않고, 용무가 있는 사람이 가끔씩 저택을 방문할 뿐입니다."

머리를 든 황인규가 말했다.

"그리고 아들 한 명이 있는데, 미국에 있어서 가족이라고는 부부 두 사람뿐이오."

"그 여편네도 같이 죽여줘야겠군."

김칠성이 소주병을 들고 물컵에 소주를 채웠다.

"아들놈이 미국에 있다니까 대는 끊기지 않겠구만. 그놈한테는 다행한 일이오."

그러자 황인규가 어깨를 늘어뜨리며 소리 죽여 숨을 내뱉었다.

김칠성은 그가 이쪽의 능력에 불안해하고 있다는 것을 아까부터 눈치채고 있었다. 두 사람의 대화가 겉돌고 있는 것이다. 황인규는 김칠성으로부터 보다 구체적인 작전을 듣고 싶어 했으나 그가 들은 것은 죽인다는 소리가 대부분이었다.

물컵에 담긴 소주를 벌컥거리며 마신 김칠성이 빈 컵을 내려놓았다.

"걱정하지 않으셔도 됩니다, 우리가 알아서 할 테니까."

임종휘가 창문의 커튼을 젖히자 아침 햇살이 응접실 안을 가득 채웠다. 늦가을이어서 정원의 나무들은 마른 가지만을 하늘을 향해 내뻗고 있었다.

소파로 돌아온 임종휘는 시계를 올려다보고는 탁자 위에 놓인 전화기를 쥐었다. 다이얼을 누르는 사이, 경호원 한 명이 조심스럽게 응접실의 옆을 가로질러 현관 쪽으로 사라졌다.

2층 양옥이었고, 건평이 150평 정도여서 경호원 10여 명이 상주하고 있었지만 번잡하지는 않다. 신호가 갔으므로 임종휘는 버릇처럼 헛기침을 했다.

—여보세요.

이무섭의 목소리가 들렸다.

"응, 나야."

—아, 예, 기다리고 있었습니다.

도청 방지 장치를 해놓아서 걱정할 것은 없었으나 이무섭은 그에게 호칭을 붙이지 않는다.

"며칠 전에 감시 카메라의 녹화 필름을 점검했는데, 우리가 잘 아는 사람이 보였어."

임종휘가 차분하게 말했다. 저쪽의 이무섭은 숨을 죽인 듯 아무 소리도 내지 않는다.

"궁금할 테니까 말해 주지. 지난번에 전방으로 옮겨진 사람이야. 끈질긴 사람이더구만. 우리 카메라가 대로까지 포착하고 있는 것을 몰랐던 모양인데."

—…….

"녹화된 걸 조사해 보다가 우연히 발견했다는구만."

—잘 알겠습니다.

"매서운 놈이더군. 집념이 강해."

—염려하지 마십시오.

전화기를 내려놓은 임종휘는 탁자 위에 장치된 벨을 눌렀다.

10초도 되지 않아서 40대 초반의 건장한 체격의 사내가 응접실로 들어섰다. 단정한 양복 차림에 각진 턱을 가진, 차가운 인상을 주는 사내였다. 그는 임종휘의 경호 책임자로 있는 한치규였다.

"부르셨습니까?"

"응, 거기 앉아."

임종휘는 앞자리에 앉는 한치규를 조심스럽게 바라보았다. 청와대에서 인연을 맺은 후 지금까지 5년이 넘도록 함께 생활해 왔다. 좀처럼 표면에 모습을 드러내지 않는 성격의 한치규는 임종휘의 그림자 역할에 적합한 인물이었다.

"내가 이무섭이한테 황인규 이야기를 했어. 그쪽에서 처리할 거야."

임종휘의 말이 끝나자 한치규가 머리를 들었다.

"하지만 각하, 황인규 한 놈으로 그칠 일이 아닌 것 같습니다만."

"그놈의 배후 말인가? 정부 기관에는 없어."

임종휘가 머리를 저으며 입가에 웃음을 띠었다.

"그놈은 철저하게 봉쇄되어 있어. 고재철이도 조사단이 해체되어서 그놈을 만날 이유가 없어."

"이동혁 사단장이 그를 풀어 놓아주는 것 같습니다. 그것은 곧 그놈과 동조하고 있다고 봐도 되지 않겠습니까?"

"이동혁이는 철저한 야전 지휘관이지. 그는 확실한 증거가 없는 한 경솔한 행동을 하지 않아."

"황인규가 찍힌 날 사령관이 왔었습니다. 그놈이 행차를 보았을 가능성도 있습니다."

"그게 무슨 꼬투리가 되겠나? 후배가 선배에게 방문하는 것인데."

"……."

"하지만 경비를 철저히 하도록 해. 문제는 안기부에 남아 있는 고성섭과 김원국의 잔당이야. 고성섭은 위아래에서 견제를 받고 있으니까 그렇다손 치더라도 김원국이는……."

말을 멈춘 임종휘가 물끄러미 한치규를 바라보았다.

"김원국과 황인규가 손을 잡을 가능성을 말씀하시는 겁니까?"

"우리는 모든 가능성을 고려해 보아야 해. 막바지에 몰리면 그럴 수도 있지."

"김원국은 이제 부하들이 서른 명도 넘지 않습니다. 축사에 머물 정도가 되었으니, 곧……."

김원국은 수원 근처의 축사에 머물다가 다시 도망쳤고, 경찰은 그들을 잡기 위해 총력을 기울이는 중이었다.

"황인규가 김원국에게 나에 대한 것을 말했다면 김원국의 일당이 어떻게 나올 것인지는 뻔하다."

임종휘가 소파에 등을 기대며 말했다.

"이곳으로 쳐들어오겠지. 그놈들은 충분히 그럴 만한 놈들이야."

"어림도 없습니다, 각하."

한치규가 머리를 조그맣게 저었다.

"차라리 그래 준다면 좋겠습니다. 속 시원히 결판을 내주게 말입니다."

"얕잡아 보면 안 돼, 한 실장. 그놈들은 보통 건달이 아냐."

"잘 알고 있습니다."

대답은 그렇게 하였으나 한치규의 얼굴에서는 긴장감이 보이지 않았다. 그의 입장에서 보면 김원국은 건달이었고, 부하들은 더 말할 것도 없었던 것이다.

공중전화 박스에서 돌아온 이재영은 마시다 만 커피 잔을 들었다. 커피 전문점 안은 점심 후의 커피와 잡담을 즐기는 손님들로 가득 차 있었고, 소란스러웠다. 그러나 오랜만에 느끼는 밝은 분위기여서 이재영의 마음도 가벼워졌다.

김원국의 일행에게서 빠져나왔다는 부담감도 조금쯤은 덜어진 기분이었다. 지금쯤 안미혜 등 여자들과 아이들은 홍콩으로 향하는 여객선을 타고 있을 것이다. 그들은 홍콩에서 조직원의 영접을 받고는 곧장 비행기 편으로 만탄 섬으로 간다.

이재영은 가늘게 긴 숨을 내쉬었다. 쫓겨 다니는 신세가 되더라도 김원국의 옆에 있고 싶다고 이야기를 했던 것을 생각하면 지금도 얼굴이 화끈거린다. 차갑고 냉혹한 사람이라는 말은 들어 왔지만, 가까운 곳에서 느낀 점은 그도 똑같이 뜨거운 심장을 가진 사람이라는 것이다.

그가 자신을 받아들여 주지 않는 것은 엄격한 스스로의 절제 때문이지, 자신을 싫어하기 때문이 아니라고 이재영은 믿고 있었다. 그는 아내인 장민애를 사랑하는 평범한 사내인 것이다.

앞으로 한 시간을 더 기다려야 했으므로 이재영은 커피 한 잔을 다시 시켰다. 잡지사에 근무하는 친구인 오영희에게 옷가지와 돈을 부탁한 것이다.

그녀와는 고등학교 때부터 친한 사이였고, 몸매도 비슷해서 전부터 옷도 바꿔 입어 왔다. 집으로 연락하고 싶었으나 그것은 다음 기회로 미루었다. 경찰의 수사망에 걸릴 확률이 많았기 때문이다.

그녀가 두 잔째의 커피를 거의 다 마셨을 때 커피점의 입구로 들어서는 세 명의 사내가 보였다. 30대 후반쯤으로 보이는 점퍼 차림의 사내들이었는데, 차림새에 신경을 쓰지 않는 듯 모두가 아무렇게나 옷을 걸치고 있었다. 그들은 입구에 멈추어 서서 안을 휘둘러보았는데 시선이 빈자리로 향하는 것이 아니라 앉은 사람들의 얼굴을 스쳐 가고 있었다.

이재영의 가슴이 덜컥 내려앉았다. 그 순간 사내 한 명의 시선과 부딪쳤고, 사내는 탁자 사이를 헤치고 이쪽으로 다가왔다.

"이재영 씨 맞지요?"

앞으로 바짝 다가선 사내가 물었으나 이재영은 대답 대신 침을 끌어모아 삼켰다.

"난 중부서 형사과 소속 이 형사입니다. 같이 가주셔야겠는데요."

옆자리의 손님들이 모두 이쪽을 바라보았다. 뒤따라온 사내 한 명이 이재영의 겨드랑이에 팔을 끼워 넣었다.

"자, 일어나요. 여기서 실랑이해 봐야 망신만 당할 테니까."

"이것 놔요."

이재영이 날카롭게 소리치자 사내들이 서로의 얼굴을 돌아보며 웃었다.

"과연 보통내기가 아니시군. 하지만 할 수 없어, 연행해야 하니까."

사내 한 명이 이재영의 팔을 끌어 잡는가 했는데 어느새 한쪽 팔목에 철컥 소리와 함께 수갑이 채워졌다. 이재영의 얼굴이 하얗게 되었다. 이마에 조그만 땀방울이 배어 나와 있었는데 공기의 흐름에 닿아 서늘하게 느껴졌다.

양쪽 겨드랑이를 사내 두 명에게 붙들린 이재영은 커피점을 나왔다. 저쪽 구석에 기동대의 승합차가 보였고, 지나던 행인들이 발을 멈추고 모두 이쪽을 바라보았다. 햇살이 환하게 비치는 한낮이었다.

"지금 중부서에 잡혀 있습니다. 내일쯤이면 곧 검찰로 송치될 것이라고 했습니다."

백동혁이 조심스럽게 말했다.

"영장이 떨어져 있어서요."

"그 여자, 대체 어쩌려고 그런 거야?"

누구에게 하는 소리는 아니었지만 김칠성이 눈썹을 치켜세웠다.

"혹시 일부러 잡힌 것 아냐? 자수한 것이 아니냔 말이다."

백동혁이 힐끗 김원국의 눈치를 살피고는 시선을 떨어뜨렸다.

"이거, 우리 내막이 샅샅이 드러나는 것이 아닐까요, 형님?"

김칠성이 김원국을 바라보았다.

이곳은 미아리의 허름한 여관방이었다. 밖은 아직 한낮이었으나 햇볕이 들지 않는 방 안은 어두워서 형광등을 켜놓았고 침대에서는 습기에 찌든 퀴퀴한 냄새가 풍겨져 왔다.

김원국이 머리를 저었다.

"그럴 여자는 아니다. 일부러 잡힐 여자도, 그리고 입을 열 여자도 아니야."

"형님, 남자라도 견디지 못합니다. 그놈들이 알아내려면 얼마든지 알아낼 수 있습니다. 이재영 씨가 우리와 함께 지냈다는 것을 알고 있으니까요."

"……."

"형님이 지휘하고 계신다는 것이 폭로되면……."

"상관없다. 이미 저쪽도 알고 있는 일이야."

김칠성이 입맛을 다시고는 머리를 돌렸다.

방바닥에 무릎을 꿇고 앉아 있던 백동혁이 상체를 세우고 김원국을 바라보았다.

"저어, 제가 알아보았는데, 오영희라고 이재영 씨 친구가 경찰에 신고를 해서 그렇게 되었답니다."

"……."

"그래서 제가 그 여자를 어떻게 했으면 할까 하고……."

김칠성이 다시 입맛을 다시고는 머리를 돌려 벽 쪽을 바라보았다.

"내버려 둬라. 아마 그 여자도 협박을 받고 있었을 게다."

김원국이 팔짱을 끼고는 물끄러미 백동혁을 바라보았다.

그 시간 이재영은 중부 경찰서의 형사과 사무실에 앉아 있었다. 수갑이 채워진 두 손을 무릎 위에 올려놓고는 허리를 꼿꼿하게 편 자세로 책상 건너편의 조사관을 바라보았다.

"내일이면 이곳을 떠나 검찰로 가게 돼요. 가서 조사를 받겠지만 있는 대로 진술하는 것이 이로울 거요."

조사관은 40대의 머리가 희끗한 사내였다. 얼굴에 피로한 기색이 역력했지만 이마와 볼의 주름살은 그가 온갖 풍상을 겪은 사람이라는 것을 보여주는 것 같았다.

"김원국의 조직원과 다섯 달 가깝게 생활했어요. 그렇지요?"

타이프에서 손을 뗀 조사관이 담배를 꺼내어 입에 물었다.

"그렇다면 있던 곳이 어딥니까? 말해 봐요."

"말할 수 없어요."

"당신, 장난하지 말어. 이래 봬도 나는 꽤 솜씨 있는 사람이야."

"변호사를 불러줘요. 변호사 없이는 말하지 않겠어요."

"그것참, 유식한 척하는군. 김원국의 일당이면 지금 어떤 대접을 받고 있는지 알기나 하는 거야?"

조사관은 이제 말을 내렸다. 그가 뱉어낸 담배 연기가 책상을 건너와 이재영의 얼굴에 닿았다.

"그놈들을 만나면 가차 없이 사살해도 좋다는 명령이 떨어져 있어. 밤거리를 무법천지로 만들고 있는 놈들이란 말이야."

"무법천지로 만든 것은 다른 사람들이에요. 김원국 씨는 피해자구요."

"신문에 그렇게 썼더군. 덕분에 아주일보가 폐간당할 뻔했지만."

"나는 그들 일당이 아니에요. 사실을 그대로 쓰다가 목숨을 잃은 뻔한 사람이에요."

"누구에게 말이야?"

"이무섭 씨, 이철우 씨, 그리고 지금 밤의 세계를 장악하고 있는 무리들."

"어이구, 지긋지긋하군."

말은 그렇게 했지만 조사관의 얼굴은 웃음으로 주름이 졌다.

"또 그 소리. 이봐, 종이 친 일이야. 막이 내렸다고. 정신 똑바로 차려."

옆자리의 조사관들이 이를 드러내며 웃었다.

강한석이 이재영의 체포 소식을 들은 것은 그날 저녁 무렵이었다. 비서관은 오후 2시경에 경찰청으로부터 보고를 받았는데 마침 강한석은 상임위원장 회의에 참석하고 있었던 것이다. 그리고 그것은 그다지 중요한 일이 아니었다.

"그 여자, 김원국 일당과 함께 있었다는데, 곧 그놈들의 내부 사정을 알 수가 있겠구만."

강한석이 조끼의 밑쪽 단추를 끄르면서 비서관을 바라보았다.

"청장한테 이야기해서 철저하게 다그치라고 해. 그놈들 때문에 치안 상태가 최악이야."

"알겠습니다."

"맹랑한 여자야. 신문에 내 이름까지 들먹여서 내가 애를 먹었어."

"그렇습니다. 특종을 잡으려는 욕심으로 지어낸 것이지요."

강한석이 머리를 끄덕이자 비서관은 몸을 돌렸다. 문이 닫히고 나자 강한석은 탁자 위에 놓인 휴대폰을 집어 들었다.

다이얼을 누르고 신호음이 들리자 그는 가죽 소파에 등을 깊숙이 묻었다. 여당의 대표 위원실답게 넓고 중후한 분위기를 풍기는 방이었다. 탁자 위에서는 매일 갈아 꽂는 화초가 향긋한 냄새를 풍겼고, 한쪽 벽에는 대통령이 친필로 써준 액자가 걸려 있다. '국태민안(國泰民安)' 이다. 이제 위정자로서의 마음가짐을 가지라는 뜻이라고 강한석은 해석하고 있었다.

—여보세요.

저쪽의 응답에 강한석은 전화기를 고쳐 쥐었다.

"아, 납니다."

—대표 위원님 아니십니까? 이렇게 갑자기…….

이무섭의 말소리는 정중했다.

"연락 받았지요? 이재영이가 체포되었다는 소식 말이오."

—예, 듣기는 했습니다만.

"화근 덩어리 하나가 운 좋게 잡혔어요. 지금 중부서에서 조사를 하는 모양인데, 청장이 아직 언론에 알리지는 않았다고 합디다. 김원국의 조직이 긴장할 것 같아서 그랬다는데."

—제 생각입니다만, 그놈들은 이미 알고 있을 겁니다. 놈들의 정보망도 무시할 수가 없습니다.

"어쨌든 그 여자한테서 김원국 일당의 내막을 캐내야겠는데, 경찰과 검찰의 방법으로는 어딘지 부족해. 더구나 변호사까지 부르고 난리를 치면 언론이 떠들어 댈 것이고."

—…….

"내일 검찰로 송치된다고 하는데 그사이 직접 다그쳐 봐요. 내가 청장한테는 넌지시 이야기해 놓을 테니까."

—그렇게 해주신다면 염려하실 것 없습니다.

이무섭의 목소리가 팽팽해졌다.

—하루면 되겠습니다. 천하장사에 제아무리 독종이라도 약점이 있는 법이니까요. 맡겨 주십시오.

"그렇다면 하루 더 경찰에서 잡고 있는 것으로 할 테니까 넘겨받아요."

—고맙습니다, 대표 위원님.

휴대폰의 스위치를 내린 강한석은 머리를 소파에 기대고는 길게 숨을 내쉬었다. 그에게 지금 장애물이 있다면 김원국의 일당밖에 없다. 그들의 난동으로 밤거리의 치안은 마치 6.25 직후와 같은 혼란 상태에 빠져들고 있었다. 하루도 빠짐없이 테러와 약탈이 자행되고 있었는데 이제는 가짜 김원국과 조웅남, 김칠성 등이 하루에도 10여 군데에서 출몰하는 형편이었다. 어중이떠중이들이 그들의 이름을 사칭하고 강도와 강간을 일삼는 것이다.

대통령도 심기가 불편한 모양이었다. 어제 조찬 회동에서는 밤의 치안 상태를 문제 삼아 내무장관인 박민평을 꾸짖었는데, 그것은 마치 강한석을 향한 것처럼 들렸었다. 박민평은 부임한 지 1개월이 겨우 넘었고, 김원국의 사건이 강한석이 장관으로 있었을 때 발생한 것이라는 걸 모르는 사람은 없었다.

시계를 올려다본 강한석은 자리에서 일어섰다. 당의 삼역들과 저녁 약속이 있었던 것이다.

금테 안경을 쓴 데다 양쪽 입안에는 플라스틱으로 만든 조그만 공을 집어넣어서 얼굴이 더욱 넓어 보이는 오함마는 클럽 안으로 들어섰다.

"어서 오십시오."

붉은색 재킷을 입은 웨이터 한 명이 다가와 그들에게 정중히 허리를 숙였다.

"누구, 지명 웨이터가 있으십니까?"

"없어. 처음이라, 이곳이."

"그러시다면 제가……."

웨이터가 바짝 다가서더니 온 얼굴을 펴고 웃었다.

"제가 모시겠습니다. 일행이 두 분이십니까?"

오함마의 옆에 서 있던 양용태가 머리를 끄덕이자 웨이터가 앞장을 섰다.

구찌클럽은 나이트클럽과 룸살롱이 혼합된 스타일의 대형 클럽이다. 홀의 중심에 무대가 있고, 그곳에서 쇼와 마술, 또는 인기 가수가 노래를 한다. 소란스러운 것이 싫은 사람들은 유리벽으로 방음장치가 되어 있는 밀실에 들어가면 되었다. 그들은 무대가 훤히 보이는 밀실로 들어가 앉았다.

신바람이 난 웨이터가 주문을 받고 나가자 양용태가 오함마를 바라보았다.

"형님, 생각했던 것보다 더 크구만요. 하루 매상이 몇천은 되겠습니다."

오함마가 바깥의 홀을 바라본 채 머리를 끄덕였다.

"그건 그렇고, 장우길의 말이 맞다. 입구 한 곳만 막아버리면 오갈 데 없게 되어 있구만."

"비상구는 잠가 둔다고 했지만, 제가 확인해 보겠습니다."

"2층의 사무실로 돈을 가져갈 거야. 그곳에서 박기섭이가 당했다는데, 오늘은 거꾸로 되겠다."

웨이터가 안주와 술을 들고 들어섰으므로 그들은 말을 멈추었다.

안쪽의 홀에는 이미 여덟 명의 부하들이 두셋씩 짝을 지어 흩어져 있을 터였다. 그러나 이곳은 박용근의 근거지 중 하나였다. 영업부의 직원만 해도 30명이 넘는 데다 유사시에는 웨이터들도 가세할 테니까 저쪽은 대략 50명이 넘는다. 그러나 오함마는 10명의 인원으로 충분하다는 생각이었다. 숫자가 많으면 오히려 걸리적거리기만 할 뿐, 치고 빠지는 데 장애가 된다. 꼬리가 길어지는 것이다.

"저어, 아가씨들을 부르시겠지요? 일류급입니다. 마음에 들지 않으시면 내보내도 됩니다."

웨이터가 정중하게 물었다. 건장한 체격이었으나 얼굴은 조그마했는데 두 눈의 검은자위가 바쁘게 움직였다.

"좋아, 데려와."

오함마가 말했다.

"팁은 두당 10만 원입니다."

"왜 이렇게 비싸?"

"일류입니다, 사장님."

"아무리 일류라도 그렇지. 이건 씨, 사람을 어떻게 보구."

양용태가 와락 얼굴을 붉히며 웨이터를 노려보았다. 장우길한테서 들은 바로는 아가씨의 팁은 7만 원이었던 것이다.

"이봐, 됐어. 데려와."

오함마가 머리를 끄덕이자 웨이터가 재빠르게 몸을 돌렸다.

"어차피 도로 찾을 돈이니까 놔둬라."

오함마가 술잔을 쥐며 말하자 양용태가 서둘러 술병을 들고 술을 채웠다.

9시가 조금 넘은 시간이어서 2시까지의 영업 시간까지는 다섯 시간이나 남아 있었다. 그동안 안의 상황이나 철저하게 확인해 둘 작정으로 일찍 들어온 것이다. 바깥의 무대에서는 다섯 명의 여자들이 긴 다리를 들어 올리면서 춤을 추고 있었다. 그들은 아슬아슬한 비키니 차림으로 거의 알몸이나 마찬가지였다.

"형님, 이곳 영업부장 하명길이는 왕년에 대전에서 한가락 하던 놈입니다. 안면은 없으시지요?"

양용태가 바깥을 힐끗거리며 물었다. 그는 충청도 괴산 출신이었는데 쌀가마 두 개를 양어깨에 메는 장사였다.

중학교를 졸업하고 각처를 떠돌다가 도둑질과 강도로 5년쯤 학교를 다녔고, 운 좋게 김칠성의 눈에 띄어 인천의 횟집들을 관리하게 되었던 것이다.

"그까짓 놈, 내가 안면이 있을 리가 없다. 박용근 덕분에 서울에서 활개를 치게 된 모양인데, 오늘로 그 짓도 끝이다."

문이 열리자 바깥의 커다란 음악 소리가 들이닥쳤다. 웨이터가 아가시 두 명을 데리고 들어온 것이다.

"자, 너는 저기, 너는 이쪽으로."

웨이터의 지시에 따라 아가씨들은 그들의 옆에 자리를 잡고 앉았다. 다소 과장이 섞이기는 했지만 여자들은 미인이었다.

특히 오함마의 옆자리에 앉은 여자는 눈이 번쩍 뜨일 만큼 이목구비가 수려했다. 긴 생머리와 화장기가 엷은 옆모습이 누구와 닮은 것 같다는 생각이 들었다.

"저, 유혜진이에요."

그녀가 또렷한 음성으로 말했다. 본명을 쓰는 경우는 거의 없었으니 이곳에서 지은 이름일 것이다. 대부분은 성도 바꾼다.

오함마는 잠자코 술잔을 들었다. 양용태가 그의 눈치를 살피다가 슬그머니 여자의 허벅지에 손을 올려놓았다. 그는 오랜만에 여자 구경을 하는 셈이었다. 이제까지 이곳저곳 쫓겨 다니는 통에 여자를 품에 안을 기회도 없었을 것이다.

옆자리의 여자가 오함마의 빈 잔에 잠자코 술을 따랐다. 그녀의 옆모습을 보던 오함마의 가슴이 철렁 내려앉았다. 그는 주머니의 지갑에서 10만 원짜리 수표를 꺼내어 여자에게 건네주었다.

"이걸 받고 나가, 어서."

양용태가 서둘러 여자의 허벅지에서 손을 떼었고, 유혜진이라는 여자는 눈을 커다랗게 치켜뜨고 오함마를 바라보았다.

"자, 받아. 그리고 나가."

"안 받겠어요."

자리에서 일어선 여자는 몸을 돌려 방을 나갔다. 양용태가 눈을 껌벅이며 오함마의 눈치를 살폈다.

"다른 여자를 불러와. 웨이터에게 말해."

오함마가 앞쪽의 여자에게 말하자 그녀가 끄덕이며 일어섰다. 오함마는 술잔을 들어 한입에 털어 넣었다. 이제 가슴이 뛰는 것은 가라앉았으나 온몸이 불덩이가 된 것처럼 달아오르고 있었다.

그녀는 장민애와 닮아 있었다. 그녀의 옆얼굴에서 지금 만탄섬에 묻혀 있는 장민애의 모습을 발견한 것이다.

오함마는 빈 잔에 다시 술을 채웠다. 양용태가 불안한 표정으로 그를 바라보고 있었으나 그에게 말할 수는 없는 일이었다.

영업부장 하명길은 30대 초반이었으나 배가 나와서 40대쯤으로 보였다. 하는 행동도 점잖고 예의 바른 데다, 말투도 느려서 전형적인 충청도 양반 타입이었다.

그러나 그가 언제나 허리춤에 단도 두 자루를 찔러 넣고 다니고 군대에서 배웠다는 칼 던지기가 백발백중이라는 것을 모르는 사람이 거의 없다. 지금도 시간만 있으면 사무실에서나 홀에서 단도를 날리는데 열 발짝쯤 떨어진 곳의 손바닥만 한 표적을 어김없이 명중시키곤 했다.

하명길이 홀을 둘러보고는 사무실로 향하는 계단으로 향하는데 부하인 홍진표가 다가왔다.

"형님, 요가 하는 놈이 10분 정도 늦는다고 연락이 왔습니다. 그동안 스트립쇼나 보여주어야 할 것 같은데요."

"그 썩을 놈의 새끼."

하명길이 느릿한 말투로 욕을 했다.

"이따 요가 끝내고 나서 몇 대 두들겨 줘라. 겁을 주란 말이여."

"예, 형님. 그리고……."

홍진표가 배시시 웃으며 그를 바라보았다.

"그리고 뭣이여?"

"예, 유혜진이 대기실에서 울고 있습니다. 손님한테 빠꾸 맞았다는데요."

"허어, 갸가 빠꾸를 맞어?"

하명길이 입을 벌렸다.

"갸를 빠꾸시킨 놈이 있어?"

"예, 형님. 유혜진은 자존심이 상한 모양입니다. 처음 당한 일인 모양이어서요."

"어떤 놈들인디?"

"처음 보는 놈들이랍니다. 88번 이야기로는 촌놈들 같다는데."

"요새는 촌놈들 눈이 더 높은 모냥이여."

어쨌든 기분은 나쁘지 않았으므로 하명길은 몸을 돌렸다. 유혜진은 구찌클럽의 간판스타였고, 하명길의 정부이기도 했다. 생각 같아서는 들어앉히고 싶었으나 원체 대가 센 계집이어서 몸은 줄지언정 살림 차리는 것은 싫다고 했던 것이다. 하명길의 감시하에 있기 때문이기도 했지만 그녀는 손님과 2차를 나간 적이 한 번도 없다.

그가 2층의 사무실로 들어서자 잡담을 하고 있던 세 명의 부하가 일제히 일어섰다. 그들을 지나 뒤쪽의 소파로 다가간 하명길은 길게 다리를 뻗고 앉았다. 부하들이 제각기 신문과 잡지를 펼쳐 들고 읽는 시늉을 하는 것이 보였다.

곧 책상 위에서 전화벨이 울렸다. 부하 한 명이 수화기를 들더니 온몸을 굳히고는 하명길을 바라보았다.

"형님, 사장님이십니다."

"어어, 그래?"

하명길이 두 다리를 허공에서 방바닥으로 곧장 내려찍으며 일어섰다.

"예, 하명길입니다."

수화기를 귀에 대자마자 그가 기운차게 대답했다.

—나야, 별일 없냐?

"예, 사장님. 별일 없습니다."

박용근은 하루에 한 번쯤 전화를 했는데, 주로 수금 시간이 가까워질 때 많이 하는 편이었다. 그에게 구찌클럽은 주요 수입원 중 하나였기 때문이다.

그리고 지난번에 이재동이 칼을 맞은 사건이 일어나고 나서는 부쩍 몸을 사리고 있었다. 이제는 술을 마시러 외출하는 것도 삼가는 편이다. 김원국의 일당은 발악하듯 사방을 쑤시고 다녔는데, 가짜 김원국과 조웅남이 하루에도 수십 명씩 나타난다. 경찰 병력들이 거리마다 삼삼오오 배치되어 있었지만 서울 전역을 감당하기에는 역부족인 것이다.

—자네, 김원국이를 따라다닌다는 이재영이라는 기자 알지?

"예, 압니다. 여자 아닙니까?"

난데없는 물음이었으나 하명길이 그렇게 대답하자 박용근이 말을 이었다.

—그년이 오늘 낮에 잡혔어. 지금 경찰에서 조사받고 있는 중이야.

"아아, 예."

—언론에 보도되지는 않았어. 비밀리에 수사를 하려고 그러는 모양이야. 이제 곧 김원국 일당의 내부 사정을 알게 되겠어. 그년이 붙어 다녔을 테니까.

"잘되었군요, 사장님."

—하지만 경계를 늦춰서는 안 돼. 놈들이 더 발악할지도 모르니까.

"걱정하지 마십시오. 이곳은 끄떡없습니다, 사장님."

수화기를 내려놓은 하명길은 자리에서 일어섰다. 클럽을 한 바퀴 돌아볼 생각이 든 것이다. 클럽 안에는 신사복 차림의 부하들 30명과 웨이터 복장을 한 30명의 부하들이 있다. 60명이면 김원국의 일당이 모두 쳐들어온다고 해도 해볼 만했다. 문 위에 걸린 시계가 밤 11시 40분을 가리키고 있었다.

조웅남의 홀랑 벗은 몸은 마치 하마가 두 발로 서서 사람의 탈을 뒤집어쓴 것과 같았다. 조웅남은 온몸에서 물방울을 떨어뜨리며 소파에 앉았다. 늘어진 방울과 검붉은 남성이 드러났으나 전혀 개의치 않는다.

"그러믄 형님이 있는 디가 미아리란 말여? 무신 여관이라고?"

수건을 손에 쥐고 있었지만 닦는 것을 잊은 모양이었다. 치켜뜬 눈으로 조웅남이 손채석을 바라보았다.

"예, 핑크여관이라고, 버스 종점 못 미처 골목 안에 있습니다."

듣도 보도 못한 이름이었다. 조웅남은 손에 쥔 수건을 옆쪽으로 내던지고는 두 팔꿈치를 무릎 위로 내렸다. 그에 온몸이 둥글게 되었고, 그러자 손채석에게 정면으로 보였던 남성과 방울이 가려졌다.

"에이고, 씨발."

어깨를 늘어뜨린 조웅남이 한숨과 욕설을 뱉었다.

"얼릉얼릉 결판이 나야지, 내가 그 꼴 못 보겄다."

"형님, 동혁이한테는 할 수 없이 우리가 있는 곳을 알려주었습니다. 큰형님한테는 말씀드리지 말라고도 했구요."

"말허믄 안 돼여. 입을 놀렸다가는 주딩이를 찢을 텡게."

"하지만 동혁이도 곤란한 눈치던데요. 큰형님이 물어보시면 거짓말을 할 놈이 아닙니다."

"어채피 식구덜이 쪼개져서 댕기게 되었다. 그것이 눈에도 덜 띄고, 형님도 이해허실 것이다."

"하지만 큰형님 말씀을 듣고 움직이셔야……."

"그거야……."

말문이 막힌 조웅남이 상체를 세우고는 입맛을 다셨다. 이곳은 안양의 여관이었는데 김원국이 묵고 있을 미아리의 여관보다는 상급이었다. 지은 지 얼마 되지 않아서 욕조도 깨끗하고 방도 넓다.

"여편네덜을 섬으로 보냈다니 잘헌 짓이여. 인자 형님이 발 벗고 뛸 모양이고만."

"예, 이재영 씨는 거기서 빠져나갔다가 잡혔다고 하더군요."

"그년, 잘되았어. 여우 같은 년."

"예?"

"아녀, 아무것도."

손채석이 방바닥에 떨어진 수건을 주워 조웅남 앞으로 내밀었다.

"그나저나 인자사 형님 소식을 들응게로 맴이 놓이는구만."

수건을 받은 조웅남이 몸에 붙은 물기를 닦았다.

손채석은 이틀간 헤맨 끝에 백동혁과 끈이 닿았고, 조금 전에 그를 만나고 돌아온 것이다. 수원의 축사에 머물렀던 김원국은 떠돌이 신세가 되어 지금은 미아리의 여관에 있다.

조웅남이 수건을 내려놓고 상체를 세웠다. 양다리를 쩍 벌리고 앉아 있었으므로 손채석은 서둘러 머리를 돌렸다.

"야, 채석아, 인자까지 우리가 모아 놓은 자금이 을매나 되냐?"

"예, 현금으로만 5억이 조금 넘습니다."

"그렇다믄 내일 동혁이를 만나서 그 돈을 싹 줘라. 형님이 돈이 없을 거여. 칠성이허고, 함마, 갸들은 체면 챙기는 놈들이라 우리같이 강도질 못 허는 놈들이여."

"예, 형님."

"그런디 오늘 밤에는 어디로 가지?"

"영등포의 해성살롱입니다, 형님."

조웅남이 눈을 껌벅이며 손채석을 바라보았다.

"거그는 한 번 털었던 디 아녀?"

"아닙니다. 지난번 털었던 데는 유성살롱이었지요."

"그런가?"

"하지만 요즘은 경계가 심해져서 조심해야겠습니다. 그리고 가짜 새끼들이 수도 없이 나타나는 바람에……."

"가짜 조웅남이 말이지?"

조웅남이 입을 벌리고 웃었다.

"내싸둬라. 갸들이 내 대신 뛰어 준다고 생각허믄 되어. 이무섭이는 내가 둔갑술을 배웠다고 헐 것이다."

"어제도 가짜 조웅남이 두 명 잡혔고, 가짜 김칠성이 한 명 잡혔습니다."

"인자 쬐끔 있으믄 가짜 손채석이도 나올 거여. 그때 니가 내 기분을 알 것이다."

조웅남이 부드러운 표정으로 손채석을 바라보았다.

새벽 1시가 되자 무대는 듬성듬성해졌으나 아직도 플로어에서 춤을 추는 손님들은 꽤 남아 있었다. 유리창 너머로 보이는 홀은 반쯤 빈 상태였다. 그러나 웨이터들은 더욱 분주해졌다. 비뚤어진 빈 탁자와 의자를 바로 놓고 둘씩 셋씩 모여서 계산서를 맞추는가 하면 나가는 손님들을 배웅하는 이들도 있었다.

양용태가 술잔을 내려놓고 다시 오함마의 눈치를 살폈다. 시간이 지날수록 초조해지는 모양이었다. 그도 그럴 것이 손님들의 숫자가 줄어들수록 놈들의 숫자가 더욱 많아져 보이는 것이다. 신사복 차림의 조직원만 해도 30명 가깝게 되었고, 유사시에 행동대원이 될 수 있는 웨이터가 30명 가깝게 되었다. 그러나 이쪽은 오함마까지 합해서 딱 10명인 것이다.

오함마는 위스키를 물컵에 가득 따르고는 꿀꺽이며 마셨다. 앞쪽에 앉아 있던 아가씨가 눈을 깜박이며 그를 바라보았다. 둘이서 양주를 큰 병으로 네 병을 마시고 있는 참이었다.

"형님."

양용태가 부르는 소리에 오함마가 머리를 들었다.

"올라가고 있습니다."

그의 시선이 가리키는 곳에 2층으로 올라가는 서너 명의 사내들이 있었다. 입구 근처의 벽에 붙은 계단이다. 2층에는 사무실이 있었다.

시계는 1시 40분을 가리키고 있었다. 1시가 조금 지나서 웨이터가 들어와 계산을 치렀으니 지금은 2층 사무실에서 오늘 수입을 맞춰 보는 시간이다.

오함마는 술잔을 내려놓고 자리에서 일어섰다. 양용태가 재빨리 따라 일어서면서 아가씨에게 10만 원짜리 수표를 건네주었다. 그들이 밀실을 나서자 담당 웨이터가 재빨리 다가왔다.

"사장님, 가시게요?"

웃는 얼굴이었으나 눈동자가 반들거리고 있었다. 계산서에 30퍼센트가량 바가지를 씌웠어도 이쪽은 잠자코 계산을 치렀던 것이다. 놈은 만족하면서도 한편으로는 이쪽을 경멸하고 있을 것이다.

그들이 탁자 사이를 헤치고 나가자 이쪽저쪽의 좌석에서도 손님들이 따라 일어섰다. 어지러운 음악 소리와 함께 아직도 한쪽에서는 남녀의 웃음소리가 뒤섞여 들리고 있다.

오함마는 웨이터의 뒤를 따라 입구로 다가갔다. 정장 차림의 사내들이 입구의 근처에 벌려 서 있었는데 어림잡아 10명도 넘어 보였다. 빈틈없는 경비 태세였다. 홀 안에 있다는 것은 곧 놈들에게 포위되었다는 것이다. 오른쪽의 계단으로 시선을 던진 오함마는 그곳에도 서너 명의 사내들이 서 있는 것을 보았다. 이제 그들과의 거리는 5미터쯤으로 가까워졌다.

오함마는 호주머니에 넣었던 두 손을 빼었다. 그러고는 손에 들고 있던 두 개의 수류탄 중 한 개는 2층 계단의 입구에, 다른 한 개는 현관 쪽의 사내들을 향해 슬쩍 던졌다. 이미 안전핀을 빼놓고 쥐고 있었던 것이다.

사내들은 오함마를 의식하고는 있었으나 그가 던진 것이 무엇인지는 자세히 분간하지 못했다. 오함마가 몸을 돌리면서 탁자 사이로 몸을 숙이자 뒤따르던 부하들이 일제히 엎드렸고, 그제야 위기감을 느낀 사내들이 일제히 상반신을 이쪽으로 굽혔다.

"수류탄!"

누군가가 소리쳤는데 그 여운이 끝나기도 전에 엄청난 폭발음이 두 군데서 들렸다. 엎드려 있는 오함마의 몸 위로 나뭇조각과 끈끈한 덩어리들이 떨어져 내렸고, 곧이어 심한 화약 냄새가 났다. 찢어지는 듯한 비명 소리가 들렸는데 아직도 홀을 가득 울리고 있는 것은 음악 소리였다.

몸을 일으킨 오함마는 어지럽게 뒤엉키고 수라장이 된 입구 쪽을 바라보았다. 수십 명의 웨이터와 손님들이 문 밖으로 밀려 나가고 있었는데 그제야 소동을 알아차린, 남아 있던 손님들이 아우성을 치면서 이쪽으로 몰려온다. 오함마는 이쪽을 의식하고 있는 대여섯 명의 사내들이 있는 것도 느낄 수 있었다. 그들은 사람들에게 밀리면서도 한사코 이쪽을 향해 허우적거리며 다가오려고 했다.

이제 홀은 아비규환이었다. 문 앞과 2층 계단 입구에 쓰러져 있는 사내는 10여 명 정도 되었는데 사람들에게 가려 보이지 않기 때문에 그 이상일 수도 있었다.

오함마는 계단 쪽으로 다가갔다. 그러고는 다시 호주머니에서 수류탄 한 개를 꺼내어 계단의 위쪽을 향해 던졌다. 고막이 찢어지는 듯한 폭음과 함께 파편이 튀었고, 그것은 수라장의 정점을 이루기에 충분했다.

오함마의 앞으로 피투성이가 된 사내 한 명이 다가왔다. 사람들에게 밀려서 부딪쳐 온다는 표현이 적당할 것이다. 사내는 오함마가 수류탄을 던졌을 때부터 눈여겨봤을 것이다.

그는 이마가 깨진 모양인지 얼굴이 피로 범벅되어 있었다. 오함마는 그가 한 손에 움켜쥔 단도를 보았다. 다음 순간 사내의 머리가 한쪽으로 휘청하고는 사람들에게 밀려 보이지 않았다. 땅바닥에 쓰러졌을 것이다.

사람들 사이로 양용태의 모습이 보였다. 그는 한 손에 길이가 50센티쯤 되는 쇠뭉치를 들고 있었다.

홀은 지옥과도 같았는데 오함마가 계단을 반쯤 뛰어 올라갔을 때쯤에는 소음이 현저히 줄어들었다. 사람들이 썰물처럼 현관을 빠져나가고 있었기 때문이다.

탕, 탕, 탕!

연속으로 발사되는 권총 소리가 들렸다. 엎드린 오함마가 던진 수류탄이 그들의 다리 사이로 빠져 사무실의 문지방에 걸려 멈추었다. 다시 폭음이 울리며 나뭇조각이 흩날렸다.

오함마는 자신의 몸 위에 떨어진 사내들의 조각난 몸뚱이를 털어내며 사무실을 향해 달려갔다. 그는 호주머니에 든 마지막 수류탄을 꺼내어 안전핀을 뽑고는 부서진 문 안으로 집어넣었다. 폭음과 함께 비명 소리가 터져 나왔다. 방 밖으로 지폐 조각이 하얗게 뿜어져 나오고 있었다.

제3장

벌거벗은 여자

밤의 대통령

"이것은 내란이야. 정부는 속수무책으로 공격당하고 있고."

이중섭 대통령의 얼굴은 붉게 상기되어 있었다. 그는 원탁 주위에 둘러앉은 사람들을 둘러보았는데 시선 끝이 날카로워서 감히 아무도 눈을 들려고 하지 않았다.

"김원국 조직이 폭동을 일으키고 있지 않나? 시내에서 수류탄을 던져 사람을 죽이다니."

그의 말소리가 쩌렁쩌렁 방 안을 울렸다.

회의를 시작한 지 20분이 넘었는데 지금까지 아무도 발언할 기회를 얻지 못했다. 대통령의 질타만 쏟아지고 있을 뿐이다.

"나는 지금까지 우리나라가 태평성대라는 보고만을 받아왔어. 어느 한 사람도 문제의식을 가지고 책임 있게 일하는 공직자가 없단 말이야."

말을 멈춘 이중섭의 시선이 좌우를 훑다가 안기부장인 안길중에게서 멈추었다. 그의 시선은 곧 반대쪽에 앉아 있는 내무장관 박민평에게로 옮겨졌다.

"여덟 명이 죽고 스물세 명이 다쳤다니, 이것은 전쟁이 난 것이나 같아. 치안 상태는 지금 공백이야. 무정부 상태와 같아. 그렇지 않은가, 박 장관."

드디어 과녁이 정해졌으므로 박민평을 제외한 나머지 사람들은 허리를 폈다. 질풍노도와 같이 쏟아지는 이중섭의 질타를 선불리 상대했다가는 애꿎은 벼락을 맞기 십상이고, 한숨 돌리기를 기다리면 이중섭이 냉정해진다는 것을 모두 알고 있는 것이다.

"우선 면목이 없습니다."

박민평이 먼저 머리를 깊게 숙였는데 그것을 바라본 강한석이 희미하게 이맛살을 찌푸렸다. 이중섭은 그런 스타일을 좋아하지 않는 것이다. 잘못을 먼저 시인하는 것은 보통 사람에게는 솔직하고 기개 있는 성품으로 보이겠지만 이쪽은 일국의 장관이다. 잘못 한 번이 보통 사람보다 몇백 배 몇천 배의 비중이 있는 것이다. 그는 우선 장황하더라도 이제까지 치안에 노력했던 상황을 설명했어야 한다. 아니나 다를까, 이중섭이 턱을 치켜들고는 머리를 돌렸다.

"전 경찰력을 동원해서 김원국 일당을 완전히 뿌리 뽑겠습니다. 따라서……."

"언제는 동원 안 했나?"

"네, 하지만……."

"하루에도 수십 건씩 테러와 강도 사건이 발생하고 있어. 경찰청에서는 사건 발생을 덮어둔다는 말도 있던데."

"그럴 리가, 저는 금시초문입니다."

"그러겠지."

박민평이 손수건을 꺼내기도 어려웠는지 손바닥으로 이마의 땀을 씻어 내었다.

"이제는 총과 수류탄이야. 도대체 총기들이 어떻게 해서 그자들의 손아귀에 들어갔나?"

이중섭의 시선을 받은 박민평의 머리를 조금 돌려 옆쪽에 앉은 국방장관 김동진을 바라보았다. 그의 시선을 느낀 김동진이 와락 이맛살을 찌푸렸다. 비서실장인 윤성하가 조그맣게 헛기침을 했다.

"각하, 김원국을 잡으려는 수사망이 점점 압축되고 있습니다. 몇 시간 차이로 그자를 놓쳤습니다만, 신문과 방송으로 그자를 계속 찾고 있으니만큼……."

"그것이 벌써 몇 달째란 말인가? 그자는 정권 자체를 농락하고 있어. 국가의 위신이 걸린 문제야."

"경찰 병력으로는 한계가 있습니다. 그래서 저는……."

박민평이 머리를 들었는데 얼굴이 벌겋게 상기되어 있었다.

"국방부의 도움을 받으면 어떨까 해서, 수도권의 군대 병력을 일부만이라도……."

"안 돼요."

무를 자르듯이 싹둑 말을 끊고 나선 것은 이제까지 입을 꾹 다물고 있던 총리인 장희만이었다. 그는 주름진 얼굴을 들어 똑바로 이중섭을 바라보았다.

"각하, 군대는 안 됩니다. 국민들이 불안해할 것이고, 치안 문제로 국방의 의무를 지고 있는 군인을 동원시킬 수는 없습니다."

"옳은 말씀이오. 그럴 수는 없지. 다른 나라들도 불안한 눈으로 볼 것이야."

이중섭이 머리를 끄덕이자 김동진이 헛기침을 했다.

"만일 군대를 동원한다면 방위의 공백이 생깁니다. 군인은 그저 국방에만 전념하도록 해야 합니다."

다시 궁지에 몰린 박민평이 손바닥으로 이마의 땀을 씻었다. 강한석이 상체를 세우고는 이중섭을 바라보았다. 그는 유일하게 이 자리에 참석한 입법부 의원이었고, 여당 대표라는 직함도 있었지만 이중섭이 참석케 한 것이다.

"각하, 김원국과 그의 일당에 대한 현상금과 포상 급수를 올리고 그들의 사진을 텔레비전에 방영시키도록 한다고 합니다. 그자들은 기반을 잃고 떠돌아다니는 터여서 곧 잡히거나 사살될 것이 틀림없습니다."

이중섭은 잠자코 있었으므로 강한석이 말을 이었다.

"행정부 내에 김원국의 옹호 세력이 있었습니다. 그들이 정부를 혼란에 빠뜨리려고 어떤 공작을 하였는지도 백일하에 드러났고, 도태되었습니다. 이제 이 일로 더 이상 각하께 심려를 끼쳐 드리지 않겠고, 모두 경제 부흥만을 위해 노력하도록 하겠습니다."

회의를 마치고 청와대의 현관을 나오던 강한석은 계단 아래에서 이쪽을 올려다보고 있는 장희만 총리에게 다가갔다.

"먼저 가신 줄 알았습니다, 총리님."

웃음 띤 얼굴로 강한석이 말하자 장희만도 주름진 얼굴을 폈다.

"잠깐 말씀드릴 것이 있어서요. 괜찮으시다면 제 차를 타고 같이 가시면서……. 모셔다 드리지요."

"총리께서 말씀하시는데, 제가 어찌……."

강한석은 자신의 승용차는 뒤따르게 하고 장희만의 차에 함께 올랐다.

예순다섯 살로 강한석보다는 5년 위인 장희만은 정통 행정관료 출신이었다. 지난 정권 때 부총리를 끝으로 관직을 떠났다가 이중섭에 의해 총리로 발탁되었는데 대통령은 그의 대쪽 같은 성품을 높게 산 것이다. 총리의 관용차가 정문을 지나자 부동자세로 서 있던 경비 경찰들이 일제히 경례를 올려붙였다.

"아까 하신 말씀 중에서 김원국 일당을 옹호했던 세력이 있었다고 하셨는데……."

장희만이 머리를 돌려 강한석을 바라보았다. 주름투성이 검은 얼굴의 삼각형 눈이 이쪽을 향하고 있다.

"그 세력이란 전 안기부장 이찬형 씨를 말한 것이지요?"

"그렇습니다, 총리님."

강한석이 부드러운 얼굴로 대답했다.

"경찰 내부에도 있었습니다. 총경급이었는데……."

"그런데 그런 말씀, 각하를 모신 자리에서 하셔도 될까요? 더구나 일국의 장관들이 여럿 있는데."

강한석이 머리를 돌려 장희만을 바라보았다. 그러고는 입끝을 천천히 비틀어 올리며 웃었다.

"총리님, 이미 공직을 떠난 사람을 매도할 생각은 없었습니다. 그러나 이찬형 씨가 김원국을 옹호하는 바람에 우리 정부는 김원국의 문제로 지금까지 머리를 썩이고 있지요. 이제 정부는 일사불란하게 이 일을 처리해 나가야 한다는 뜻으로 말씀드린 겁니다."

"결국은 각하께 드린 말씀이로군요."

"그리고 총리께서도 아셔야 할 것 같아서."

"김원국의 테러는 당연히 진압되어야 하고 처벌을 받아야 합니다. 그러나 처음 사건이 일어났을 때부터 지금까지의 과정이 석연치 않아요."

"석연치 않다니요? 온 국민이 분노하고 있는 마당인데."

"안기부의 정보를 가볍게 여기시는 것 같군요, 대표께서는."

이제는 강한석의 얼굴도 딱딱하게 굳어졌다. 승용차는 종합청사 쪽으로 달려가고 있는 중이었다.

"총리님, 안기부의 수장이 주관적인 해석을 할 경우, 그것이 얼마나 큰 부작용이 되는지를 지금 보고 계시는 겁니다."

"대표님, 나는 오랜 공직 생활에서 얻은 교훈이 있습니다. 나는 사람을 믿지 않고 자료를 믿습니다. 그것으로 판단하는 버릇이 들었지요. 안기부에서 나에게 넘겨진 자료는 흠잡을 곳이 없었습니다."

"안기부에서 말입니까?"

상체를 세운 강한석이 장희만을 돌아보았다. 눈썹이 찌푸려진 표정이었다.

장희만이 가볍게 머리를 끄덕였다.

"안기부는 대통령 직속 기관이지만 행정부 소속이기도 하지요. 행정부 수반인 내게 김원국에 대한 보고서를 올리는 것은 하나도 이상할 것 없습니다."

"대통령 각하께도 보고했겠지요?"

"당연하지요."

강한석이 입을 다물고는 창밖으로 시선을 돌렸다.

보고서를 올린 것은 이찬형일 것이다. 부장으로 있는 안길중은 아직 업무 파악도 제대로 하지 못한 상태였다. 이찬형은 떠나면서 마지막 발악을 한 것이다.

"그런 뜻에서 대표님을 생각해 말씀드린 겁니다. 각하께서는 아까 아무 말씀 없으셨지만……."

장희만의 말에 강한석이 머리를 돌렸다.

"말도 안 되는 소립니다. 이찬형 씨나 고성섭이는 사건을 비뚜름히 보고 있어요. 얼토당토않게 군부를 개입시켰습니다."

"군부를 개입시켰다고 무조건 기피하거나 덮어두면 더 큰 화근을 남기게 됩니다. 군부라고 거창하게 말씀하시지만 실은 몇 명의 불순한 군인이지요. 하찮은 자들입니다."

장희만의 번뜩이는 시선이 강한석을 스치고 지났다. 그가 말을 이었다.

"그것을 과대평가하는 것을 나는 이해할 수가 없습니다."

"결말은 나 있는 겁니다, 총리님."

강한석이 자르듯이 말하자 장희만이 가볍게 머리를 끄덕였다.

"지금 당장 정부의 입장은 그렇지요. 하지만 나는 불안한 생각이 드는군요. 우리는 불씨 위에 가마니를 덮어 놓은 것 같다는 생각이 듭니다."

종합 청사가 눈앞에 다가왔으므로 강한석은 앞자리를 두들겨 차를 세웠다.

"총리님, 그럼 다음에 자세한 말씀 나누기로 하지요."

"예, 언제든지."

장희만의 얼굴은 주름살투성이어서 언뜻 드러나지 않았다.

"일어나, 어서."

두 무릎에 얼굴을 대고 앉아 있던 이재영이 머리를 들었다. 담당 형사가 쇠창살 사이로 이쪽을 바라보고 서 있었다.

"조사할 것이 있어. 어서 나와."

자리에서 일어선 이재영은 그가 열어 주는 철창문을 빠져나왔다.

"손 이리 내."

형사의 손에는 수갑이 쥐어져 있었다. 그에게 두 손을 내밀며 이재영은 형사실 안을 둘러보았다. 점심때가 가까워진 형사과 안은 북새통을 이루고 있었다. 타자 소리가 요란하게 들렸고, 이곳저곳에서 거친 말소리가 났다. 문에서는 대여섯 명의 피의자들이 형사들에게 끌려 들어왔다.

"자, 가지."

그녀의 어깨를 밀어 문 쪽으로 향하면서 형사는 말했다.

"오늘은 조사가 조금 길 거야."

상관없는 일이었으므로 이재영은 잠자코 형사과를 나왔다. 현관 앞마당에 내리쬐고 있는 햇빛을 본 이재영은 눈이 부셔 눈살을 찌푸렸다. 마당 구석의 화단에 시든 코스모스 몇 그루가 늦가을의 햇볕 속에 늘어져 있는 것이 눈에 띄었다. 그녀의 주위로 서너 명의 사내들이 다가왔다.

"내일 아침 9시까지요. 시간 지켜야 됩니다."

형사가 그들 중 한 사람에게 말하자 단정한 양복 차림의 사내가 한 걸음 다가섰다.

"걱정하지 마세요, 시간 지킬 테니까."

"내일 점심때는 검찰로 넘겨야 하니까, 그렇게 아시고."

"글쎄, 염려하지 마시라니까."

형사가 힐끗 이재영을 바라보고는 몸을 돌렸다. 사내들에 둘러싸인 그녀는 현관 앞에 주차되어 있는 승용차에 올랐다.

"당신, 꽤 고집이 세다고 하던데."

단정한 차림의 사내가 옆자리에 앉으며 말했다. 그녀는 뒤쪽 자리에 양쪽으로 사내들을 끼고 앉혀졌다. 승용차는 경찰서를 빠져나와 차도로 들어서더니 속력을 내었다.

"김원국의 거처와 그놈이 누구와 함께 있는가, 숫자는 몇 명인가, 알고 있는 것들만 말해주면 돼. 그러면 당신의 형은 가벼워질 수 있어. 아니, 협조해 준다면 아주 형을 없애 줄 수도……."

"당신들은 누구예요? 안기부에서 왔나요?"

이재영이 묻자 앞자리에 앉았던 사내가 머리를 돌려 그녀를 바라보았다.

"지금 어디로 가는 거죠?"

"이 여자, 조금도 겁내는 것 같지가 않구만."

옆자리의 사내가 말했다. 그의 몸에서 코를 찌르는 듯한 독한 향수 냄새가 풍겨져 왔다. 사내가 길쭉한 얼굴을 쳐들고는 이를 드러내며 웃었다.

"요즘 경찰은 민주적이라고들 하지. 하지만 그것은 경찰서 안에서야."

사내가 손을 뻗어 이재영의 허벅지 위에 손을 올려놓았다. 몸을 비틀어 그의 손을 떨어내려 하였지만 두 손에 수갑이 채워진 데다 양쪽의 사내들이 바싹 조여 앉은 터여서 이재영은 옴짝달싹할 수가 없었다.

"이것, 치우지 못해?"

그녀가 날카롭게 소리치자 차 안에 타고 있던 네 명의 사내가 일제히 웃었다.

"이봐, 경찰서를 떠났다고 하지 않았어? 우린 신사적인 사람이 아니란 말이다."

사내의 손이 허벅지의 안쪽을 더듬으며 올라왔다. 스타킹 위였으나 손가락의 촉감이 찼고, 뱀이 기어 올라오는 것 같았다.

"너희들, 검찰에 가면 성폭행으로 고발할 거야. 두고 봐."

얼굴이 상기된 이재영이 두 다리를 잔뜩 오므렸으나 사내의 손끝은 끝내 팬티에 닿았다. 이제는 두 다리가 사내의 손을 죄고 있는 형편이 되었다.

"성폭행이라, 그것도 괜찮군."

"네놈들이 경찰이냐?"

"그럼, 경찰이지 않구. 국민을 위해 봉사하는 경찰이지. 너 같은 흉악범의 일당으로부터 말이다."

사내는 아침에 양파를 먹었는지 입 냄새가 심했다. 두 무릎에 힘이 풀려 가기 시작하자 사내의 손끝이 비집고 들어와 그녀의 깊은 부분을 건드렸다. 이재영이 머리를 들어 사내의 얼굴에 침을 뱉었다. 얼굴에 침벼락을 받은 사내가 흠칫 머리를 뒤로 젖혔다.

"이런 망할 년이."

앞자리에 앉은 사내가 흥흥거리며 웃었다.

"개자식아, 날 우습게 보지 마."

이재영이 소리치자 사내의 손바닥이 날아와 그녀의 뺨을 쳤다.

"이 썅년!"

다시 한 차례 손바닥이 날아왔으나 이재영이 머리를 숙이자 콧등을 치고 지나갔다. 그녀는 자신의 코에서 따뜻한 것이 흘러내리는 것을 느꼈다.

"야, 코피 난다. 닦아줘라."

앞자리의 사내가 이맛살을 찌푸리자 옆쪽의 사내가 휴지를 찾아 이재영의 코에 대었다.

"놔! 이 자식들아!"

이재영이 거칠게 머리를 젓자 휴지에 묻은 코피가 얼굴에 범벅이 되었다.

"에이, 씨발."

향수와 양파 냄새를 풍기던 사내가 휴지를 꺼내어 얼굴의 침을 닦았다. 코피 소동에 김이 빠진 모양이었다. 승용차는 시내를 빠져나가 강변도로로 들어서고 있는 중이었다.

30미터쯤 뒤쪽을 따라가는 승용차에 타고 있던 최지수는 휴대폰을 꺼내고 다이얼을 눌렀다. 신호가 가자마자 저쪽은 금방 전화를 받는다.

"형님, 접니다."

—그래, 지금 어디냐?

안정태의 목소리가 또렷하게 들려왔다.

"지금 강변도로로 들어섰습니다."

—어때, 상황이?

최지수는 머리를 돌려 뒤쪽으로 바라보았다.

"없습니다, 저희들 빼놓고는요."

—그래도 조심해. 몇 바퀴 돌고 와.

"알겠습니다."

스위치를 내린 최지수는 앞쪽을 달리는 승용차를 바라보았다. 뒷자리의 가운데 앉아 있는 이재영의 머리칼이 보였다. 조금 전에 옆에 앉아 있던 부하가 손찌검을 하는 것이 보였는데 이재영이 반항했던 모양이었다.

수화기를 내려놓은 안정태는 머리를 들었다.

"그래, 무슨 일이야?"

소파에 앉아 있던 이혜경이 두 무릎을 오므리며 그를 바라보았다.

"저, 춤 그만 추고 싶어요."

"왜? 인기가 좋다던데."

"인기가 좋으면 뭘 해요? 맨날 똑같은 일인데. 앞길도 보이지 않고."

"뭐, 다른 일 할 것 있나?"

담뱃갑에서 담배를 꺼내 물면서 안정태가 물었다.

이혜경은 이제 공공연한 그의 애인이었다. 호텔 안은 물론이고 간부급 부하들 중에서 그녀를 모르는 사람이 없다. 이혜경이 버릇처럼 머리칼을 뒤쪽으로 쓸어 넘겼다.

"다른 일도 하기 싫어요."

"그럼 뭐 하려구?"

담배 연기를 내뿜자 연기는 그녀의 가슴께에 부딪쳐 산산이 갈라졌다. 이혜경의 시선이 똑바로 부딪쳐 왔다.

"집에 들어앉고 싶어요."

"요컨대 살림 차리고 싶다는 말이군."

"……."

"넌 내가 좋아하는 몸을 가졌어. 너와 잠자리를 같이하면 원기가 나. 활력을 느낀단 말이다."

"……."

"너와 섹스를 할 때는 꼭 호텔에서 했지. 그렇지?"

이혜경이 눈을 깜박이며 그를 바라보았다. 그러나 입을 열지는 않았다.

"갑자기 내 방으로 찾아와서 일에 신물이 나니까 살림을 차리고 싶다고 하다니, 이거 놀라지 않을 수가 없군."

안정태가 이를 드러내며 웃었으나 이혜경은 따라 웃지 않았다.

"너, 그전에도 두 번 살림 차렸었지? 어느 놈인지는 잊었지만 일 년가량 살았지. 그렇지?"

"싫으면 싫다고만 말해 주세요, 사람을 고문하지 말고."

하얗게 굳어진 얼굴로 그녀가 말하자 안정태가 다시 웃었다.

"영동에 카프리클럽이라고 있어. 너도 들어보았을 거다. 삼류이기는 하지만 이번에 내부 공사를 끝내고 오픈한 곳인데……."

"……."

"그곳으로 가서 일해. 아마 인기가 좋을 거다."

번쩍 머리를 치켜든 이혜경이 그를 쏘아보았다. 그러고는 아랫입술을 힘주어 깨물었다.

"내가 영업부장한테 말해 놓을 테니까, 오늘 밤부터 당장 옮겨라."

"저한테 왜, 왜 이러시는 거예요? 제가 무슨 잘못이 있다고."

이혜경의 말소리가 떨려 가더니 목이 메는지 말끝을 맺지 못하고 딸꾹질을 했다.

"저는 부사장님이 저를, 그래서……."

"네 잠자리 맛이 괜찮다고 했어. 잠자리뿐이란 말이다."

이윽고 이혜경의 눈에 가득 찼던 물기가 볼을 타고 흘러내렸다.

"딴짓하지 말고, 알았지? 그렇게 했다가는 영업부장들한테 혼날 거야."

안정태의 말소리는 부드러웠고 얼굴에는 여전히 웃음기가 남아 있었다.

"그렇지, 카프리클럽에서 전속 계약금을 꽤 받을 수 있을 거다."

"전 안 가요, 아무 데도."

머리를 든 이혜경이 소리치듯 말했다.

"집에 가겠어요. 일 안해요."

"그럴 수 없어."

안정태가 머리를 저었다.

"내가 여자한테 빠질 놈이 아니라는 것을 네가 보여줘야겠다. 네가 하도 소문을 내어 놓아서 말이야."

손을 뻗어 벨을 누른 안정태가 찬찬히 이혜경을 바라보았다.

"반항을 하거나, 또는 내 험담을 만들어 대거나 하면 안 된다. 그때는 어려운 일이 생길지도 몰라. 이제까지의 인연을 생각해서 내가 미리 알려주는 거야."

문이 열리더니 비서실의 부하가 들어섰다.

"부르셨습니까?"

"응, 이 여자 오늘 밤부터 카프리클럽으로 옮기게 해라. 그쪽 영업부장에게 인계하도록."

"네, 부사장님."

부하가 잔뜩 긴장한 얼굴로 힐끗 그녀의 옆모습을 훔쳐보았다.

"도망치지 못하도록 철저히 감시해. 입조심도 시키고 말이야."

"네, 부사장님."

이혜경이 두 손으로 양쪽의 팔을 엇갈려 감쌌다. 두 눈이 안정태를 향해져 있었으나 초점이 잡혀 있지 않았다.

"데리고 나가."

부하가 다가와 그녀의 어깨에 손을 대었다. 그러자 깜짝 놀란 이혜경이 머리를 들어 부하를 올려다보았다. 눈물 한 줄기가 눈가로 흘러내리고 있었다.

점심 식사를 마친 정기욱이 사무실로 들어서다가 걸음을 멈추었다. 복도의 한쪽 구석에 서서 이쪽을 바라보고 있는 사내와 시선이 마주친 것이다. 머리를 돌린 정기욱이 사무실로 들어섰다. 자리에 앉은 지 채 5분도 되지 않아 책상 위에 놓인 전화벨이 울렸으므로 그는 수화기를 쥐었다.

"여보세요."

—저, 주성택이올시다. 어떻게 할까요? 제가 지금 사람을 보낼까요?

"10분쯤 후에 보내. 그런데……."

정기욱이 수화기를 귀에 대고 방 안을 둘러보았다. 10여 개의 업체들이 관리하는 데다 유통 회사도 매출액이 급신장을 하고 있었다. 그에 걸맞게 꾸며진 사장실이었다. 그는 헛기침을 했다.

"요즘 사정이 좋지 않아. 자네도 알고 있겠지만 말이야."

—우리 사정 말입니까? 아니면 정 사장님 사정이요?

정기욱의 이마에 금방 힘줄이 솟았다.

"이봐, 지금이 어떤 상황인지나 알고 하는 소리야?"

—알고 있다마다요. 그러시다면 그냥 돌아가지요. 그럼…….

"이봐, 잠깐 기다려."

저쪽이 막 전화를 끊을 기색이었던지라 정기욱이 버럭 소리를 쳤다.

"내가 이번 한 번은 준비했지만 다음에는 곤란하단 이야기야. 솔직히 말해서 나는 최선을……."

—알겠습니다. 그렇게 전하지요.

"지금 사람을 보내."

수화기를 내려놓은 정기욱은 방의 구석에 놓인 금고로 다가가 문을 열었다. 아래쪽에서 묵직한 가죽 가방을 집어 든 그는 자리에 돌아와 앉았다.

복도에서 얼굴을 본 사내는 김칠성의 부하인 주성택이다. 며칠 전엔 김칠성으로부터 자금 지원을 부탁하는 연락이 와서 선뜻 승낙하기는 했다.

그러나 체면과 명예를 제일로 여긴다는 김원국의 조직이 거지처럼 손을 벌린다는 것에 대해서 연민과 함께 경멸의 감정이 일었지만 그보다 앞선 감정은 불안감이었다. 이제 마지막 숨을 쉬고 있는 김원국의 조직과 협조하고 있다는 것이 발각되기만 하면 이쪽은 하루아침에 끝장인 것이다.

책상 위에 놓인 가죽 가방을 물끄러미 바라보던 정기욱은 이맛살을 찌푸리며 혀를 찼다. 자신은 그들에게 협조하는 것이 아니라는 생각이 든 것이다. 한 번 잡혀가고 나서 협박을 당해 그렇게 된 것이지, 마음에서 우러나와 협조해 본 적은 없다.

노크 소리가 들리더니 부하가 얼굴을 내밀었다.

"사장님, 조카 되시는 분이 찾아왔는데요. 약속하셨다고 합니다만."

"들여보내."

부하가 사라지고, 잠시 후 20대 후반쯤으로 보이는 양복 차림의 사내가 방으로 들어섰다. 불안한 듯 눈동자가 한곳에 머물지 않고 있는 보통 체격의 사내였다.

"저어… 저는 심부름을 왔기 때문에……."

주춤거리며 다가온 사내가 목소리를 떨었다.

"여기서 가방을 주신다고 했는데요. 그걸 받으러 왔는데요."

"누가?"

정기욱이 그를 쏘아보며 물었다.

"누가 시켰는데?"

"주성택이라는 분이, 금방 전화를 하셨다고……."

"그 사람, 잘 아나?"

"아니, 오늘 처음 만났습니다, 저는."

"자넨 뭘 하는 사람이야?"

"예, 저는 지금 놀고 있습니다. 일당 받고 전단을 나눠주기도 하고, 또……."

"주성택은 어디에 있어?"

"예, 길 건너편의 제과점에서 기다리고 있습니다."

입맛을 다신 정기욱은 가방을 들어 사내에게 건네주었다.

"이 일 하는 데 얼마 받았어?"

"예, 저… 10만 원 받았는데요."

"많이 받았구만. 이렇게 쉬운 일인데 말이야."

가방을 움켜쥔 사내가 눈을 굴리며 그의 눈치를 보았다.

"가 봐."

정기욱이 턱을 추켜올리자 사내가 발소리도 내지 않고 급히 방을 빠져나갔다.

자리에서 일어선 정기욱이 창가로 다가가 아래를 내려다보았다. 길 건너 제과점의 간판은 보였지만 안은 보이지 않았다. 그리고 보인다고 해도 부질없었다.

그저께 밤에는 김원국의 일당이 구찌클럽을 완전히 박살을 내버렸다. 영업부장으로 있던 하명길을 포함한 여덟 명이 시체가 되었고, 수십 명이 중상을 입은 끔찍한 사건이었다.

자리로 돌아와 앉은 정기욱은 길게 숨을 내쉬었다. 김원국의 잔당이라고 하지만 아직도 머리들은 펄펄 살아 있는 것이다. 그들의 힘은 아직도 무시할 수가 없다. 거기에 생각이 미치자 마음이 조금 가벼워졌다.

2억 원은 큰돈이기는 하지만 목숨 값에 비교하면 하찮았다. 지금도 하루에 2천만 원 정도의 수익금이 걷혀 들어오는 것이다.

"그렇다면 보고서의 사본이라도 있을 것이 아니요? 그것이라도 가져와요."

안길중의 목소리가 방 안을 울렸다.

"나를 허수아비로 취급한 것이나 다름없어. 나에게 그 사실을 알렸어야지."

"부장님, 그 건은 이전 부장님이 결재하신 사항입니다. 부장님을 허수아비로 취급했다는 말씀은 지나치십니다."

머리를 든 고성섭이 낮으나 분명한 음성으로 말했다.

"그리고 극비 사항이라 저희들은 사본도 가지고 있지 않습니다."

"말도 안 되는 소리. 모든 보고서는 필름으로 보관시키도록 되어 있을 텐데."

"부장님의 지시로 없앴습니다."

안길중이 눈을 치켜뜨고 그를 쏘아보았다. 그도 한때는 통일원의 차관까지 지내 보아서 행정 관료의 체질을 알기는 할 것이다. 그러나 이쪽은 정보 기관이다. 그리고 한때는 힘과 권력의 상징이었던 곳이었다.

침을 끌어모아 삼킨 안길중이 길게 콧숨을 뿜어냈다.

"고 차장, 나는 더 이상 안기부를 그릇된 방향으로 끌고 가지 않겠소. 앞으로도 마찬가지요."

"……."

"내가 책임자로 와 있는 이상 당신이 대통령 각하와 총리께 어떤 내용으로 김원국의 사건을 조사, 보고했는지 알아야겠소. 알아듣겠소?"

"알겠습니다."

"내일까지 정확한 내용으로 보고서를 다시 작성해 오시오."

"내일까지 말씀입니까?"

"그렇소."

"그 보고서는 부장님의 전결로 끝날 것이겠군요. 이미 각하께는 보고서를 올렸으니 말입니다."

안길중이 고성섭을 찬찬히 바라보았다. 눈을 여러 차례 깜박였으나 시선은 돌리지 않는다.

"그것은 내가 알아서 할 일이야."

이윽고 안길중이 시선을 떼며 말했다.

"결정은 내가 한단 말이오, 고 차장."

"물론입니다, 부장님."

"김원국은 곧 체포될 것이오. 발악하고 있지만 며칠 가지 못해."

"어제의 회의에서는 어떤 결정이 있었습니까? 제가 참고로 알고 있을 내용이라도……."

"김원국을 빨리 잡으라는 말씀이셨소. 더 이상 사회에 해를 끼치면 안 된다고."

그가 말을 멈추자 한동안 방 안에 침묵이 흘렀다. 이윽고 고성섭이 머리를 들어 안길중을 바라보았다.

"그 말씀뿐이었습니까?"

"중요한 건 없소."

"김원국에 대한 보고서, 그것은 누구한테서 들으셨습니까? 각하입니까?"

"이봐요, 고 차장."

다시 안길중의 목소리가 높아졌다.

"당신, 태도가 불손해. 아까부터 참고 있었지만 이런 태도는 용납할 수 없어."

"각하와 총리께 극비리에 전달된 보고서입니다. 두 분 외에는 부장님께 말씀하실 분이 없습니다."

고성섭의 말소리는 낮았으나 그의 시선은 똑바로 안길중에게 향하고 있다.

"부의 책임자인 부장님으로서 그것을 말씀해 주시는 것이 당연한 일입니다."

"당신에게는 말할 수 없어."

"저를 믿지 않고 계시는군요."

"당신이 행한 일의 결과요."

"그런 부장님께 제가 어떻게 충실할 수 있겠습니까?"

"당신, 명령을 거역하는 거야?"

"저를 파면시키겠습니까?"

"미리 준비하고 말하는 것처럼 들리는군."

"제가 남아 있는 것은 제 자신을 위한 것이 아닙니다. 위아래에서 정보가 차단되고, 부장님 말씀대로 허수아비 생활을 하고 있지요. 이젠 업무도 어느 정도 안정이 되었습니다. 부장님이 결단을 내리시기 쉬운 시점이 되었지요."

"내일까지 보고서를 다시 작성해 와요."

"알겠습니다."

자리에서 일어선 고성섭은 그에게 머리를 숙여 보인 다음 방을 나섰다. 긴 복도를 걸어 오른쪽 끝에 있는 자신의 방으로 다가가는데 계단의 난간에 기대서 있던 사내가 몸을 돌렸다.

수사관인 남병준이었다. 고성섭이 그를 스쳐 자신의 방으로 들어서자 남병준이 잠자코 그의 뒤를 따라왔다.

서류를 책상 위에 던져 놓은 고성섭이 머리를 들어 그를 바라보았다. 남병준이 한 걸음 다가왔다.

"차장님, 연락했습니다."

"수고했다."

"그럼 저는……."

"너희들은 쉬어, 이제는."

"알겠습니다."

남병준이 무표정한 얼굴로 몸을 돌렸다. 40대 초반의 그는 군 시절부터 안기부로 옮겨서까지 10년이 넘도록 함께 생활한 고성섭의 심복이다. 고성섭은 자리에 앉아 길게 숨을 내쉬었다.

내부의 대폭적인 인사이동이 있었고, 이찬형이나 고성섭의 라인이라고 찍힌 부원들은 가차 없이 지방이나 보직이 없는 상태로 전출되었다. 남병준도 제3과에서 무 보직 상태로 발령이 났는데, 전혀 개의치 않고 아예 노골적으로 고성섭의 주위를 맴돌고 있었다.

고성섭은 서로 이야기를 나누지도 않았지만 남병준이나 몇몇 부하들이 때를 기다리고 있다는 것을 알았다. 그러나 지금으로서는 사직서를 던지는 것밖에 별다른 방법이 없었다.

머리를 의자에 기댄 고성섭의 눈에 시계가 보였다. 오후 6시 5분 전이었다.

"이거, 저녁때가 다 되었군."

사내 한 명이 시계를 들여다보더니 짜증스럽게 말했다.

"말로 구슬려서는 안 된다고 했잖아? 이년한테 뜨거운 맛을 보여줘."

이제는 구슬리고 윽박지르고 하는 분위기가 아니었다. 방 안에는 모두 다섯 명의 사내가 모여 있었는데 수시로 들락거려서 모두 몇 명인지 알 수 없었다.

이재영은 앞으로 다가선 사내를 올려다보았다. 땅딸막한 몸매에 눈꼬리가 매섭게 올라간 사나운 인상의 사내였다.

"야, 이년아. 이제까지 점잖게 대해 주니까 우릴 가지고 놀아?"

불쑥 팔을 뻗은 사내가 이재영의 블라우스를 두 손으로 움켜쥐었다. 블라우스의 단추가 떨어져 나가면서 옷이 양쪽으로 벌어졌다. 속에 받쳐 입은 셔츠의 깃을 움켜쥔 사내는 뒷주머니에서 칼을 뽑아 들었다.

셔츠의 벌어진 틈 사이로 칼날을 들이대 아래로 내려 긋자 셔츠가 둘로 갈라지면서 브래지어로만 가린 상반신이 드러났다. 이재영은 아랫입술을 깨물고는 사내의 얼굴을 노려보았다.

사내의 콧잔등에 조그만 땀방울이 배어 나와 있었고, 눈 밑에는 꽤 큰 점이 있다. 가슴이 세차게 두근거리고 있는 것이 느껴졌다. 사내의 숨결이 거칠어지고 있었다.

"야, 그년, 아래도 벗겨!"

뒤쪽에서 외치는 소리가 났다. 벽에 의자를 기대어 놓고 이제까지 입을 열지 않던 사내였으나 이재영은 그가 사내들의 두목급인 것을 알 수 있었다. 상반신에 걸쳐진 브래지어마저 떨어져 나갔으므로 이재영은 젖가슴을 드러낸 알몸이 되었으나 두 손이 의자에 결박되어 있어서 움직일 수 없었다.

사내가 스커트의 앞쪽에 손가락을 쑤셔 넣더니 앞쪽으로 불쑥 잡아당기면서 칼날을 집어넣었다. 옷이 찢어지는 소리와 함께 스커트는 두 동강으로 잘라져 나갔다.

"햐, 이년 몸매는 끝내주는군."

뒤쪽의 어느 사내가 말했으나 이재영은 이를 악문 채 앞쪽의 사내를 노려볼 뿐 입을 열지 않았다. 팬티가 분리되어 떨어져 나가자 그녀는 완전히 알몸이 되었다.

"그년을 바닥에 눕혀라. 밤새도록 뜨거운 맛을 보여줄 테니까."

뒤쪽의 사내가 다시 말했고, 이재영은 차디찬 사무실 바닥에 눕혀졌다. 무의식중에 두 다리를 오므렸으나 다가온 사내들에 의해서 거칠게 양쪽으로 벌려졌다.

이재영은 눈을 치켜뜨고 위쪽을 올려다보았다. 사내 한 명은 머리 위에서 어깨를 눌렀고, 두 명이 양쪽 발목을 잡아 누르고 있다. 또 다른 사내가 불빛을 가리면서 그녀를 내려다보았다.

"네가 검찰로 송치된다고 믿고 있는 모양인데, 우린 상관하지 않아. 네가 사고로 죽었다고 하면 그만이다. 네가 잡혔다는 것을 비밀로 하고 있거든."

"죽여라, 이 자식아."

"김원국이한테 충성을 바칠 이유라도 있나? 네가 그놈 정부라도 돼?"

"죽여, 이 새끼야."

"네 그것을 걸레로 만들어 주마."

"그러렴, 이 더러운 자식아."

위쪽에 떠 있던 사내의 얼굴이 갑자기 부풀어진 것 같은 느낌이 들었다.

갑자기 사내가 한 걸음 뒤로 물러서자 이재영은 불빛이 눈부신 듯 눈을 찌푸렸다.

"한 명씩 교대로 해라. 독한 년이다."

이재영은 이를 악물고 눈을 감았다. 온몸이 환한 불빛에 드러났고, 자신의 몸 위로 쏟아지는 사내들의 눈길은 마치 송곳처럼 자신의 몸 구석구석을 찌르는 것 같았다. 그러자 눈물이 흘러내렸다. 악문 이의 힘을 풀자 이가 마주치는 소리가 들렸으므로 그녀는 다시 잇몸에 힘을 주었다.

귀에 부스럭거리는 소리가 들리더니 겨드랑이에 사내의 팔이 닿는 느낌이 들었다. 퍼뜩 눈을 떠 보니 자신의 옷을 찢던 사내였다. 사내의 얼굴이 바로 눈앞에 있었으므로 이재영은 저도 모르게 몸을 틀었다.

"허, 이년이 급한 모양이군."

다리 쪽에서 사내 한 명이 들뜬 소리로 말했다. 방 안은 묘한 흥분감으로 뒤덮여 있었다.

앞장서 가던 장우길이 걸음을 멈추고는 빌딩의 벽에 붙어 섰다. 뒤따라간 김원국과 오함마가 그의 옆에 섰다.

"저기, 카센터의 뒤쪽에 있는 가건물입니다. 여기서는 보이지 않습니다만."

장우길이 길 건너편의 카센터를 눈으로 가리켰다. 저녁 무렵이어서 불이 켜진 카센터 안에 서성대는 사내들이 보였다. 마당에도 서너 명의 사내들이 세워둔 차 주위에서 얼쩡거리고 있었는데 종업원 같지가 않다.

"뒤쪽에 가건물이 있습니다. 뒤로 돌아가는 샛골목이 있는데 담장이 높습니다."

카센터는 길을 건너서 왼쪽으로 50미터쯤 떨어진 곳에 있었다. 장우길은 먼저 정찰을 마치고 왔는데 안기부 요원의 자세한 설명이 도움이 되었을 것이다. 이무섭의 일당들이 경찰에서 이재영을 빼내어 오는 것이 안기부의 정보망에 걸린 것이다.

그들은 김원국의 추적을 경계하고 있었는데, 그들의 뒤를 노련한 안기부 요원들이 따르고 있다고는 생각하지 못했을 것이다. 이것은 어쩌면 안기부에 남아 있는 고성섭과 그의 직속 부하들의 김원국에 대한 마지막 호의가 될지도 몰랐다.

"뒤쪽은 잘 모르겠습니다만, 앞쪽에 있는 놈들은 10명쯤 됩니다."

장우길이 김원국을 바라보며 말했다. 그는 이번 작전에 김원국이 나선 것에 흥분하고 있었다.

김원국이 시계를 내려다보았다. 그들에게서 연락을 받은 지 다섯 시간이 지났다.

"차는 카센터의 아래쪽에 대기시키도록 해라. 20미터쯤 떨어진 곳에 말이다."

"알았습니다, 형님."

장우길이 몸을 돌려 뒤쪽으로 뛰듯이 걸어갔다. 그의 뒷모습을 좇던 김원국은 골목 안의 서점 앞과 가게의 입구 등에 둘씩 셋씩 짝지어 서 있는 부하들을 보았다. 장우길이 서점 앞의 사내들에게 다가가 무언가를 지시하고는 다시 이쪽으로 뛰어왔다.

"함마, 너는 길을 건너서 카센터를 곧장 쳐라. 나는 우길이하고 뒤쪽으로 돌아갈 테니까. 앞으로 10분 후다."

김원국이 말하자 오함마가 머리를 끄덕였다.

"세 명만 데리고 가겠습니다, 형님."

오함마가 부하 세 명을 연의 꼬리처럼 뒤에다 달고 행인들 속으로 몸을 감추었다. 사당동 사거리에서 봉천동 쪽으로 올라가는 길목이었다.

퇴근 시간이어서 인도는 행인들로 가득했는데 그것이 몸을 숨기기에는 편리했지만 막상 행동할 때는 커다란 장애가 된다. 우왕좌왕하는 인파에 걸려 뛰기에도 힘들고, 애꿎은 사람들을 다치게 할까 봐 무기를 함부로 쓸 수도 없다.

김원국은 장우길의 뒤를 따라 횡단보도를 건넜다. 수십 명의 행인들에 섞여 있었으므로 이무섭의 일당들이 이쪽을 발견할 확률은 적을 것이다. 짙어지는 어둠 속에서 오함마는 어디로 사라졌는지 보이지 않았다.

그들은 카센터가 30미터쯤 앞에 보이는 곳에서 골목 안으로 꺾어져 들어갔다. 골목에도 행인이 많았고, 동네 아이들도 가게 앞에서 재잘거리고 있다. 20미터쯤 골목 안으로 들어서자 왼쪽으로 꺾어지는 샛길이 나왔다.

가로등도 없고, 두 사람이 어깨를 나란히 하고 걸으면 꽉 차

버릴 정도의 좁은 길목이었다. 장우길이 앞장을 섰고, 김원국이 그의 뒤를 따랐다. 그리고 김원국의 뒤를 두 명의 부하가 긴장한 몸짓으로 따라붙고 있었다.

행인들 사이에 묻혀 카센터 앞을 지나친 오함마는 눈만 돌려 옆쪽을 바라보았다. 자동차가 두 대 세워져 있었는데 차 주위로 네 명의 사내가 모여서 잡담을 주고받는 중이었다. 그러나 쉴 새 없이 이쪽에다 시선들을 던지고 있는 것이 감시하는 역할 같았다.

사내 한 명의 시선이 자신에게 쏟아지는 것을 느낀 오함마는 검은 뿔테 안경을 쓴 얼굴을 돌렸다. 구부정하게 허리를 굽히고, 머리칼에는 반쯤 백발이 섞이도록 분장을 해서 자세히 보지 않으면 60대 노인 같았다.

오함마는 20미터쯤 걷고 나서 길가의 가게 앞에서 멈추어 섰다. 바깥쪽의 창고 안에 한 명이 있었고, 안의 사무실에는 다섯 명쯤이 모여 앉아 있다.

그가 다시 몸을 돌리자 30미터쯤 앞쪽에 있는 길가의 토큰 판매소 앞에 서 있던 부하들과 시선이 마주쳤다. 그들은 시종일관 오함마만을 보고 있었던 것이다. 오함마는 천천히 그들을 향해 걸음을 옮겼다. 그들과의 사이에 카센터가 있었다. 양쪽에서 동시에 치고 들어가면 되었다. 점퍼 호주머니에 두 손을 찌른 그가 세 걸음쯤 걸었을 때였다. 오함마가 갑자기 눈을 치켜뜨고는 허리를 폈다.

부하들의 등 뒤로 달려드는 대여섯 명의 사내들이 보였다. 그들은 길 안쪽의 구둣방 앞에서, 토큰 판매소 옆의 붕어빵 노점 옆에서 갑자기 달려들었다. 오함마는 무의식중에 주위를 둘러보았다. 그러자 바로 앞쪽의 버스 정류장에서 그쪽을 향해 뛰어가는 두어 명의 사내들을 보고는 걸음을 멈추었다.

경찰이다. 오함마는 이를 악물고 그들을 바라보았다. 잠복하고 있던 경찰들이 부하들의 긴장한 듯한 동작을 보고는 덮치는 것이다. 사람들이 웅성이며 그쪽을 바라보았다. 부하들은 악을 쓰며 대들고 있었다. 그러나 경찰은 10여 명이 넘는다. 한 명은 이미 땅바닥에 엎어져 있었는데 서너 명의 경찰이 깔아뭉개고 있다.

그때 갑자기 총소리가 났으므로 사람들이 물고기가 흩어지듯 사방으로 튀었다. 오함마는 사람들 사이로 뛰면서 카센터를 향해 수류탄을 힘껏 던졌다.

검은 쇳덩이는 직선으로 날아갔는데, 아직 아무도 눈치채지 못했다. 비명을 지르며 달려온 아낙네 하나가 오함마와 부딪치며 넘어졌다. 총을 쏜 것은 경찰이었고, 총에 맞은 부하 한 명이 땅바닥에 무릎을 꿇은 참이다.

이제 인도에 서 있는 것은 경찰들뿐이었다. 행인들은 모두 빌딩 그늘에 몸을 숨기거나 오함마와 아낙네처럼 땅바닥에 넘어져 있다. 그때 유리창을 뚫고 들어간 수류탄이 엄청난 폭음을 울리면서 폭발했다. 경찰이 부하들과 격투를 벌이자 주변에서 얼쩡거리던 사내들은 모두 카센터의 사무실로 피해 들어가 있던 참이었다. 유리창의 파편과 나뭇조각들, 그리고 불덩이들이

길로 쏟아져 나왔고 차도를 달리던 차량들이 연쇄 충돌을 하면서 멈추어 섰다.

그러자 뒤쪽에서 차량들이 달려와 요란한 브레이크 소리와 함께 앞차의 꽁무니를 들이받았다. 경찰들은 엄청난 소란에 휘말려 넘어졌다가 겨우 일어났으나 충돌을 피하려는 차량 한 대가 인도로 뛰어 들어오자 이제는 차도로 흩어졌다. 도시는 아수라장이 되었다. 행인들은 앞다퉈 달아났고, 부서진 차에서 나온 운전자들도 차를 버려두고 도망쳤다.

오함마는 중년의 여자와 함께 길바닥에 엎드려 있었다. 그의 주변에도 아직 일어나지 못하는 사람들이 서너 명 있었다. 카센터는 이제 화염에 휩싸여 있었다. 불길 속에서 사람의 움직임은 보이지 않았다.

폭음이 들리자 김원국은 장우길의 어깨를 딛고는 담장을 뛰어넘었다. 이제까지 담장에 가려 보이지 않았던 뒷마당이 한눈에 들어왔는데, 그의 발이 땅에 닿기도 전에 앞쪽에서 사내 한 명이 달려들었다. 어둠 속에서도 그의 손에 쥐어진, 날이 흰 칼이 보였다.

김원국은 발이 땅에 닿자마자 몸을 굴리면서 사내의 다리를 후려쳤다. 사내가 엎어지며 땅바닥에 두 손을 짚는 순간 튕기듯 일어난 김원국은 다시 발끝으로 사내의 턱을 찼다. 털컥, 소리와 함께 턱이 돌아간 사내는 하늘을 보면서 반듯이 넘어지더니 일어나지 못했다.

카센터는 계속 불타고 있었다. 뒷마당에는 컨테이너로 만든 가건물이 있었는데 김원국이 뛰듯이 다가가자 문이 열리더니 두 명의 사내가 뛰쳐나왔다. 그들은 다가서는 김원국을 보고는 주춤거렸으나 거리는 3미터밖에 떨어져 있지 않았다.

김원국은 다시 한 걸음을 크게 뛰면서 몸을 도약시켰다. 그러자 가건물에서 사내 한 명이 다시 뛰쳐나왔다. 두 손으로 허리춤을 움켜쥔 이상한 모습이었다. 김원국의 발길이 앞장선 사내의 가슴을 찍자 사내가 가슴에 담겨 있던 공기를 짧게 뱉으면서 널브러졌다.

그러자 옆에 서 있던 사내의 손에서 하얀 불꽃이 보이면서 요란한 총소리가 났다. 몸을 굴린 김원국이 다리를 휘둘러 사내의 팔을 밑에서 차올렸다. 사내의 권총이 손에서 떨어지는 순간 벌떡 일어선 김원국이 주먹으로 사내의 눈 사이를 찍었다.

눈알이 튀어나온 사내가 머리를 젖히며 넘어졌고, 같은 순간에 겨우 바지춤을 올린 사내가 얼굴을 싸쥐며 비명을 질렀다. 장우길이 던진 돌멩이에 얼굴을 맞은 것이다.

김원국은 가건물의 문을 차 열고 안으로 들어섰다. 그러자 총소리가 나면서 뜨거운 것이 팔의 바깥 부분을 스치고 지나갔다. 방바닥으로 몸을 굴리자 다시 총소리가 났다. 이제 놈과의 거리는 2미터도 되지 않는다. 놈은 구석에 붙어 서 있었는데 사이에 의자 한 개와 희끗한 것이 놓여 있었다. 의자의 다리를 잡고 놈에게 던지려는 순간 바깥에서 총소리가 들렸다.

세 발을 연속으로 쏘아 대는 소리를 들으면서 머리를 든 김원국은 손에 든 의자를 내려놓고 상반신을 세웠다. 사내가 벽에 등을 기댄 채 미끄러지듯 주저앉고 있었다. 입에서 피를 흘리며 시선을 이쪽으로 주고 있었으나 죽은 생선의 눈빛이었다.

김원국은 두 팔로 바닥을 짚은 채 눈앞에 있는 물체를 바라보았다. 아까부터 꼼짝하지 않고 있어서 의자와 같은 정물로 생각했던 참이다. 그곳에는 알몸의 이재영이 누워 있었다. 얼굴은 코피가 터져 말라 엉망이었으나 두 눈은 한껏 치켜뜨고 그를 올려다보고 있다.

김원국은 그녀의 눈 끝에서 귀 쪽으로 흘러내리고 있는 눈물을 보고는 문 앞에 서 있는 장우길을 돌아보았다.

"옷을, 저놈들의 옷을 벗겨 와라."

"예, 형님."

권총을 손에 쥔 장우길이 몸을 돌렸다. 카센터 쪽에서는 타오르는 불길에 무엇인가 터지는 소리가 들려왔다. 불길에 막혀 이쪽으로의 진입이 어려운 것이 잠시간 그들에게 여유를 주고 있었다.

김원국이 이재영의 허리에 손을 넣어 일으켜 세우자 그녀는 잠깐 어깨를 흔들었다. 두 손이 나일론 끈에 묶여 있는 것이 보였다. 김원국이 우선 상의를 벗어 그녀의 상반신을 덮자 장우길이 다시 뛰어 들어왔다.

담을 넘는데, 이재영은 몸을 움직이지 못했으므로 담 위에 부하 한 명이 올라가 그녀를 안아 올렸다가 밖으로 내려놓아야 했다. 그들은 좁은 골목을 빠져나와 직선으로 뻗은 골목의 아래쪽으로 달려 내려갔다. 큰길로 올라갈 수가 없었기 때문이다. 김원국은 오함마가 이쪽을 기다리지 말기를 바랄 뿐이었다.

골목은 미로처럼 되어 있었고, 폭음과 총성이 잠잠해지자 구경꾼들이 몰려나와 혼잡하기 이를 데 없었다.

앞장선 장우길이 길을 헤치고 나갔다. 그 뒤를 이재영을 들쳐 업은 부하가 김원국과 함께 따랐고, 나머지 부하는 뒤쪽을 경계하며 뒤따랐다. 구불구불한 길을 20분쯤 헤쳐 나가자 김원국은 조금 마음이 놓였다. 뒤를 쫓는다고 해도 미로 같아서 찾기가 힘들겠다는 생각이 든 것이다.

이재영은 죽은 듯이 늘어진 채 부하의 등에 업혀서 가끔씩 헛소리 같은 신음 소리만 뱉어 냈다. 골목에서 지나치는 사람들이 그들을 힐끗거렸으나 어쩔 수 없는 일이었다.

"아아, 저기 있습니다."

앞장서 가던 장우길이 소리치면서 손을 들어 앞쪽을 가리켰다. 골목의 끝부분에서 지나치는 자동차의 불빛을 본 것이다. 이리저리 구불거리는 골목을 30분 가깝게 걸었으니 아무리 방향 감각을 잃었다고 하더라도 카센터하고는 멀리 떨어졌을 것이다.

장우길이 먼저 뛰어나가 길가에 서서는 주위를 둘러보았다. 이 차선 도로에 차량들의 왕래가 빈번하였으나 어딘지 짐작조차 가지 않는다.

김원국은 골목의 그늘에 서서 부하의 등에 업힌 이재영의 얼굴을 들여다보았다. 그녀는 두 눈을 감은 채 조그맣게 신음 소리를 내뱉었다. 한 번 교대해 업었는데도 부하는 온 얼굴을 땀으로 흠뻑 적시고 있었다.

"저, 저기……."

부하가 말하는 소리에 김원국이 머리를 들었다. 길가에 승합차 한 대가 세워져 있었는데 장우길은 보이지 않았다.

"형님이 저 차에 탔습니다. 어서."

그들은 골목을 나와 승합차로 달려갔다.

승합차의 운전석에 장우길이 앉아 있었는데 운전사는 어디로 갔는지 보이지 않았다. 뒷자리에 김원국과 이재영을 업은 부하가 올라타자 장우길이 차를 발진시켰다.

"여긴 봉천동 달동네입니다. 저희들이 거기까지 내려갔습니다."

장우길이 백미러를 바라보며 커다랗게 말했다.

"이제 염려할 것 없습니다, 형님."

김원국이 창문을 열자 밤공기가 차 안으로 흘러들어 왔다. 공기가 눅눅하게 습기를 띤 것으로 보아 눈이든 비든 내릴 것 같았다.

이재영은 남자용 바지와 점퍼를 걸친 채 의자에 등을 기대고 앉아 있었다. 차가 흔들렸으나 몸을 바로잡고 있는 것을 보면 이제 정신을 차린 모양이었다.

건물에서 비치는 갖가지 색상의 불빛들이 그녀의 얼굴에 빛조각을 연달아 찍고 사라졌다. 김원국은 그녀가 눈을 뜨는 것을 보았다. 시선이 그를 향하고 있다.

"함마가 걱정이야. 우리와 뒷마당에서 합류하기로 했는데 오지 않았어. 아무도."

김원국의 말소리가 차 안을 울렸다. 그가 이재영을 쏘아보았다.

"너의 쓸데없는 고집으로 인해 이런 일이 생겼다. 바보 같은 여자 같으니……."

이재영이 다시 눈을 감았다. 승합차는 이제 팔 차선의 대로로 들어서더니 속력을 내기 시작했다. 운전석 옆자리에서 신음소리가 들렸다. 아래쪽이다.

"잠자코 엎드려 있어!"

옆자리에 탄 부하가 바닥을 보면서 외치자 소리가 그쳤다.

"내, 이 개새끼들을……."

이를 악물고 가건물에서 나오던 최순태가 땅바닥에 침을 뱉고는 주위를 쏘아보았다. 이곳저곳에 모여 있던 경찰들이 일제히 그를 바라보았다.

"개새끼들, 옆에 골목이 있으면 그쪽에도 경비를 세웠어야지. 안 그래?"

그러자 경찰들이 머리를 돌렸으므로 최순태는 아예 가래를 긁어모아 땅에 뱉었다. 이재영을 뺏긴 것은 경찰의 책임이 아니다. 이무섭의 일당에게 넘겨주었다가 이런 일이 일어난 것이다.

최순태는 입맛을 다셨다. 그들이 이재영을 하루만 빌려 간다고 했을 때 혹시나 하고 그녀를 데려간 장소에 경찰을 잠복시켰던 것은 잘한 일이었다. 어쨌든 김원국의 부하 한 명을 사살하고 다른 한 명을 생포한 것으로 포상을 받게 될 것이다. 나머지 한 놈은 수류탄 폭발 소동 때 도망쳐 버렸지만 아까울 것은 없다.

그러나 이재영을 빼긴 것을 생각하면 분통이 터졌다. 주머니에 넣은 휴대폰이 울렸다.

"여보세요."

화가 나 있던 참이라 거칠게 응답하자 저쪽의 목소리가 들렸다.

—난데.

"아아, 네."

최순태는 온몸을 굳히고는 담 쪽으로 몸을 돌렸다. 청장인 박동호의 목소리였던 것이다. 그에게는 조금 전에 상황을 보고해 주었었다.

—이봐, 이재영이를 우리가 잡고 있었다는 것을 아는 것은 몇 사람밖에 안 돼. 아직 언론이 눈치채지 못했어. 그렇지?

박동호의 목소리에는 짜증이 섞여 있었다.

"네, 그렇습니다. 담당 형사 몇 명하고 계장, 과장, 그리고 서장이……."

—내가 서장한테 이야기했어. 이재영에 대한 일은 없었던 것으로 하라고.

"예, 청장님."

—거기 있는 놈들한테도 그렇게 말을 맞추라고 해.

"네, 염려 마십시오."

전화가 끊겼으므로 최순태는 길게 숨을 내쉬었다. 다섯 명이 죽고 열두 명이 중상을 입었는데 부상자 중에는 경찰관 두 명도 끼어 있었다. 한 명은 수류탄 파편에 맞았고, 다른 한 명은 놈들을 잡다가 갈비뼈 두 대가 나간 것이었다.

소방차에서 뿌린 물 때문에 뒤쪽 마당은 물바다가 되어 있었으므로 최순태는 조심스럽게 발을 떼어 카센터로 들어섰다. 슬레이트 지붕은 내려앉았고, 내부는 폭발과 소방차의 물줄기로 인해 쓰레기장이 되어 있었다. 형사들이 이곳저곳을 뒤지고 있었는데 마당 건너편의 구경꾼들은 아직도 흩어지지 않고 있었다.

"어이, 나 좀 봅시다."

최순태가 부르자 한쪽 구석에서 형사들과 함께 서 있던 30대의 사내가 다가왔다. 짧은 머리에 다부진 인상이었다. 안정태가 보낸 사내였다. 아마 보스급은 될 것이다.

"애들한테 말이요, 여자를 데리고 있었다고 하지 말라고 해요. 이재영 일은 없었던 것으로 하잔 말이요. 무슨 말인지 알겠소?"

사내가 머리를 끄덕였다.

"그러지요. 어쨌든 면목 없게 되었습니다."

"조금 있으면 기자들이 들이닥칠 거요. 그냥 당신들이 이곳에서 공격받은 것으로 합시다. 알았지요?"

"알겠습니다."

최순태가 몸을 돌려 현장을 돌아보았다. 아직도 불타 버린 가구에서 흰 김이 피어오르고 있었고 매캐한 냄새가 코를 찔렀다.

구경꾼들 속에 서 있던 남병준은 최순태의 얼굴에서 시선을 떼고는 짧은 머리의 사내를 유심히 바라보았다.

그들이 무슨 이야기를 했는지 알 수 없었으나 짧은 머리의 사내가 경찰이 아니라는 것은 직감으로 느낄 수 있었다. 경찰이 주변을 감시하고 있으리라고는 생각하지 못했었다. 본부의 최순태 경감은 호락호락한 놈이 아니었다. 그는 여자를 넘기고 손을 뗀 것처럼 보이게 해 놓고는 덫을 쳐 놓고 있었던 것이다.

남병준은 몸을 돌렸다. 이미 밤은 깊었고, 곧 눈이라도 내릴 것같이 습기를 띤 찬바람이 피부에 와 닿았다. 어쨌든 김원국은 여자를 가로채 간 모양이었다. 그것을 최순태의 표정에서 읽을 수 있었다.

제4장

의혹

밤의 대통령

이철우가 방으로 들어서자 소파에 앉아 있던 안정태가 일어섰다.

"대장님, 오랜만에 뵙습니다."

"그래, 전화는 자주 했지만 만난 지는 꽤 되었어."

악수를 나눈 그들은 마주 보고 앉았다. 리즈호텔에 있는 안정태의 방이었다. 이철우로서는 이 방에 처음 들어와 보는 것이었다.

"요즘 분위기가 어수선한데, 며칠 전에는 이재영이를 빼앗겼다면서?"

방 안을 둘러보던 이철우가 지나가는 말처럼 물었다.

"네. 말씀드리려고 했습니다만, 뒤처리에 정신없이 매달리다

보니까……."

"하루에도 대여섯 건씩 일이 터지더군, 김원국의 흉내를 내는 놈들까지 합하면 수십 건씩."

"마지막 발악을 하는 것이지요. 그렇다고 저희 조직이 흔들리는 것은 아닙니다."

"불안해하고 있는 것 같던데, 내가 보기에는."

안정태가 퍼뜩 시선을 들었다가 다시 내렸다.

김원국의 조직은 김칠성, 오함마, 그리고 조웅남이 이끄는 무리들인데 모두 10명 안팎이어서 30명 정도밖에 되지 않는다. 그렇게 생각하면 분통이 터질 노릇이었다. 이쪽은 조직원만 해도 수천 명이었고, 경찰 병력까지 합하면 수백 배가 넘었다.

"마음을 놓기에는 일러. 김원국이를 잡기 전까지는 말이야."

"놈은 곧 잡힙니다. 이제는 한 군데에 하루 이상 머물러 있지도 못합니다. 부하들도 하나둘씩 떨어져 나가고 있지요. 다친 놈들만 해도 대여섯 명이 넘습니다."

"모두 정예야. 악에 받쳐 있고, 똘똘 뭉쳐 있어서 우리 애들은 기세를 빼앗기고 있어. 그러면 싸우기도 전에 지는 거야."

맞는 말이었으므로 안정태는 잠자코 그를 바라보았다. 공격하는 쪽과 방어하는 쪽의 자세가 다르기는 했다.

소파에 몸을 기대고 앉아 있던 이철우가 머리를 들었다.

"그런데 오늘 내가 자네를 만나자고 한 것은 달리 할 이야기가 있기 때문인데……."

"……."

"내가 데리고 있는 애들이 있어. 모두 여섯 명인데, 자네도 알지?"

"네, 압니다. 모두 한솥밥을 먹었는데요."

"그 애들을 자네가 데리고 있어 줘야겠어. 그 부탁을 하러 온 거야."

안정태가 헛기침을 하고는 머리를 들었다.

"대장님 말씀이신데, 당연히 받아들여야지요. 대장님도 곧 공직에 복귀하실 테니까, 그 애들이 먼저 오는 것도 상관없습니다."

"성실하고 의리 있는 애들이야."

"알고 있습니다. 간부급으로 채용하겠습니다."

"이렇게 어수선할 때 쓸모도 있을 거야."

"고맙습니다, 대장님."

이철우가 손바닥으로 꺼칠하게 자란 턱수염을 쓸었다.

"난 단장님을 만난 지도 오래되었어. 자넨 자주 만나는 것 같던데 내 안부나 전해 주게."

"저도 가끔 전화나 받을 뿐입니다. 바쁘신 것 같아서요."

"내 충성에는 변함이 없다고 말씀드려 줘. 지금이라도 단장님을 위해 죽을 수 있다고."

"네, 대장님."

"이 사람아, 대장, 대장 하니까 어색해. 차라리 형님이라고 불러."

"알겠습니다, 형님."

이철우가 흰 이를 드러내며 웃자 안정태의 얇은 입술도 올라갔다.

"그럼 내일 중으로 애들을 보내겠네."

자리에서 일어서는 이철우를 잡으려는 듯이 안정태가 두 손을 내밀며 따라 일어섰다.

"이렇게 그냥 가시면 어떡합니까? 우선 차나 드시고 저하고 저녁에 식사라도……."

"아냐, 바쁜 사람 잡고 있을 수는 없어."

이철우가 부드러운 시선으로 안정태를 바라보았다.

"애들을 총기로 무장시켜. 김원국의 일당으로 보이면 가차 없이 쏴 죽여. 경찰에서도 그렇게 지시가 내려진 모양이니까."

"그렇게 하도록 했습니다. 며칠 전에 홍콩에서 물건이 도착했거든요."

머리를 끄덕인 이철우는 몸을 돌렸다. 복도 끝의 엘리베이터 입구까지 이철우를 배웅하고 돌아온 안정태는 소파에 앉아 길게 숨을 내쉬었다. 그러고는 손을 뻗어 전화기를 쥐었다.

"죄송합니다. 안정태한테서 연락이 와서요."

휴대폰의 스위치를 내린 이무섭이 머리를 숙였다.

"이철우가 찾아왔다고 하는군요. 그 친구가 데리고 있던 애들을 취직시켜 달라고 했답니다."

임종휘가 잠자코 머리를 끄덕이며 찻잔을 들어 녹차를 한 모금 마셨다.

"안정태가 그러겠다고 했답니다. 모두 여섯 명인데, 이철우의 심복들이지요."

"이철우, 그 친구도 곧 복귀시켜야 하지 않겠어? 하다못해 유통 회사라도 관리하게 말이야. 그래서 차츰차츰 기반을 닦도록 해주어야지."

"네, 그럴 생각입니다. 하지만 아직 시기가……. 원체 언론의 표적이 되어 온 사람이어서요."

"안됐어, 가족까지 잃고."

"김원국이 데리고 있는 부하들은 30명 남짓입니다."

이무섭이 말머리를 돌렸다.

"며칠 전 잡은 부하 한 놈이 털어놓았습니다. 여자들은 모두 인도네시아의 섬으로 보내고 남자들만 움직이고 있더군요."

"30명이라고 하지만 소동을 부리는 효과는 3천 명 이상이야. 이렇게 나가다가는 강한석 씨에게 화살이 돌아가."

"그 전에 잡습니다. 아니면 죽이든지요. 이제 안정태의 부하들이 총기로 무장되었거든요."

이무섭의 목소리는 낮았으나 힘이 실려 있었다.

"김원국의 조직도 분열되는 조짐이 보입니다. 잡힌 놈의 말을 들어 보니 조웅남이가 이탈해서 독자적으로 행동하는 모양입니다. 김원국과 연락을 끊고 있다고 합니다."

"총리와 대통령에게 보낸 안기부의 자료가 마음에 걸려. 고성섭이가 다시 써낸 서류는 믿을 수가 없어."

"고성섭의 사표는 어제 날짜로 수리가 되었다고 하더군요. 이제 안기부를 걱정할 필요가 없게 되었습니다."

"하지만 놈들이 문제를 던져 놓고 떠났어. 끈질긴 놈들이야."

이무섭이 어깨를 늘어뜨리면서 소리 죽여 코로 숨을 뱉어냈다. 하나씩 일이 정리되어 간다는 느낌이 들면서도 또 다른 일들이 생긴다. 이제 그들이 권력의 핵심 부분에 가까워지고 있는 것은 사실이었다.

강한석은 이찬형을 견제하다가 자신도 모르게 차츰차츰 이쪽의 물에 젖게 되었다. 사건의 근본을 찾으려 하지 않고 우선 덮어두고 빨리 인정을 받으려는 조급함이 이제 그가 발을 뺄 수 없게 만들었을 것이다.

이무섭은 강한석이나 박동호가 꼼짝할 수 없는 약점을 잡고 있기도 했다. 어차피 생사를 같이해야 할 입장이 된 것이다. 이쪽에서 모든 것을 털어놓으면 강한석이나 박동호는 그 순간 끝장난다.

"고성섭이가 사표를 내었다지만 잘 감시해야 할 거야. 놈이 황인규를 충동질해서 무슨 일을 벌일지도 알 수 없으니 말이야."

임종휘가 다시 입을 열었다.

"황인규가 내 집 근처에서 얼씬거린 것을 보면 고성섭에게나, 아니면 김원국 일당에게도 내 이야기를 했을 가능성이 있어. 고성섭의 보고서에서도 그것이 들어가 있을 가능성도……."

"여러모로 조사해 봤습니다. 황인규는 사단에서도 고립된 입장입니다. 그가 기무사에서 축출된 것을 모두가 알고 있으니까요."

임종휘가 머리를 돌려 창밖을 바라보았다. 정원의 나무들은 모두 잎들을 떨구고 마른 줄기만을 저녁 하늘로 내뻗고 있었다. 담장 안에 세워둔 보안등이 어스름한 하늘에 부유스름한 빛 무리를 만들고 있었다.

"저기, 감시 카메라가 하나 또 있어요."

이강일이 손을 들어 담장 옆쪽을 가리켰다. 그의 손끝을 따라 시선을 돌린 백동혁은 나무줄기에 감춰진 듯 설치해 놓은 카메라를 보았다.

"빌어먹을, 꼼짝할 수가 없겠습니다. 골목 안에만 들어서면 모두 찍히게 되겠는데요."

그들은 골목 입구의 인도에 트럭을 세워 놓고는 짐칸의 천막 사이로 저택을 올려다보고 있는 중이었다. 트럭에는 배추와 무가 잔뜩 쌓여 있었는데 김장철이었으므로 자연스럽기는 했다. 트럭의 뒤쪽에서 동네 아낙네 대여섯 명이 부하 한 명과 배추를 흥정하고 있어서 떠들썩했다.

"그만 돌아가자."

백동혁이 이강일을 돌아보았다.

"오늘은 이만하면 되었다."

"골목으로 올라가는 것 외에는 다른 길이 없습니다. 저 위쪽 길은 좁고 그쪽 담장은 너무 높더군요."

이강일이 운전석 뒤쪽의 창을 손으로 두드리며 출발하라는 신호를 보냈다. 아낙네들이 왜 흥정하다가 가느냐고 화를 내었으나 그들은 차를 차도로 뺐다.

"함마 형님한테 수류탄 몇 개 빌려서 던지면서 쳐들어가는 수밖에요."

배추 더미 위에 걸터앉으면서 이강일이 백동혁을 바라보았다.

"놈들이 맨손으로 있을 리는 없지요. 총을 가지고 있을 겁니다. 저쪽 놈들이 모두 권총을 지급받았다고 소문이 났습니다. 기관총도 있다던데요."

이강일의 시선이 백동혁의 허리춤의 목검을 스치고 지났다.

"큰형님도 그것을 알고 계실까요? 놈들이 총을 가지고 있다는 것 말입니다."

"어제 칠성 형님이 말씀드린다고 했어."

백동혁이 던지듯이 말했다.

"큰형님은 그런 것 좋아하시지 않아. 총 같은 것 말이야."

"내일 아침에 인천으로 가서 배를 타야 돼. 모두 준비되어 있으니까 걱정할 건 없어."

방에 들어선 김원국이 말하자 이재영은 침대에서 상반신을 일으켜 세웠다.

"이재영 씨는 잠자코 따라가기만 하면 돼. 참고로 이야기하지만 인천에서 만날 사람은 홍콩 사람이야. 황이라고 홍콩 암흑가의 거물급이지. 그 사람이 당신을 배로 홍콩으로, 거기서 다시 만탄 섬으로 데려다줄 거야."

"저 때문에 죄송해요. 제가 잘못했어요."

이재영이 잠옷의 옷깃을 여미면서 말하자 김원국이 무표정한 얼굴로 머리를 끄덕였다.

"다른 부하가 잡혔더라도 그랬을 거야. 부담스럽게 생각할 필요 없다."

"다른 부하라면 혼내셨겠지요."

"아마 단단히."

"그런데 저는 부하가 아니니까 내버려 두시는 건가요?"

"저녁에는 뭐라도 좀 든든히 먹어 둬. 내일 아침 일찍 출발해야 할 테니까."

김원국이 말머리를 돌리자 이재영이 가늘게 숨을 내쉬었다.

"섬에 가면 푹 쉴 수가 있을 거야. 거긴 사유지라 아무도 침입할 수가 없어. 또 원주민들도 지켜줄 거야."

"……."

"제수씨들은 모두 도착해 있어. 가면 반가워할 거야."

이재영은 이마 위로 흘러내린 머리칼을 쓸어 올렸다. 이틀 밤낮을 누워만 있었으므로 등이 아팠으나 정신은 맑았다. 침대의 옆쪽에 놓여진 의자에 앉은 김원국의 시선이 얼굴에 부딪쳐 왔으므로 이재영은 손바닥으로 얼굴을 쓸었다.

"우리는 내일 다시 이동해야 돼. 한곳에 오래 머물 수가 없어, 경찰의 추적이 심해져서."

"꼭 남아 계셔야만 해요? 이제는……."

이재영이 머리를 들고 묻자 김원국이 잠자코 그녀를 바라보았다.

"이제는 포기할 때가 되지 않았느냐고 말하려고 했나?"

그의 목소리는 낮고 억양이 없었다.

"내가 살아 있는 동안은 안 돼. 그리고 난 돌아가지 않아."

"부탁이 있어요."

이재영의 시선이 똑바로 김원국에게 부딪쳐 왔다.

"저를 안아 주세요. 지금요. 다른 욕심은 부리지 않을 테니까……."

"……."

"부탁이에요, 더럽다고 생각하지 않으신다면."

"그럴 리가 없지. 넌 아름다워. 그런 일로 좌절할 여자도 아니고."

"그렇다면 지금, 어서요."

자신의 얼굴이 붉게 달아올라 있다는 것을 느끼고 있었으나 이재영은 그에게서 시선을 떼지 않았다.

집 안은 조용했다. 자신의 거칠어진 숨소리를 억제하느라 이재영은 숨을 죽였다.

이곳은 성남 근교의 대로변에 있는 2층 양옥집이었다. 오함마와 김칠성 등은 어디로 나갔는지 말소리도 들리지 않았다. 이윽고 김원국이 그녀에게서 시선을 떼었다.

"서둘 것 없다. 억지로 되는 일도 아니고, 그런다고 나아질 일이 아니야."

"……."

"나는 너를 받아들일 수가 없어, 그 일이 있었든 없었든 간에."

"……."

"시간이 지나면 알게 될 것이다. 그리고 넌 강하고 분별력이 있는 여자야, 이기적이기도 하고."

자리에서 일어선 김원국이 이재영의 옷깃을 여미어 주었다.

이재영이 손끝으로 그의 손을 거칠게 밀어내었는데 그녀의 두 눈은 붉게 충혈되어 있었다.

"그래요, 갈게요. 갈 테니까 마음에도 없는 말은 하지 말아요."

"……."

"이 끔찍한 장면을 잊으려면 시간이 꽤나 걸리겠지만 적응하겠어요. 가서 장민애 씨와 친해지도록 노력도 하고."

"……."

"당신 말씀대로 난 분별력이 강하니까요. 손해 보지 않으려면 어떻게 해야 한다는 것도 잘 알아요."

머리를 끄덕인 김원국이 몸을 돌리자 이재영은 와락 아랫입술을 물고 그의 뒷모습을 노려보았다.

방문이 닫히고 나서도 한참 동안 그 모습 그대로 앉아 있던 이재영은 이윽고 어깨를 늘어뜨렸다. 그러자 긴장이 풀린 때문인지 온몸에 쌓인 나른한 피로감이 느껴지면서 가슴이 평온해졌다. 독을 독으로 치료한다는 말이 있듯이 상처끼리 부딪치자 중화 작용이 일어난 모양이었다.

방을 나온 김원국이 아래층으로 내려오자 응접실에서 서성

대고 있던 김칠성이 그에게로 다가왔다.

"형님, 저쪽 놈들이 모두 총기로 무장하고 있답니다. 시내에 소문이 좌악 퍼져 있다는군요."

"그럴 법하군. 놈들이 총은 잘 다룰 테니까."

그들은 소파에 마주 보고 앉았다. 오함마는 부하들을 데리고 시내에 나가 있었으므로 집 안에는 김칠성과 서너 명의 부하밖에 없었다.

이 집은 부동산업자가 팔려고 내놓은 집을 500만 원을 주고 열흘 동안만 빌린 것이다. 부동산업자는 대강 눈치를 챈 모양이었지만 돈 욕심이 앞선 데다 후환이 무서워 허락을 했다. 그러나 언제 집주인이 찾아올지 알 수 없었기 때문에 내일은 다른 곳으로 옮길 작정이었다.

"웅남이한테도 연락을 해줘라, 놈들이 총으로 무장했다고."

"웅남이 형님한테 말입니까?"

눈을 껌벅이며 김칠성이 묻자 김원국이 머리를 끄덕였다.

"동혁이가 알고 있을 텐데, 웅남이하고 연락이 되고 있지?"

"네? 네, 아마. 하지만 저는……."

얼마 전에 백동혁이 조웅남이 보낸 돈이라면서 5억을 가져왔었다. 그러나 김칠성은 그에게 조웅남을 어떻게 만났느냐고도 묻지 않았다.

"지금 상황으로는 웅남이가 떨어져 있는 것이 낫다. 차라리 잘된 일이야. 하지만 앞으로는 이쪽 지시를 받도록 해야 돼. 그 말을 전해라."

"예, 형님."

"임종휘의 저택은 공격하기가 쉽지 않겠다면서?"

"예. 어제 동혁이가 다녀왔습니다만, 골목 끝에 있고 사방이 막혀 있어서요. 붙어 있는 집도 없습니다."

"내일 아침에 이재영 씨를 인천으로 데려다주면서 황을 만나면 총기를 줄 거야. 내가 부탁해 두었다."

김원국의 말에 김칠성이 상체를 세웠다.

"총기를 말입니까?"

"그래. 우리도 최소한의 무장은 해야지, 당할 수만은 없다."

"그렇다면 됐습니다. 한판 해보는 거지요."

김칠성의 말소리에는 생기가 차 있었다.

*　　　*　　　*

정기욱이 장안동의 레오날드클럽에 도착한 것은 밤 9시가 조금 지났을 때였다.

그와 얼마 동안 동거 생활을 하던 박주현이 백동혁과 내통해서 문을 열어 주고는 돈을 챙기고 튀어 버리자 정기욱은 다시 홀아비 신세가 되었다. 그가 일주일에 한 번 꼴로 레오날드클럽에 오는 것은 잠자리를 같이할 여자를 고르기 위해서였다. 그는 지배인의 정중한 안내를 받으며 밀실에 자리 잡고 앉았다.

그에게 지금 부족한 것이 있다면 마음을 채워 줄 여자였다. 돈도 쓰고 남을 만큼 있었고, 요즘 안정태나 박용근의 세력들은 김원국의 테러에 정신을 못 차리는 상황이었지만 이쪽은 그런 걱정도 없다. 두 다리를 쭈욱 뻗고 잠을 잘 수 있는 사람은 자기밖에 없을 것이라고 정기욱은 믿고 있었다.

"사장님, 괜찮은 애가 두 명 있는데, 하나씩 들여보낼까요?"

지배인이 허리를 굽힌 채 묻자 정기욱이 혀를 찼다.

"인마, 같이 데려와. 하나씩이 뭐야? 내가 지금 선보냐?"

"알겠습니다, 사장님."

그가 물러나자 정기욱은 소파에 깊숙이 등을 묻었다. 가슴에 느껴지는 흥분감을 음미하는 듯 그의 표정이 부드러워졌다. 수백 번 이런 상황을 겪어 보았지만 이런 기다림은 언제나 즐거웠다. 더욱이 이쪽이 선택하는 입장이어서 여유도 있었다.

그때 문이 열렸으므로 정기욱이 머리를 들었다.

"아니, 이게……."

놀란 나머지 입을 따악 벌린 정기욱이 엉거주춤 소파에서 엉덩이를 들었다.

"오랜만입니다, 정 사장님."

이철우의 목소리는 가라앉아 있었으나 배 속에서 우러나온 듯 힘이 실려 있었다.

"아아, 예."

정기욱은 이철우가 내민 손을 잡았다.

"정말 오랜만입니다."

그와는 유통 회사를 시작하기 전에 이무섭과 같이 딱 한 번 만났을 뿐이다.

그들이 서로 마주 보고 앉자 지배인이 여자 두 명을 데리고 들어왔다. 그가 이철우를 보더니 눈을 껌벅이며 정기욱에게 시선을 돌렸다.

"아, 내 손님이야."

정기욱이 얼른 사라지라는 듯 손을 저으며 말했다. 여자들이 문가에 우두커니 서 있었으나 이젠 여자의 얼굴도 눈에 들어오지 않는다.

지배인은 눈짓으로 여자들에게 자리를 가리켜 주고는 밖으로 나가 버렸다.

"여기 아가씨들이 꽤 미인이구만."

이철우가 옆에 앉은 여자를 바라보며 말했다. 그러자 정기욱이 헛기침을 했다.

"그런데 이 형께서 갑자기 웬일입니까, 이런 곳까지?"

"정 사장님이 여기 잘 오신다고 해서 기다렸지요. 오늘로 사흘째요."

"허어, 전화라도 해주시면 금방 만날 수도 있었을 텐데요."

"소문나지 않게 만나려고 그랬어요."

정기욱이 어깨를 세웠다.

"그러시다면 저한테 무슨 하실 말씀이라도……."

"우선 술이나 한 잔씩 합시다."

술상은 이미 차려져 있었으므로 이철우가 술잔을 내밀자 정기욱이 받아 쥐었다. 서로 잔을 권하며 한 잔씩 들이켜고는 술잔을 내려놓았다.

여자들은 몸을 굳힌 채 입도 뻥긋하지 않았다. 빈 잔에 여자가 술을 채우고 나자 잔을 든 정기욱이 이철우를 바라보았다.

"이제 슬슬 일을 하실 때가 되지 않았습니까?"

"글쎄요, 난 아직 생각 없습니다. 서둘 것도 없구요."

"김원국 잔당들이 요즘 발악을 하고 있어서 골치가 아픕니다. 이 선생께서도 걱정이 되실 거요."

그가 말하는 이 선생이란 이무섭이다.

이철우가 머리를 끄덕였다.

"내가 정 사장님께 개인적으로 물어볼 것이 있어서……."

"말씀하세요, 얼마든지."

"지난번 크리스틴호텔에서 말입니다."

"……."

"정 사장님 부하들하고 또 다른 사내들이 있었다는데, 세 명이었지요? 우리 쪽에서 내 가족을 인수하려고 보낸 사람들 말이오."

우리 쪽이라면 이무섭 쪽이라는 이야기였다. 이철우가 계속 말을 이었다.

"그놈들 세 명이 행방불명이 되었어요. 그래서 물어볼 수도 없어서……. 어땠습니까, 그날의 상황이?"

"글쎄, 나도 직접 참가하지를 않아서……. 김동천이를 보냈는데 그놈도 행방불명이지요."

"들었을 것 아닙니까?"

정기욱이 한 모금에 술을 삼켰다. 옆자리의 여자가 젓가락으로 안주를 집어 내밀었으나 손으로 밀쳐내었다.

"너희들은 나가 있어."

눈을 부릅뜬 정기욱의 기세에 놀란 여자들이 서둘러 방을 나갔다.

"세 명이 버스 안으로 뛰어 들어갔다고 합니다. 우리 애들은 버스 밖에서 놈들과 싸우고 있었고."

정기욱이 말을 이었다.

"그 친구들이 조금 있다가 다시 뛰어나왔다고 합디다. 그 후에 고태석이라는 놈이 뛰어 들어갔고, 그러다가 형사들에게 그 자리에서 체포되었지요."

"……."

"버스 안에는 김원국의 부하 두 놈이 죽어 있었어요, 이 형 식구들과 함께. 신문에 보도된 것과 같아요."

"세 명이 뛰어 들어갔다가 나오고 나서 고태석이가 뛰어갔다는 말씀인데, 세 명이 들어가기 전에 버스 안에 있던 두 놈이 일을 저질렀을 수도 있겠군."

"그럴 수도 있지요."

정기욱이 빈 잔에 다시 술을 채웠다.

"그 여기자가 아주일보에 낸 기사를 읽으신 모양이군요. 우리 쪽에서 일을 저질렀다는 기사 말이오."

"……."

"난 보지 못해서 모릅니다. 그 세 명이 증인일 테니 찾아서 캐보시오. 그럼 알 수 있지 않겠소?"

이철우가 술잔을 쥔 채 우두커니 그를 바라보았다. 초점이 잡혀 있지 않은 시선이었다.

레오날드클럽의 주차장은 현관을 정면으로 바라보는 위치에 있었다. 주차장 담당 직원인 심형만은 피우던 담배를 땅바닥에 버리고는 왼쪽 끝에 주차되어 있는 중형 승용차 쪽으로 다가갔다.

"아저씨, 곧 나가실 것 아니시면 저 뒤쪽으로 차를 빼주세요. 뒤차가 곧 빠져나가야 하니까요."

"알았어."

차창을 반쯤 열어 놓고 길게 누워 있던 사내가 짜증난 듯이 말하고는 차를 앞쪽으로 뺐다가 뒤쪽 담장 근처로 후진시켰다.

"저거, 누구 차야?"

후진시키는 승용차를 턱으로 가리키며 동료인 김기덕이 다가와 물었다.

"서에서 왔대, 경비한다고."

"좆 까네."

김기덕이 어깨를 움칠 치켜세우면서 입술을 찌그러뜨렸다.

"경비는 무슨 경비, 김원국이가 이런 델 오겠어? 영동에 가면 잘나가는 데가 수두룩한데."

클럽이나 살롱 등 유흥업소에는 한두 사람씩 전담 형사가 배치되어 있었다. 김원국 일당의 출몰을 경비하려는 의도였다. 주차장 담당 직원이 앞쪽으로 사라지자 운전석에 앉아 있던 형사가 머리를 돌려 뒤를 바라보았다.

"계장님, 어떻게 하지요? 정기욱이를 기다릴까요?"

"기다리자구, 나올 때까지."

최순태는 의자에 등을 깊게 묻었다. 뒤쪽의 창문은 짙은 색으로 선팅이 되어 있어서 밖에서는 안이 보이지 않는다.

"저 자식이 제일 신간이 편한 놈 같구만. 저 봐, 경호원도 몇 놈 안 된단 말이야."

최순태가 클럽의 현관 쪽을 바라보며 말했다. 현관 부근에 서너 명의 사내가 서 있었는데 잡담을 나누고 있는 듯 자세가 풀려 있었다. 박용근이나 안정태가 행차할 때의 요란하고 삼엄한 경호 대열과는 현저하게 차이가 난다.

"죽으려고 눈이 뒤집혔거나, 아니면……."

앞자리의 형사가 다시 그를 바라보았으나 최순태는 말을 잇지 않았다.

장안동이나 수유리 쪽에 기반을 닦고 있는 정기욱의 업체들은 박용근이나 안정태의 조직에 비하면 규모가 훨씬 작았다. 그래서인지 김원국의 테러는 박용근과 안정태의 업체들을 목표로 쉴 새 없이 일어나고 있었다.

우연한 기회에 조직별로 테러 발생 건수를 살펴보던 최순태가 정기욱의 업체들이 당한 건수가 박용근이나 안정태의 조직에 비해 현저히 적은 것을 발견했다. 업체가 적어서 그런 것이 아니었다. 비율이 낮은 것이다. 그것은 정기욱의 업체들이 다른 조직의 그것과 비교해서 규모가 작기 때문일 수도 있었으나, 일단 최순태는 정기욱을 감시해 보기로 작정했던 것이다.

"계장님, 한 시간 전에 오성클럽의 지배인이 습격당한 것 들으셨습니까?"

형사가 무료한 듯 머리를 돌려 그를 바라보았다.

"들었어."

"이번에는 김원국의 부하 두 명이 죽었습니다. 이쪽은 지배인 한 놈만 다치고요."

"알고 있어."

"애들이 모두 총기를 가지고 있어요. 이제는 홍콩처럼 길거리에서 총을 쏘게 되었습니다."

"……."

"제아무리 김원국, 조웅남이라고 하더라도 총 앞에서는 꼼짝할 수 없겠지요. 머지않아 끝장나겠습니다."

"할 수 없는 일이지. 놈들이 먼저 수류탄을 던지고 난동을 부렸으니까."

"무기는 어디에서 구해 왔을까요? 한국에서 구할 수는 없었을 것이고……."

"홍콩이야."

이야기를 하면서도 클럽의 현관 쪽에 시선을 주고 있던 최순태가 와락 상반신을 앞쪽으로 굽혔다.

"가만, 저게 누구야?"

"누구라니요?"

클럽의 현관을 나와 금방 어둠 속에 상반신을 묻는 사내의 옆모습이 낯익었기 때문이다. 사내는 클럽 앞의 공터를 지나 주차장 앞길을 비스듬히 가로질러 왔다. 주차장 입구에 세워진 조명등의 불빛 속으로 사내의 모습이 들어섰다.

"어어, 저 사람이……."

최순태가 앞좌석의 의자를 두 손으로 움켜쥔 채 혼잣소리처럼 말했다. 이철우였던 것이다.

"저 친구가 왜 여기에……."

"저건 이철우 아닌가요?"

그제야 형사가 놀란 듯 말했다.

"정기욱을 만난 모양인데요. 그렇지 않습니까?"

"글쎄, 못 만날 이유도 없지. 그렇지 않아? 이상하게 생각할 건 없어."

이철우는 이제 어둠 속에 묻혀 보이지 않았다. 대로 쪽으로 갔으니 아마 택시를 잡아탔는지도 모른다.

"그때 그 신문 기사에서는 이철우가 배후 세력이라고 하지 않았습니까? 이거 아무래도……."

형사가 이맛살을 찌푸린 채 이철우가 사라진 쪽을 바라보았다.

"같은 술집에 있었다고 그렇게 속단하지 말어."

"하고많은 술집 중에서 왜……."

"이철우를 안 본 것으로 해. 골치 아프니까 말이야."

최순태의 목소리에 힘이 실려 있었다.

"쓸데없는 일에 휘말려 들기 싫어. 내가 따로 보고는 할 테니까, 자네는 입을 다물어."

"알겠습니다."

산전수전을 다 겪은 형사가 잠자코 머리를 끄덕였다. 클럽의 현관이 떠들썩해지더니 현관 옆에서 기다리고 있던 정기욱의 벤츠가 전조등을 켰다. 정기욱이 나오는 모양이었다.

휴대폰의 스위치를 내린 안정태가 이무섭을 바라보았다.

"이 소령이 정기욱과 만난 모양입니다. 최 경감이 레오날드클럽 앞에서 보았다는데요."

이무섭이 머리를 끄덕였다.

"그럴 수도 있지. 하지만 경찰의 눈에 띄다니 그 사람, 조심성이 없어졌군."

"정기욱과 만날 약속을 하고 만났겠군요. 그렇다면 정기욱이한테서 보고가 왔었습니까?"

"아니, 그런 건 없어. 같은 식구끼리 보고하고 자시고 할 것도 없지. 그렇지 않은가?"

"물론 단장님께도 이 소령이 말씀드리지 않았겠군요."

이무섭이 대답 대신 안정태의 얼굴을 찬찬히 바라보았다.

"단장님, 제가 무엇을 걱정하고 있는지 알고 계실 겁니다."

안정태가 앞에 놓인 술잔을 들어 한 모금에 삼켰다. 얼굴이 검붉게 상기되어 있었다.

"물론 정기욱이는 내막을 모르고 있지만 현장 사정을 제일 잘 아는 놈이지요. 이 소령은 가족이 우리 측의 계략에 의해 살해당했다고 의심하고 있을지도 모릅니다. 아주일보에 그것이 보도되고 나서 눈치가 이상했었습니다."

그는 술병을 들어 빈 잔에 술을 채웠다. 영동에 있는 고급 요정인 가화의 밀실 안이었다. 넓은 온돌방에 시중드는 여자도 없이 교자상을 사이에 두고 둘이 마주 앉아 술을 마시다가 최순태의 전화를 받은 것이다.

안정태가 다시 술잔을 들어 입안에 털어 넣었다.

"지난번에 이재영이를 잡았을 때도 불안했습니다. 이 소령이 알면 직접 심문하겠다고 할 것 같아서요. 그래서 몇 놈한테만 알려 카센터 쪽으로 데려갔는데, 그만……."

"혼자서 무슨 일을 할 수는 없어. 이철우는 남아 있던 심복들을 모두 자네에게 보내지 않았어? 그것은 자신의 충성심을 보인 거야. 설혹 미진한 점이 있었는지 모르지만 그렇게 하는 것으로 스스로에게도 다짐하였을 것이다."

"단장님, 저보다 이 소령을 잘 아시겠지만 그 부하들은 이 소령 말 한 마디면 다시 돌아갑니다."

"증거가 없어. 걱정하지 마라."

술잔을 든 이무섭이 자르듯 말했다.

"이철우는 심증만 가지고 나에게 등을 돌리지는 않는다. 나는 그 친구를 믿어."

"……."

"다음 주부터 그 친구에게 유통 회사를 맡기겠어. 그러자면 정기욱이와 일이 겹치게 되는데 마침 둘이서 잘 만났구만그래."

"최 경감 이야기로는 정기욱의 지역에서 김원국의 일당이 사건을 덜 일으킨다는 겁니다. 불안해서 정기욱이를 따라다녔는데 오늘 밤에……."

"업체들이 보잘것없으니까 그랬겠지."

"비율이 낮다고 그러던데요. 김원국이가 그놈을 봐주는 것처럼 말입니다."

"그쪽 지역은 치고 도망치기에도 적당하지가 못해, 길이 막혀서."

이무섭이 잔을 들자 안정태가 술병을 들어 술을 채웠다.

"이 소령이 정기욱이를 만났다는 것을 흘려 넘기지는 않겠다. 앞으로는 이 소령의 주변도 바빠질 것이고."

술잔을 든 이무섭이 입술 끝으로만 웃었다.

"내가 가장 아끼는 부하야. 나는 그에게 힘과 부를 함께 줄 것이다. 자네와 마찬가지로 말이야."

"저는 단장님의 심복입니다. 생사를 함께하고 있습니다."

"알고 있어. 우리 둘만의 비밀이 그렇게 만들어주었다는 것도."

"저는 불안합니다."

"이철우의 가족은 원대한 계획에 따른 희생자였다. 그것을 기점으로 우리가 일시에 승기를 잡을 수가 있었지."

"그렇습니다. 그래서……."

"나는 내 부하의 가족을 희생시키고 그것이 탄로 날까 봐 부하를 매장시키지는 않겠다. 만일 그렇게 한다면 바로 내 앞에 앉아 있던 안정태마저도 나를 불신하게 될 테니까."

"……."

"그를 위해 최선을 다해 주겠다. 당당하게 맞서겠단 말이다."

"잘 알겠습니다, 단장님."

술잔을 내려놓은 안정태가 상반신을 세우고는 앉은 자리에서 머리를 숙였다.

"저도 당당하게 대하겠습니다. 그렇게 마음을 굳히니까 후련합니다."

"정기욱이 말인데……."

이무섭이 자연스럽게 말머리를 돌렸다.

"요즘은 얌전해지고 고분고분 시키는 일을 잘하고 있더구만. 기반도 굳어진 것 같고."

안정태가 머리를 끄덕였다.

"하지만 요즘 경호원도 몇 명밖에 데리고 다니지 않는답니다. 방심하고 있다는 겁니다."

이무섭이가 술잔을 들고 한동안 잔에 담긴 술을 내려다보았다.

"그러다가 김원국 일당에게 습격당할 수도 있겠구만그래."

머리를 든 이무섭의 말에 안정태가 눈을 껌벅이며 그를 바라보았다. 이무섭이 잔을 들어 위스키를 입안으로 털어 넣었다.

*　　　*　　　*

오후 4시 반밖에 되지 않았으나 산속에서는 햇살이 보이지 않았다. 지프는 가파른 산등성이를 깎아 만든 군용 도로를 달려 내려오고 있었다. 포장이 되어 있지 않아서 가끔씩 돌멩이가 튀었고, 바퀴가 길의 파인 부분에 빠져 차체가 덜컹이며 흔들렸다.

"시간은 충분하다. 서두를 것 없다."

운전병이 조바심을 내는 것 같았으므로 황인규가 말했다.

"너도 서울에 도착하면 차 가지고 집에 가 쉬어라. 집이 봉천동이랬지?"

"네, 참모님."

상병 계급장을 붙인 운전병이 기운차게 대답했다.

"내일 오후 3시쯤 내 집 앞에 차를 대면 된다. 그때까지 너도 푹 쉬어."

"네, 참모님."

지프는 산을 거의 다 내려가고 있었다. 군데군데 산을 깎아 길을 넓히는 공사 현장이 보였다. 공병대대와 건설 회사가 합동으로 작업을 하는 곳이다. 황인규는 점퍼의 호주머니에서 휴대폰을 꺼내어 들었다. 운전병이 그가 다이얼을 누르는 동안 눈치 빠르게 속력을 줄였다.

—여보세요.

신호가 떨어지자마자 저쪽에서 전화를 받았다. 황인규도 이제 김칠성의 목소리를 구분할 수 있었다.

"접니다, 황인규."

—아아, 황 대령님. 웬일이시오?

"지금 서울로 가고 있는데, 7시쯤 도착할 것 같습니다."

—그러시다면 오늘 밤에 뵐까요?

"아니, 오늘 밤에는 약속이 있어요. 중요한 일이라……. 내일 아침에 만났으면 합니다."

—좋습니다. 전화 기다리지요. 그리고 별일 없으시지요?

"나야 전방에 있는 몸이라 그쪽 돌아가는 것하고는……. 그런데 그 일은 잘되어 갑니까?"

—네, 원체 경비가 대단해서. 하지만 이제 우리도 준비를 마친 참입니다.

"어쨌든 내일 만나서 이야기합시다. 오전 9시에 전화를 드리지요."

휴대폰의 스위치를 내린 황인규는 운전석 옆의 손잡이를 움켜쥐었다. 지프는 산기슭을 돌아가는 비스듬한 곡선 길을 달려가고 있었다.

포장되지 않은 길이 심하게 파여 있어서 지프는 거칠게 요동을 쳤다. 도로의 옆쪽에서 공사를 하고 있던 인부들이 먼지에 눈살을 찌푸리며 이쪽을 바라보았다. 이제 4킬로미터 정도만 달리면 포장된 국도가 나온다.

황인규는 호주머니에서 담배를 꺼내어 입에 물었다. 사단장인 이동혁은 업무에 철저한 사람이었지만 황인규의 잦은 서울

행에 대해서는 아무 말도 하지 않았다. 그가 무슨 생각을 하고 있는지는 알 수 없었지만 외압에 영향을 받는 사람이 아니라는 것은 확실했다. 기무 사령관인 오성국이 쫓아낸 인물이라서 접어 두고 평가하지 않았다.

앞쪽에서 자욱한 먼지를 일으키며 덤프트럭이 달려오고 있었다. 도로 공사에 쓰이는 트럭이다. 운전병이 속력을 줄이면서 라이트를 깜박이자 트럭이 속력을 줄였다. 일 차선이었지만 겨우 비켜 갈 정도는 되는 길이다.

군용 도로여서 뒤쪽의 산기슭에 있는 저수지에 가는 낚시꾼들의 차가 간혹 보일 뿐 차량의 통행이 드물었다. 덤프트럭이 지나가자 지프는 다시 속력을 내었다.

오후 5시가 되어 있어서 산과 반대쪽의 들판에는 어둠이 깔리고 있었다. 농부가 부족한 실정이어서 들판의 군데군데에는 무성한 잡초가 자라 바람에 흔들렸다.

운전병이 라이트를 켜고는 운전대를 고쳐 쥐었다. 어스름한 저녁때의 운전이 하루 중에서 제일 힘들고 위험하다는 것을 그는 잘 알고 있을 것이다. 그때 앞쪽에서 번쩍이는 불빛이 보였다. 크기로 보아 또 덤프트럭인 모양이었다.

"공사가 빨리 끝나야지, 부대 이동에도 애를 먹고 있어."

황인규가 혼잣말처럼 말하며 손잡이를 쥐었다.

"저놈의 덤프트럭들이 길을 다 망가뜨린다니까."

운전병이 라이트를 두어 번 깜박이며 트럭에게 경고를 보냈다. 트럭이 곧장 달려오고 있었다. 조금 속력을 줄인 것같이 보였다.

이제는 운전병이 경적을 울렸다. 트럭이 이제 30미터쯤 앞으로 다가왔으므로 운전병은 길가로 차를 바싹 붙이고는 속력을 10킬로미터쯤으로 줄였다.

트럭도 속력을 줄이고는 길가로 차를 붙이면서 천천히 다가왔다. 황인규는 덮쳐 올 먼지를 예상하고는 미리부터 눈살을 찌푸렸다. 그런데 트럭이 와락 속력을 내었다. 요란한 엔진 소리와 함께 달려드는 트럭의 엔진 부분이 보였다.

놀라 눈을 치켜뜨고 입을 따악 벌린 두 사람은 다음 순간 격심한 충격을 받고는 지프의 유리창에 온몸을 부딪치며 튕겨 나왔다.

트럭은 지프를 앞쪽에 매단 채 길 옆의 조그만 개울 쪽으로 밀쳐 내었다. 지프는 개울가의 바위에 뒷부분을 부딪치고는 앞쪽에서 트럭이 다시 밀자 맥주 깡통처럼 우그러져서 형체를 알아볼 수도 없게 되었다.

"임종휘 집의 보일러를 수리한 사람을 찾아냈지요. 그 사람한테서 대충 집 안 구조에 대해 들었습니다."

김칠성이 탁자 위에 종이를 펼쳐 놓았다. 어설프게 그려진 저택의 도면이었다. 군데군데 빨간색 동그라미가 그려져 있었다.

"건물이 꽤 큽니다. 지하실에 직원용 식당도 있고, 감시 카메라가 다섯 대나 있습니다."

"경비원이 10명 정도 된다고 하니 이무섭이나 이철우가 직접 관리한다고 봐야 될 것이다."

김원국이 도면을 내려다보며 말했다.

김칠성과 백동혁은 서너 차례나 찾아갔으나 근처만 얼씬거리다가 돌아온 것이다. 저택은 고지대에 있어서 들어가는 입구는 기역 자로 나 있는 골목뿐이었다. 그러나 양쪽의 골목은 모두 저택에서 한눈에 내려다보인다.

"놈들은 총기로 무장하고 있어. 섣불리 대들었다가는 이쪽이 당한다."

"우리도 갖출 것은 갖추었으니 이제 해볼 만합니다."

김칠성의 말에 김원국이 머리를 저었다.

"밤거리에서 저놈들을 습격하는 것하고는 달라. 조금도 빈틈을 보이지 않고 경계하고 있는 놈들이야. 그리고 만일 실패한다면 안 한 것보다 못하게 된다. 민가를 습격해서 민간인을 처치했다고 놈들은 여론을 끌어낼 거다."

소파에 등을 기댄 김원국이 머리를 돌려 창밖을 바라보았다. 북한산 기슭에 있는 단층집이었다. 방이 여섯 개나 되는 꽤 큰 기와집이었으므로 부하들도 모처럼 비좁지 않게 생활할 수 있게 되었다. 본래는 꽤 유명한 보살 한 분이 점을 치거나 굿을 하기 위해서 지은 집이었는데, 보살이 죽고 빈집이 되어 있었으므로 그들에게는 안성맞춤이었다.

부하 한 명이 죽은 보살의 단골이었기 때문에 집을 찾는 것도 어렵지 않았다. 아침 해가 제법 높이 떠 있었지만 바깥 날씨는 추웠다. 산의 중턱에 지은 집이어서 울창한 나무에 가려져 햇살도 제대로 들어오지 않았다.

"형님, 어쨌든 저는 임종휘를 치겠습니다. 이렇게 이쪽저쪽을 쑤시고 돌아다녀 보아도 나아지는 것도 없고……."

김칠성이 머리를 들고 말했다.

"머리부터 자르면 놈들은 흔들릴 겁니다. 잔챙이들을 건드리다가 하나둘씩 우리 인원이 줄어들고 있지 않습니까? 그럴 바에는 차라리……."

"대통령이 실상을 알아야 한다. 그것이 나에게는 제일 중요한 일이야."

"그는 강한석이한테 홀려 있습니다. 기대할 것이 없어요."

"고 차장이 총리에게도 보고서를 올렸다고 했다. 총리는 정직한 사람이야, 실권은 없지만."

"고 차장은 며칠 전부터 연락도 안 됩니다. 시골에 내려갔는지, 아니면……."

"자기 앞가림은 하는 사람이야. 우리가 염려하지 않아도 될 것이다. 하지만 임종휘의 집을 치는 것은 신중하게 계획해야 돼. 한 번에 결판을 내야 한단 말이다."

미닫이문이 소리를 내며 열리더니 오함마가 들어섰다. 눈썹을 찌푸린 얼굴에 손에는 신문을 움켜쥐고 있었다.

"형님, 어제저녁에 황인규 대령이 교통사고로 죽었습니다. 서울로 오는 도중에 군용 도로에서 트럭과 부딪쳐서……."

"황 대령이……."

눈을 부릅뜬 김칠성이 엉거주춤 엉덩이를 들었다가 다시 앉왔다.

"어제저녁에 내가 전화를 받았는데, 오늘 아침에 만나기로……."

"이무섭이가 했을 겁니다. 황 대령이 우리에게 협조적이라는 것을 알고 있었으니까요."

오함마가 앞자리에 앉아 김원국을 바라보며 말했다.

"아까운 군인이 죽었다."

김원국의 목소리는 가라앉아 있었다.

"명예가 무엇인지 아는 사람이었다. 목숨을 버려야 할 때도 아는 군인이었고."

"개죽음을 당한 것이지요."

"내 이 새끼들을……."

이를 악문 김칠성이 신문을 펼쳐 대충 큰 글자만 읽고는 머리를 들었다.

"트럭은 도난당했던 차였고, 운전자는 도망쳤다니. 이것은 계획적인 살인입니다."

"신문에는 길이 좁고 저녁때여서 생긴 단순한 교통사고로 났습니다."

오함마의 말이 공허하게 방을 울렸다.

이제 안기부의 이찬형과 고성섭이 공직에서 물러난 데다 경찰청에서 그들을 돕던 이정환은 은퇴한 지 오래였고, 유혁근은 골목에서 시체로 발견되었다. 그리고 어젯밤에 군에 남아 있던 황인규가 산길에서 사고를 당한 것이다.

"우리도 복수를 합시다. 어차피 같이 세상을 살아갈 수 없는 놈들입니다. 우리도 가차 없이 죽입시다."

김칠성의 말투는 격렬했다.

요즘 들어서 그는 걸핏하면 홍분했고, 가끔씩 밤거리에 나가 안정태나 박용근의 부하들을 만났을 때 온전히 놔두지 않았다. 그리고 이제는 홍콩에서 총기류까지 들여온 참이다. 그는 당장에라도 전쟁을 일으키고 싶은 눈치였다.

"어이그, 고것들 참말로 이쁘다."

조웅남이 탁자 위에 펼쳐 놓은 권총과 수류탄, 기관총 들을 내려다보면서 입을 커다랗게 벌렸다.

"인자는 걱정헐 거 없다, 힘들 것도 없고, 한 놈 한 놈 쏴 죽일 텡게."

"형님, 강남역 사거리 근처에는 사복 경찰이 100여 명 깔려 있습니다. 그쪽으로 나가지 말라고, 큰형님께서 말씀하셨습니다."

백동혁의 말에 조웅남이 머리를 끄덕였다.

"그려, 알겄다. 형님헌티 가서 고맙다고 전혀."

"돈을 보내실 필요는 없다고 하셨습니다. 자금은 넉넉하시다구요."

"돈은 많을수록 좋은 거여. 쓸 디도 얼마든지 있고."

"하지만……."

"그러믄 모아 두겄다고 허라. 한목에 드릴 텡게로."

"예, 형님."

마지못해 대답한 백동혁이 자리에서 일어섰으나 총기류에 정신이 팔린 조웅남은 시선을 옮기지 않았다.

홍콩의 황용성이 이번에 가져온 총기류를 김원국이 나눠 보낸 것이었는데 조웅남이 거느리고 있는 10여 명의 부하들은 이제 모두 총기로 무장하게 되었다.

백동혁이 응접실을 나오자 손채석이 따라 나왔다. 시흥에 있는 2층 벽돌집이었는데 새로 지은 집이어서 벽에서는 아직도 석회 냄새가 났다.

"앞으로는 네가 하루에 두 번씩 나한테 연락을 해줘, 아침저녁으로. 그래야 우리도 손발을 맞출 수가 있어."

몸을 돌린 백동혁이 손채석을 바라보았다.

"서로 정보를 교환해야 돼. 이건 큰형님의 지시다."

"알았어. 웅남 형님도 군소리는 하지 않으실 테니까."

손채석이 머리를 끄덕였다.

"이렇게 혼자 떨어져 있어서 그런지 웅남 형님은 맨날 술타령이야. 술 마시고 울 때도 있고."

그들은 현관에서 조그만 마당으로 나왔다. 초저녁의 싸늘한 공기가 피부에 와 닿았다. 담장을 사이에 두고 똑같은 구조의 2층 양옥집이 세워져 있었는데 아직 입주자가 들지 않은 모양인지 인적이 없었다.

손채석이 다가와 물었다.

"일 끝내면 섬으로 돌아가겠다고 하는데, 무슨 섬이야?"

"아아, 인도네시아에 있어. 큰형님이 사셨던 곳인데……."

"좋으냐?"

"몰라, 안 가 봐서."

조웅남이 섬이 좋아서 가려는 것은 아닐 것이다. 그곳에는 강만철의 무덤이 있다. 손채석이 둔한지, 아니면 몰라서 묻는지 알 수 없었으나 백동혁은 길게 대답하지 않았다.

"우린 오늘 밤에 쉬어. 오랜만에 집 안에 모여 고기나 구워 먹을 작정이다."

손채석이 뒤를 따라오며 말했다. 그들은 전에는 서로 안면이 있을 뿐이었으나 이렇게 쫓기는 신세가 되자 급속히 가까워졌다. 어려울 때의 친구가 진정한 친구라는 것을 서로가 잘 알고 있었다.

조웅남의 임시 거주지를 나온 백동혁은 멀찍이 세워 놓은 승용차로 다가갔다. 어두워지기 시작하는 골목의 입구에는 행인이 드물었는데 새로 지은 빌라 형식의 주택들이 제대로 팔리지 않았기 때문일 것이다.

"형님, 어디로 갑니까?"

백동혁이 뒷좌석에 앉자 앞에 있던 이강일이 몸을 돌렸다.

"시내로 들어가자. 우선 신촌으로."

"신촌이라면, 저……."

"잠깐이면 돼."

"알았습니다."

몸을 돌린 이강일이 운전대를 잡고 있는 부하에게 눈짓을 하자 승용차는 차도로 들어섰다.

김선주가 신촌으로 집을 옮긴 지 두 달이 넘었으나 이사 갈 때 한 번 가보았을 뿐이다. 오늘은 일이 없는 날이었으므로 백동혁은 지나는 길에 들러 볼 생각이었다.

"형님, 이젠 든든합니다. 호주머니에 이것이 있어서요."

이강일이 재킷의 가슴 부분을 손바닥으로 두드려 보이며 웃었다.

"쌍놈의 것들, 수틀리면 그냥 쏴 버리는 것이지요, 뭘."

"이 자식아, 누가 맘대로 쏘라고 그랬어?"

이맛살을 찌푸린 백동혁이 목소리를 높이자 이강일이 목을 움츠리는 시늉을 했다. 그러나 예전처럼 두려워하는 기색은 찾을 수가 없다. 같이 쫓겨 다니면서 허물도 없어졌지만 형제간 이상으로 정이 들었기 때문이다.

승용차는 서울로 뻗은 팔 차선 도로를 속력을 내어 달려 나갔다. 아직 러시아워 전이어서 길은 막히지 않았다.

좌석에 등을 기댄 백동혁은 김선주의 알몸을 머릿속에 떠올리고는 흩뜨리지 않으려는 듯 눈을 감았다.

오랜만의 만남이어서인지 백동혁이 현관으로 들어서자 김선주는 얼굴을 붉혔다. 저녁을 만들고 있었는지 아파트 안에는 된장찌개 냄새가 퍼져 있었다.

"어떻게 사는가 보려고……."

바바리코트를 벗으며 백동혁이 중얼거리듯 말하자 김선주가 옷을 받았다.

"저녁밥을 하는 모양인데, 난 안 먹어."

먹으라는 말도 하지 않았는데 그가 다시 중얼거렸다.

"애들이 바깥에서 기다리고 있어서 나 혼자 먹을 수는 없어."

"그럼 불러요, 밥은 많으니까."

"안 돼."

소파에 앉은 백동혁이 앞에 서 있는 김선주를 찬찬히 바라보았다.

가벼운 원피스 차림이었는데 맨발이었다. 그의 시선이 아래쪽으로 내려오자 자신도 모르게 힘이 들어갔는지 김선주의 발가락이 방바닥에 바짝 달라붙는 듯했다.

"그것보다, 이리 좀……."

엉거주춤 엉덩이를 든 백동혁이 한 손을 내밀며 그녀를 빤히 바라보았다.

"왜요?"

김선주가 눈을 치켜떴다가 한 걸음 뒤쪽으로 물러섰다.

"나, 급해."

"뭐가요?"

알면서도 시간을 끄는 것이 분명한 분위기였으므로 백동혁이 와락 이맛살을 찌푸렸다.

"나 금방 가야 돼."

"그러면 가셔야죠."

"이봐, 이쪽으로 와."

백동혁이 다가가자 그녀는 뒤쪽으로 물러섰다가 냉장고에 등이 걸려 멈추어 섰다.

"도무지 시간이 없어서, 여기를……."

"신문 보았어요. 전쟁을 치르고 계시던데요."

또랑또랑한 말대답에 백동혁은 와락 짜증이 솟구쳤으나 그것과 아래쪽은 별개의 문제였다. 그는 그녀의 허리를 두 팔로 껴안았다.

"찌개가 끓어요."

김선주가 그의 가슴을 두 손으로 밀었으나 백동혁은 대답하지 않았다. 자신의 하반신에 백동혁의 딱딱한 부분이 닿자 김선주는 얼굴을 붉혔다.

"이것 때문에 오신 거예요?

"그럼 내가 무슨……."

그의 어깨를 두 손으로 밀려던 김선주가 손의 힘을 풀었다.

"밑에만 벗으면 돼. 시간이 없어."

"씻고 올게요."

"안 씻어도 돼."

백동혁의 손이 어지럽게 그녀를 더듬어 원피스 안에 걸친 팬티를 끄집어 내렸다.

"방으로 가요."

아직도 냉장고 앞이었으므로 그녀가 그의 어깨를 잡고 말했다.

"응?"

김선주의 아래쪽을 더듬는 데 열중하던 백동혁이 얼뜬 소리로 물었다. 그의 손가락은 이미 촉촉한 곳에 닿아 있었다.

"방으로 가잔 말이에요."

"괜찮아, 여기도."

김선주는 냉장고 앞의 모노륨 바닥에 엉덩이를 대면서 쓰러졌다. 백동혁과 함께 넘어진 것이다. 등과 엉덩이에 차가운 감촉이 왔으므로 김선주는 이맛살을 찌푸렸다. 2미터만 옆쪽으로 가면 응접실에 깔린 양탄자 위로 옮길 수도 있다.

그러나 어느새 자신의 다리가 벌려진 것을 보았다. 그녀의 다리 사이에 무릎을 꿇는 백동혁은 분주히 바지를 내리는 참이었다.

"동혁 씨, 저쪽으로……."

그러나 상반신을 굽힌 백동혁은 서둘러 그녀의 다리 사이에 남성을 꽂았다. 그 순간 김선주는 저도 모르게 두 팔로 그의 목을 감았다. 그는 거칠게 서두르고 있었는데 그것이 그녀에게 자극을 준 것이다.

백동혁이 쫓겨 다니는 사람이라는 것은 김선주가 누구보다도 잘 알고 있었다. 그가 풍기는 분위기는 절박하고 초조했는데 어느덧 그녀에게도 그것이 옮겨졌다.

이제는 김선주가 서두르기 시작했다. 거칠게 엉덩이를 들어 올리며 그와 보조를 맞추었고, 그의 입술을 찾아 세차게 빨아 대었다. 그러자 쾌감이 급속히 전달되어 왔다. 아래쪽이 터지는 듯한 느낌이 왔고, 서로 동작이 어긋나 백동혁의 남성이 빠져나가자 그녀가 허우적거리듯 손을 저어 그의 것을 쥐고는 다시 넣었다.

이윽고 그들은 똑같이 절규하는 듯한 신음 소리를 내며 온몸을 경직시켰다.

"움직이지 말아요. 움직이지……."

두 팔과 다리로 백동혁을 휘감고 있던 김선주가 소리치듯 말했다. 온몸을 늘어뜨린 백동혁이 거칠게 숨을 내뱉으며 그녀의 귓불을 깨물었다.

이윽고 김선주의 팔다리가 떨어져 나갔다. 그녀는 빨갛게 상기된 얼굴로 크게 숨을 몰아쉬고 있었다. 원피스가 배 위에까지 말려 올라가 있었으나 그녀는 그것도 모르고 있는 모양이었다.

백동혁은 일어서서 발끝에 뭉쳐 걸려 있는 팬티와 바지를 추켜올려 입었다. 그제야 찌개 냄새가 코로 들어왔고, 냄비 뚜껑이 달그락거리는 소리도 들렸다. 백동혁은 그녀의 원피스를 내려주고는 주방으로 다가가 가스 불을 껐다.

"나, 바빠서……."

아직도 누워 있는 김선주의 머리맡에 선 그가 말했다. 그러나 김선주는 눈을 뜨지도, 몸을 움직이지도 않았다.

제5장

삶과 죽음 사이로

밤의 대통령

섬에 도착한 다음 날 아침 이재영은 침대에서 눈을 떴다. 햇살이 방 안에까지 가득 들어차 있었고, 열려진 창문으로는 시원한 바람이 몰려 들어왔다. 누운 채로 깊게 숨을 들이마시자 맑은 공기가 느껴졌다. 그 속에는 바다와 땅과 나무의 냄새가 뒤섞여 있어서 코가 시린 듯했다.

방은 2층에 있었는데, 아래쪽에서 소음이 들려왔다. 아이들이 깔깔대며 웃는 소리도 들렸고, 어디선가 누군가를 부르는 남자의 목소리도 들렸다.

바람에 흰 망사 천으로 만든 커튼 자락이 부드럽게 펄렁이고 있었다. 침대에서 몸을 일으킨 이재영은 맨발로 창가로 다가가 섰다. 숲과 바다가 한눈에 내려다보였다. 잔디가 깔린 정원에서 놀고 있는 것은 김칠성의 딸인 영옥이였다. 한세라와 김경지가 잔디밭 가의 나무 의자에 앉아 영옥이를 바라보고 있었다.

어젯밤에 도착한 이재영은 사흘 밤낮을 배와 비행기에 시달렸던 참이라 늦잠을 잔 것이었다. 한동안 아래쪽을 내려다보던 이재영은 서둘러 옷을 걸치고 아래층으로 내려왔다.

시중드는 여자로 보이는 원주민이 그녀를 향해 부드럽게 웃었다. 이재영은 잠깐 주방을 기웃거리다가 아래층의 응접실로 들어섰으나 집 안은 비어 있었다. 그녀는 현관으로 나와 정원 쪽으로 다가갔다.

"이제 일어나셨네. 곤히 주무셔서 깨우지 않았어요."

조웅남의 부인인 김경지가 상냥한 목소리로 말했다.

"우린 아침을 먹었는데, 집 안에 들어가시면 유사가 있을 거예요. 그 여자가 아침을 차려 줄 테니까 드세요."

"그보다 어젯밤에도 뵙지 못했는데 주인아주머니께 인사를 드려야……."

이재영이 선 채로 그들을 바라보며 말했다.

"어디로 외출하셨나요?"

김경지와 한세라가 서로 얼굴을 마주 보았다. 그러다가 한세라가 머리를 돌려 영옥이를 바라보았고, 김경지는 시선을 떨어뜨렸다. 영옥이가 넘어졌는지 투정을 부리는 듯한 소리를 내었다.

그러나 한세라는 오히려 이쪽으로 머리를 돌려 이재영을 올려다보았다.

"그분, 돌아가셨어요. 아들과 함께, 강만철 형님께서 돌아가실 때 같이……."

그녀의 목소리는 화난 듯 컸고, 얼굴은 말하는 사이에 뻣뻣하게 굳어지고 있었다.

"우리들도 여기 와서 알게 되었어요. 큰형님께서 비밀로 하라고 하셨는가 봐요."

"……."

"너무하세요, 큰형님. 아내와 자식이 그렇게 되었는데 와 보시지도 않고……."

한세라는 치켜뜬 눈으로 울고 있는 영옥이를 바라보았다. 그러나 달래 줄 기미가 보이지 않았으므로 영옥이는 더욱 크게 울었다.

"무덤에는 잡초가 가득 자라 있었어요. 그래서 어제는 우리들이 가서……."

그러자 김경지가 힘겹게 자리에서 일어나 영옥이에게로 다가갔다.

이재영은 얼굴을 굳힌 채 한세라와 시선을 마주하고 서 있었다.

영옥이의 울음소리가 그쳤다. 그러나 한세라는 그쪽에 관심을 두지 않았고 등을 돌리고 서 있는 이재영도 마찬가지였다.

"함마 아저씨가 오셔서 영옥 아빠와 함께 장례를 치렀다고 해요. 이제는 나도 영옥 아빠가 나에게 한 행동이 이해가 가요.

겨우 돌아온 날더러 형님 생각을 하고 울었다고 했어요. 내가 살아온 것이 고맙지만 형님께 미안하다고."

이윽고 한세라의 눈에 눈물이 고이더니 볼을 타고 주르르 흘러내렸다.

"우린 태훈이와 태훈 엄마가 가여워서 며칠 동안이나 울었어요. 그런데 지금도 눈물이 남아 있네."

한세라가 손가락 끝으로 눈물의 흔적을 지웠다.

"나는 내 남편이 돌아오지 않을 것 같다는 생각이 들어요. 그 사람 성격으로 보아 자꾸 죽을 자리를 찾으러 뛰어다닐 거예요. 그 형님에 그 동생이니까."

"묘지가 어디예요?"

이재영은 자신의 목소리가 갈라져 나오는 것을 들었다. 영옥이를 안은 김경지가 다가와 아이를 한세라에게 넘겨주었다.

"숲 속에 있어요. 마을의 묘지인데, 아마 지금 형님이 가 계실 거예요."

형님이라면 강만철의 부인인 안미혜였다. 그녀는 한국에 있을 때부터 남편이 묻혀 있는 섬으로 데려다 달라고 계속 떼를 썼었다.

"나하고 같이 가요, 가고 싶다면."

김경지가 이재영을 찬찬히 바라보았다.

"가면서 숲 속에 있는 꽃으로 꽃다발을 만들어요. 우리는 이제까지 그렇게 해왔어요."

이제 한세라는 영옥이를 안은 채 입을 열지 않았으므로 이재영은 김경지의 뒤를 따라 넓은 잔디밭을 건넜다.

아침 햇살이었지만 피부에 닿는 감촉은 따가웠고, 잔디밭을 건너 숲으로 들어서자 아래쪽에서부터 열기가 뻗어 올라왔다. 그들은 숲 속의 오솔길을 걸었다.

"이곳은 마치 삶도 죽음도 없는 곳 같다는 생각이 들어요, 나는."

허리를 굽혀 이름 모를 꽃을 꺾어 든 김경지가 말했다.

"실감이 나지 않아요, 그렇게 아름다운 형님이 돌아가셨다는 것이. 그리고 태훈이 개는 못 보았어요, 여기서 태어났기 때문에."

바다 쪽에서 올라온 바람에 야자수의 넓은 잎이 펄럭였다. 그러나 아래쪽에는 바람이 닿지 않아서 풀잎 하나 흔들리지 않는다.

"그래서 난 무감각해요. 영옥 엄마는 고생을 많이 해서 그런지 자꾸 현실감을 느끼는 모양이지만."

김경지가 꽃을 따다 말고 허리를 굽힌 자세로 이재영을 바라보았다.

"울고 있군요, 이재영 씨."

"……."

이재영이 손등으로 눈물을 닦았다. 손에 쥔 꽃이 코를 스쳤으므로 재채기가 났다.

"너무 괴롭혀 드렸어요, 김원국 씨를."

김경지가 잠자코 그녀를 바라보았다. 바람이 낮게 불어와 풀잎과 그들의 하반신을 스치고 지나갔다.

"무서워요, 그 사람."

"큰형님을 사랑하고 계시는군요. 우리들도 짐작은 하고 있었어요."

김경지가 다시 허리를 굽혀 꽃을 꺾었다. 그들은 오솔길을 따라 숲의 안쪽으로 들어갔다.

"그래서 나는 그런 생각도 했지요. 이재영 씨가 여기 있으면 큰형님은 돌아오시지 않을 것 같다고."

이재영은 대여섯 송이의 꽃을 쥔 채 대답하지 않았다.

그들이 아름드리나무 둥치를 돌자 시야가 트였다. 앞쪽은 200평쯤 되는 잘 다듬어진 잔디밭이었다. 군데군데 나무를 깎아 만든 묘비들이 세워져 있었으나 밝은 햇살 때문인지 묘지 같은 느낌은 들지 않았다.

잔디밭의 맨 뒤쪽 부분에 흰 원피스 차림의 여자가 앉아 있는 것이 보였다. 그의 앞에는 새로 만든 것 같은 나무 십자가가 꽂혀져 있었고, 그 옆에는 한 묶음의 꽃이 있었다. 안미혜가 머리를 들어 다가오는 그들을 바라보았다. 햇살을 받은 그녀의 얼굴은 평온해 보였다.

"어서 와요."

안미혜가 그들을 향해 말했다.

"어머, 꽃이 예쁘네. 난 오면서 이런 거 못 보았는데."

그녀는 이재영이 손에 쥔 꽃을 보았다.

"저기, 형님하고 태훈이 앞에다 놓으세요."

그녀가 눈으로 가리킨 곳에 두 개의 십자가가 꽂혀져 있는 것이 보였다.

"이재영 씬 처음이지만 반가워하실 거예요, 형님은."

이재영은 안미혜의 목소리가 마치 꿈속인 듯 가늘고 맑게 들렸다.

그러자 조금 전의 김경지의 말이 떠올랐다. 그녀의 말대로 이곳은 삶과 죽음이 성장의 과정처럼 자연스러운 곳인지도 몰랐다.

정기욱은 피우던 담배를 재떨이에 버리고는 입술을 비틀어 올리면서 웃었다.

"병신 같은 놈들, 살고 죽는 것은 운명이다. 죽을 놈은 죽고 살 놈은 살아. 그까짓 권총을 주머니에 넣고 다닌다고 명줄이 길어지는 것이 아니다."

"그렇지만 형님, 우리만 빼놓고 안정태나 박용근의 애들은 모두 총을 가지고 있습니다. 우리에게 겨우 권총 두 자루를 준 것은 말하자면……."

"말하자면 뭐냐?"

유택상이 말을 멈추자 정기욱이 와락 다그쳐 물었다.

"말하자면 뭐냔 말이야?"

"예, 우리는 될 대로 되라고 버려둔 것 같다는 생각이……."

"버려? 우리를? 웃기지 마라."

뒷자리에 등을 묻으면서 정기욱이 입술을 씰룩여 다시 웃었다. 승용차는 장안동의 타임클럽으로 향하고 있는 중이다. 이제까지 단골로 다니던 레오날드클럽은 그날 이철우를 만나고 나서부터 발을 끊었다. 왠지 기분이 께름칙했기 때문이었다.

"이래 봬도 강북 지역의 기반은 단단히 잡혀 있어. 숫자는 적지만 내가 단단하게 움켜쥐고 있단 말이다."

"그건 그렇습니다, 형님."

유택상이 머리를 끄덕였다. 그는 김동천의 후임으로 정기욱의 심복이 된 30대 후반의 사내였다. 눈이 크고 코와 입도 커서 얼른 눈에 띄는 얼굴이었는데, 체격도 우람해서 마치 중국 영화에 나오는 옛날 장군 타입이었다.

그러나 그도 역시 전과자 출신으로 정기욱과는 감방 동기생이다. 그의 죄명은 사기와 강도였으나 정기욱이 겪어 본 바로는 사람이 정직하고 순박했다. 더구나 승용차의 한쪽을 들어 옆으로 눕힐 정도의 힘이 있어서 심복으로는 안성맞춤이었다.

"개새끼들, 권총을 쥐고 땀을 뻘뻘 흘리면서 두리번거리는 꼬락서니를 생각해 봐라. 언제 어디서 조웅남이나 김칠성, 오함마가 쳐들어올지 모른단 말이다. 하지만 우리는 아니다."

정기욱이 자르듯 말하자 유택상이 힐끗 그를 바라보았다. 김원국의 일당은 이쪽에 자주 나타나지 않았다. 그것이 처음에는 다행이었으나 지금은 묘하게 마음에 걸리는 것이다.

유택상이 헛기침을 했다.

정기욱은 지금 이무섭이 총기를 구입하여 안정태와 박용근의 조직원을 중심으로 분배해 주고 이쪽에는 권총 두 자루만 보낸 것에 열이 받은 상태였다. 말은 운명이네 뭐네 하고 있지만 속은 부글부글 끓고 있는 것이다.

"형님, 제가 말단들 사이의 소문을 들은 것입니다만……."

몸을 돌린 유택상이 아랫배에 힘을 주며 그를 바라보았다.

"소문이라니, 뭐냐?"

"우리 조직에서 김원국에게 세금을 낸다는 것입니다. 하도 얼토당토않은 말이어서 제가……."

"누가 그래?"

말이 끝나기도 전에 정기욱이 버럭 소리를 지르자 유택상이 꿀꺽 침을 삼켰다.

"그저 떠도는 소문입니다, 형님. 꼭 누구라고는……. 그래서 제가 그런 말 하는 놈이 있으면 입을 찢으라고 했지요."

정기욱이 씨근거리면서 그를 노려보았으나 아직 입을 열지는 않았다.

"제가 말씀드린 이유는 형님께서 신경을 쓰셔야 할 것 같아서……."

"내가 무슨 신경을 써야 한단 말이냐?"

갈라진 목소리로 정기욱이 물었다.

"김원국이더러 쳐들어오라고 부탁을 해보란 말이냐?"

"박용근이나 안정태가 그렇게 소문을 내는지도 모릅니다."

"개자식들."

승용차는 타임클럽이 있는 골목으로 들어서고 있었다. 미리 연락을 해놓았으므로 클럽의 현관 앞에는 지배인과 웨이터들이 도열해서 기다리고 있는 중이었다.

술맛이 달아난 듯한 얼굴로 정기욱이 차에서 내리자 지배인이 뛰듯이 다가왔다.

"어서 오십시오, 사장님."

현관 앞에 모여 있던 웨이터들이 일제히 머리를 숙였다. 정기욱은 목을 뻣뻣하게 세운 채 입구로 들어섰다. 그의 뒤를 유택상과 세 명의 부하들이 따랐다. 타임클럽은 룸살롱이어서 입구에서부터 방이 양쪽으로 나누어져 있고, 복도는 두 사람이 나란히 가면 꽉 찰 정도로 좁다.

지배인을 앞장세우고 맨 끝 쪽의 밀실로 다가가던 정기욱은 옆쪽의 방문이 열리는 것을 보았다. 사내 한 명이 밖으로 나오고 있었다. 그러자 다음 순간 정기욱은 눈을 치켜뜨면서 반대쪽으로 몸을 날렸다. 그의 육중한 몸이 반대쪽의 벽에 부딪쳤고 사내가 찌른 칼날은 허공으로 치솟았다.

"이 자식!"

복도가 떠나가도록 고함을 지른 것은 뒤를 따라오던 유택상이었다.

그가 발을 들어 사내의 복부를 차자 정통으로 배를 차인 사내가 입을 쩍 벌리면서 한쪽 무릎을 꿇었다. 그러자 그쪽 방에서 사내들이 쏟아져 나왔다. 모두가 번쩍이는 칼을 들고 있었다.

유택상의 주먹이 사내 한 명의 머리를 치는 순간 칼날이 번쩍이며 그의 등에 찍혔다. 정기욱은 발을 들어 앞에 선 사내의 사타구니를 찍어 올렸다. 그러자 입구 쪽에서도 서너 명의 사내들이 그들을 향해 뛰어 들어왔다.

정기욱은 팔목으로 칼날을 받으면서 사내의 턱을 쳐올린 다음 반대쪽 문에 몸을 바싹 붙였다. 그러자 권총 생각이 났다. 차에 두고 온 것이다.

유택상이 무릎을 꿇은 채 사내 한 명의 사타구니를 움켜쥐자 찢어지는 듯한 비명 소리가 났다. 그때 정기욱은 자신이 등을 기대고 있는 문이 안쪽으로 열리는 것을 느꼈다.

몸이 반쯤 안으로 들어섰을 때 그는 목이 선뜻해짐을 느꼈다. 그러고는 목에서부터 뜨거운 것이 흘러내렸고, 이어서 극심한 통증이 왔다. 칼에 베인 것이다.

정기욱은 몸을 돌려 막 다시 칼을 치켜든 사내의 얼굴을 두 손으로 움켜쥐었다. 손이 눈에 닿자 눈알로 손가락을 힘껏 집어넣었다. 사내가 방 안이 떠나갈 듯 비명을 질렀고, 무슨 말인가를 외치려고 입을 벌린 정기욱은 자신의 입에서 소리가 나오지 않음을 깨달았다. 그러고는 목이 아래쪽으로 꺾였다.

머리를 든 이철우가 앞에 앉은 서대식을 바라보았다.

"내가 정기욱이를 며칠 전에 만났었어. 이야기를 좀 했다."

"그 사람, 겁 없이 돌아다닌다고 소문이 났었습니다. 그쪽 지역은 김원국이가 자주 나타나지 않아서 그랬는지……."

서대식이 입맛을 다셨다.

"우리 쪽이 잔뜩 긴장하고 있습니다. 부사장님도 내색은 하지 않았지만 오전 내내 사무실 밖으로 나오지 않았어요."

서대식은 시간이 날 때마다 이철우가 묵고 있는 영동의 아파트로 찾아왔다. 오늘도 이철우가 점심 식사를 마칠 때쯤 해서 그를 찾아와 어젯밤의 사건을 이야기해 주는 참이었다.

"그런 소문도 있었습니다. 정기욱이가 김원국에게 테러를 당하지 않으려고 돈을 바친다는……."

"어차피 정기욱의 역할은 모두 끝난 참이었다. 정기욱이가 자신의 기반을 굳혔다고 믿는 순간이 이쪽에서 보면 그의 역할이 끝난 순간이지."

서대식이 잠자코 그를 바라보았으므로 이철우는 커피 잔을 들고 부드럽게 웃었다.

"정기욱은 세상의 이목을 분산시키기 위한 수단이었어. 본래 우리의 계획에는 말이다."

"대장님, 정기욱이는 김원국의 습격을 받아 죽었습니다."

"그래, 어쨌든."

"대장님 말씀은 마치 정기욱이를 우리 조직에서……."

"내 말이 그렇게 들렸다면 잘못됐다."

커피 잔을 내려놓은 이철우가 시선을 창밖으로 돌렸다. 12월에 접어들자 매섭게 추운 날씨가 계속되고 있어서 유리창의 귀퉁이에 하얗게 물기가 얼어 있는 것이 보였다. 이철우가 다부진 턱을 들고 서대식 쪽으로 머리를 돌렸다.

"김원국의 처자식을 죽인 것은 나야. 그놈은 지금 복수귀가 되어서 나를 찾고 있을 것이다. 놈은 지금 나를 치는 대신 부하들을 수없이 살상하고 있는 거야."

"대장님, 김원국의 처자식을 죽인 것은 대장님이 아닙니다. 뒤쪽으로 돌았던 박치술이와 변일태가 했습니다. 그들도 죽었지만 말입니다."

"내가 명령했다. 걸리적거리는 것은 모두 죽이라고."

"대장님, 김원국이는 잊으셔도 됩니다. 우리는 강만철이를 죽여서 놈들의 기세를 꺾었고, 이제 김원국이는 곧 끝장이 납니다."

서대식의 말이 끝나자 탁자 위에 놓인 휴대폰이 울렸다.

이철우가 휴대폰을 들고는 스위치를 올렸다.

"여보세요."

—나야.

"아, 네, 접니다."

이철우의 시선이 힐끗 서대식을 스치고 지났다. 서대식이 긴장한 얼굴로 그를 바라보았다. 이철우가 이런 식으로 전화를 받는 것은 이무섭밖에 없다.

—자네, 어젯밤의 사건 소식 들었지? 장안동의 클럽 사건.

"아, 예, 들었습니다. 그 사람이 방심했던 모양입니다. 사전에 클럽 안을 점검했어야 했는데."

—김원국, 그놈의 일당이 안 쑤시고 다니는 데가 없어. 그러니 이 소령, 이제는 자네가 나서 주어야겠어.

"무엇을 말씀입니까? 저는 이제……."

—정기욱의 조직을 맡아 주게. 우선은 그쪽의 부사장인 오금

택을 얼굴로 내세우겠지만 자네가 관리에 뛰어들어야겠어.

이철우가 앞에 앉은 서대식을 찬찬히 바라보았다. 오금택은 전문 경영인 출신의 부사장이었다. 정기욱은 강북의 10여 개의 업체를 직접 관리한 데다 유통 회사가 있었고, 100여 개의 업체들로부터는 매월 세금을 거둬들여 왔다.

"저, 조금 생각할 시간을 주셔야. 제가 아직 마음의 준비를 하지 못한 상태라서……."

앞에 앉은 서대식은 이맛살을 찌푸리고는 이철우를 쏘아보았다.

—이 사람아, 생각할 것이 뭐가 있어? 모두가 자네를 필요로 하네. 내일 아침에 유통 회사로 나와, 10시까지. 내가 오금택이한테 이야기를 해놓을 테니까.

그러고는 이철우가 미처 대답할 겨를도 없이 전화를 끊었다.

"무슨 말씀이셨습니까?"

조바심이 난 듯 서대식이 이철우 쪽으로 상체를 기울였다.

"나더러 정기욱의 조직을 맡으라는 거야."

"그건 당연한 일이지요. 맡으셔야 합니다."

"내일 아침에 출근을 하라는데, 유통 회사로."

"제가 모시고 가지요. 창덕이하고 진찬이, 오석이 모두 부르겠습니다. 우리도 이제 그쪽으로 옮겨야지요."

서대식이 허리를 펴고 얼굴에 생기를 띠었다.

"이제야 대장님이 빛을 보시는군요. 고생하신 보람이 있습니다."

"……."

"단장님도 대장님을 잊으신 것이 아니었구만요. 저는 한때 오해를 했었습니다."

이철우는 서대식의 얼굴에서 시선을 떼었다. 마냥 기뻐하기만 하는 서대식은 얼른 이 일을 동료들에게 전해 주고 싶은 듯 엉덩이를 들썩이고 있었다.

"어딜 다녀온 거냐?"

오함마가 방으로 들어서며 묻자 백동혁이 방에서 튕겨 오르듯이 일어섰다.

"예, 시내에. 정보원들한테서 이야기 좀 듣고……."

"그렇다면 나도 그 이야기를 좀 듣자."

아랫목에 책상다리를 하고 앉은 오함마가 백동혁을 바라보았다.

김원국과 김칠성은 저녁 무렵에 서울로 들어가 아직 돌아오지 않아서 밤 11시가 지난 산속의 굿 집에는 오함마와 백동혁을 비롯한 대여섯 명의 부하들밖에 남아 있지 않았다.

"예, 요즘 유흥업소들은 거의 폐업 직전이 되었습니다. 경찰 병력이 무더기로 진을 치고 있는 데다 저희들이 닥치는 대로 공격해 시민들이 밤에 외출을 하지 않기 때문이지요."

오함마의 앞에 무릎을 꿇고 앉은 백동혁이 차근차근한 어조로 말했다.

"그건 알고 있어. 너, 다리 아프겠다. 편히 앉아라."

"괜찮습니다, 형님."

"인마, 편히 앉으라면 앉아."

"예, 형님."

백동혁으로서는 오함마가 김칠성보다 더 어려운 형님이었다.

그는 큰형님인 김원국을 따라 섬 생활을 하다가 왔으므로 백동혁으로서는 접촉할 기회가 거의 없었기 때문이다.

말수가 적은 오함마는 언제나 무표정한 얼굴로 김원국의 주위를 맴돌면서 시중을 든다. 그의 행동은 백동혁뿐만 아니라 장우길이나 다른 부하들에게도 귀감이 되어 가고 있었다.

백동혁이 편하게 앉자 오함마가 머리를 끄덕이며 이야기를 계속해 보라는 시늉을 했다.

"이제 놈들은 공공연하게 총기를 휴대하고 다닙니다. 경찰청에서도 묵인해 주는 모양입니다. 총기 소지로 문제가 된 일도 없었습니다."

"그래, 이제 밤거리에 총소리가 요란하겠어, 전쟁이 나는 것처럼."

"정기욱이를 우리가 죽였다고 언론이나 이무섭 일당이 떠들고 다닙니다만, 안정태의 부하들이 했다는 소문도 있습니다. 그날 밤에 불알이 터진 놈하고 눈알이 빠진 놈, 두 놈이 병원에 실려 갔다가 안정태의 부하들이 어디론가 데려갔다고 합니다."

"그렇겠지, 우리가 하지 않았으니까. 이제 필요가 없으니까 정기욱이를 제거했을 거다."

"이철우가 정기욱 조직의 배후 실력자가 되었다고 합니다. 유통 회사의 고문으로 일하고 있다는데요, 아직 표면에 나타나지는 않았습니다."

"그것도 당연하지."

오함마가 천천히 머리를 끄덕였다.

"놈들은 이제 기반을 거의 닦아 가는구나. 그런 생각이 들지 않아?"

"예. 그렇습니다, 형님."

"너는 별명이 개백정이라면서? 개장수를 했니?"

"아닙니다, 형님."

백동혁이 머리를 저었다.

"가끔 개를 잡았기 때문에, 목검으로요. 개를 죽이면 기분이 좋아서……."

"소도 잡아 보았다면서?"

"예, 형님. 하지만 소는 뼈가 단단해서 치는 맛이 떨어집니다. 그래서……."

"사람도 쳐 보았어?"

"예, 형님. 몇 명……."

"여자는 있냐?"

"예, 형님. 지금 신촌에……."

"가끔씩 회포도 풀어?"

"예, 형님. 하지만 바빠서 오래 있지는……."

"너, 큰형님 형수님이 돌아가신 것 알고 있다면서? 칠성이한테 들었는데."

"예, 형님. 우연히 제가 전화로……."

"지금 섬에 묻혀 계신다."

"……."

"칠성이가 네 칭찬하더라. 애가 곧고 세다고."

백동혁이 머리를 숙이고 방바닥을 내려다보았다. 조직에서 이런 칭찬은 군대에서 무공훈장을 받는 것과 같다. 오함마가 눈을 껌벅이며 백동혁을 바라보았다.

"너도 알다시피 지금은 우리 조직이 그렇지. 바람 앞의 촛불 같다. 언제 꺼질지 몰라."

"……."

"하지만 형님만 살아 계시면 우리 조직은 산다, 형님만 계시면."

백동혁은 두 손으로 방바닥을 짚고는 머리를 숙인 채 움직이지 않았다.

"형님은 형수님과 자식을 잃으셨어. 장례를 치르러 섬으로 오시지도 않았다. 내가 치렀지, 칠성이하고. 그때 우리는 조직을 다시 일으키고 죽기로 약속했다."

"형님, 저도……."

"끝까지 들어, 인마."

"예, 형님."

"내게 무슨 일이 있으면 네가 형님을 살펴 드려라, 시키지 않더라도."

"……."

“언제 어떻게 될지 알 수 없어, 지금은 우리가.”

오함마가 상체를 세우고 백동혁을 똑바로 바라보았다.

“내 말 알아들었니?”

“예, 형님.”

백동혁이 늘어진 눈썹을 한껏 추켜올렸다.

“일이 끝날 때까지 여자를 만나지 마라. 알아들었어?”

“예, 형님.”

“그리고 형님 대신 죽어라. 알았어?”

“예, 형님.”

두 손으로 방바닥을 짚은 채 백동혁이 어깨를 폈다. 이마에서 흘러내린 땀방울이 콧등을 타고 방바닥에 떨어졌다.

방 안에는 한동안 침묵이 흘렀다. 문풍지의 틈으로 들어온 바람에 촛불이 너울거리다가 다시 섰다. 어둠에 싸인 산속에서 이름 모를 산새가 울었다.

술잔을 든 김원국은 앞자리에 앉은 고재철 준장을 바라보았다. 짧은 머리에 근육질인 고재철은 김원국의 시선을 받고는 한동안 마주 보았다.

“처음에는 조금 놀랐습니다. 고 장군께서 지난번 각하의 특명을 받고 조사관이 되셨던 분인지는 알았습니다만, 워낙 뜻밖이어서…….”

김원국이 부드러운 음성으로 말을 이었다.

“조사는 끝난 줄로 알고 있었어요. 그렇지 않습니까?”

"예, 조사는 끝났습니다."

고재철이 가볍게 머리를 끄덕였다.

"하지만 황 대령이 그렇게 죽고 나서, 나는 다시 시작했습니다. 공식적인 일이 아니지요."

"위험하실 텐데, 장군께서도."

김원국의 옆자리에 앉아 있던 김칠성이 입을 열었다.

"황 대령은 이무섭의 손에 죽었습니다. 아니, 임종휘라는 거물이 뒤에서 조종해서 그렇게 된 것이지요."

"저도 황 대령의 이야기를 들었습니다. 그가 사고를 당한 날 밤에 만나서 자세한 이야기를 듣기로 했는데."

고재철이 주위를 둘러보았다 넓은 온돌방에 앉아 있는 것은 그들 셋밖에 없다.

이곳은 인사동의 골목 안에 있는 허름한 한정식집이었다. 밤 11시가 넘었기 때문인지 집 안에서는 인기척도 들리지 않았다. 그러나 집 안팎에서는 10여 명의 부하가 어둠에 묻혀 경계를 하고 있을 것이다.

"임종휘 씨는 아직도 군에 영향력이 있습니다. 미국과도 관계가 좋고요. 그가 배후의 우두머리라면 강한석 씨는 꼭두각시 노릇을 한 것이지요. 둘을 정점으로 할 수는 없는 입장들입니다."

고재철의 말에 김원국이 머리를 끄덕였다.

"우리도 그렇게 생각합니다. 강한석 씨는 권력에의 욕심에 처음에는 귀찮은 불씨를 덮어 두려고만 했을 겁니다. 안기부에서 이의를 제기하는 것에 자신의 권한을 침해당하는 느낌도 들었을 것이고, 이찬형 씨에 대한 경쟁의식도 있었겠지요. 그는 지금도 임종휘 씨가 무엇을 의도하고 있는지 모를지도 모릅니다."

"알았어도 지금은 늦었지요."

술잔을 든 고재철이 김원국을 바라보았다.

"끌려갈 수밖에 없습니다, 이 시점에서는."

"임종휘는 강한석을 대통령으로 밀겠군요. 그렇지 않습니까?"

김칠성이 묻자 김원국과 고재철이 서로 얼굴을 마주 보고는 조그맣게 머리를 끄덕였다.

"이건 가상입니다만, 그렇게 되었을 때는 임종휘가 낮과 밤을 모두 장악하는 지배자가 되겠군요."

억양이 없는 고재철의 목소리가 방 안을 울렸다.

"강한석 씨는 임종휘가 제공하는 돈과 조직, 그리고 유사시의 폭력까지도 필요하게 될지도 모릅니다. 내년 말의 대선 때에는 야당 후보가 강할수록 극심한 혼란 상태가 될 것 같습니다."

고재철의 말이 끝나자 김칠성이 상체를 세웠다.

"그렇다면 아예 씨부터 없앱시다. 강한석이를 말입니다."

"임종휘가 주모자다. 임종휘가 있는 이상 제2, 제3의 강한석은 얼마든지 생겨난다."

김원국이 가라앉은 목소리로 말했다.

"나는 황 대령의 조사가 진실이라고 믿는다."

김원국은 식탁 밑에서 노란색 서류 봉투를 꺼내어 고재철 앞으로 밀어 놓았다.

"이것은 황 대령이 수집한 자료인데 안기부의 고 차장이 작성해서 대통령과 총리에게 보낸 보고서 사본입니다. 전 안기부장인 이찬형 씨가 자리를 걸고 마지막으로 제출한 서류인데, 고 차장이 얼마 전에 나에게 보내 주었지요."

눈을 치켜뜬 고재철이 한동안 서류 봉투를 바라보더니 손을 뻗어 받아 쥐었다.

"제가 펴 봐도 되겠습니까?"

"보여드리려고 가져온 겁니다."

고재철이 서류를 읽는 동안 김칠성은 위스키를 넉 잔 따라 마셨고, 김원국은 손끝 하나 까딱이지 않고 석상처럼 앉아 있었다.

이윽고 고재철이 머리를 들었다.

"각하께서 이것을 보셨다면 지금까지 가만히 계셨을 리가 없습니다."

"가만히 계시지 않았다면 어떻게 하셨을까요?"

식탁 위로 상체를 조금 숙인 김원국이 고재철을 바라보았다.

"임종휘와 그와 연루된 군인들, 그리고 이무섭과 이철우, 거기에다 자신의 후계자로 내정된 강한석이까지 모두 구속시킬까요?"

"……."

"경찰청장인 박동호는 곧 내무장관으로 영전될 것입니다. 그도 구속시켜야 할 것이고……."

"……."

"집권 여당은 하루아침에 풍비박산됩니다. 정권은 걷잡을 수 없이 흔들리고 대통령의 권위는 땅에 떨어져 버릴 겁니다."

"하지만 이것은……."

"야당의 대선 주자에게 좋은 일을 시켜 줄 수는 없지요. 그리고 이제까지 각하께서 이룩한 업적과 미래의 한국에 대한 설계가 하루아침에 물거품이 된단 말입니다."

"……."

"임종휘를 쳐야 합니다. 법을 적용할 수는 없으니까 우리 힘으로."

김원국의 말소리가 단호해졌다.

"임종휘, 이무섭, 이철우, 그리고 얼굴 마담 격인 안정태나 박용근이를 차례로 깨면 강한석 씨는 구속에서 풀려나게 되겠지요. 그렇게 되면 그는 각하의 뜻을 그대로 이어받을 후계자가 될 겁니다."

입맛을 다신 김칠성이 다시 머리를 돌렸으나 고재철은 김원국의 얼굴에서 시선을 떼지 않았다.

김원국이 말을 이었다.

"나는 요즘 각하께서 그것을 처리하실지 궁금합니다. 서류를 보았다면 말이오. 지금의 밤 세계는 최악의 상황입니다. 우리들이 일으킨 테러로 밤에는 행인도 드물고, 유흥가는 폐쇄 직전입니다. 그런데 각하는 최후의 수단을 쓰시지 않고 있습니다."

"……."

"그건 계엄령이지요. 그것은 각하께서 군대를 어떻게 생각하시는가를 말해 주는 겁니다."

"빌어먹을."

술잔을 움켜쥔 고재철이 어금니를 물었다. 그의 단단해 보이는 얼굴이 이제는 돌덩이처럼 굳어졌다.

"나도 군인이오. 나나 황인규 같은 군인이 전체 군인의 99퍼센트라는 말입니다. 몇 명밖에 안 되는 놈들 때문에……."

"용기 있는 군인을 다시 만나게 되어서 기쁩니다."

김원국이 술잔을 쥐며 그를 향해 말했다.

이중섭 대통령이 집무실로 들어서자 뒤따라 들어온 비서실장 윤성하가 그의 책상 앞에 섰다.

"각하, 밤거리의 상태가 심상치 않습니다. 유흥가는 폐쇄 직전이고, 어제도 강남의 나이트클럽에서……."

"아침 신문에서 읽었어."

머리를 든 이중섭이 윤성하를 바라보았다.

"다행인 것은 시민들은 다치지 않은 거야. 몇 명이 실수로 부상당한 것을 빼고는. 그런데 김원국이가 부상당한 시민들한테는 치료비를 듬뿍 보내 준다면서?"

"그건 잘……."

"어제 아주일보의 간부들이 인사차 왔을 때 들었어."

"각하, 내무장관은 각료 회의에서 군대를 파견해 달라고 요청할 예정입니다. 총리가 오후에 그 문제로 오십니다."

"총리는 군대 파견에는 반대하고 있어. 지난번 회의 때도 그랬는데."

"각하, 외국 신문에 한국의 밤거리는 전쟁터와 같다는 기사가 실리고 있습니다. 그리고 요즘 관광객이 30퍼센트나 줄었습니다."

"허어, 그것 큰일인데. 김원국이를 어서 잡지 못하고 도대체 무얼 하는 거야?"

이중섭이 두 눈을 치켜뜨고 윤성하를 노려보았다.

"그놈만 잡으면 끝날 일인데, 그렇지 않아?"

"그렇습니다, 각하."

"오늘 총리와의 회합을 취소하도록 해. 만날 필요가 없어."

놀란 윤성하가 눈을 껌벅이며 그를 바라보았다. 전에 없던 일이기 때문이다.

"이것은 위기 상황이야. 그런데 총리는 심각하게 받아들이지 않고 있는 것 같아. 그렇지 않은가?"

"네? 네, 저는 잘……."

비서실장이 손에 든 서류를 펴지도 못하고 몸을 돌려 집무실을 나갔다.

이중섭은 책상 위에 놓인 빨간색 전화기를 들었다. 국무총리인 장희만과 연결된 직통전화였다.

—여보세요.

다소 쉿소리가 나는 장희만의 목소리가 들리자 이중섭은 상체를 세웠다. 그는 절대로 흐트러진 자세로 말을 하는 사람이 아니었다.

"총리, 납니다."

—아아, 각하, 안녕하셨습니까?

장희만의 목소리는 굳어 있었다. 아침부터 걸려 온 대통령의 전화는 결코 좋은 일이 아닐 것이라는 경험 때문일 것이다.

"총리, 오늘 오신다고 했는데, 우리의 회합은 연기합시다."

—예, 각하, 그렇게 하겠습니다.

말은 그렇게 했지만 장희만의 목소리는 떠 있었다. 김이 빠지는 일이었다. 지난 정권 때는 대통령이 불신을 보여주는 방법으로 그런 방법을 쓰기도 했던 것이다.

이중섭이 다시 말을 이었다.

"그리고 내가 총리께 드릴 말씀이 있는데."

—예, 각하, 말씀하십시오.

"정부를 대표해서 성명서를 내주세요. 현 상황은 절대로 위기상황이 아니라고, 그리고 밤거리의 난동은 조직 간의 분쟁일 뿐 정권에 하등의 영향이 없다고 하세요."

—…….

"물론 시민의 항의도 있을 것이오. 무슨 뻔뻔한 소리냐고 하겠지. 하지만 총리의 소신이라고 발표하세요."

—예, 각하. 그런데 조금 더 자세히 말씀해 주셨으면 합니다만.

"나와 상반된 것처럼 현 상황을 분석해 주시라는 말입니다. 오늘 우리가 만나지 않았다는 것을 모두가 알 테니까 말이오."

—그럼 각하께서는…….

"대변인을 통해서 비공식적으로 분위기를 흘리겠소, 총리의 발표에 분개했다고."

—아아, 예.

"김원국이는 시민을 다치게 하지 않았다고 하세요. 그 증거로 몇 명 다친 시민들에게 김원국이가 치료비를 주었다는 사실도 밝히시고, 아주일보의 강상현이에게 협조를 구하시면 좋아할 겁니다."

—예, 각하.

장희만도 날고 기는 수십 명의 장관들을 통솔하는 총리였다. 이중섭의 의중을 읽게 되자 그의 말소리에 힘이 들어갔다.

"총리, 우리가 보이지 않는 힘에 실려 갈 정도로 우둔하지는 않소. 그렇지 않습니까?"

—그렇습니다, 각하. 무슨 말씀인지 압니다.

"충격을 줄입시다. 우리 손을 더럽힐 필요도 없는 일이오."

—그렇지요.

"그럼 나는 당분간 총리의 얼굴을 보지 않겠소."

—서운합니다만, 대국을 위해서 참겠습니다.

대통령과 호흡을 맞추고 있다는 기쁨에 장희만의 목소리는 오히려 들뜬 것처럼 들려왔다.

신문을 내려놓은 임종휘는 앞에 앉은 이무섭을 바라보았다.

"총리는 내각을 대표하는 사람이야. 대통령과 견해 차이가 있을 수도 있지. 하지만 이렇게 성명을 발표하려면 대통령에게 보고를 하는 것이 정상인데 말이야."

"대통령이 총리와의 면담을 취소하고 나서 성명을 발표했습니다. 청와대는 논평하지는 않았지만 대통령의 심기가 몹시 불편하다는 정보를 흘리고 있습니다."

이무섭이 말하자 임종휘가 가볍게 머리를 끄덕였다.

"당연하지. 여론에서도 총리가 현실 파악을 제대로 하지 못한다고 비판하는군. 이제 총리는 옷을 벗어야 할 것 같구만."

"대통령은 강경책을 쓰게 될 겁니다. 어쩌면 이번 일로 김원국의 숨통이 더욱 죄어지게 되었습니다."

"군대를 풀지는 않아. 군경 합동으로 검문검색을 강화시키는 것이 고작이야. 그리고 시민들도 이제는 김원국이를 두려워하고 있지 않아."

피로한 듯 임종휘가 손끝으로 눈두덩을 눌렀다.

"김원국이만 잡으면 끝나는 일인데 말이야. 그놈, 끈질긴 놈이야. 쥐새끼처럼 도망 다니면서 균을 퍼뜨리고 있어. 나는 그놈이 이렇게까지 명이 길 줄은 몰랐어."

"안기부나 경찰청의 간부들이 그놈을 도와주었었습니다. 하지만 이제는 그 친구들이 모두 제거되었으니만큼……."

"대통령과 총리에게 보낸 안기부의 자료 말인데, 아마 그 자료에는 내 이름이 거론되었을 것 같더구만, 배후의 중심인물로."

"추측일 뿐입니다. 물증은 아무것도 없습니다."

"대통령은 자신의 후계자인 강한석이가 우리들과 연루되어 있다는 것을 알았다면 충격을 받았겠지?"

"강한석이가 우리와 연루되어 있다는 증거도 없습니다. 이재영의 폭로 기사가 허위라는 것도 밝혀졌구요."

임종휘는 한동안 그를 바라본 채 입을 열지 않았다. 벽에 걸린 괘종시계가 10시를 알렸다. 이무섭은 아침부터 임종휘를 찾아와 어제 오후 총리가 발표한 성명서에 대해 상의하고 있던 참이었다.

"물론 여론에서는 김원국이를 싸고돈다는 인상이 풍기는 것이 꺼림칙하기는 합니다. 김원국이 부상당한 시민에게 위로금을 보낸다든지 하는 사실을 총리가 거론했다는 것도 말입니다."

이무섭의 말소리가 정적을 깨었다.

"국민들에게 불안감을 심어 주지 않으려는 행동일 수도 있지요. 그런 면에서 보면 총리는 정치적 발언을 한 겁니다."

"강한석 씨한테는 아침 일찍 전화가 왔었어. 자네가 오기 전에."

임종휘가 가라앉은 목소리로 말하자 이무섭이 퍼뜩 머리를 들어 그를 바라보았다.

"강한석 씨한테서 말입니까?"

"그래, 그 사람은 곧 총리가 옷을 벗을 것이라고 하더구만. 대통령의 노여움을 샀다는 거야."

"당연하지요."

"강한석 씨는 단순해. 집착력과 명예욕은 대단한 사람이지만."

"……."

"대통령은 강한석 씨와는 다른 사람이야. 산전수전을 겪은 백전노장이란 말이야. 안기부의 보고가 어떤 내용이었는지는 모르지만, 그냥 덮어 두고 있을 사람이 아냐. 어떤 식으로든 그것에 대한 반응이 있을 것인데."

이무섭이 잠자코 그를 바라보았다. 임종휘는 한때 권부의 핵심에서 대통령 이상으로 권력을 휘둘렀던 사람이다. 그는 통치자의 입장을 잘 알고 있다고 봐도 되었다.

임종휘가 말을 이었다.

"이번 성명서로 득을 본 사람이 있어. 김원국인데, 그는 이것으로 크게 고무되었을 거야. 적어도 총리가 자신을 위험인물로 보고 있지 않다는 것은 알게 되었을 테니까."

"총리는 곧 옷을 벗게 될 겁니다."

"벗건 안 벗건 간에 김원국은 자신감을 갖게 될 거야."

"놈은 곧 잡힙니다."

그러자 임종휘가 길게 한숨을 내쉬었다.

"이철우는 잘하고 있나?"

"네, 의욕적으로 열심히 일하고 있습니다."

우울한 분위기에서 빠져나오려는 듯 이무섭의 목소리가 한층 높아졌다.

"정기욱의 기반도 제법 단단했거든요. 이제 강북의 주요 업체들은 모두 이철우가 관리하게 될 겁니다."

"다행이군, 그가 마음을 잡았다니."

"충성심이 강한 녀석입니다. 절제력도 대단하지요."

"그를 믿는 모양이군."

"제가 각하를 의지하듯이 그도 저를 따르고 있습니다."

"김원국의 조직도 마찬가지야. 놈들 간의 의리는 목숨 같은 것을 하찮게 여길 만큼 단단하더군. 지금까지 이탈한 놈이 한 놈도 없는 것만 봐도 그래."

"어떻게든 잡겠습니다. 이제는 애들한테 총기를 나눠 주었으니 놈들이 쉽게 달려들지도 못합니다. 그 예로 요즘 사흘 동안 놈들의 테러는 두 건밖에 없었습니다. 그것도 변두리에서요."

"이쪽이 총기를 갖고 있다는 정보가 새어 나간 모양이군, 놈들에게."

"그럴 수도 있지요. 하지만 그들을 억제시키는 효과도 있을 것입니다. 그런 소문이 말씀입니다."

머리를 끄덕인 임종휘는 창밖으로 시선을 돌렸다.

아침부터 날씨가 흐렸는데, 창밖으로 바람에 흩날리는 눈가루가 보였다. 눈이 내리고 있는 것이다. 12월 중순에 첫눈이 내리고 있었다.

같은 시간에 북한산의 굿 집에서는 김원국과 김칠성, 오함마가 둘러앉아 있었다. 온돌방이었고, 윗목의 장판이 몇 군데 헤어져 있었지만 방바닥은 깨끗하게 닦여 있었고 따뜻했다.

김원국이 방바닥에 펼쳐진 신문에서 시선을 떼었다.

"이무섭이가 이것을 보고는 꽤 실망했을 것이다. 놈은 현재 상황이 최악이라는 발표를 기대했을 테니까."

"총리가 우리들이 부상당한 사람들에게 치료비를 보냈다는 것까지 발표한 것은 뜻밖입니다. 그것으로 대통령한테 상당히 질책을 당하겠지만……."

김칠성이 밝은 얼굴로 말했다. 어쨌든 총리가 현재 상황이 그렇게 위기 상황이 아니라고 말해 준 것은 그들에게 힘이 되었다.

"이무섭이는 거여동의 개인 주택으로 집을 옮겼다고?"

김원국이 묻자 김칠성이 머리를 끄덕였다.

"예, 형님. 아파트 주민들이 불평을 많이 했답니다. 밤낮으로 수십 명의 경호원과 경찰들이 득실거리고 있었으니까요. 거여동의 저택은 건평이 200평도 넘는 2층 양옥입니다."

"이젠 공공연하게 나들이를 한다는데, 임종휘한테도 찾아가고."

"군 시절의 상관이었으니까요. 하지만 찾아갈 때는 상당히 경계를 합니다. 안경을 쓰고 변장할 때도 있습니다."

김원국이 잠자코 앉아 있는 오함마를 돌아보았다.

"이제까지 쫓겨 다니느라고 동생들을 제대로 돌봐 주지도 못했다. 제각기 딸린 식구들이 있을 텐데, 그들이 날 따라다니는 것을 수사기관이 알고 있을 것이고, 그 가족들도 시달릴 거다."

오함마가 눈을 껌벅이며 김칠성을 바라보았다.

"그래서 말인데, 동생들에게 돈을 모두 나눠 주어라. 가족들에게 보내 주도록 말이다. 우리 경비로 쓸 돈만 남겨 두고."

"예, 형님. 그렇게 하겠습니다."

오함마가 머리를 끄덕였다.

“돈은 20억이 조금 넘습니다. 지금 데리고 있는 애들이 모두 32명인데 20억을 똑같이 나누면…….”

“그건 칠성이하고 상의해서 나눠 주어라. 돈 보낼 때 조심하도록 하고.”

“웅남 형님이 데리고 있는 애들이 10명 정도 되는데요, 형님.”

“그렇구나. 웅남이하고는 연락이 되지?”

“예, 동혁이가 손채석이하고 하루에 두 번씩…….”

“웅남 형님은 웅남 형님이 따로 알아서 하라고 하지요. 그쪽도 돈을 꽤 거두었을 테니까요.”

김칠성이 머리를 들고 말했다.

“형님 지시라고 말하면 됩니다. 구태여 이쪽에서 돈을 보낼 필요는…….”

“지난번에도 5억을 보내왔으니 자금은 꽤 거둔 모양이다만, 그럴 수는 없다. 그쪽 동생들에게도 돈을 나눠 주어라.”

“예, 형님.”

“싸우러 가기 전에는 밥을 든든하게 먹어 두는 거야. 나에게 의지하고 있는 동생들에게 어떻게든 보답하고 싶었다.”

“형님, 우린 살아남을 겁니다. 이길 겁니다.”

김칠성이 목을 세우고 김원국을 바라보았다.

“돈을 바라고 형님을 따라다니는 애들은 없습니다.”

“알고 있다. 하지만 내 마음은 그것이 아니다.”

“일이 끝나고 나서 하셔도 되는데요, 형님.”

"당장 나눠 줘라."

김칠성이 잠자코 시선을 내렸다.

"벌써 첫눈이 내리는구나."

창밖으로 시선을 돌린 김원국이 혼잣말처럼 중얼거렸다.

"몇 년 만에 보는 눈이다."

유리창은 통풍을 위하여 만들어진 것으로 넓이가 사방 30센티미터 정도밖에 되지 않았다. 유리창 밖으로 흩날리는 흰 눈이 보였다. 잠자코 앉아 있던 김칠성이 자리에서 일어서자 오함마도 따라서 몸을 일으켰다.

그들이 방을 나가고 나서도 김원국은 창문을 바라보며 앉아 움직이지 않았다.

바람은 불지 않았으나 숲 속은 얼음처럼 차가웠다. 검은 바위와 나무 등걸, 그리고 말라비틀어진 풀잎을 보기만 해도 써늘한 냉기가 느껴졌다. 풀잎 위에 배를 깔고 엎드려 있었지만 금방 땅의 찬 기운이 몸에 퍼졌고, 이제는 온몸이 얼어버린 듯 떨리지도 않는다.

최순태는 머리를 들고 흐린 하늘을 바라보았다. 점점이 눈발이 떨어지고 있었는데 곧 어두워질 것이다.

담배를 피워 물고 싶은 충동이 일어 최순태는 입맛을 다시면서 굿 집을 내려다보았다. 김선주의 집을 추적해 알아낸 것은 일주일 전이었다.

그녀가 백동혁과 깊은 사이라는 것은 이미 알고 있었으므로 형사들을 잠복시켜 놓았던 효과가 있었다. 점심때쯤 백동혁으로 보이는 자가 그녀의 아파트에 들어갔다는 정보를 받은 최순태는 저도 모르게 손뼉을 쳤다.

당장에 그를 잡는 것보다 미행하여 김원국의 은신처를 알아내기로 결정한 것도 잘한 일이었다. 그러나 서두르느라 이곳에 집결한 것은 도봉서의 기동대 병력 50명 정도였다. 한 시간만 더 있다면 북부서와 청량리서, 본부의 병력까지 합해 천 명까지도 모을 수 있을 것이다.

눈발이 날려 손등과 얼굴에 떨어졌고, 렌즈에도 육각형의 얼음 조각이 붙어 있다. 아래쪽에서 사내들의 목소리가 들렸다.

최순태는 망원경의 렌즈에 떨어진 눈을 닦아내고는 다시 두 눈에 갖다 대었다. 나뭇가지 사이로 굿 집의 정면이 드러났는데 마당에서는 다섯 명의 사내가 모여 서서 무언가를 이야기하고 있었다. 건물의 옆쪽에서 사내 두 명이 한 아름씩 장작더미를 안고 나타나더니 부엌으로 들어갔다.

"저쪽, 아래쪽에 두 놈이 있는데요, 보초인 모양입니다."

옆에 엎드린 김 형사가 손으로 가리키는 곳에 어른거리는 사내의 머리 부분이 보였다. 눈발이 점점 심해졌고, 앞쪽의 시야는 잔뜩 흐렸다.

"방이 네 개에 헛간이 하나. 변소는 저기, 옆쪽에 있군요. 이거, 울타리도 없어서 사방이 비어 있습니다."

"이봐, 기동대장을 불러."

김 형사가 몸을 틀어 뒤쪽으로 향해 손짓을 하자 전투모에 M

—16 소총을 든 기동대장이 무릎걸음으로 다가왔다.

"어이, 김원국이 집 안에 있는가를 확인하지 못하겠어. 하지만 날씨가 이래서 빨리 시작해야겠는데."

최순태가 말하자 기동대장이 머리를 저었다.

"북부서의 기동대가 올 때까지 기다립시다. 우리 기동대 50명 가지고는 아무래도……."

"이봐요, 50명이 모두 총으로 무장되어 있어. 북부서 기동대까지 합류시키면 좋기는 하지만 시간이 없단 말이오."

계급은 같은 경감이었지만 이쪽은 본부에서의 서열이 높았고, 청장으로부터 이번 작전의 지휘권을 받은 몸이다.

기동대장은 잠자코 입을 다물었다.

"도봉서의 기동대만으로 놈들을 소탕한다면 당신한테도 좋지. 안 그래요?"

"그야 말할 필요도 없지만……."

기동대장은 이맛살을 찌푸린 채 아래쪽을 내려다보았다.

그들은 굿 집이 내려다보이는 산 중턱에 자리 잡고 있었는데 굿 집과의 거리는 100미터가 조금 못 되었다. 아래쪽의 도로는 이미 차단되어 있어서 놈들이 도망갈 길은 없다.

"놈들은 스무 명이 넘는 것 같습니다. 총기를 소지하고 있는지도 알 수 없고."

기동대장이 망원경으로 아래쪽을 내려다보는 최순태에게 말했다.

"공격을 한다면 양쪽 측면에도 기동대를 배치시켜야 합니다."

"어두워지기 전에 얼른 시작합시다. 공격 신호는 이쪽에서 보낼 테니까 기다리라고 하고 내려보내요."

"알겠습니다."

기동대장이 뒤쪽으로 물러가자 최순태는 호주머니에 넣은 휴대폰을 꺼내 들었다.

오후 3시가 넘었을 뿐인데 눈발이 심해지는 산속은 저녁 무렵같이 어둑했다. 땅바닥에 엎드려 있었으므로 냉기가 퍼진 온몸은 나무토막처럼 뻣뻣해져서 감각이 없다.

—여보세요.

신호가 가자마자 저쪽에서 전화를 받는다. 경찰청장인 박동호의 목소리였다.

"청장님, 접니다."

—그래, 어떻게 되었어?

박동호가 다급하게 물었다. 그에게는 10분쯤 전에도 보고를 하였다.

"아직 북부서의 기동대는 도착하지 않았습니다만, 날이 어두워지고 있어서요."

—30분쯤 걸린다고 하던데. 지금 가는 중이야.

"30분 후면 어두워집니다. 지금 시간이 4시 10분 전인데."

—왜, 놈들이 움직이려고 하나?

"아닙니다, 아직은. 그렇지만 어두워지면 도망치는 놈들이 있을까 봐……."

—도봉서의 기동대만으로 충분할까? 그렇다고 군 병력을 지

원받자면 시간이 꽤 걸려.

"현재로서는 가능성이 있습니다. 사면을 포위하고 있으니까요. 놈들은 스무 명 정도입니다."

—내가 10분 후에 연락할 테니 기다리고 있어.

그러면서 박동호는 전화를 끊었다. 상부에 보고할 모양이었다.

기동대가 굿 집을 향해 조심스럽게 내려가고 있었다. 옆쪽의 공격을 맡은 병력이다. 긴장과 추위로 굳어진 얼굴들이었으나 제각기 M—16을 움켜쥐고 있었고, 수류탄 발사기를 들고 있는 대원도 보였다.

최순태는 어깨를 늘어뜨리면서 가늘게 숨을 내쉬었다. 한 사람씩 스쳐 지나는 대원들의 중무장한 차림새를 보자 마음이 놓인 것이다. 이만한 병력에 화력이면 김원국 일당이 100명 있다손 치더라도 몰살시킬 수 있을 것이다. 그들은 이쪽처럼 무장된 병력이 아니다. 이쪽은 전쟁터에 내놓아도 손색이 없을 전투부대인 것이다.

그때 휴대폰의 진동이 느껴졌다. 벨소리 대신 진동음으로 바꿔놓은 것이다. 휴대폰의 스위치를 올리고 귀에 대자 박동호의 목소리가 들려왔다.

—공격해. 나도 20분 후에는 헬기로 그곳에 도착할 테니까.

"알겠습니다, 청장님."

스위치를 내린 최순태가 머리를 돌렸다. 기동대장과 김 형사가 긴장한 얼굴로 그를 바라보고 있었다.

휴대폰을 귀에서 뗀 김칠성이 놀란 듯 눈을 치켜뜨고 김원국을 바라보았다.

"형님, 우린 포위당했습니다. 경찰 병력이 산 쪽에 있습니다. 지금 곧……."

"천천히 말해라."

김원국이 던지듯이 말하자 김칠성이 침을 끌어모아 삼켰다.

"고 차장, 아니 고성섭 씨인데요. 안기부에서 정보를 주었답니다. 우리 측 누구를 미행해서 경찰이 여기까지 왔고, 지금 우리를 포위하고 있는 것은 도봉서의 기동대 병력입니다. 50명 정도라는데요."

"눈발이 꽤 심해지는군."

자리에서 일어난 김원국이 창 쪽을 바라보며 말하자 방 안에 앉아 있던 사내들도 따라 일어섰다.

"포위되었다면 도망칠 길은 옆쪽밖에 없다. 아래쪽 길은 이미 막혀 있을 것이고."

김원국이 벽에 걸려 있는 점퍼를 내려 걸치며 둘러선 사람들을 바라보았다.

"밖에 있는 애들을 준비시켜라. 놈들이 우릴 감시하고 있을지 모르니까 눈치채지 못하게 하고."

백동혁이 방문을 열고 밖으로 나갔다.

"옆쪽으로 치고 나가면 개울이 나온다. 개울을 건너 산속으로 들어가 능선 두어 개를 넘으면 수유리가 나올 것이야. 흩어지더라도 만나는 장소는 국립 의료원 근처의 아파트다. 애들에게 알려주도록."

이제는 김칠성이 방문을 열고 나갔다.

"만일의 경우를 생각해서 내가 탈출로를 생각해 두었다. 이쪽 샛문을 열고 일직선으로 달리는 10미터쯤의 거리가 문제야. 개울 근처에 경찰들이 잠복해 있다고 하더라도 나무에 가려서 조준 사격을 할 수는 없을 것이다."

김원국이 반대쪽으로 뚫린 샛문을 턱으로 가리켜 보이자 오함마는 창으로 다가가 눈만 내놓고 밖을 내다보았다.

굿 집은 일자형이었다. 한쪽에만 미닫이 식의 문이 있었으나 그들이 있는 부엌 옆방은 벽이 뚫려 있어서 부엌과 통했고, 부엌에는 반대쪽으로 나가는 샛문이 있다. 굿 집은 산 중턱에 디귿 자로 파인 공터에 위치하고 있었다.

디귿 자의 벌려진 부분에 아래쪽으로 내려가는 길이 있었고, 나머지 삼면은 울창한 삼림이다. 위에서 아래를 내려다보면 굿 집이 보이겠지만 옆쪽에서는 나무에 가려져 굿 집 근처에 바짝 다가오지 않는 한 보이지 않는다.

문이 열리더니 백동혁이 들어섰다. 두 눈을 치켜뜨고 있었으나 늘어진 눈시울이 조금 올려졌을 뿐이다.

"형님, 준비가 되었습니다."

"좋아, 네가 앞장을 서라. 우리가 뒤를 따른다. 모두 일렬로 뛰어 빠져나간다."

"예, 형님."

김원국은 방문을 열고 나와 봉당에 놓인 신을 신었다. 옆쪽의 방문이 일제히 열리면서 부하들이 따라 나왔다.

지금이 제일 위험한 순간이라는 것을 김원국은 알고 있었으므로 허리를 굽혔다가 펴는 짧은 순간에도 가슴이 뛰었다.

그러나 아직 어떤 기척도 없다. 눈보라가 심해지고 있어서 얼굴에도 차가운 눈송이가 부딪쳤다.

"자, 뛰어라!"

허리를 펴자마자 김원국이 낮게 소리치며 부엌 쪽으로 뛰어들었고, 그의 뒤를 10여 명의 부하가 따랐다.

두 손으로 M-16을 움켜쥐고 있던 최순태는 마당에 모여 섰던 사내들이 하나둘씩 부엌으로 들어가는 것을 보았다. 누군가가 저녁 먹으라고 소리치는 소리가 났다. 놈들이 부엌에서 저녁을 먹는 모양이었다.

"잘되었군. 집 안에 몰아넣고 한꺼번에 몰살을 시켜야지."

그들은 이제 굿 집의 30미터쯤 앞으로 다가와 있었다. 그러나 옆쪽으로 돌아간 대원들은 아직 자리를 잡지 못했다.

최순태는 몇 번째인지도 모를 정도로 시계를 들여다보았다. 청장의 공격 명령이 있은 후 10분 정도가 지났다. 그러나 단 1분도 헛되이 보내지 않았다.

기동대를 기다려 아래쪽에 배치시키고 굿 집의 측면을 돌아 위쪽에 진을 치고 나면 2, 3분쯤 후 옆쪽으로 돌아간 기동대에게서 연락이 올 것이다. 그때가 공격 시점이다. 항복을 권유하고 자시고 할 필요도 없다. 두 손을 들고 나올 놈들도 아니고, 추운데 마이크도 없이 소리 지를 생각도 없다.

그때 굿 집의 한쪽 문이 열리면서 서너 명의 사내가 나와 신을 꿰었다. 태연한 모습들이었다. 옆쪽의 방문들이 열리더니 다시 대여섯 명의 사내가 나왔는데 그들의 모습을 바라보던 최순태는 총을 움켜쥐었다.

"저 자식들이."

"아까 저녁 먹으려고 부엌에 들어가는 것 같던데요."

김 형사가 총을 움켜쥐며 말했다.

그다음 순간 사내들은 일제히 부엌 안으로 뛰어 들어갔다.

"쏴! 쏴 죽여!"

최순태의 목소리가 쩌렁쩌렁 산을 울렸고, 그것에 스스로 놀랐는지 그의 머리끝이 쭈뼛 일어섰다.

기동대장이 쥐고 있던 M—16이 요란한 총성을 내면서 발사되자 횡대로 엎드려 있던 기동대원들이 굿 집을 향해 총을 난사하기 시작했다. 두어 명의 사내가 부엌 입구에서 몸을 뒤틀며 쓰러졌다.

"저기, 저기, 옆쪽으로!"

누군가가 소리쳤고, 최순태도 부엌 옆쪽으로 뛰쳐나가는 사내들을 보았다.

"저놈들! 놓치지 마라!"

총탄은 그쪽으로 집중되고 있었는데, 마치 숨어 있던 오리가 뛰어올랐을 때 사냥꾼이 총을 쏘아대는 것과 비슷한 상황이었다.

그러나 이쪽은 굿 집에서 30미터쯤 내려와 있었지만 모두가 그쪽을 조준할 수는 없었다. 횡대로 엎드려 있는 데다 나무에 가려 총알이 튀기도 했다. 그래도 거리를 달리는 사내 중 두 명이 벌써 땅바닥에 쓰러졌다. 산속은 요란한 총성으로 귀가 멍멍해질 지경이었다.

그때 최순태는 부엌의 입구 쪽에서 갑자기 튀어나온 사내를 보았다. 그는 이쪽을 향해 서너 걸음을 뛰다가 손에 든 것을 던졌다. 그러고는 풀숲에 엎드려 보이지 않았다.

"수, 수류탄!"

누군가가 소리를 쳤고, 그다음 순간 최순태는 요란한 폭음과 함께 자신의 몸 위로 떨어지는 돌덩이와 부스러기에 온몸을 움츠렸다. 코를 찌르는 화약 냄새가 났고 또다시 한 발의 수류탄이 터졌다.

총성이 잦아들자 어디선가 비명 소리가 들렸다. 최순태는 흙이 들어간 눈을 손등으로 비비면서 앞쪽을 바라보았다. 사내들이 빠져 달아나는 것이 희미하게 보였다.

또다시 바로 옆쪽에서 수류탄이 폭발했다. 이번에는 파편인지 돌덩이인지가 날아와 어깨를 쳤으므로 그는 이를 악물었다. 옆쪽에 엎드려 있던 김 형사가 커다랗게 입을 벌리고는 신음 소리를 내었다. 어딘가를 다친 모양이었다.

수류탄 한 발이 다시 폭발했다. 기동대의 누군가가 대응해서 수류탄을 던진 모양이었다. 굿 집의 한쪽이 폭발과 함께 부서져 하늘로 건물 조각들을 뿜어내었다.

이쪽은 이제 총성이 드물었다.

또 한 발의 수류탄이 굿 집의 부엌으로 들어가 폭발했다. 이제 굿 집은 지붕이 내려앉고 부엌에서 불길이 치솟기 시작했다. 인적은 없었다.

제6장

세 구의 시체

밤의 대통령

방 안에 둘러앉은 사내들은 모두 입을 열지 않았다. 10평 정도의 꽤 큰 방이었고 가구가 놓여 있지 않아서인지 더욱 크게 느껴졌다. 아래쪽에 벽을 등지고 앉아 있던 김원국이 머리를 들었다.

"감시를 제대로 하지 않고 방심했던 것이 잘못이야. 하지만 이렇게 다시 모였으니 지난 일만 탓하고 있을 수는 없다. 그럴 시간도 없어."

"형님, 함마가 잡혔습니다. 부상당하고 잡힌 모양인데요."

김칠성이 핏발 선 눈을 들었다.

"구하러 가야 합니다. 저를 보내 주십시오."

"어린애 같은 소리 마라."

이맛살을 찌푸린 김원국이 그의 말을 잘랐다.

"이 집도 위험하다. 일단 이곳에 모인 사람들부터 다른 곳으로 옮겨야 한다."

그가 머리를 돌려 백동혁을 바라보았다.

"웅남이한테 연락을 해라. 우선 그쪽의 은신처를 사용하기로 하자."

"예."

백동혁이 자리에서 일어나 방문을 열고 밖으로 나갔다.

"부상당한 사람이 있지? 상태가 좋지 않으면 병원으로 보내라. 잡히더라도 목숨은 살려야 한다."

김원국이 방에 앉은 부하들을 둘러보자 모두들 입을 열지 않았다. 하룻밤이 지난 다음 날 아침이었다. 굿 집을 빠져나와 숲과 개울을 건넜는데 굿 집에서, 또는 숲 속에서 경찰의 총격을 받고 뿔뿔이 흩어져서 이곳에 모인 것은 열다섯 명밖에 되지 않았다.

아침 신문에 보도된 대로라면 다섯 명이 죽고 세 명이 잡혔는데 이쪽에서 보면 아직 세 명이 모자란다. 아마 그들은 아직도 숲 속을 헤매고 있거나, 아니면 움직이지 못할 사정이 있는지도 몰랐다.

"장우길이, 네가 다친 애들을 데리고 병원으로 가라."

김원국이 말하자 구석 자리에 앉아 있던 장우길이 머리를 들었다. 그는 길을 잘못 들어 산을 두 개나 더 넘고는 한 시간 전에야 이곳에 도착했다. 얼굴에는 긁힌 상처가 선명했다.

"애들만 버려두고 옵니까?"

"버려두는 것이 아니다. 치료받게 하는 것이지. 저대로 두었다가는 개죽음이다."

김원국이 턱으로 바깥쪽을 가리켰다.

세 명이 총에 맞았는데 두 사람은 중태였다. 변변한 치료도 받지 못하고 장우길과 함께 도착했던 것이다. 장우길이 일어서서 방을 나가자 그와 엇갈려서 백동혁이 들어섰다.

"형님, 연락이 되었습니다."

그는 손에 쥐고 있던 휴대폰을 김원국에게 건네주었다. 김원국이 휴대폰을 귀에 대었다.

"여보세요."

—형님.

조웅남의 외치는 듯한 목소리가 앞에 앉은 김칠성에게도 들렸다.

—형님, 이리로… 제가 모시러 갈 텡게로.

"그럴 필요는 없다. 네가 있는 곳은 어디냐?"

—여그는 양평인디요. 거시기, 횟집들 있는 디…….

"당분간 너한테 신세를 져야겠다, 이 집도 위험할 것 같아서."

—신세라니요, 형님.

조웅남은 고래고래 악을 쓰듯 말했다.

—거시기, 함마가 잽혔다는디, 갸를 어뜨케 혀야…….

"우리가 오후에 그쪽으로 간다."

—예, 형님. 해운대횟집에 오시믄 돼요. 검문소 옆길로 빠져나

오시야 허는디, 내가 아들헌티 알켜 줄 텡게.

"알았다."

휴대폰의 스위치를 내린 김원국이 잠자코 앉아 있는 김칠성에게로 머리를 돌렸다.

"애들 준비시켜라. 우선 양평으로 가자."

"형님."

김칠성이 대답하는 대신 그의 옆에 무릎을 꿇고 앉아 있던 백동혁이 입을 열었다. 시선이 똑바로 김원국을 향하고 있었다.

"제가, 제가 어제 여자를 찾아갔었습니다. 당분간 못 만난다고 이야기를 하러 갔었는데……."

방 안에 둘러앉은 사내들이 일제히 그를 바라보았다. 백동혁이 상체를 반듯하게 세웠다.

"제가 경찰을 달고 왔습니다. 저를 죽여주십시오."

"여자를 찾아가? 이 와중에?"

그렇게 버럭 소리를 지른 것은 김칠성이다. 백동혁 쪽으로 몸을 기울인 그의 손이 바람을 일으키며 백동혁의 뺨을 쳤다. 무시무시한 악력이었다.

"죽여주십시오, 형님."

"오냐, 이 새끼야. 죽여주마."

눈에 불이 켜진 듯 눈알을 번들거리며 김칠성이 자리에서 일어섰다.

그러자 김원국이 머리를 들었다.

"그만둬라."

"형님."

김칠성이 상기된 얼굴로 씨근거리며 김원국을 바라보았다.

"그만두라고 했다."

김원국의 목소리는 낮았으나 한쪽 구석에 앉아 있던 이강일은 온몸에 소름이 돋아났다.

김칠성이 털썩 주저앉았다.

"모두 제 책임입니다. 제가 이런 놈을 동생이라고 데리고 있었습니다."

"그만둬!"

김원국의 목소리가 한 계단 높아졌다. 그는 눈을 부릅뜨고 방 안에 모인 사내들을 둘러보았다.

"한 명이 아쉬운 때다. 책임을 느낀다면 큰일로 갚아라. 알았느냐?"

김칠성을 제외한 모두는 머리를 숙이고 있었다. 백동혁이 얼굴을 들었다. 코와 입에서 핏줄기가 흘러내리고 있었다.

"예, 예, 형님. 갚지요, 갚겠습니다, 형님. 제 목숨으로. 저에게 기회를 주셔서 감사합니다, 형님."

그의 눈에서 눈물이 흘러내렸는데 이강일의 눈에는 핏물같이 보였다. 피투성이의 얼굴에서 흘러내리기 때문일 것이다.

"놈들은 다섯 명이 죽고, 세 명이 부상을 입고 잡혔습니다. 잡힌 놈 중에 오함마가 있습니다."

안정태가 환한 얼굴로 이철우를 바라보았다.

"김원국이를 잡지 못한 것이 아쉽지만 놈들의 전력은 쉽게 회복될 수 없을 정도로 떨어졌을 겁니다. 당분간 움직일 생각도 하지 못하겠지요."

그는 오랜만에 찾아온 이철우를 진심으로 반기는 듯 줄곧 밝은 표정이었다. 더욱이 어제저녁에는 경찰이 김원국의 근거지를 습격해서 성과를 올린 것이다. 안정태의 분위기에 이끌린 듯 이철우가 머리를 끄덕이며 웃었다.

"어차피 오래가지 못할 놈들이었어. 빨리 끝나는 게 그놈들한테도 좋을 거야. 경찰의 발표로는 10여 명이 도망쳤다는데 그중 김원국이, 김칠성이가 끼어 있겠구만."

"부상당했을지도 모릅니다. 그래서 시내의 모든 병원을 수색하고 있지요."

"최 경감이 끈질겨. 기어이 꼬리를 잡았단 말이야, 머리는 놓쳤지만……."

한 모금 커피를 삼킨 이철우가 찻잔을 내려놓고 머리를 들었다.

"내가 오늘 찾아온 것은 자네와 상의할 것이 있어서인데……."

"네, 말씀하십시오."

상체를 세운 안정태가 선뜻 대답했으나 두 눈의 동자가 조금씩 흔들렸다. 긴장하고 있는 모양이었다.

"내가 정기욱의 조직을 인계했지만 결산해 놓은 걸 보니까 엉망이야. 정기욱은 하루 벌어 하루 먹는 식으로 생활하고 있었어."

안정태가 잠자코 머리를 끄덕이자 이철우가 말을 이었다.

"식구는 많은데 수입원이 신통치 않아. 겨우 부하들 월급을 주는 형편이야. 그래서 구찌클럽하고 엔젤클럽, 청수나이트클럽을 내가 관리하려고 하는데."

"아아, 네."

안정태의 얼굴에서 웃음기가 사라졌다. 머리를 끄덕여 보인 그는 한동안 눈을 깜박이며 탁자 위의 찻잔을 내려다보았다.

구찌클럽은 박용근이 관리하다가 지난번의 수류탄 사건으로 안정태가 인수해 왔다. 엔젤클럽과 청수나이트클럽은 박용근이 관리하는 업체였으나 두 개를 합쳐 봐도 구찌클럽의 절반도 되지 않는 규모였다.

"저, 우선 단장님께 말씀드려야 할 사항 같습니다만, 제 생각을 말씀드리자면 구찌클럽을 넘겨드리고 싶습니다."

"고맙군. 그곳의 매출이 상당하다는 것을 알고 있어. 그래서 말하기가 조금 거북했는데."

"천만의 말씀입니다. 그런 말씀 듣는 것조차도 부끄럽습니다. 어차피 대장님이 전체를 장악하셔야 하는 것 아닙니까?"

"무슨 말을, 자네도 이제 어엿한 관리자야. 나와 대등한 입장이지. 겸손해할 것 없네."

"저야 그렇습니다만, 박용근이가 엔젤하고 청수를 쉽게 양보할까요? 저는 그것이……."

"자넬 만나고 박용근이를 찾아갈 작정이야. 그러고 나서 단장님께 보고를 드리겠어. 나는 우리 선에서 조정이 되면 단장님도 이의가 없으리라고 믿고 있어."

안정태가 머리를 끄덕였다.

"그러시겠지요. 저는 승낙한 것으로 알아주십시오."

"고맙네. 이젠 자금 사정이 조금 나아지겠구만. 난 부하들에게 주택 자금을 융자해 주고 싶네. 교육비도 지원해 주고 싶고."

"……."

"김원국이도 제법 부하들의 복지 문제에 신경을 쓴 모양이지만 체계적이지 못했어. 우리처럼 질서 있는 생활환경을 겪어 보지 못했기 때문이지. 나는 조직의 부하들을 내 식으로 관리할 생각이야."

자리에서 일어선 이철우가 안정태를 향해 웃어 보였다.

"고맙네."

"천만의 말씀입니다."

호텔의 현관까지 이철우를 배웅한 안정태는 방으로 돌아와 소파에 앉아 전화기를 들었다.

결재를 받으러 들어온 부하가 그의 얼굴을 보더니 몸을 돌려 방을 나갔다. 도무지 도장을 찍어줄 분위기가 아닌 것 같았기 때문이다.

미사리의 조정 경기장에 고인 물은 올림픽 경기가 끝난 지 8년째가 되는 올해 초부터 악취를 풍기기 시작했다. 배수구가 막혀 물이 썩어가고 있었던 것이다. 근처 주민들이 몇 차례나 시에 진정서를 내었고, 환경처에다도 고발장을 내었으나 예산이 부족하다면서 서울시에서는 움직이지 않았다.

겉으로 보기에는 멀쩡했고, 실제로 근처 주민들이라고는 몇 가구 되지 않았기 때문이다.

작년 여름까지만 해도 시민들이 조정 경기장에서 연날리기와 보트 타기를 하고, 잔디밭에 모여 앉아 바람을 쐬었지만 올 여름에는 찾지를 않았다. 강물의 악취에 머리가 어지러웠기 때문이다.

드디어 겨울이 되었고, 그제야 시에서 아래쪽의 배수로를 파는 작업을 시작했는데 일곱 대의 포클레인이 닷새를 작업하여 양쪽의 둑을 높이고 나서 물꼬를 텄다. 물이 쏟아져 내리기 시작한 것은 엿새째부터였다. 미사리 쪽의 얕은 개천은 금방 강물이 되어 흘러내리기 시작했으므로 시민들에게는 꽤 그럴듯한 구경거리였다.

조정 경기장의 관리 책임자인 임재천은 출발 지점의 부서져 가는 신호대 위에 서서 물이 빠져나간 경기장을 바라보았다. 경기장은 이제 하류 쪽의 웅덩이에 물이 약간 고여 있을 뿐 바닥의 개펄이 드러나 있었다.

"계장님, 계장님!"

소리쳐 부르는 소리에 그는 몸을 돌렸다.

부하 직원인 권용수가 시멘트 포장이 된 좁은 길을 자전거로 달려오고 있었다. 언제나 덜렁거리는 사람이었으나 오늘은 유난히 더 그러는 것 같았다. 물이 없는 조정 경기장의 관리자는 마치 짐승이 없는 동물원의 관리자나 같을 것이다. 기분이 어제부터 언짢았던 임재천이 이맛살을 찌푸리며 그를 바라보았다. 덜렁거리기 시작하면 소리부터 지를 작정이었다.

"계장님, 사람이 죽어 있습니다, 세 사람이나."

권용수가 자전거에서 내리지도 않고 헐떡이며 말하자 임재천은 입을 쩍 벌렸다. 소리를 지를 생각은 순식간에 없어졌다.

"뭐? 누가? 언제?"

정신없이 그가 묻자 권용수가 머리부터 저었다.

"모릅니다, 세 사람인데, 펄 속에 묻혀 있어서."

"이런 젠장 맞을 놈."

그가 달려온 길을 바라보자 아래쪽에 사람들이 모여 있는 것이 보였다. 임재천은 권용수의 자전거를 두 손으로 쥐었다.

"이리 내, 자전거."

"제가 태워드릴게요."

임재천이 뒷자리에 어설프게 앉자 권용수가 다시 페달을 밟았다.

"경찰에 신고는 했나?"

"예, 전병수가 갔어요, 신고하러."

"누가 발견했어?"

"포클레인 기사가요. 썩었어요, 시체가 모두 남자인데."

"이런 염병할."

어쨌든 조정 경기장에서 일어난 일이다. 경찰에 시달릴 것을 생각하자 임재천은 화가 치밀어 올랐다. 세 명이 한꺼번에 익사

할 리도 없고, 이곳에서는 수영을 하는 사람도 없었다. 그렇게 생각하자 머리가 빠개지듯 아파왔다.

최순태가 미사리 조정 경기장의 시체 인양 소식을 들은 것은 경찰병원에서 어깨에 붕대를 감고 나왔을 때였다.

병원 앞에 주차시킨 차에 올랐을 때 운전사인 고 순경이 머리를 돌려 그를 바라보았다.

"이갑룡 형사한테서 전화가 왔었습니다. 보고할 것이 있다고 했는데요."

"호출해 봐."

고 순경이 카폰의 다이얼을 누르자 곧 이갑룡의 목소리가 들려왔다.

"나야, 무슨 일이야?"

그가 묻자 이갑룡의 목소리가 커다랗게 들려왔다.

—미사리에서 남자 시체 세 구가 발견되었습니다. 조정 경기장의 물을 뺀 곳에서 펄 속에 묻혀 있었는데 몸에 돌덩이를 매달고 있었습니다.

"타살이군."

—예, 그리고 시체에 총알 자국이 있습니다. 누군가가 총을 쏴 죽이고 돌덩이를 달아 물속에 넣은 겁니다.

"수법이 잔인하군. 신원을 밝힐 수 있겠어?"

—국립 과학 수사 연구소 팀이 보고 있답니다. 신문사에서도 야단들입니다.

"빌어먹을, 내일 아침에 보도되는 거야?"

—예, 아마……. 아무래도 조직 간의 싸움에서 죽은 자 같습니다만.

이갑룡의 말투는 김원국의 조직을 의심하는 것처럼 들렸다. 하기는 이철우 쪽에서 상대방을 그런 식으로 처리할 이유도 없고, 들어 보지도 못했기 때문이다.

신문을 내려놓은 안정태는 한동안 꼼짝하지 않고 앞쪽을 바라보았다. 호흡마저 멈춘 듯 숨소리도 들리지 않았다.

한참 후에야 밖에서 나는 희미한 소음이 귀에 들려왔다. 아래쪽 차도를 달리는 자동차의 엔진 소리도 났다.

이윽고 안정태는 멈추었던 숨을 가늘게 뱉어내면서 탁자 위의 전화기를 집어 들었다. 얇은 입술을 굳게 다물고는 굵으나 보기 좋은 손가락으로 다이얼을 눌렀다. 신호가 가는 소리가 들리더니 이내 굵은 목소리가 전화를 받는다.

—여보세요.

"청장님, 저, 안정태올시다."

—어이구, 이거 웬일이요? 안 부사장께서 전화를 다 주시고.

"갑자기 전화 올려서 실례를 한 건 아닙니까?"

전화선을 타고 들려오는 박동호의 놀란 목소리가 마음에 걸린 안정태가 조심스럽게 물었다.

—아니, 아니요, 그저 놀라서…….

그와는 이무섭과 함께 딱 한 번 만난 적이 있다.

안정태는 수화기를 고쳐 쥐었다.

"저, 오늘 아침 신문 보도를 보았습니다. 미사리에서 시체 세 구가 발견되었다는 것 말입니다."

—아아, 그것, 지금 수사 중이오.

박동호의 목소리가 가벼워졌다.

—국립 과학 수사 연구소에서 오늘 중으로 신원이 확인될 것 같습니다. 펄이 진해서…….

"그렇습니까? 그건 다행이군요. 저는 아무래도 그 사람들이 우리 부하들 같다는 생각이 들어서요."

—그래요? 나도 그런 생각을 하고 있었지요. 그런 짓을 할 놈은 대한민국에 김원국의 조직밖에 없지 않겠어요?

"네, 그런데……."

—그런데 뭡니까?

"그들이 우리 부하인 것으로 드러난다면 아무래도 저나 여러 어른들이 활동하고 있는 것이 또다시 여론의 표적이 될 것 같아서 말입니다."

—…….

"지난번에도 언론의 표적이 되어서 골탕을 먹었는데 만일 그 사람들이 우리 부하라면 또다시 우리가 부각될 것 아닙니까? 겨우 잠잠해졌는데 말입니다."

—글쎄, 그것이…….

"이건 대장님도 같은 생각이십니다."

—그렇다고 결과를 숨길 수 없지 않겠소? 더구나 김원국 조직

이 저지른 일이라면 말이오.

"청장님께서 손을 써 주십시오. 만일 저희들이 다시 언론의 표적이 된다면 곤란하지 않겠습니까? 지난번 아주일보 사건을 생각해 보십시오."

그러자 박동호는 대답하지 않았다. 이재영의 폭로 기사가 비록 가명이었지만 박동호도 조연급 출연자였기 때문이다.

"부탁드립니다, 청장님."

—알겠소. 다시 상의합시다.

박동호와 통화를 마친 안정태는 길게 숨을 들이마셨다가 길게 뿜어내었다.

벽에 걸린 시계는 오전 11시를 가리키고 있었다. 그는 다시 손을 뻗어 전화기를 쥐었다. 다이얼을 누르는 그의 표정은 박동호와 통화할 때보다는 밝아져 있었다.

—여보세요.

신호가 떨어지자 이무섭의 목소리가 울려 왔다.

"단장님, 접니다. 말씀드릴 것이……."

상체를 세운 안정태의 말을 이무섭이 잘랐다.

—그렇지 않아도 전화하려고 했어. 신문에 난 세 구의 시체, 총격으로 사망해서 수장되었다는데.

"네, 단장님. 제가 한 일입니다."

—서툴렀어, 처리가.

"지금 막 청장에게 부탁했습니다. 신원 확인이 될 것 같다고 해서요."

—어떻게 말했나?

"또다시 언론이나 여론의 표적이 되면 곤란하다고 했습니다. 모두 군 출신으로 판명되면 우리와의 관계가 노출될 것이고, 아무리 김원국이가 했다손 치더라도……."

—좋아, 나도 부탁해 보겠다.

"죄송합니다, 단장님."

—저쪽이 알게 되면 낭패다. 무슨 소린지 알겠지?

"알고 있습니다, 단장님."

전화가 끊겼으므로 안정태는 소파의 등받이에 등을 기대었다. 저쪽은 곧 이철우를 말하는 것이다.

"지문 조회가 가능해서 다행입니다. 시체가 펄 속에 묻혀 있었기 때문에 부패 상태가 심하지 않았어요."

국립 과학 수사 연구소의 이경채 수사관이 말했다.

"조금만 기다려 보시지요, 이제 시간이 다 되었으니까."

머리를 끄덕인 최순태는 창가에 놓인 의자에 앉았다.

용도를 알 수 없는 상자와 약품들이 잔뜩 쌓여 있는 이 실험실은 한두 번 와 본 곳이 아니다. 큰 사건마다 번번이 이용하는 곳이었지만 올 때마다 냄새와 분위기에 짜증이 났다. 그리고 언제나 조용한 것도 싫었고, 흰 가운을 걸치고 잘난 척 이야기하는 수사관도 역겨웠다.

그렇지만 수사 협조를 받으려면 할 수 없는 일이었다. 이놈들의 비위를 상하게 하면 조사 결과를 얼마든지 늦출 수 있어서 골탕을 먹는 것은 이쪽이었다.

"최 경감님, 이번에 공을 세우셔서 진급하시겠더군요. 축하합니다."

그에게로 다가온 이경채가 말했다.

"굵직한 놈을 잡으셨다지요? 오함마라고."

"예. 하지만 김원국이를 놓쳐서요."

최순태가 시계를 내려다보았다.

아침에 전화를 했을 때 오후에는 결과가 나온다고 했었다. 요즘의 컴퓨터 지문 조회는 예전같이 시간을 잡아먹지 않는다. 반나절이면 충분히 끝낼 수 있는 일인데도 저녁때가 되도록 늑장을 부리고 있는 것이다.

"우리는 밤낮으로 일을 해도 어디 인정이라도 받는 줄 압니까? 나는 최 경감님이 부럽습니다."

올 때마다 듣는 소리였으므로 최순태는 대답 대신 다시 시계를 내려다보았다.

오후 6시가 되어 가고 있었다. 6시면 퇴근 시간이고, 일이 다시 내일로 넘어간다. 최순태가 어깨를 부풀리며 숨을 들이켰을 때 방문이 열리더니 수사관 한 명이 들어섰다. 손에는 서너 장의 복사지를 들고 있었다.

"나왔습니다."

다가온 그가 이경채에게 서류를 내밀자 최순태가 손을 벌렸다.

"흠, 김원국의 조직이 한 짓이군요. 이 사람들은 모두 특수부대 출신입니다."

이경채가 서류를 넘겨주지 않고 읽었으므로 최순태는 그의 옆으로 붙어 섰다. 속이 부글거리며 끓었으나 우선은 궁금했기 때문이다.

"모두 같은 부대 출신이군요. 오장규, 이민상, 박채한, 계급은 중사와 하사……."

최순태가 손을 내밀어 서류를 가로챘었다.

"이 서류, 제가 가져가겠습니다."

"그러시지요, 우린 이미 복사를 해놓았으니까."

옆에 서 있던 수사관의 말에 이경채가 얼굴에 웃음을 띠었다.

"곧 기자들이 몰려올 텐데, 괜찮겠지요? 그대로 발표해도."

언론이 앞질러 발표하면 수사에 지독한 애를 먹는 경우가 많다. 최순태는 이경채의 얼굴을 갈겨 주고 싶은 충동을 눌렀다. 그러고는 그를 따라 웃었다.

"할 수 없지요. 숨길 수도 없지 않겠습니까? 우린 예산도 적고."

이경채의 얼굴에서 웃음기가 사라졌다.

몸을 돌린 최순태가 발소리를 요란하게 내며 실험실을 나왔다. 진급하게 되면 이곳에는 출입하지 않게 될 것이다. 그렇게 생각하자 마음이 가벼워졌다.

현관 앞에 대기시켜 놓은 차에 오른 최순태는 카폰을 뽑아 들었다. 박동호도 결과를 기다리고 있을 것이다. 다이얼을 누르자 금방 직통전화의 신호가 울렸다.

—여보세요.

박동호의 굵은 목소리가 차 안에 울려 퍼지자 앞에 앉아 있던 운전사의 몸이 긴장으로 굳어졌다.

"청장님, 저, 최 경감입니다."

—그래, 어떻게 되었어?

"예상했던 대로입니다, 청장님. 시체의 신원은 전직 육군 특수부대 출신의 오장규 중사, 이민상 중사, 박채한 하사로 밝혀졌습니다. 모두 이철우 씨, 안정태 씨와 같은 부대 출신입니다."

—그럴 줄 알았어. 역시 김원국 조직의 짓이로군.

"틀림없습니다, 청장님."

—하지만 그대로 언론에 발표하였다가는 군 출신인 것이 부각이 돼. 이철우나 안정태가 지금 하는 일도 있고, 무슨 말인지 알겠나?

최순태의 얼굴이 딱딱하게 굳어졌다.

"예, 알겠습니다. 하지만 연구소에서는 그대로 발표할 모양이어서……."

—누가? 어떤 놈이 그래?

"이경채 수사관이라고, 그 사람이 책임자입니다. 사정을 했지만 원체 막무가내라……."

—내가 소장한테 연락하겠어.

전화가 끊겼으므로 어깨를 늘어뜨린 최순태는 카폰을 제자리에 꽂아 놓았다.

"가자."

그가 말하자 운전사인 고 순경이 뒤를 돌아보았다.

“집으로 가자. 오늘은 오랜만에 일찍 들어가 쉬어야겠어.”

아직도 어깨가 묵직했고, 신경을 많이 쓴 탓인지 머리도 무거웠다. 승용차는 어두워지기 시작하는 밤거리로 달려 나갔다.

차가 큰길에서 우측으로 꺾어진 아파트의 앞길로 들어서자 최순태는 몸을 돌려 뒤쪽을 바라보았다. 호위 차량 한 대를 제외하면 뒤따르는 차량은 없다. 최순태는 다시 등받이에 몸을 기대고는 편히 앉았다.

김원국 사건을 맡으면서 주변의 경비를 철저히 해왔다. 언제나 자신의 뒤에는 네 명의 부하가 탄 호위 차량이 따랐고, 비상전화가 기동대와 연결되어 있어서 10분 안에 그들이 도착할 수 있도록 조치가 되어 있었다.

차가 아파트의 입구로 다가가면서 속력을 줄였다. 검문소가 있기 때문이다. 검문소에서는 언제나 세 명의 경찰과 다섯 명의 전경이 상주하면서 아파트로 출입하는 차량과 수상한 사람들을 점검했다. 이것도 최순태가 가까운 경찰서의 협조를 받아 설치해 놓은 것이다.

밤 9시가 조금 못 된 시간이어서 차량의 통행이 줄어들기 시작했다. 검문소 앞에 서 있던 경찰관 두 명이 정지시켰던 승용차를 보내고는 다가오는 이쪽을 향해 붉은색 신호등을 저어 보였다. 정지하라는 신호였다.

고 순경이 혀를 차고는 짧게 경적을 울렸다. 밤이어서 이쪽을 알아보지 못할 때도 있다. 이쪽이 속력을 떨어뜨리지 않았으므로 순경 한 명이 길의 복판으로 나와 신호등을 저었다.

"저런 망할."

속력을 늦추면서 고 순경이 투덜거렸다. 최순태는 시트에 몸을 기댄 채 잠자코 앞쪽을 바라보았다.

영국 같은 나라에서는 수상이 탄 차를 세우고 딱지를 뗀다고 언젠가 교육 시간에 들은 기억이 났다. 그때는 모두 열심히 들었지만 만일 한국에서 장관이 탄 차를 세우고 딱지를 떼었다가는 첫째로 동료들에게 웃음거리가 될 것이다. 왜냐하면 장관의 운전사가 가만있지 않을 것이고, 그 영향은 윗사람을 통해 딱지를 뗀 장본인에게 내려오는 경우가 많기 때문이다.

"이봐, 눈 똑바로 뜨고 검문하라고. 이 차를 한두 번 봐?"

차창을 내린 고 순경이 다가선 순경에게 버럭 소리를 치자 최순태는 다른 한 명의 순경이 옆쪽으로 다가오는 것을 보았다. 손에 든 신호등을 버릇처럼 좌우로 흔들고 있다.

그러자 운전석 옆에 다가섰던 순경이 와락 두 손을 뻗어 고 순경의 멱살을 움켜쥐었다. 눈을 치켜뜬 최순태가 뒷자리에서 가슴에 찬 권총의 손잡이를 쥐었을 때 옆쪽의 문이 열리면서 순경의 상반신이 밀려 들어왔다.

"꼼짝 마라, 이 새끼야!"

최순태는 자신의 귀를 밀치는 권총의 써늘한 촉감에 온몸을 굳혔다. 고 순경의 머리가 무엇인가로 강타당하고 검문 순경에 의해 차 밖으로 끌려 내려지는 것이 보였다. 그리고 뒤쪽에서 총소리가 났다. 한두 발이 아닌 여러 발이었다.

뒤차의 운전사가 브레이크를 늦게 밟은 모양인지 최순태는 차의 뒤쪽이 부딪치는 충격에 상반신을 앞좌석에 부딪쳤다. 옆에서 권총을 쥐고 있던 사내도 마찬가지였으므로 최순태는 재빨리 사내의 권총을 든 팔을 움켜쥐었다. 사내가 쥔 권총의 총구가 천장으로 향하면서 총성이 울렸다.

옆쪽의 문이 열리는 기척을 느낀 최순태는 관자놀이에 무겁고 거센 충격을 받았다. 두 눈에 하얀 불꽃이 튀었고, 입을 따악 벌린 최순태는 자신의 외마디 소리를 들으면서 의식을 잃었다.

"야, 빠꾸해서 나가!"

조웅남이 버럭 소리를 치자 운전대를 잡고 있던 부하가 기어를 바꾸더니 맹렬하게 뒤쪽을 앞세우고 달려 나갔다.

차에 타고 있는 사람은 모두 다섯이었다. 최순태를 가운데 두고 뒷자리에 조웅남과 이강일이 탔고, 앞쪽에 두 사람이 탔다. 그리고 이쪽으로 헤드라이트를 비추며 달려 내려오는 또 한 대의 차량에 손채석을 비롯한 네 명의 부하가 타고 있을 것이다.

두 대의 차량은 아파트 앞쪽의 큰길로 내려오자 숨을 가다듬는 듯 잠시 멈칫거리더니 요란한 엔진 소리를 내며 달려 나갔다. 사거리를 직진해 나아가자 오른쪽에서 이쪽으로 달려오는 경찰 차량들이 보였다.

조웅남은 머리를 돌려 뒤쪽을 바라보았다. 경찰 차량들은 우측으로 꺾어져서 아파트의 입구로 달려가고 있었다.

머리를 숙인 채 엎드려 있던 최순태가 가늘게 신음 소리를 내었다. 옆에 앉은 이강일이 최순태의 두 팔을 등 뒤로 돌려놓더니 호주머니를 뒤적거렸다. 묶어 놓을 모양이었다.

"내싸둬라, 묶을 필요 없다."

조웅남이 최순태의 등 위에 넓적한 손바닥을 올려놓으며 말했다.

"깨어나서 지랄허믄 한 대 또 치믄 된다. 그때는 바가지가 깨질 것이다."

"예, 형님."

답답한 듯이 경찰 제복의 위쪽 단추를 풀면서 이강일이 공손히 대답했다.

그로서는 조웅남과 작전에 참가하는 것이 이번이 처음이었다. 이제까지 백동혁의 부하였다가 오늘의 작전에서는 조웅남의 부하로 한몫을 한 것이다. 그는 조웅남과 같이 입을 약간 내밀면서 꾸욱 다물고는 턱을 들고 앞쪽을 바라보았다. 승용차는 밤길을 맹렬하게 달려가고 있었다.

최순태가 눈앞의 사물이 제대로 보이게 되었을 때는 그로부터 두 시간이 지난 후였다.

그는 흔들리던 차 안에서 끌려 내려져 방 안의 나무 의자에 앉혀져 있는 자신을 발견했다. 그리고 그의 앞쪽에 앉아서 이쪽을 바라보는 두 사내가 있었다. 오른쪽에 앉은 사내는 조웅남이었고 왼쪽은 김칠성이었다. 직접 얼굴을 마주 대하는 것은 처음이었지만 그들의 사진은 수없이 보아 왔다. 그래서 처음 만나는 것 같지가 않았다.

"대가리가 빳빳허게 슨 걸 봉게로 정신이 돌아온 모냥여."

조웅남이 입을 열었다.

"저것 봐라, 눈깔도 똑바로 백혔다."

맞대 놓고 하는 소리였으나 최순태는 입을 열 준비가 되어 있지 않았다.

"이봐, 정신이 들어?"

김칠성이 거친 목소리로 물었다.

"그래, 들었다. 어쩔 작정이냐?"

턱을 치켜든 최순태가 그들을 번갈아 바라보았다. 그는 자신의 목소리가 낮았지만 흔들리지 않고 있다는 것을 깨닫고는 한마디 덧붙였다.

"죽일 테면 어서 죽여라."

"아따, 그 시키, 승질 드럽게 급허네."

두 눈을 껌벅이며 최순태를 바라보던 조웅남이 입술을 부풀리며 웃었다.

"때가 되믄 우리가 알아서 쥑일 틴디."

김칠성이 굳은 얼굴을 들었다.

"네놈 하나 죽이는 것이야 문제가 아니다. 아파트 앞에서 죽일 수도 있었지. 하지만 우리 계획은 너와 오함마를 교환하는 거야, 네가 좋든 싫든 간에."

"글쎄, 그것이 뜻대로 될까?"

"두고 봐야지."

더 이상 이야기할 것이 없다는 듯 김칠성이 선뜻 몸을 일으켜 세웠다.

"형님, 나가십시다."

"아니, 나는 쬐깨 더 있다가."

조웅남이 머리를 저었다.

"야허고 야그헐 것이 있어, 쬐끔."

"손대지 마세요."

번쩍 머리를 치켜든 조웅남이 김칠성을 노려보았다.

"이런 지기미 씨발 놈이 언지부터 나헌티 이려라저려라 허게 되았어?"

"큰형님 지시요. 형님이 큰형님 지시를 어기면 내가 형님을 어떻게 대할지 알고 계실 거요."

김칠성의 목소리는 낮았으나 끝매듭이 분명했다.

"오냐, 이 시키야. 그려, 맞먹어라. 너허고 나허고 친구 허자."

얼굴이 벌겋게 상기된 조웅남이 눈을 치켜떴으나 김칠성은 이미 몸을 돌린 후였다. 그는 문을 닫고 나갔다.

"아니, 저런 니기미."

할 수 없다는 듯 조웅남이 부풀려진 얼굴을 이쪽으로 돌리더니 손바닥을 좌악 펴 최순태의 뺨을 냅다 쳤다. 손바닥은 면적이 넓은 데다 두꺼웠다. 떡메로 떡을 치는 소리와 함께 최순태의 상반신이 한쪽으로 기울어졌다.

"뭘 봐, 이 씨발 놈아."

최순태가 입에 고인 피를 뱉으면서 웃었다.

"이젠 내분까지 일어나고 있구만. 너희들 조직은 이미 끝장났어, 이 미련한 놈아."

다시 조웅남의 손이 날아왔는데 이번에는 주먹이다.

가슴을 찍힌 최순태는 얼굴이 하얗게 되면서 상반신을 앞으로 기울였다. 의자에 몸이 묶여 있었으므로 의자와 함께 몸이 숙여졌다. 그는 피와 함께 먹은 것을 토해내었다.

"한 사람이라도 살어 있는 한 끝장이 아녀, 이 시키야."

다시 조웅남이 주먹을 움켜쥐고 한 걸음 다가서자 겨우 상체를 세운 최순태는 저도 모르게 눈을 감았다. 턱이 가슴 쪽으로 움츠러들어 있었다.

방을 나온 김칠성이 강가에 붙여 세워진 아래채로 내려가자 방 안에 앉아 있던 김원국이 머리를 들었다.

"웅남이는?"

"예, 지금 최순태와 함께……."

머리를 끄덕인 김원국이 상 위에 놓인 서너 장의 종이를 건네주었다.

"읽어 봐라."

최순태의 주머니에서 빼낸 국립 과학 수사 연구소의 서류였다.

"세 명은 모두 특수부대 출신이었다는 신원 확인서다."

"그렇다면 이철우나 안정태의 부하였겠군요."

김칠성이 서류를 넘기며 말하자 김원국이 찬찬히 그를 바라보았다.

"우리는 그들을 죽이지 않았다."

"물론입니다, 형님."

"세 명은 총을 맞고 몸에 돌덩이를 매달고는 물속에 버려졌어."

"……."

"저희끼리 죽인 것이다."

"형님, 그렇다면……."

"정기욱이가 했던 말이 있었지. 크리스틴호텔에서 세 명의 사내가 버스 안으로 들어갔다고. 이철우의 가족을 인수하려고 말이다."

김칠성이 잠자코 김원국을 바라보았다. 강물이 출렁이는 소리가 들려왔다.

이맛살을 찌푸린 박동호는 수화기를 들었다. 붉은색의 직통 전화였는데 비상시에 연락용으로 쓰이는 것이었다.

"여보세요."

—청장님이시오?

박동호는 수화기를 귀에서 떼고 이상한 물건인 것처럼 바라보았다. 이제까지 이렇게 말해 온 사람은 아무도 없었다. 경찰청장을 이렇게 부르는 부하는 없었던 것이다.

"당신, 누구요?"

박동호가 묻자 저쪽에서 웃음소리가 들려왔다.

"이봐, 당신 누구야?"

—나는 김칠성이야.

저도 모르게 침을 삼킨 박동호가 주위를 둘러보았다. 그러나 주위에 부하 직원들이 있다고 해도 놈을 잡을 수는 없다.

"김칠성이라, 네가 감히……."

—최순태한테 당신 직통 전화번호를 들었어. 경찰청이 꽤 법석을 떨고 있겠구만, 최순태가 납치당해서.

"건방진 놈 같으니."

박동호는 수화기를 던져 버리고 싶은 충동을 참으면서 으르렁거렸다.

"감히 나한테 전화를 하다니. 이봐, 네놈은 잡히면 사형당할 놈이야. 쓸데없는 수작 부리지 마라."

—오함마와 최순태를 교환하자.

"뭐라고?"

박동호가 눈을 치켜뜨고는 버럭 소리를 쳤다.

"오함마와 최순태를 교환하자고?"

—그래, 너희는 오함마를 재판에 회부시켜서 구형하고 선고하는 데 시간이 걸리겠지만, 우린 지금이라도 최순태를 죽일 수가 있다는 것을 알아 두어라.

"이런, 건방진……."

—내일 아침에 다시 연락할 것이다. 정각 10시에. 그때 교환

장소를 알려주도록 하지. 거절한다면 최순태는 죽는다. 잘 상의해 보도록.

그러고는 전화가 끊겼다.

전화기를 내려놓은 박동호는 한동안 벽을 바라본 채 우두커니 앉아 있었다. 최순태는 어젯밤에 집 앞에서 납치되었고, 그 사건으로 경찰청이 떠들썩해져 있었다.

놈들은 모두 총기를 휴대하고 있는 모양이어서 경찰 다섯 명이 모두 총상을 입었지만 다행히 죽은 사람은 없었다.

그는 손을 뻗어 다시 전화기를 쥐었다. 우선 내무장관과 당 대표로 있는 강한석 순으로 보고를 해야 하는 것이었다. 내무장관 박민평은 집무실에 있을 것이다. 한 시간 전에도 그에게 최순태 사건을 보고했던 참이라 박동호는 신호음을 들으면서 길게 숨을 내쉬었다.

—여보세요.

박민평이 전화를 받았다.

"장관님, 접니다."

—웬일입니까?

그의 목소리는 경계심이 깔려 있는 듯 낯설게 들렸다.

"저, 조금 전에 제가 김칠성의 전화를 받았는데요, 김원국이 부하인 김칠성 말입니다."

—그 사내가 청장에게 전화를 했단 말이오?

"예, 제 직통전화로. 최순태가 알려주었답니다."

—도대체 무슨 이야기요?

"놈들이 최순태를 잡고 있으니 오함마와 교환하자고 합니다. 내일 아침 10시에 다시 전화를 주겠다는데요."

—말도 안 되는 소리.

박민평이 한마디로 잘라 말했다.

—그럴 수가 있단 말이오? 우리나라 역사에 그런 일이 있습니까?

"없습니다. 하지만……."

—안 됩니다, 청장. 경찰의 체면이, 정부의 입장이 어떻게 되겠어요?

"거절하면 죽인다고 합니다, 장관님."

—글쎄.

그러면서 박민평은 말을 끊었는데 죽이거나 말거나 자신은 모르겠다는 말을 하려다 만 듯했다.

"장관님, 놈들은 잔인무도합니다. 충직한 경찰관 한 명의 목숨이……."

—청장, 나더러 어떻게 하란 말입니까? 놈들에게 오함마를 돌려주라고 말하는 것은 아니겠지요?

"장관님, 방법을 찾아봐야……. 그냥 대책 없이 거절할 수는 없다고 생각합니다만."

—무슨 대책이오? 김원국 일당을 완전 소탕할 방도라도 있습니까? 내일 10시에 연락이 온다면서.

"그래도 장관님……."

박동호는 자신의 목소리가 자꾸만 가라앉는 것을 느끼고 있었다. 자신이 장관의 자리에 앉아 있어도 역시 같은 대답을 했을 것이다. 아니, 어느 누가 그 자리에 앉아 있어도 대답은 마찬가지일 것이었다.

서대식은 목을 늘어뜨리고 앞에 서 있는 소년을 물끄러미 내려다보았다. 열서너 살쯤 되어 보이는 소년은 눈에 장난기가 가득 담긴 귀여운 얼굴이었다.

"야, 이걸 이철우 고문님께 가져다드리라고 했단 말이냐, 어떤 아저씨가?"

그는 손에 든 종이봉투를 소년의 얼굴 앞에 흔들어 보였다. 봉투는 가벼워서 펄렁이며 접혀졌다. 종이 대여섯 장이 들어 있는 것 같았다.

"예, 꼭 직접 전해 드리라고 했는데, 중요한 것이라구요."

"인마, 그러니까 누가?"

그러는데 고문실의 문이 열리더니 이철우가 이쪽을 바라보았다.

"애가 가져온 봉투가 있다는데, 그거냐?"

그의 시선이 소년과 서대식이 손에 쥔 봉투로 번갈아 옮겨졌다.

"예, 고문님. 하지만……."

"이리 내라."

이철우가 손을 내밀었으므로 서대식은 그에게로 다가갔고 소년은 몸을 돌렸다. 봉투를 받은 이철우가 서대식의 어깨너머로 소년의 뒷모습을 힐끗 보았으나 이내 시선을 돌렸다.

"대장님, 뭡니까?"

고문실 안으로 따라 들어간 서대식의 물음에도 이철우는 소파에 앉아 잠자코 봉투를 뜯었다. 안에 들어 있는 것은 서너 장의 복사지였다. 복사된 사진이 우측의 상단부에 박혀져 있는 것이 서 있는 서대식의 눈에도 보였다.

서대식은 소파의 앞자리에 앉아 이철우의 얼굴을 바라보았다. 한 장씩 종이를 넘기는 그의 표정이 점점 어두워지고 있었다. 이윽고 종이를 모두 넘긴 이철우가 머리를 들었다.

낯선 사람을 보는 듯이 서대식에게 향해졌던 시선이 다시 종이 위로 떨어졌다.

"이건 며칠 전에 미사리에서 발견된 시체들의 신원 조사서야."

그의 목소리에는 억양이 없었다.

"그렇다면 확인이 되었단 말입니까? 신문에는 신원 불명으로 판명되었다고 났는데요, 국립 과학 수사 연구소의 발표라고."

"이것이 그 연구소의 확인서를 복사한 것이다."

이철우가 손에 든 서류를 흔들어 보였다.

"세 명 모두 505 특수부대 출신이야. 오장규 중사, 이민상 중사, 박채한 하사다."

"안정태 부사장의 직속이지요. 외국으로 이민을 떠났다고 들었는데요."

"총에 맞아서 뻘에 묻힌 것이지. 돌덩이를 달고."

"김원국이가 했겠지요?"

"조금 전에 김칠성이한테서 전화가 왔다, 이 서류를 보냈다고."

"……."

"크리스틴호텔 사건이 끝나고 행방불명되었던 애들이 이놈들이다."

이철우가 손에 든 서류를 바라보았다.

"내가 찾지 못했던 이유를 알았다, 이제는."

"대장님, 그렇다면 누가?"

서대식은 이철우를 고문이라고 불렀다가 다급할 때는 대장이라고도 부른다.

이철우가 머리를 들었다.

"우리 측의 손에 죽은 것이다. 그들은 경찰이나 국립 과학 수사 연구소에 압력을 넣어 시체의 신원 확인이 안 되었다고 발표하게 했다. 이 서류는 최순태가 가지고 있었던 거야."

"안정태입니다."

서대식의 목소리도 한껏 낮아져 있었다. 그는 이제 안정태 부사장이라고 부르지도 않았다.

"그놈이 세 놈을 시켜 크리스틴호텔 앞에서 일을 일으키고 발설될 것이 두려워서 죽인 겁니다."

"……."

"대장님, 우리는, 아니 대장님은 철저히 이용당하셨습니다. 대장님뿐만 아니라 가족까지……."

"그만해."

손을 들어 서대식의 말을 멈추게 한 이철우가 주위를 둘러보았다.

"목소리가 너무 크다."

"안 됩니다. 있을 수도 없는 일이오."

강한석이 머리를 저었다.

"여긴 팔레스타인도 아니고, 아프리카의 미개국도 아닙니다. 인질 교환은 있을 수가 없어요."

"하지만 대표님, 놈들은 거절하면 최 경감을 죽이겠다고."

박동호가 말끝을 흐리며 강한석을 바라보았다. 박동호는 내무장관과의 전화 통화를 마치고는 강한석에게 시간이 나기를 기다렸다가 여의도로 달려온 참이었다.

그로서는 강한석 외에 털어놓고 부탁할 사람이 없기도 했다.

"대표님도 아시다시피 최순태는 제 심복이었습니다. 그가 김원국의 조직을 분쇄시키기 위해 어떻게 노력했는가는 세상 사람들이 모두……."

"그건 나도 알아요, 박 청장."

입맛을 다신 강한석이 말했다.

"하지만 요즘 나도 입장이 편치가 않아요. 각하와 총리가 서로 의견을 달리하고 있어서 내가 조정 역할을 해야 하는데, 이런 일까지 짊어지기에는 힘이 벅차요."

"내무장관에게 무슨 말씀이라도 내려 주시면……."

"인질 교환에 응하라고 말이오?"

"아닙니다. 시간이라도 끌게 며칠 동안만 여유를 갖고 생각해 보라고 말씀해 주시면 제가……."

강한석이 이맛살을 찌푸렸다.

"그 며칠 사이에 무슨 수라도 생길 것 같습니까?"

눈을 껌벅이며 강한석을 바라보던 박동호가 시선을 내렸다. 처음부터 큰 기대는 걸고 있지 않았지만 강한석의 냉담한 반응에 맥이 풀린 것이다.

"청장, 사람은 포기할 때는 포기해야 합니다. 미련을 가지면 일을 크게 그르칠 수가 있어요."

부드럽게 말하는 강한석의 말투는 마치 어린애를 달래는 것처럼 살랑거렸다.

"만일 놈들의 말대로 인질을 교환하려면 법을 무시한 것이 되고, 대통령의 허락을 받아야 합니다. 대통령도 특별법의 한계 내에서 고심할 터이고, 청장이나 장관, 그리고 나까지 나서서 그런 부담을 짊어지게 된단 말입니다."

"……."

"이 일을 누가 알고 있지요?"

"저와 장관, 그리고 대표님 해서 셋밖에 없습니다."

"그럼 우리 셋만 알고 끝냅시다."

"……."

"내일 전화가 오면 단호하게 거절하세요. 최 경감의 가족에게는 후에 충분한 위로금을 전달해 주고."

박동호가 번쩍 머리를 들었으나 입을 열지는 않았다. 탁자 위에 놓인 찻잔을 들어 입을 축인 강한석이 부드러운 표정으로 그를 바라보았다.

"놈들이 떠들어 댄다면 모르겠지만, 인질 교환 요구가 있었다는 사실도 없었던 것으로 하면 됩니다. 그러면 청장의 부담도 덜어질 거요."

말을 마친 강한석이 시계를 들여다보았다. 그것은 할 말을 다 했으니 이제 그만 나가라는 표시였다. 박동호는 소파에서 무거운 몸을 일으켜 세웠다.

"청장, 기운을 내요. 그리고 큰 것을 생각해요, 큰 것을."

"저는 이만……."

강한석은 대표 위원실 밖에까지 따라 나와 그의 손을 잡고는 여러 차례 흔들어 주었다.

돌아오는 차 안에서 멍한 표정으로 앉아 있던 박동호는 뭔가 생각난 듯 카폰을 빼 들었다. 다이얼을 누르자 이내 신호가 갔다.

—여보세요.

"접니다."

—아니, 청장님께서 웬일로.

이무섭의 목소리는 놀란 듯 조금 컸다. 그에게 박동호가 직접 전화하는 것이 드물었기 때문이다.

"급한 일이 있어서요."

—말씀하시지요.

박동호가 인질 교환 문제와 장관과 대표의 반응에 대해서까지 이야기를 마치고 나자 이무섭이 말했다.

—청장께서 어려운 입장이 되셨습니다. 제가 어떻게든 도와드리지요.

"글쎄, 그것이 상부의 허락을 받아야 하는 것이어서요."

—오함마는 지금 경찰병원에 있지요?

"예, 어제 수술이 끝나 중환자실에 누워 있는 모양인데요."

—그것참, 어떻게 방법을 찾아봐야지요. 최 경감을 죽일 수는 없습니다.

그러나 그 방법이 문제인 것이다. 만일 상부의 허락도 없이 오함마에게 손을 댄다면 옷을 벗는 정도가 아니다. 현행법으로 따져 몇 년 징역을 살아야 될지도 몰랐다.

박동호는 길게 한숨을 내쉬었다. 이무섭의 말투는 고마웠으나 그쪽에서는 책임질 일이 없었으므로 말로 생색을 내는 것처럼 들렸기 때문이다.

제7장

심야의 저격

밤의 대통령

술잔을 내려놓은 박용근은 술병을 들어 잔에 술을 채웠다. 벌써 얼굴에 취기가 번진 듯 붕어처럼 튀어나온 눈 주위가 빨갛게 달아올라 있었다.

"솔직히 이철우 씨가 나한테 그런 요구를 해왔을 때 난 거절하려고 했어요. 그 사람은 그럴 자격이 없다고 생각했거든. 이쪽의 기반을 굳힌 것은 나란 말이오. 그가 계기를 만들어주었을지는 몰라도 피땀 흘린 것은 나요."

"이해합니다. 그래서 내가 찾아온 것 아닙니까?"

안정태가 부드러운 얼굴로 그를 바라보았다.

"김원국이 아직 살아 있는데 우리끼리 다툰다면 모양새가 좋지 않아요. 서로 협조하고 뭉쳐야 합니다."

"내 말이 그것이오. 하필 이런 때에 찾아와 업체를 나눠 달라고 하다니. 더구나 기껏 남이 기반을 굳혀 놓은 알짜배기 업소들을."

안정태가 술잔을 들고 위스키를 입안으로 털어 넣었다. 이곳은 박용근의 거점 중 하나인 파라다이스살롱이다. 시설과 장식이 뛰어난 특급 룸살롱인데, 회원제로 손님을 받는 곳이었다.

"박 사장님, 그동안 우리한테서 소외감 느끼시고 계셨던 것 잘 알고 있었어요. 말씀 안 하셔도 압니다."

두 시간 동안 둘이서 세 병째의 위스키를 마시고 있는 참이었다.

안정태나 박용근 두 명 모두가 위스키 한두 병쯤으로 취태를 부릴 약골은 아니었지만 마시는 속도가 빨랐으므로 안정태의 얼굴도 상기되어 있었다. 마주 보고 있자니 어색해서 술잔들만 연거푸 비운 결과였다. 둘이서 술을 마시는 것은 이번이 처음이었다. 오늘은 안정태가 비밀리에 박용근을 방문한 것이다.

"글쎄, 소외감이라면 뭣하지만 어쨌든 외롭기는 했어요. 김원국이는 날뛰지, 안 형은 안 형대로 따로 놀지."

"나중에는 이철우 씨까지 자리를 잡고 앉으니까 더욱 그러셨겠지요."

"그래도 이무섭 씨를 믿으니까 견뎌 온 거요. 나하고는 꽤 오래 사귀어 온 사이였으니까."

"알고 있습니다."

"언젠가는 나도 도태될 것이라고 부하 놈들이 말합니다. 나는 한마디로 일축해 버렸지만."

"이젠 단단하게 기반을 굳히신 것으로 알고 있습니다."

살찐 손을 뻗어 술잔을 쥔 박용근이 진홍색 액체를 한 모금에 삼키고는 비대한 상체를 세웠다.

"내가 안 형보다 나이가 위니까 먼저 본론을 꺼내야겠는데, 지금까지 안 형이 찾아온 목적을 이야기하지 않으셔서 말이오."

"……."

"이젠 안 형도 불안해지는 것 아닙니까? 나처럼 외롭다거나? 왜냐하면 이철우 씨가 자리를 넓혀 가는 중이니까 말이오."

"이철우 씨는 내 윗분입니다. 그분이 내 구역이나 업체들을 모두 인수해 가고 내가 아랫사람이 되어야 정상이지요."

"사회가 어디 그렇습니까? 뒷물결이 앞쪽을 치는 것이 보통인데."

안정태가 손바닥으로 이마를 쓸면서 자리를 고쳐 앉았다.

"내 말씀을 잘못 알아들으셨군요. 저나 박 사장님은 곧 그분의 통제를 받게 된다는 말씀입니다."

"이철우 씨 말이오?"

"그럼 또 누가 있습니까?"

"그것이 이무섭 씨의 구상이었소?"

"잘은 모릅니다만, 아마도……."

"역시 나는 꼭두각시였군."

"아닙니다. 조역이었지요, 나처럼."

시선을 마주친 두 사람은 제각기 머리를 돌렸는데 똑같이 술잔을 쥐었다.

"시기는 언제요?"

손에 술잔을 쥐었으나 마실 생각이 달아난 듯 박용근이 물었다.

"그건 잘 모릅니다. 하지만 조만간 이루어지지 않겠습니까? 점진적으로요."

"이를테면 이번 일처럼 말이지. 하나둘씩 업체들을 솎아가는 식으로……."

"……."

"그렇다면 나는 나중에는 껍질만 남게 되겠구만. 아니, 경비 용역 회사도 그 친구가 장악하게 될지 모르겠는데."

"그럴 리가 있습니까? 하지만 분명한 것이 하나 있습니다. 단장님이 반발을 용서하지 않으실 것이라는 것. 아까 말씀드렸던 대로 같은 식구끼리 뭉쳐야 합니다. 불만이 생기면 허점이 보이고, 그렇게 되면 조직은 깨집니다. 이것은 단장님 말씀입니다."

"……."

"이철우 씨는 제 상관이었고, 일 때문에 가족까지 잃었습니다. 만나 보셨겠지만 물욕이 없고 강직한 분입니다."

박용근이 손에 들고 있는 술잔으로 시선을 옮기더니 술을 입안으로 털어 넣었다.

이제 안정태가 모처럼 찾아온 목적은 드러났다. 그는 이무섭의 뜻을 전하려고 온 것이었는데 그것은 결정 사항이나 마찬가지였다. 이미 자신의 운명은 진작부터 이무섭의 머릿속에서 결정되어 있었던 것이다.

박용근은 술병을 들고 빈 잔에 술을 채웠다.

"어디 가는 거냐?"

뒤에서 부르는 소리에 백동혁은 몸을 돌렸다. 손채석이 넓은 얼굴을 뒤로 젖히고 이쪽으로 다가왔다. 배가 나와서인지 그가 움직일 때는 턱이 들린 것같이 보인다.

"혼자 가는 것은 위험해. 검문에 걸린단 말이다."

바짝 다가선 손채석한테서 술 냄새가 났다. 조웅남의 직속 부하였으므로 시도 때도 없이 술을 들이켜는 그가 건네주는 술을 한 모금이라도 마시지 않았다가는 미움을 받게 된다. 어느덧 손채석도 술꾼이 되어 있었다.

"이것 봐라, 단단하게 차려입었구만그래. 작대기에다가, 권총, 이건 수류탄이로구만."

손채석이 백동혁의 코트를 들치더니 안에 찔러 넣거나 매달고 있는 것들을 살피고는 머리를 들었다.

"서울의 밤거리를 다시 난장판으로 만들 작정이냐?"

"말이 꽤 많구만, 주정뱅이 놈이."

"이 시키야, 보고도 하지 않고 나가서 어쩌려고 그래?"

"네가 내 감시역을 맡았구나, 이제 보니."

"개새끼."

손채석이 사이가 한껏 떨어진 두 눈을 치켜떴다. 그들이 서 있는 곳은 횟집 바깥의 샛길이었다. 사물이 어둠에 묻히기 시작하는 저녁 무렵이어서 강에서 퍼져 올라온 물안개가 그들의 주위를 배회하고 있었다.

"쓸데없는 짓 말고 들어가서 저녁 먹어. 너, 큰형님의 명령을 거역할 작정이냐?"

손채석이 턱을 내밀고 바짝 다가서자 백동혁이 웃었다.

"가서 밥 먹고 자라고?"

"네 일은 큰형님 옆에 있는 거야. 웅남 형님도 그렇게 말했잖아?"

"내가 어떻게 함마 형님 대신이 된단 말이냐, 이 자식아."

백동혁의 눈썹이 곤두섰고 입술이 뒤틀렸다.

"함마 형님을 잡히게 한 것이 어떤 놈인데, 내가 감히……."

그는 한 걸음 다가서면서 손채석의 어깨를 두 손으로 밀었다. 뒤로 한 걸음 밀린 손채석이 턱을 아래로 당기자 몸이 둥글게 되었다. 그가 잇새로 말을 뱉었다.

"이 시키, 너 말 안 들을 거야?"

"날 가게 해줘, 채석아."

"씨발 놈아, 내가 본 이상 못 간다. 이 시키, 알고 보니 의리가 없는 놈이여."

"무엇이?"

백동혁이 한 걸음 다가서자 손채석이 두 팔을 늘어뜨린 채 멍한 표정이 되었다.

손채석은 싸움에서 져본 일이 없다고 소문이 났다. 때리기도 잘하지만 맞는 데도 도사여서 팔다리 한쪽이 부러지거나 찢어져도 눈 한 번 깜박이지 않고 대든다는 것이었다. 그는 무기를 쓰지 않았다. 비록 요즘은 허리춤에 권총을 찔러 넣고 다니지만 예전에는 수틀리면 상대방의 아무 곳이나 물어뜯어서 살점을 씹어 버렸다.

"백동혁이, 너 나를 눕히고 갈 것 같여? 천만에 말씀이다. 그 작대기로도 안 돼, 이시키야."

"채석아, 제발……."

백동혁의 목소리가 갑자기 누그러졌으므로 손채석이 다시 턱을 들었다.

"채석아, 내가 견딜 수가 없어서 그래. 형님들 얼굴만 보면 온몸에서 식은땀이 나고……."

"니가 죄를 지었으니 당연히 견뎌야지, 이 시키야. 그런다고 도망가?"

"이 자식아, 나는 내 죗값을 치르려는 거다."

"치르려면 얼마든지 기회가 있어. 도망쳐서 너 혼자 지랄하다가 다시 형님들 속 썩이게 되면 넌 목숨이 열 개 있어도 못 치러, 이 시키야."

손채석의 말투는 느렸으나 다부졌다.

"이 시키가 대갈통에 뭐가 조금 들은 줄 알았는데 알고 보니까 순전히 두부찌개인 모양이구만."

어느덧 손채석의 한쪽 손이 백동혁의 어깨에 올려져 있었다.

"가자. 형님들 지금 소주 마시고 있어. 우리도 뒷방에 가서 소주 대포로 몇 잔씩만 하자."

"고맙다, 채석아."

"나는 대가리가 넓어서 머리가 좋다고들 하더라, 몸은 둔해 보이지만."

"그래, 견디었다가 나중에 죽을 테다."

"이 시키야, 죽는 것도 천천히 죽어야 허는 거다. 한국 영화같이 말이다."

그들은 다시 횟집의 뒤뜰로 들어섰다.

김칠성이 방문을 열고 들어왔다. 어젯밤의 술기가 가시지 않아 눈에 실핏줄이 여러 갈래로 얽혀 있다.

"형님, 청장이 대통령의 결정이 나지 않았다면서 사흘만 더 여유를 달라고 하는데요."

"지랄허고 있네, 개자식. 야, 쓸디없다. 저 새끼를 쥐여 부러."

조웅남이 대뜸 소리를 쳤으나 김원국은 잠자코 앉아 있었다. 아침 식사를 마치고 방에 앉아 차를 마시고 있던 참이었다.

김칠성이 방바닥에 널린 신문들을 치우고 앉았다.

"형님, 함마를 당장 데려와도 우리가 곤란해요. 치료해 줄 수도 없고, 숨길 데도 마땅치 않습니다. 솔직히 저는 청장의 연기해 달라는 말을 듣고 마음이 놓였어요."

김칠성이 말하자 김원국이 머리를 끄덕였다.

"저쪽도 알고 있을 것이다. 우리 입장으로는 거동이 자유로운 최순태를 데리고 있는 것이 나을지도 모른다."

김원국이 조웅남 쪽으로 몸을 돌렸다.

"최순태는 청장의 심복이다. 청장뿐만 아니라 이무섭이나 안정태, 박용근과도 밀접한 관계를 가진 자야. 며칠 더 데리고 있으면 정보를 더 얻을 수 있을 게다."

"그 자식, 요즘 식사도 제대로 안 합니다. 아마 견디기가 힘든 모양입니다."

김칠성이 말하자 조웅남이 자리에서 일어섰다. 그는 요즘 말수가 부쩍 줄어들어 있었는데 걸핏하면 화부터 내었다.

"형님, 지가 임종휘인가, 종이인가 그놈헌티 가봐야겄어요. 그 시키가 대장인지 알었으믄 어뜨케 허더라도 요절을 내야지라우."

김원국이 머리를 들었다.

"가서 뭘 하려고 그러냐?"

"기회 봐서 괜찮으믄 쳐들어가고, 또……."

"지금은 안 된다, 최순태 사건으로 경비가 부쩍 강화되어서."

"그러믄 구경만 허고 오지요, 시내 구경이라도."

"형님, 일 일으키지 말고 돌아만 보고 오세요. 요즘은 모두 총기를 가지고 있어요."

김칠성이 한마디 거들자 방문을 열던 조웅남이 몸을 돌렸다.

"뭐, 일 일으키지 말라고? 야, 이시키야, 너 나헌티 훈계하는 거여?"

"동생이 충고하는 겁니다."

"저놈의 시키는 요짐 건방져졌어."

눈을 부릅뜨고 어깨를 들어 올렸던 조웅남이 김원국을 힐끗 바라보고는 몸을 돌렸다.

"웅남 형님이 달라졌습니다. 예전에는 진득한 데가 있었는데 한곳에 오래 앉아 있지도 않아요. 어제도 술 먹고 울었습니다."

그가 나간 방문을 바라보며 김칠성이 말하자 김원국이 머리를 들었다.

"울다니? 같이 있을 때는 웃고 떠들지 않았나?"

"예. 하지만 끝나고 방으로 들어갔을 때입니다. 웅남 형님하고 한잔 더 마시려고 방으로 찾아갔더니……."

"만철이 생각이 나는 모양이구나."

"예, 그리고 형님한테 미안하다고 하더군요, 이렇게 되어서요."

"이렇게 되다니?"

"지금 상황 말입니다."

"나아지고 있어."

김원국이 머리를 들고는 김칠성을 똑바로 바라보았다.

"내가 이철우를 만나겠다. 놈이 국립 과학 수사 연구소의 자료도 보았을 테니까 나름대로 생각을 하고 있겠지."

"이철우를 말씀입니까?"

김칠성이 번쩍 눈을 치켜뜨고는 상체를 세웠다.

"그놈을 무엇 때문에……. 그놈이 알아서 하도록 내버려 두시지요. 구태여 형님께서……."

"나라고 해서 만나지 못할 것도 없다."

"만나서 어쩌시려구요?"

"어떻게 하겠다는 생각은 없어, 그저 놈의 얼굴을 보고 싶다는 것밖엔."

"굳이 만나시겠다면 형님 지시대로 연락을 하지요. 그놈이 승낙할지는 알 수 없지만."

"나올 거다."

"그놈도 준비를 하고 나올 겁니다. 형님이 위험을 무릅쓰실 가치가 없는 놈입니다."

"그런 위험을 겁냈다면 내가 너희들의 형님이 되지도 않았어."

"형님, 그놈이 이무섭이나 안정태를 상대하게 내버려 두시지요. 지금은 만나실 때가 아닙니다."

"놈은 자신의 가족을 죽인 것이 누구인지를 알게 되었을 거야, 지금쯤은."

"형수님을 살해한 것은 그놈입니다."

김원국이 머리를 들어 그의 얼굴을 바라보았다. 그러나 김칠성의 시선은 이미 내려져 있었다.

밖으로 나간 조웅남이 손짓으로 부르자 주방에 있던 손채석이 달려 나왔다. 입술을 우물거리고 있는 것이 무엇인가를 먹고 있다가 나온 것 같았다.

"이 시키는 맨날 무얼 처먹어? 한시도 주댕이가 가만있덜 안혀."

"형님, 어디 가시게요?"

조웅남의 잔소리를 막으려는 듯 그가 숨 가쁘게 물었다.

"그려. 아들 세 명만 데꼬 와라. 순찰 나가는 거여."

"예. 그런데 형님, 저는 다리가 좀 아파서. 저 대신 동혁이를 데리고 가시지요."

조웅남이 손채석의 다리를 쏘아보았다.

"이 시키가 무신 소리여? 다리는 멀쩡허고만."

"무릎이 저려요. 쑤시고. 걸음을 걸으면 송곳으로 찌르는 것 같이 아픕니다."

"야, 이 시키야, 금방 너 뛰어왔잖여?"

"아픈 것을 참은 것이지요, 형님이 부르시니까."

"좆 같은 소리 허고 있네, 이 시키가. 야, 그리고 동혁이 그 시키는 칠성이헌티 야기혀야 돼. 골치 아프다."

"형님이 데리고 가시는데, 뭐라고 할 사람은 없습니다."

"그 시키, 요짐 안 뵈던디, 어디 있냐?"

손채석의 두 눈이 치켜떠졌다.

"예, 형님. 저기 끝 쪽 방에……. 제가 가서 데리고 오겠습니다."

이맛살을 찌푸린 조웅남이 아래쪽으로 달려가는 손채석의 모습을 흘겨보았다. 이제 그는 다리를 심하게 절름거리고 있었다.

이철우는 젓가락을 내려놓은 후 휴지로 입가를 닦았다. 밥그릇은 깨끗이 비워져 있었고, 식탁 위에는 밥알 하나 떨어져 있지 않았다. 엽차 잔을 들어 두어 모금을 마신 그가 문득 뭔가 생각난 듯이 머리를 들어 서대식을 바라보았다.

"오전에 안정태한테서 전화가 왔었다. 박용근이가 엔젤과 청수를 인계한 것에 대해서 불만이 대단한 모양이라고 하더구나. 나보고 조심하라는 거야."

"물론입니다, 대장님. 이번에는 시기가 좋지 않았습니다. 조금 더 기다렸다가 하시는 것이……."

"그럴까?"

이철우가 머리를 한쪽으로 눕히면서 한쪽 입술 끝을 약간 비틀어 올렸다.

"박용근이가 날 칠까? 업체들을 빼앗기지 않으려고 말이야."

"그럴 리가요. 제 놈이 죽으려고 눈이 뒤집혔다면 모를까, 말도 안 되는 소리지요."

"안정태는 그놈이 위험하다고 했어."

"안정태 씨가 과민해져 있군요. 그 사람답지 않습니다. 대장님을 걱정해 준다는 것도 그렇고."

"그 친구는 내 직속 부하였다, 너처럼. 하긴 너도 그 친구의 부하였지. 서열로 따지면."

"그 사람의 지휘는 받지 않았지요. 부대가 달랐습니다."

"너, 날 위해 여태까지 애 많이 썼다."

이철우가 식탁에서 조금 물러나 앉으면서 말했다.

회사 근처의 한정식집이었는데 늦은 점심을 먹는 탓인지 식당 안은 조용했다. 물론 부하들이 식당을 경비하고 있기 때문이기도 했다.

서대식이 눈썹 사이를 좁히면서 이철우를 바라보았다. 식사하는 내내 입을 다물고 있어서 여느 때와는 다른 분위기를 느끼고 있었다.

"저야 대장님을 끝까지 모시기로 맹세한 놈 아닙니까? 저뿐만 아니라 다른 동료들도."

"너희들에게 고맙게 생각하고 있어."

"새삼스럽게 왜 이러십니까? 어색합니다, 자꾸 그러시면."

"난 배신당했다, 내가 믿고 의지하던 사람들에게."

서대식이 상체를 세우더니 이철우를 똑바로 바라보았다. 두 눈을 잔뜩 치켜뜨고 있었다.

"말씀 안 하셔도 압니다. 우린 대장님을 따릅니다."

"내 개인의 복수를 하자는 것은 아니야. 나는 이미 잊었어, 내 가족을."

"……."

"그 사건이 계기가 되어 김원국의 조직은 사회에서 매장되었지. 이재영 기자의 기사는 사실이었어."

침을 소리 내어 삼킨 서대식이 잠자코 그를 노려보았다.

"나는 김원국의 가족을 죽였다. 스스로 함정에 빠져든 셈이지. 이무섭이나 안정태가 좋아했을 거야. 어쨌든 김원국과는 원수지간이 되었으니까."

마치 먼 곳을 바라보듯 이철우의 시선은 허공에 머물렀다.

"대장님."

서대식이 허리를 펴고는 그를 노려보았다.

"지시만 하십시오. 어떤 일이든 명령에 따르겠습니다."

"난 이무섭 씨와 안정태에게 어떤 방법으로든 이 일에 대해 확인할 것이고, 그때에는 내 목숨도 보장할 수가 없어."

"제가 따르지요. 동료들도 있습니다."

"이건 나와 그들과의 문제야. 이제 너희들의 일은 끝났어."

"끝나다니요? 죽어야 끝납니다. 저희들은 물러나지 못합니다."

서대식의 얼굴이 붉게 상기되었다.

"저도 인도네시아에 갔습니다. 이럴 때 저희들을 버리시면 어떻게 되는지 아십니까? 우린 개죽음을 당할 겁니다. 이무섭이나 안정태에게 말입니다. 왜냐하면 저희들이 개떼처럼 달려들 것이기 때문이지요."

"지금 안정태는 간계를 꾸미고 있어. 첫째로 나와 박용근이 양쪽을 충동질시키고 있다. 내가 군 시절 놈에게 가르쳤던 작전이야."

이철우가 말머리를 돌리자 서대식이 어깨를 늘어뜨렸다.

이철우가 말을 이었다.

"안정태는 나와 박용근의 사이가 나쁘다고 소문을 낼 것이다. 그리고 나에게 무슨 일이 일어나면 그것을 박용근의 소행으로 돌리겠지."

"개자식. 대장님, 놈을 칩시다."

서대식이 이철우를 쏘아보았다.

"우선 쳐 죽이고 봅시다. 조직이고 지랄이고 저는 아무 미련도 없습니다."

"놈들이 철저히 감시하고 있어. 어디에 도청 장치를 설치해 놓았는지도 모른다. 조심해야 돼."

"염려 마십시오, 대장님."

서대식이 기운이 난 듯 말했으나 시선은 방 안을 분주하게 훑었다.

한정식 집은 조용했고, 가끔씩 밖에서 들리던 인기척도 이제는 들리지 않았다.

"네 이름이 뭐라고 했더라?"

박용근이 묻자 여자가 시선을 들어 그를 똑바로 바라보았다.

"이혜경이에요."

얼마 전에 긴 머리를 짧은 커트 스타일로 바꾸어서 목의 부드러운 선이 한눈에 드러나 있다.

"그렇지. 그런데 카프리에서 이쪽으로 옮겨 왔다구?"

"네."

"하긴 카프리보다 여기 명성클럽의 수준이 낫지. 거긴 삼류야."

박용근은 술잔을 들어 한 모금을 삼켰다. 오랜만에 나들이를 했기 때문에 명성클럽은 비상이 걸려 있었다. 클럽의 안팎은 100여 명의 부하들이 깔려 있어서 일반 손님들은 살벌한 분위기에 질려 아예 들어오지 않거나 자리를 떴다.

"이봐, 너는 안정태 씨의 애인이었다고 소문이 났던데, 그렇지 않냐?"

박용근이 술잔을 내려놓고 묻자 이혜경이 머리를 끄덕였다.

"그랬어요. 그 사람과 몇 번 잠자리를 같이했습니다."

"몇 번 했어?"

"여섯 번요."

"세고 있었구만, 금방 말하는 걸 보니."

"그래요."

이혜경은 서슴없이 대답했고, 물어보는 박용근도 사무적인 표정이었다. 그는 술병을 기울여 잔에 술을 채웠다. 밀실에 있는 것은 두 사람뿐이어서 술을 따르는 소리도 귀에 들렸다.

"네가 카프리에서 꽤 애를 먹인 모양이던데. 춤도 성의 없게 추고, 화장도 제대로 하지 않고 말이야. 일부러 그런 거겠지, 물론."

"네, 벗어나고 싶었어요."

"그쪽에서 널 놓아주었다니, 그것이 이상하지 않니?"

"쓸모없는 여자니까요. 귀찮기만 했을 것이고."

박용근은 턱을 내밀고 앞쪽에 앉은 이혜경을 찬찬히 바라보았다.

여자 문제에는 담백하다고 소문이 난 안정태가 한동안이나마 데리고 놀 만한 여자라는 생각이 든 것이다. 무용수니까 몸매는 말할 것도 없겠고, 얼굴도 어디 한 군데 모자라는 곳이 없다. 그리고 통통 튀는 말대답이 묘한 자극을 주었다. 금방 섹스를 연상시키는 여자인 것이다.

"요컨대 너는 안정태 씨 손아귀에서 벗어나고 싶었던 거야. 그렇지?"

"그래요. 저도 알 만큼은 아니까요."

긴장으로 굳은 어깨를 내린 이혜경이 머리를 들어 그를 바라보았다.

"저, 사장님, 술 한 잔 마셔도 될까요? 목이 말라서요."

"그래, 따라 마셔."

술병을 들어 잔에 술을 채우던 이혜경이 다시 머리를 들었다.

"오늘, 절 보러 오신 거예요?"

박용근이 눈을 껌벅이며 그녀를 바라보다가 갑자기 붉은 입안을 보이면서 웃었다.

"그것참, 당돌한 계집이구만. 듣던 대로야."

"……."

"그것이 네 명줄을 길게 해주었을 것이다. 네가 떠벌리고 다니지 않았더라면 오히려 너는……."

"없어졌겠지요?"

"벗어 보아라."

소파에 등을 기댄 박용근이 불쑥 말하자 이혜경이 잠시 그를 바라보다가 술잔을 내려놓고 일어섰다.

그녀는 입고 있던 원피스의 앞쪽 단추를 하나씩 풀어 내렸다. 검은색 원피스가 좌우로 갈라지기 시작하며 흰 피부가 드러났는데 이혜경의 손놀림은 침착했다.

서두르지도 느리지도 않은 동작으로 그녀는 원피스를 벗어 소파에 올려놓았다. 그녀는 브래지어와 팬티만 걸치고 서서 그를 바라보았다. 마치 무대 위에서 스트립쇼를 하는 듯한 자연스러운 몸놀림이었고 표정이었다.

"다 벗어."

박용근이 말하자 그녀는 브래지어의 훅을 풀었다. 브래지어가 벗겨졌는데 그게 박용근의 눈에는 마치 젖가슴이 튕겨져 나오는 것처럼 보였다. 그는 짙은 포도 같은 젖꼭지를 무표정한 얼굴로 바라보았다. 이혜경은 허리를 굽히면서 팬티를 벗어 소파에 올려놓았다.

"과연……."

머리를 끄덕인 박용근이 술잔을 들었다.

"다리를 벌리고 서라."

이혜경이 두 다리를 벌리고 섰다. 두 팔은 허리 위에 올려놓았고, 턱을 조금 치켜들었기에 비스듬한 시선으로 박용근을 내려다보게 되었다.

"숱한 사내들을 겪은 년치고는 괜찮은 몸매야. 카프리에서도 웨이터 몇 놈한테 그것을 주었다던데, 그것도 잘한 짓이다. 넌 머리가 좋은 년이야."

"저, 이대로 서 있어요?"

"그대로 서 있어. 오랜만에 나도 열이 오른다."

박용근이 다시 붉은 입안을 보이며 웃었다.

"넌 자극을 주는 년이야. 정말 오랜만이군. 내가 널 건드린다면 아마 한 시간 안에 안정태에게 알려질 것이다. 그리고 그는 고마워하겠지. 우린 동서 간이 되었으니까."

이혜경이 무표정한 얼굴로 그를 바라보았다.

"자, 그대로 이쪽으로 와."

술잔을 내려놓은 박용근의 말에 이혜경이 탁자를 돌아 그에게로 다가왔다. 짧은 거리였으나 그녀의 출렁이는 젖가슴과 좌우로 흔들리는 엉덩이, 그리고 잠깐씩 보이는 그녀의 깊은 숲 속의 살점들이 박용근의 얼굴을 달아오르게 했다.

이혜경이 그의 옆에 앉았다.

"어떻게 해드려요?"

"서두르지 마라. 시간은 많다."

"그러실 것 같았어요."

술병을 쥔 이혜경이 그를 바라보며 처음으로 웃었다.

조운경은 손에 배인 땀을 손바닥으로 문질러 닦고는 다시 방아쇠에 손가락을 걸었다. 총신 위에 부착된 망원렌즈에 눈을 가져다 대자 길 건너편의 빌딩 창문이 바로 눈앞에 보였다. 창살의 흠집까지도 똑똑히 보인다.

총신을 조금 돌리자 베란다 쪽의 유리문이 눈앞으로 다가왔다. 커튼 안쪽으로 서너 사람이 모여 앉아 있었지만 얼굴의 윤곽은 확실하지 않았다.

"이것, 오늘도 공치는 것 아냐?"

옆에 앉아 두 눈에 망원경을 대고 있던 김창석이 혼잣말처럼 말했다. 말소리에 짜증기가 섞여 있다.

"기다려, 서두르지 말고."

조운경이 다시 총신을 돌려 창문 쪽을 겨누면서 말했다. 창문은 커튼이 걷혀져 있어서 방 안의 천장에 달린 형광등까지 보였다. 사흘째 이곳에서 진을 치고 있었으나 이철우는 렌즈의 초점 안에 들어오지 않았다. 두 번이나 기회가 있기는 했다. 어제저녁과 오늘 아침이었다. 한 번은 베란다에 나와 바깥바람을 쏘일 때였는데 그때는 조운경이 미처 준비를 하지 못했었고, 오늘 아침은 그의 이마가 초점 안에 들어온 순간 몸을 돌려 안으로 들어갔었다.

"이봐, 나는 조금 쉴게. 눈이 아파서 그래."

그는 자리에서 일어나 구석에 펼쳐 놓은 간이침대로 다가가 누웠다. 20평의 썰렁한 사무실이었다. 방의 이곳저곳에는 먹다 만 빵 조각과 빈 음료수 깡통들이 뒹굴었는데 불을 켜지 않아서 더욱 스산하게 보였다.

그러나 이철우의 사무실과 직선거리에 있는 이쪽 오피스텔은 저격하기에 안성맞춤의 장소였다. 더욱이 사무실을 정면으로 바라볼 수 있는 이 방이 비어 있었다. 그들에게는 절호의 기회나 다름없었다.

조운경은 조준경에서 눈을 떼고는 두 손으로 눈을 눌렀다. 군 시절 특등 사수로서 저격병 훈련을 받은 그는, 50미터가 조금 넘는 거리의 목표는 열 발을 쏘아서 열 발을 모두 명중시킬 자신이 있었다.

침대에 드러누운 김창석이 뒤치락거리는 소리가 들려왔다.

조운경은 다시 조준경에 눈을 대었다. 응접실에서 누군가가 일어서더니 시야 밖으로 사라졌고, 이내 다시 나타나 자리에 앉았다.

"자, 한 잔씩 들어."

술병을 들고 온 이철우가 자리에 앉으며 말했다.

"안주는 없지만 술은 많다."

"박용근이는 지금 명성클럽에 가 있다는군요."

손의열이 술잔을 들어 올리며 말했다.

"부하 놈을 100명쯤 끌고 갔다고 합니다."

"어중이떠중이 100명이면 뭘 해? 오함마 수류탄 한 발이면 모조리 도망칠걸."

서대식이 말을 받았다가 힐끗 이철우의 눈치를 살폈다.

"오함마와 최순태를 교환하자고 김원국이 요구해 온 모양이야. 아까 이 단장한테서 전화가 왔었다."

이철우가 박진찬의 잔에 술을 따라 주며 말하자 모두들 그를 바라보았다.

"전화가 왔었습니까?"

그렇게 물어본 것은 서대식이다.

이철우가 빙그레 웃었다.

"당연하지. 그런 정보는 나에게 줘야 할 것 아니냐? 다른 건 몰라도 말이야."

"대장님, 시간을 끌수록 우리가 손해입니다. 아직 그들이 눈치채지 못했을 때……."

"한 가지씩 처리하겠다. 우선은 안정태부터……."

"놈은 철저하게 경비를 하고 있습니다. 우리 여섯 명으로는 치고 들어가기가 어렵습니다."

손의열이 머리를 들고 말했다. 체격은 작았으나 다부진 표정의 사내였다.

"불가능하지, 우리 여섯 명으로는."

이철우가 잔을 들어 위스키를 한 모금 삼키고는 둘러앉은 부하들을 하나씩 바라보았다.

"난 김원국을 만날 작정이다. 아침에 김칠성이한테서 연락이 왔어, 만나자고."

모두들 잠자코 그를 바라본 채 입을 열지 않았다. 이윽고 술잔을 내려놓은 서대식이 입을 열었다.

"적의 적은 친구라고 했지요. 하지만 대장님, 선후만 바뀌었을 뿐이지 김원국이와는 결코 융화될 수 없습니다."

"알고 있다. 하지만 그도 지금 내가 필요한 입장이야."

"저희들이 따라가지요."

"한 사람만. 서대식이 네가 따라오는 것이 좋겠다. 저쪽은 백동혁인가 하는 건달이 온다고 했다."

"개백정이라고 불리는 놈입니다. 김칠성의 부하지요."

"덥다. 누가 베란다 문을 열어라."

한명철이 자리에서 일어나 베란다의 유리문을 열었다. 커튼이 밤바람에 의해 안쪽으로 펄럭였고, 차가운 밤공기가 응접실로 쏟아져 들어왔다.

위스키의 열기에 달아오른 그들은 가슴을 젖히고 찬 공기를 들이마셨다.

조운경은 펄럭이는 커튼에 가린 사내의 얼굴을 보았다. 짙은 눈썹이 보였다가 이내 커튼 자락에 가려졌다. 그러나 사내의 전신은 이쪽에 노출되어 있다. 신장과 체격, 모두 이철우와 흡사했다.

조운경은 사내의 가슴을 조준했다. 일 초, 다시 일 초. 사내가 베란다의 문을 닫으려고 다가왔다. 조명을 등지고 있어서 얼굴이 어둡게 보이는 것이 안타까웠다. 다시 몇 초가 지나 사내가 문을 잡아당겼다.

그러자 조운경은 자신도 모르는 사이에 방아쇠를 당겼다. 총알이 사내의 가슴을 관통하고 그가 반듯이 뒤로 넘어지는 것을 확인한 조운경은 총구를 창틀에서 빼내었다.

"야, 일어나! 가자!"

그가 버럭 소리를 지르자 침대에 누워 있던 김창석이 두 다리를 공중으로 흔들었다가 내리면서 일어섰다.

"했니?"

그가 외마디 소리로 물었다.

"했어."

그들은 분주하게 총을 접고 가방을 챙겼다. 이제는 떠나기만 하면 되었다.

"함마는 병원에 있는 것이 낫어. 지금 우리가 데꼬 온다고 혀도 복잡혀. 안 그러냐?"

조웅남의 말소리가 차 안을 울렸다. 횟집의 마크를 붙인 승합차는 강남대로를 달려가고 있는 중이었다.

"채석이 갸가 얼굴은 가오리같이 생겼지만 속이 넓어. 안 그러냐?"

"예, 형님."

백동혁이 대답하자 조웅남은 의자 밑의 상자에서 소주병을 꺼내더니 이빨로 뚜껑을 뜯어내었다.

"야, 인마, 술 한 잔 마셔."

"예, 형님."

조웅남이 내민 술병을 받아 쥔 백동혁이 병을 기울여 두어 모금을 삼켰다.

"술이란 게 좋은 것이여."

술병을 건네받은 조웅남이 몇 번인가 꿀꺽거리자 병이 비었다.

"너, 함마 땜시 그러는 것 같은디."

술병을 차 바닥으로 던지고 난 조웅남이 불쑥 입을 열었다.

"내가 최순태를 잡아 왔응게 쌤쌤이다. 비겼단 말여. 알겄냐?"

"예, 형님."

승합차는 신호에 걸려 멈추어 섰다. 밤거리에는 행인들이 많았는데 건널목에 두셋씩 서 있는 경찰들도 보였다. 조웅남이 머리를 들었다.

"야, 저그 서초동으로 가자. 거그 술집에서 한잔혀야겄다."

"형님, 어디 말씀입니까?"

손채석이 없었으므로 이제 그를 보좌하는 것은 자신의 몫이었다.

백동혁이 묻자 조웅남이 빙그레 웃었다.

"괜찮다고, 사고 안 칠 팅게. 쬐깐헌 디가 있어, 조용허고."

"형님, 어쨌든 위험합니다, 술집에서 술을 잡수신다는 것은."

"이 시키야, 시끄러. 며칠 전에도 거그 가서 마셨어. 내가 잘 아는 디여."

"그러시다면 더욱……."

그러나 승합차는 서초동 쪽으로 우회전해 들어가고 있었다. 백동혁은 주위를 둘러보았다. 승합차에 타고 있는 다른 세 명의 부하들이 그와 시선이 마주치자 제각기 머리를 돌렸다. 승합차가 다시 신호에 걸려 멈춰 섰으므로 백동혁은 머리를 돌려 창밖을 바라보았다.

이 차선 길은 오가는 차량들로 가득 메워져 있었는데 50미터쯤 앞쪽의 신호등은 푸른색이었다. 그는 목을 세우고 앞쪽을 바라보았다. 좀처럼 차들이 나아가지 않았다.

"형님, 앞쪽에서 검문을 하는 것 같습니다."

교통 경찰관의 붉은색 수신호등이 차량 사이로 얼핏 보이자 백동혁이 말했다.

"차에서 내리시는 것이 낫겠습니다."

"야, 이 시키야, 음주 운전 단속일 거야."

"그것이 아닐지도 모릅니다, 형님."

조웅남이 상반신을 세우고는 앞쪽을 노려보았다.

승용차들이 조금씩 움직이고 있었으므로 앞쪽을 가로막은 경찰들이 보였다. 완전무장을 한 기동대원들이었고, 도로의 양쪽에 늘어서 있다.

"열 명이 넘습니다, 형님."

승합차 안의 부하들이 몸을 틀어 이쪽저쪽을 바라보는 통에 분위기가 부산스러워졌다.

조웅남이 머리를 들었다.

"내리자, 하나씩. 영문아, 너도 차 내버리고 내려. 만일 흩어지믄 알아서 횟집으로 가그라. 인자는 별 디서 다 검문을 허네잉."

뒤쪽도 차들로 꽉 막혀 있어서 어차피 내리는 수밖에 없다.

문을 열어젖힌 백동혁이 먼저 내리자 조웅남이 따라 내렸다. 마침 차도의 옆에 조그만 골목이 있었다. 골목 안으로 들어선 백동혁이 몸을 돌리자 차도를 건너 이쪽으로 다가오는 부하들이 보였다. 마지막 부하 한 명이 차에서 내리고 있었다. 그러나 날카로운 호각 소리가 들렸다. 부하들이 달리기 시합의 출발 신호를 들은 듯이 전속력으로 이쪽으로 뛰어왔다.

"지기미."

옆에 서 있던 조웅남이 낮게 투덜거렸다. 그의 입술에서 술 냄새가 풍겨 왔다.

"뛰자!"

그들은 한 덩어리가 되어서 골목길을 달려 나갔다. 이쪽의 지리는 손금을 보듯이 훤했고, 어디에 검문소가 있는지도 알고 있다. 그들은 골목을 빠져나와 큰길로 들어섰다가 다시 반대쪽의 골목으로 들어섰다.

"형님, 승합차가 체크되지 않을까요?

백동혁이 묻자 조웅남이 입맛을 다셨다.

"모르겄다, 횟집 이름은 뜯어냈는디. 니가 형님헌티 이야기를 혀."

"예, 형님."

골목을 빠져나간 그들이 다시 이 차선의 도로로 나왔다. 그러자 앞장서 가던 부하 한 명이 흠칫 멈춰 서는 것이 사람들의 사이로 보였다.

그쪽은 꽤 번화한 곳이었다. 유흥가가 밀집해 있었는데 군데군데 몰려 서 있는 경찰들이 보였다. 백동혁은 골목의 입구에서 다시 안쪽으로 돌아왔다.

"형님, 경찰들이 좌악 깔려 있습니다. 이쪽으로 나가면 안 되겠어요."

"그러믄 여기서 쪼굴티고 있으란 말이여?"

"아닙니다. 제가 어디에서 차를 한 대 가져올 테니까 그때까지만 이곳에 계십시오."

"왜, 나는 손발이 없냐?"

"형님은 금방 눈에 띕니다."

의외로 조웅남이 잠자코 있었으므로 백동혁은 부하 한 명과 함께 골목을 나섰다. 거리에는 사람들이 붐비고 있었는데, 백동혁의 눈에는 그들이 딴 세상 사람처럼 보였다.

경찰청장 박동호가 서초로에서 김원국 일당으로 보이는 사내들이 차를 버리고 도주했다는 보고를 받은 것은 사건이 일어난 지 5분 후였다. 마침 집에 들어와 재킷을 벗던 그는 전화기를 귀에 댄 채 의자에 앉았다.

"몇 놈이야?"

—네, 대여섯 명으로 보였다고 합니다.

서초 경찰서장의 목소리가 커다랗게 들려왔으므로 그는 수화기를 귀에서 조금 떼었다.

"영동 지역 전체를 봉쇄해. 골목골목의 모든 입구와 출구를 막고. 내가 병력을 지원해 줄 테니까."

—네, 청장님.

"뛰어서 도망쳤다니 차를 잡으려고 할 거야. 차량 검문도 강화해."

—알겠습니다, 청장님.

"반드시 잡아. 알았어? 이번이 좋은 기회란 말이야. 알겠지?"

—네, 청장님.

수화기를 내려놓은 박동호는 옷을 벗는 것도 잊은 듯 우두커니 앉아 있었다.

"벗고 씻으세요, 피곤하실 텐데."

다가온 아내가 말했으나 그는 들은 척도 하지 않았다. 그때 다시 전화벨이 울렸다. 탁자 위에 놓인 비상용 전화기가 아니라 자신의 바지 주머니에 넣어둔 휴대폰이 진동하는 것이었다.

그는 휴대폰을 꺼내어 귀에 대었다.

"여보세요."

―박 청장이시오?

낯선 목소리여서 박동호는 눈썹을 찌푸렸다.

"당신, 누구요?"

―난 백동혁이요, 개백정.

"아아."

그러다가 박동호는 숨을 들이마셨다.

"이런 건방진 놈, 버르장머리 없이 어디다 대고……."

―개수작 마라, 이 새끼야.

"무엇이?"

그러나 욕설을 주고받아서 손해를 보는 것은 이쪽이었다. 그는 길게 숨을 내쉬었다.

"너, 용건이 뭐냐? 어떻게 내 전화번호를……."

그러다가 박동호는 최순태가 잡혀 있다는 것이 떠올랐다. 김칠성도 몇 차례나 전화를 해온 것이다.

―경찰의 검문을 중단시켜. 길을 내란 말이야. 그러지 않으면 당장 최순태의 머리통을 박살 낼 테니까. 알았어?

"너, 이 자식, 어린놈이……."

―지금 당장 강남역 근처의 병력을 모두 철수시켜. 그리고 올림픽 도로와 강남대로의 검문도 풀고. 10분의 시간을 준다. 10분 후에도 그대로면 최순태를 죽이겠다.

"너, 이 자식."

그러는데 전화가 끊겼다.

박동호는 어금니를 악물고 방의 한쪽을 노려보았다. 그러던 그의 시선이 떨어져 탁자 위의 비상 전화에 닿았다.

그는 손을 뻗어 전화기를 쥐고는 다이얼을 눌렀다. 금방 서초 서장과 연결이 되었다.

박동호가 소리치듯 말했다.

"난데, 작정을 변경시켜라. 강남역 근처에 있는 병력을 모두 이태원으로 이동시켜. 이태원의 사방을 막아라."

—이태원입니까?

"그래, 이태원이다. 놈들이 이태원으로 옮겼다는 정보가 왔다."

—네, 그렇습니까?

서장의 말투에서 미심쩍어 하는 기색이 보여 박동호의 눈썹이 곤두섰다.

"서장, 10분 안이야! 내 말 알아듣겠어?"

—청장님, 10분 안에 이태원으로 옮기기에는…….

"10분 안에 철수하라고 했어! 알았어? 서두르란 말이야!"

내던지듯 수화기를 내려놓은 박동호는 의자 위에 던져 놓은 휴대폰을 들고 다이얼을 눌렀다.

노크 소리가 들렸다. 두 번 두드리다가 이번에는 네 번씩 연속으로 두 번을 두드린다. 이혜경이 머리를 들어 박용근과 시선을 맞추었다. 그가 머리를 끄덕였다.

"일어나."

위에 앉아 있던 이혜경이 조심스럽게 하체를 들어 올리자 박용근의 남성이 그녀에게서 빠져나갔다. 다시 노크 소리가 들렸으므로 박용근은 술병을 들어 문을 향해 던졌다. 술병이 박살나자 노크 소리가 그쳤다.

이혜경이 서둘러 옷을 걸치는 것을 바라보면서 박용근은 무릎 아래로 내렸던 팬티와 바지를 끌어당겨 입었다. 바지의 혁대를 하고 지퍼를 올리고 나자 다시 조심스럽게 두 번의 노크 소리가 들렸다. 이혜경이 시치미를 떼고 앞자리에 앉을 때였다.

"들어와."

그의 말이 끝나기가 무섭게 안재일이 방문을 열고 들어섰다.

그의 시선이 곧장 박용근에게만 향해지고 있는 것이 오히려 이혜경을 의식한 것처럼 보였다.

"사장님, 비상이 걸렸습니다."

"무슨 비상?"

서두르는 듯한 그의 말에 박용근은 눈을 치켜떴다.

"예, 회장님한테서 연락이 왔습니다. 모든 부하들을 강남역 부근에 풀어놓으라고. 이것은 저희뿐만이 아니라 이철우, 안정태의 모든 조직에게……."

박용근의 시선이 이혜경에게로 향하자 안재일이 말을 멈추었다.

"넌 잠깐 나가 있어."

이혜경이 잠자코 방을 나갔다.

"도대체 무슨 일이야? 강남역에 김원국이가 나타났어?"

박용근이 다그치듯 물었다.

"예. 아무래도 그런 것 같습니다."

"그런데 우리가 왜? 경찰은 뭘 하고?"

"경찰은 철수한답니다. 벌써 철수했겠는데요. 그래서 강남역 근방을 우리가 맡는 겁니다."

"아니, 도대체……."

"김원국이가 협박을 했답니다. 경찰들이 강남역 근방에 얼씬거리기만 하면 최순태를 죽이겠다고. 그래서……."

"그래서 우리가 맡는다고? 우리가 김원국이를 잡는단 말이지?"

"예, 사장님."

"김원국이가 강남역 근방에 있어?"

"그런 것 같습니다."

"……."

"안정태의 부하들은 이미 모이고 있답니다. 구역을 삼등분하고 암호도 정하기로 했습니다. 제가 나가 볼까 하는데."

"그들의 계획대로 되어 가는구만."

박용근이 뱉듯이 말하고는 술잔을 쥐었다.

"점점 그들의 기반이 굳어지고 있어. 이무섭의 조직은 이제 밤의 경찰권까지 사용하고 있단 말이야."

"사장님, 어쩔 수 없습니다. 어서 지시를 내려 주셔야……."

"그들의 기반이 굳어질수록 내가 점점 위축된단 말이다. 이건 같이 성장하는 것이 아냐. 약속이 달라."

"사장님."

"안정태 이놈은 나와 이철우를 싸움 붙이려고 했어. 그것이 그놈 개인의 생각인지 아닌지는 알 수 없지만."

안재일이 자리에서 일어섰다.

"그럼 사장님, 애들을 보내겠습니다."

술잔을 든 박용근은 대답하지 않았다.

안재일이 밖으로 나가자 박용근은 길게 한숨을 내쉬었다.

오늘의 거창한 행차는 시위의 뜻도 있었지만 스스로를 위한 것도 되었다. 그러나 이무섭과 그 배후의 힘은 그에게 더욱 좌절감을 줄 뿐이었다.

"이것 봐라, 경찰이 없어졌다. 조금 전까지만 혀도 새까맣게 있었는디."

조웅남이 주위를 두리번거리며 말하자 부하들도 골목 밖으로 머리를 빼고 밖을 내다보았다.

"내 참, 귀신이 곡헐 노릇이여. 이거 찜찜헌디."

조웅남이 골목의 벽에 기대며 시계를 내려다보았다. 밤 12시가 가까워지고 있었다.

"동혁이 이 씨발 놈은 왜 이렇게 안 오는 거여? 혹시 잽힌 거 아녀?"

"……."

옆에 서 있는 부하에게 물었으나 그는 대답하지 못했다.

좁은 골목이었고 양쪽이 길고 높은 청량음료 회사의 담으로 둘러싸여 있어서 지나는 행인은 드물었으나 양쪽 입구로 경찰이 밀려온다면 꼼짝할 수 없는 단점도 있었다.

그때 골목의 뒤쪽 부분에서 수선거리는 인기척이 들렸다. 벽에 붙어 서 있던 이들 모두가 그쪽으로 머리를 돌렸는데 그쪽과 제일 가깝게 서 있던 주영문이 이쪽으로 머리를 돌렸다.

"경찰은 아닙니다. 하지만……."

"하지만 뭐여?"

"잘 모르겠습니다."

이젠 조웅남의 눈에도 사내들의 모습이 보였다. 골목을 가득 메우듯이 다가오는 사내들은 7, 8명이 넘어 보였다. 그들은 말소리 하나 내지 않았다. 언 땅에 부딪치는 발소리만이 어지럽게 들려왔다.

조웅남은 직감으로 사내들에게서 풍겨져 오는 살기를 느꼈다. 그들과의 거리는 이제 20미터로 좁혀졌다. 이쪽은 벽에 달라붙어 있었으나 굴곡도 없는 시멘트벽이다. 앞장선 사내들의 발길이 주춤거리며 늦춰졌다. 이쪽을 발견한 것이다.

"당신들, 누구야?"

앞장선 사내 한 명이 날카로운 목소리로 물었다. 그들은 이제 곧장 다가왔다.

주영문이 머리를 돌려 조웅남을 바라보았다. 어떻게 할 것인가를 묻는 것이다.

조웅남은 벽에서 등을 떼었다. 사내들은 좁은 골목에 좌악 벌려 서듯이 대형을 잡고 다가왔는데 조웅남은 앞장선 사내가 쥐고 있는 권총을 보았다. 그의 옆에 선 사내의 손에도 묵직한 물체가 들려 있는 것이 바깥쪽 차도에서 흘러들어 온 불빛에 비쳐 보였다.

"아이고, 형님 아녀?"

갑자기 골목이 떠나갈 듯이 소리를 지른 조웅남이 손에 쥐었던 수류탄을 사내들의 사이로 던져 넣었다. 거리는 10미터 정도였고, 조웅남의 소리에 멈추어 섰던 사내들이 자신들의 발 사이로 굴러 들어오는 물체를 의식한 것은 조금 후였다.

"아아, 수류탄!"

누군가가 소리쳤고, 주영문이 이쪽으로 몸을 굽힌 채 땅바닥에 엎드렸다. 조웅남이 땅을 끌어안듯이 엎어지자 귀청이 떠나갈 듯한 폭음이 울렸다. 시멘트 덩어리가 어지럽게 날아 조웅남의 등판에 떨어졌다.

탕, 탕, 탕.

권총 소리가 어지럽게 들렸다. 조웅남은 몸을 굴려 호주머니에 든 권총을 꺼내어 쥐었다.

탕, 탕, 탕.

골목 안에 화약 냄새가 진동했고, 벽의 한쪽이 무너져 내려서 골목길은 중간에서 끊겼다. 이곳저곳에 쓰러진 사내들이 신음 소리를 뱉어냈다.

"영문아!"

조웅남이 엎드린 채 버럭 고함을 쳤다.

"영문아! 죽었냐?"

"예! 형님!"

옆쪽에 엎드려 있던 주영문이 일어섰다.

"여기 있습니다, 형님."

그의 손에는 권총이 쥐어져 있었다.

"중식이는?"

"중식아! 중식아!"

쓰러진 사내들 틈에서 사내 한 명이 비틀거리며 일어섰다.

"가자!"

뛰쳐나갈 곳은 차도가 있는 쪽의 큰길밖에 없다. 벌써 폭음을 듣고 골목의 입구에 사람들이 몰려 서 있었다. 그들이 입구를 향해 뛰쳐나가자 사람들이 양쪽으로 갈라섰다.

"저기다!"

누군가가 오른쪽에서 그들을 향해 소리쳤고, 머리를 든 조웅남은 이쪽으로 달려오는 7, 8명의 사내를 보았다.

"이런, 지기미."

조웅남은 이를 부드득 갈았다. 시민들이 인도에서 웅성거리고 있었다. 달려오는 사내들은 제각기 손에 권총을 쥐고 있었는데 이곳에서 총격전이 벌어지면 수십 명의 민간인이 살상될 것이다.

시민들은 조웅남의 일행과 달려오는 사내들을 바라보더니 물고기 떼가 돌멩이에 흩어지듯이 사방으로 갈라졌다. 여자들의 비명 소리도 들렸다.

"야, 쏘지 마!"

조웅남이 버럭 소리를 지르자 주영문이 겨누었던 권총을 거둬들이면서 그를 바라보았다. 울상을 짓고 있었다. 사내들과의 거리는 10미터 정도로 가까워졌다.

조웅남은 점퍼의 주머니에 두 손을 찌른 채 인도의 한복판에 두 다리를 벌리고 섰다. 주영문과 채중식이 그의 뒤쪽에 서서 달려오는 사내들을 맞았다. 길가에 쪼그리고 앉거나 벽에 붙어 서 있는 시민들과는 2, 3미터도 안 되는 거리였다. 사내들이 총을 겨누며 다가와 멈추어 섰다.

"너희들은 누구냐?"

앞장선 사내가 권총으로 조웅남의 가슴을 겨누면서 물었다. 30대 초반의 인상이 날카로운 사내였다.

"이런 지기미 씨발 놈 봐라. 나보고 누구냐고 묻네잉?"

조웅남이 이를 드러내 보이며 으르렁대듯 물었다.

"야, 이 시키야, 넌 신문도 안 보냐? 내가 누군지 모른단 말여?"

사내의 시선이 두어 차례 흔들리는 것을 느낀 조웅남이 이맛살을 찌푸렸다. 예상과는 다른 것이다. 손에 든 총으로 쏘든지 붙잡든지 했어야 정상이다.

"어어, 김 형, 빨리 저쪽으로 가 봐."

사내가 갑자기 팔을 들어 뒤쪽을 가리켰다.

"저쪽에서 대기하고 있어, 어서!"

목을 빼고 뒤를 바라본 조웅남은 사거리를 오가는 차량들을 볼 수 있었다. 폭음과 총성을 듣고 모여든 군중들이 이쪽으로 몰려들고 있는 것도 보였다.

"자, 빨리! 따라와!"

권총을 움켜쥔 사내가 소리치면서 골목으로 뛰쳐 들어가자 일행들이 그의 뒤를 따랐다.

"이거 어뜨케 된 거여?"

조웅남이 주영문을 돌아보았다.

"저 시키가 사람을 잘못 본 모양인디."

"형님, 뛰어요!"

주영문이 그의 어깨를 밀면서 낮게 소리쳤다. 그러자 튕기듯이 발을 뺀은 조웅남이 인도를 일직선으로 달려 내려갔다.

그의 뒤를 주영문과 채중식이 따랐는데, 큰 몸집에 비해 조웅남의 달리는 속도는 놀랄 만큼 빨랐다. 배를 약간 앞으로 내밀고 전속력으로 달려 나갔다. 그는 신바람이 난 표정이었다.

제8장

경기장의 두 사람

밤의 대통령

재떨이에 담배를 비벼 끈 이무섭이 머리를 들었다. 짙은 눈썹이 위쪽으로 추켜올라간 데다 두툼한 입술을 굳게 다물고 있어서 표정만으로도 방 안의 분위기를 압도하고 있었다.

"박 사장의 부하들은 20분이나 늦게 현장에 도착했어요. 가장 가까운 거리에 있었으면서도 제일 늦은 거요."

"화장님, 지시는 제가 제대로 했는데 애들이 허둥대다가 늦었습니다. 면목이 없습니다."

박용근이 머리를 숙였다. 어젯밤에 과음한 모양인지 아직도 두 눈이 충혈되어 있었다. 그의 앞자리에 앉은 안정태가 머리를 들었다.

"어젯밤에 제 부하 네 명이 죽고, 네 명이 중상을 입었습니다.

조웅남의 기습을 받았다고 하는데, 우리가 협조만 잘되었더라면 그놈을 잡을 수가 있었어요."

"글쎄, 나도 그것을 안타깝게 생각하고 있어요."

머리를 든 박용근이 이맛살을 찌푸리며 안정태를 바라보았다.

"우리 애들도 아침까지 골목골목을 뒤졌단 말입니다. 나름대로 최선을 다했어요."

"그만."

이무섭의 목소리가 한 단계 높아졌다.

"내 앞에서 그런 식의 다툼들은 하지 마시오, 앞으로. 알았습니까?"

"예, 회장님."

안정태가 머리를 숙였고, 박용근도 잠자코 입을 다물었다.

"자넨 빠르게 부하들을 동원시켰던데. 안 부사장의 부상자들을 수습해 주었고. 앞으로 손발만 조금 맞추면 되겠어."

이무섭이 이철우를 바라보며 말했다.

"어제 처음으로 경찰 병력 대신 우리가 강남 지역을 장악한 것에 의미가 있어. 그것도 청장의 요청으로 말이야, 물론 비공식적이지만."

"조웅남을 놓쳐 버렸으니 성과가 없습니다. 의미가 있을지는 몰라도."

이철우가 가라앉은 목소리로 말했다.

"도망치는 모습을 보았다고 하는데, 시민들 때문에 쏠 수가 없었다고 합니다."

"그건 잘한 거야. 칭찬해 줘야 해."

"청장이 최순태 때문에 움직일 수가 없었던 모양이군요."

이무섭이 머리를 끄덕였다.

"앞으로 이런 일이 또 일어날지도 몰라. 그때는 어젯밤같이 손발이 맞지 않는 경우가 없어야 돼."

그는 머리를 돌려 박용근과 안정태를 바라보았다.

"지난번에도 이야기했지만, 당신들 세 조직이 어떻게 협조하느냐에 따라서 밤의 세계에 대한 미래가 변할 거요. 이제 우리는 다 이루었어. 마지막 마침표를 찍으면 되는 거요."

모두들 잠자코 이무섭의 얼굴을 바라보았다. 그는 이제 밤의 세계를 장악한 사람의 태도였다. 말투에는 상대방을 압도하는 기백이 서려 있었고, 표정은 엄숙했다.

"어젯밤 같은 경우에는 우리 조직의 힘을 보일 수 있는 절호의 기회였소. 강남 지역을 우리 조직원으로 가득 메우고 조웅남인지 뭔지를 사로잡아 경찰에 인계할 수도 있었어요."

이무섭이 둘러앉은 사내들의 얼굴을 하나씩 훑어보았다. 아침부터 이무섭의 부름을 받고 달려온 보스들이다. 그들은 긴장한 얼굴로 그의 시선을 받았다. 이무섭이 다시 말을 이었다.

"조직 간의 알력이나 분쟁은 있을 수가 없습니다. 그것은 내가 조정해 드릴 거요. 그것을 꼭 명심하시도록."

이철우가 머리를 들었다.

"회장님, 어젯밤에 총격 사건이 있었습니다. 조웅남이 강남에서 난동을 피우기 전인데요."

"총격 사건이라니?"

"제 사무실에섭니다. 건너편의 오피스텔에서 쏘았는데 제 부하인 한명철이 총에 맞아 죽었습니다."

"저격을 받았단 말인가?"

눈을 부릅뜬 이무섭의 목소리에는 날이 서 있었다.

"그렇습니다. 저를 목표로 한 것 같은데 한명철이 베란다의 문을 열다가 당했습니다."

"이놈들이 이젠 별짓을 다 하는군."

"시체는 관에 넣어 두었습니다."

"관에 넣어 두다니?"

"괜히 시끄러워질 것 같아서요. 김원국과의 싸움이 오래갈수록 이젠 여론의 화살이 우리에게 집중되는 것 같습니다."

"그건 자네가 잘 보았어."

"그래서 소문내지 않고 안장할 생각입니다만……."

이무섭이 어깨를 늘어뜨리고 숨을 내쉬었다.

"어서 놈들을 끝장내야지. 이렇게 끌다가는 조직의 사기에도 문제가 있어."

"곧 끝장날 겁니다."

이렇게 대답한 것은 안정태였다. 그는 눈을 치켜뜨고는 주위에 앉은 사람들을 돌아보았다.

"제가 모든 부하들을 희생시켜서라도 놈들의 뿌리를 뽑겠습니다. 그리고 상황으로 보아 놈들은 오래가지 못합니다."

"그렇지. 그건 그래. 우리가 뭉쳐 있는 한 놈들은 어떻게 하질 못해."

이무섭이 맞장구를 쳤고 박용근이 머리를 끄덕였다. 이철우도 그들의 얼굴을 바라보면서 천천히 머리를 끄덕였다.

이중섭 대통령은 신문을 내려놓고 집무실에 들어온 윤성하 비서실장을 바라보았다.

"어젯밤에 강남에서 폭탄 테러가 있었구만. 사람이 여럿 죽고."

"예, 각하. 김원국의 부하들이 일으킨 사건으로, 지금 경찰에서는……."

"신문 읽었어."

이중섭이 손을 들어 앞쪽 의자에 앉으라는 시늉을 했다.

"테러가 끊이지 않아. 서울의 밤거리가 마치 20세기 초의 미국같이 되어 버렸어."

"각하, 이제 놈들의 숫자도 몇 명 남지 않았습니다."

자리에 앉은 윤성하가 말했다.

"어제는 조직 간에 싸움도 있었던 모양인데, 경찰은 그 자리에 없었나?"

"없었던 모양입니다, 각하."

"경찰은 뒷북만 치고 다니는 모양이군."

"……."

"총리가 성명을 발표한 후로 조금 뜸해지는 것 같더니 다시 시작이군."

"총리께서 성명을 발표하신 후에 경찰의 의욕이 떨어진 것이 사실입니다. 김원국의 조직을 많이 미화시킨 바람에……."

"이무섭이라고 했던가? 그전에 아주일보에 나왔던 기사에서 말이야, 그 배후 인물."

"아아, 예, 이무섭이라고 했습니다. 하지만 증거가 없고 너무 일방적인 폭로 기사여서……."

이중섭이 잠자코 윤성하를 바라보았다.

"각하, 이무섭은 지난번 특별 조사 때도 사건과 무관한 것이 입증되었습니다."

"자네, 임종휘 알지?"

윤성하가 상체를 세웠다.

"예. 알고 있습니다, 각하."

"그 사람, 요즘 뭘 하는지 아나?"

"집 밖으로도 거의 나가지 않고 은둔 생활을 하고 있다고 들었습니다만."

"자네도 그것밖에 모르는구만."

"예, 각하."

"눈앞에 닥친 일에나 급급하고, 그저 문제를 빨리 해결하려고 한다든지, 아니면 덮어 버리려고 하는 습성들 때문에 이 지경이 되었어. 처음에 사건들이 일어났을 때 뿌리를 찾아 해결해야 했어."

이중섭이 혼잣소리처럼 말하자 윤성하가 긴장한 듯 온몸을 굳혔다. 벽의 한쪽을 바라보며 이중섭이 말을 이었다.

"나부터가 이 일을 하찮게 생각했고, 군 조직과 연결되어 있을지도 모른다는 생각이 들자 그냥 덮어 버리려고 했어. 나중에 알았을 때는 너무 늦었고……."

윤성하가 머리를 들었다.

"각하, 아신다면, 그러면……."

"안기부에서 보내온 보고서를 읽었어. 이찬형 부장과 고성섭 차장이 마지막으로 작성해서 보고한 것인데……."

"……."

"자네한테도 이야기하지 않았지만 그 보고서의 내용과 이제까지의 상황이 일치하고 있네."

"그렇다면 각하."

"이봐, 서둘지 말어. 말이 나갈까 봐 자네한테도 보여주지 않았어. 총리하고 나하고만 알고 있었던 거야. 지금 우린 임종휘와 이무섭이 꾸미고 있는 거대한 음모 속에 빠진 상태야. 밤거리의 저 총성들은 우리에게 위험을 알려주는 경고음이고."

윤성하가 침을 끌어모아 삼키고는 이중섭을 바라보았다.

"강한석이나 박동호, 그리고 몇몇 주요 공직자들은 그들의 꼭두각시가 되어 버렸어. 약점이 잡혔거나, 아니면 그들의 힘을 이용하려고 작정한 자들이지. 이봐, 실장. 우린 지금 위급한 상황에 빠져들어 있어."

"각하, 설마……."

"김원국이 우리의 희망이야. 이상하게 들릴지 모르지만 그가 버티고 있는 한 희망이 있단 말이네. 그들의 조직에 정면으로 대항하는 세력은 지금 김원국밖에 없네."

"각하, 그것은 어떤 근거로 말씀하시는지……."

"근거? 이봐, 눈을 크게 뜨고 주위를 살펴봐. 이철우와 안정태를 봐. 이무섭이를 보고, 임종휘를 봐. 이젠 이무섭을 감시하는 기관도 없어. 강한석이는 이찬형과 파워 게임을 벌였던 거야. 그러고는 이무섭이나 임종휘의 덫에 걸렸겠지. 박동호는 말할 것도 없고."

이중섭은 목소리를 억누르며 말했다.

"그들은 밤의 세계를 장악하고 곧 낮의 세계도 조종하게 될 거야. 이것은 일종의 쿠데타지. 반역이야."

윤성하의 얼굴빛이 하얗게 되었다.

"각하, 그것은……."

"어젯밤 경찰 병력은 강남에서 이태원으로 이동했어. 박 청장의 지시로 말이야. 강남 지역은 치안 공백 상태가 되었는데 그 자리를 세 개의 조직원들이 메웠다고 하더구만."

얼굴이 하얗게 질린 윤성하가 나무토막처럼 앉아 이중섭을 바라보았다.

"그건 무엇 때문인지 아나? 김원국 측에서 협박을 했기 때문이지. 병력을 철수시키지 않으면 최순태를 죽이겠다고. 그래서 경찰은 엉뚱한 이태원으로 몰려갔네."

"……."

"그렇지만 그 자리를 세 개 조직의 사내들이 채웠지. 박 청장의 부탁을 받고 말이야."

"각하, 저는 도무지……."

"나는 나대로의 정보망이 있네, 윤 실장. 꼭두각시 대통령은 아니야. 자네도 잘 알다시피 꼭 복선을 깔거나 제2, 제3의 대책을 마련해 놓는 사람이지. 그렇지 않나?"

윤성하의 목소리는 갈라져 있었다.

"각하께서는 언제나 완벽한 대책을 마련해 두셨습니다."

그리고 그가 어떤 방식으로 대책을 마련하고 있는지는 아무도 몰랐다.

"그 시키들은 내가 누군지도 몰랐당게. 어중이떠중이들을 모아 놓아서 말이여. 참, 빙신 같은 놈들."

술병을 내려놓은 조웅남이 붉은 입안을 보이며 웃었다.

"내가 즈그덜 편인 줄 알았던 거여. 안 그러냐?"

"네, 아마도……."

백동혁이 머리를 끄덕였다.

그들은 횟집에 무사히 돌아왔고 부랴부랴 논현동의 연립주택으로 거처를 옮긴 참이었다. 이제 20명도 안 되는 인원이어서 이동하는 것은 쉬웠으나 홍콩의 황용성이 가져온 무기의 부피가 상당했으므로 그것이 신경이 쓰였다. 그러나 검문에도 걸리지 않고 무사히 서울에 진입하여 연립주택 세 채를 빌려 다시 합숙 생활을 시작하게 되었다.

"한바탕 몸을 풀고 낭게로 술맛이 난다. 안 그러냐?"

소주병 세 개째를 들어 올리며 조웅남이 백동혁을 바라보았다.

"예, 형님."

그러나 백동혁은 앞에 놓인 술잔을 입에 대지 않았다. 무표정하게 늘어진 눈시울로 조웅남의 가슴께를 바라보고 있을 뿐이다. 점심시간이 조금 지난 오후 1시경이었다. 옆채에는 김원국이 묵고, 아래층인 2층에는 김칠성이가 기거하고 있었다.

조웅남은 다시 술병을 들어 벌컥이며 소주를 삼켰다. 술이 입가로 흘러내려 가슴으로 떨어져 내렸다. 그는 옆채에 김원국과 함께 있는 백동혁을 불러냈는데 이틀 전의 무용담을 나누고 싶은 모양이었다.

"나는 오늘 밤에도 나갈 거여. 경찰 놈들은 계속 헛다리나 짚으라고 혀."

그가 술병으로 입술을 닦으며 말했다. 그는 백동혁이 박동호에게 전화를 해서 경찰을 이동시키지 않으면 최순태를 죽이겠다고 한 사실을 모른다.

현관문이 열리며 수선거리는 소리가 들리더니 손채석이 방으로 들어섰다.

"형님, 큰형님이 동혁이를 부르십니다."

그가 방바닥에 놓인 술병을 바라보며 말했다. 술병은 대여섯 개가 되었고 두어 개는 빈병이 되어 나동그라져 있었다. 안주라고는 가게에서 사온 오징어포뿐이다. 백동혁이 자리에서 일어서자 조웅남이 손을 까불어 백동혁 대신 손채석을 불렀다.

"야, 니가 일루 와. 여그 앉어."

"저도 같이 오라고 하셨습니다."

"지기미, 뭣 땜시 부른대여?"

"그건 모릅니다, 형님."

오만상을 찡그린 조웅남을 방에 남겨 두고 그들은 현관을 나와 바로 옆에 붙어 있는 옆채로 들어섰다. 실제 평수는 20평이 겨우 넘는 연립주택으로 방 두 개에 응접실과 주방, 화장실이 전부였다. 응접실에 앉아 있던 김원국이 머리를 들었다.

"준비해라. 4시에 약속이 있다."

"네, 형님."

우선 대답을 한 백동혁이 주춤거리며 그의 앞에 섰다.

"어떻게 준비할까요?"

"그냥 나만 따라오면 된다."

"저, 같이 갈 사람은……."

"너 하나야. 너하고 나하고 둘이서 간다."

백동혁은 잠자코 있었으나 손채석이 분주하게 눈을 깜박였다. 그러나 선뜻 입을 열지는 못하고 뒷걸음질을 치더니 밖으로 나갔다.

"저, 어딜 가십니까, 형님?"

백동혁이 바바리코트를 집으면서 긴장된 얼굴로 묻자 김원국이 자리에서 일어섰다.

"이철우를 만나러 간다."

백동혁이 움직임을 멈추었다.

"그쪽도 두 명만 나올 것이다. 그렇게 약속이 되었어."

"하지만 형님……."

"걱정할 것 없다."

그때 현관문이 열리더니 김칠성이 들어섰다. 그의 뒤를 손채석이 따랐다.

"형님, 동혁이만 데리고 가시게요? 아무리 두 명씩이라고 이야기가 되었다지만 몇 명은 더 가야 합니다. 근처에서라도 대기하고 있어야 해요."

김칠성의 말소리가 집 안을 울렸다.

"무모한 일입니다. 그리고 그런 약속 같은 것은 지키지도 않을 놈입니다, 그놈은."

"그럴 놈 같으면 만나지도 않는다."

코트를 걸치면서 김원국이 입가에 웃음을 띠었다.

"그리고 그놈도 지금 곤경에 처해 있어. 나를 치고 조직에 충성을 보일 기력도 없을 것이다."

"그건 형님 생각입니다. 그놈은……."

김원국이 머리를 돌려 그를 바라보았다. 시선이 마주치자 김칠성이 얼른 다른 쪽으로 머리를 돌렸다.

"가자."

몸을 굳히고 서 있던 백동혁이 코트의 단추를 채웠다.

"야, 인마, 그 작대기 버려."

김칠성이 버럭 소리를 지르면서 치켜뜬 눈으로 백동혁의 허리께를 가리켰다.

"예, 형님."

얼굴이 붉어진 백동혁이 코트를 헤치고 허리춤에 찔러 넣은 목검을 빼내었다.

"황용성이 보내 준 기관총을 가져가라. 탄창도 대여섯 개 넣고, 수류탄도 대여섯 개 넣어."

"예, 형님."

김원국이 백동혁이 꺼내어 구석에 세워 놓은 목검을 집어 들었다.

"꽤 무겁구나."

검은색 목검의 날을 살피듯이 눕혀 보면서 그가 말했다.

"멋진 무기다, 매끄럽기도 하고."

그는 자신의 코트 안에 목검을 찔러 넣었다. 김칠성이 힐끗 그것을 바라보고는 한 걸음 다가와 섰다.

"형님, 모험을 하실 만한 가치가 있습니까? 그놈을 만나는 것이 말입니다."

"그럴지도 모르지."

"차라리 제가 만나는 것이……. 놈과 형님의 급수가 다릅니다. 수준이 달라요."

"마치 일대일로 싸우러 가는 것처럼 생각하는 모양이구나, 너는."

"그런 놈들은 동혁이나 채석이의 상대도 안 됩니다."

"오늘은 웅남이 밖으로 못 나가게 해라. 집 안에 있도록 해."

"그 양반은……."

김칠성이 이맛살을 찌푸리며 어금니를 물었다. 안팎으로 일이 겹친 것이다.

"걱정 말아라, 돌아올 테니까."

김원국이 현관으로 다가가며 말했다.

코트의 안쪽에 기관총을 매달고 허리춤에 탄창을 울타리 치듯이 꽂은 백동혁이 바지와 양복 주머니에 수류탄을 넣었다. 그러고는 서둘러 김원국의 뒤를 따랐다.

"자, 이것, 찔러 넣어라."

구두를 신은 김원국이 목검을 빼내 백동혁에게 내밀었다.

"난 영 거북해서 안 되겠다."

"빌어먹을 자식, 놈은 이미 눈치를 채고 있을지도 모른다. 김원국이는 이제까지 저격병을 써 본 적이 없어."

안정태가 담배로 발을 비벼 끄면서 말했다.

"그따위 솜씨로 무슨 일을 한단 말이냐, 병신 같은 놈아."

"부사장님, 밤이어서 시야가 흐렸습니다. 다음에는 꼭……."

몸을 굳히고 선 조운경이 머리를 숙였다.

"다음? 이 자식아, 이 일이 고스톱 할 때처럼 다음 패를 기다릴 수 있는 줄 알아? 이미 끝난 일이야."

안정태가 한 걸음 그에게로 다가섰다.

회사의 지하 주차장 안이었는데 입구 쪽에 부하 한 명이 등을 보이고 서 있을 뿐 안은 텅 비어 있었다.

"네 일은 끝났다. 이걸 가지고 네 갈 데로 가라, 창석이하고 같이."

안정태가 호주머니에서 봉투 하나를 꺼내 그에게로 내밀었다.

"2천만 원짜리 수표 두 장이다. 당분간, 그렇지, 6개월쯤 숨어 있어. 그가 찾으러 나설지도 모르니까. 잡히면 어떻게 되는지 알지?"

"압니다, 부사장님."

두 손으로 봉투를 받으며 조운경이 대답했다.

"명령대로 하겠습니다."

"멀리 떠나라, 당분간 서울에 나타나지 말고."

"염려 마십시오."

"저격병은 뻔하니까, 마음만 먹으면 금방 너를 찾을 수 있어. 아마 지금 그의 부하들이 너를 찾고 있을지도 모른다."

조운경이 눈을 껌벅이며 그를 바라보았다. 주차장 안에서 웅웅거리는 소리가 그들의 귀에 들렸다. 옆쪽의 기계실에서 나는 소리였다.

"최춘식이가 너희들을 서울 변두리까지 데려다줄 게다. 서울만 벗어나면 될 거야."

"고맙습니다, 형님."

"천만에, 너희들이 아무 일 없어야 나도 마음을 놓는단 말이다, 이 병신 같은 놈들아."

한 걸음 다가선 안정태가 그의 어깨에 한 손을 올려놓았다.

"잘 가거라, 조 중사."

"대위님도 안녕히……. 6개월 후에 뵙겠습니다."

"그래, 그땐 모든 것이 정리되어 있을 테니까."

안정태가 몸을 돌리자 주차장 입구에 등을 보이며 서 있던 최춘식이 돌아서더니 조운경에게로 다가왔다.

사무실로 돌아온 안정태는 소파에 앉아 휴대폰을 들었다. 그는 다섯 대의 휴대폰을 가지고 있었는데 제각기 번호를 붙여 용도를 구분해 놓았다. 그는 손에 잡히는 대로 휴대폰을 들었는데 거는 전화는 상관이 없었기 때문이다.

—여보세요.

수화기에서 이무섭의 목소리가 흘러나오자 안정태는 허리를 곧추세웠다.

"단장님, 접니다."

—어떻게 되었어?

그가 대뜸 물었다.

"네, 오늘 중으로 처리하겠습니다."

—또 미사리 때 같은 사건이 발생하는 것은 아니겠지?

"염려 마십시오."

—서툴러, 서투르단 말이야.

그의 목소리에는 짜증기가 섞여 있었다.

—일의 매듭이 분명하지가 않아, 자네가 한 일은.

"죄송합니다."

안정태의 얼굴이 딱딱하게 굳어졌다.

"면목이 없습니다."

—이왕 어긋난 일이야. 마무리나 깨끗이 하도록 해. 알았나?

"예, 단장님."

—상황이 이상하게 돌아가고 있어.

"무엇이 말씀입니까?"

—경찰청장이 바뀔 것 같아.

"……."

—대통령이 지난번 강남역 사건으로 대단히 화를 내었다는 거야. 그래서…….

"새삼스럽게 무슨, 그런 일이 한두 번입니까?"

—총리가 내무장관과 청장의 사표를 받았는데, 내 생각은 청장의 사표만 수리될 것 같아.

"……."

—이봐, 경계를 단단히 해. 이런 상황에서 조직이 흔들리면 안 돼. 당분간은 움직이지 말고 기다려. 알았나?

"철저히 경계하고 있습니다."

안정태는 손바닥으로 이마에 번진 땀을 닦았다. 방 안이 덥다는 생각이 들었고, 겨울이라고 무작정 히터만 틀어 놓은 직원 놈들에 대해서 짜증이 났다. 휴대폰의 스위치를 내린 그는 넥타이의 매듭을 잡아당겨 늦추면서 시계를 올려다보았다. 오후 4시가 되어 있었다.

88올림픽이 끝난 이후로 종합 운동장은 시민들에게 보다 안락하고 편리한 체육 시설로 익숙해져 갔다. 거대한 메인 스타디움에서는 국제 경기나 국내의 큰 경기가 자주 열렸고 근처의 지하철역과 버스 정류장은 언제나 붐볐다. 그러나 겨울철 한동안은 다르다. 무거운 적막에 싸인 스타디움은 종잇조각만 바람에 흩날리고 있을 뿐이다. 지난날의 환상과 화려한 색채가 머릿속에 남아 있는 사람은 그 삭막함에 더욱 가슴이 내려앉는다. 크리스마스를 며칠 앞둔 12월의 오후 4시였다. 햇살은 스타디움을 비스듬히 비추고 있었는데 벌써 지붕의 거대한 그림자가 그라운드의 반을 덮었다.

겨울바람이 소용돌이치며 불어와 종잇조각들을 하늘 위로 솟구쳐 오르게 하더니 다시 잠잠해졌다. 오른쪽의 경기장 입구에 두 사내가 모습을 드러냈다. 두 명 모두 검은색 코트 차림이었는데 비슷한 체격이었다. 그들은 잠깐 멈추어 서서 주위를 둘러보더니 곧장 경기장의 복판을 향해 걸어 나왔다. 다시 바람이 불어와 그들의 코트 자락을 날렸다.

"형님, 저기."

왼쪽의 경기장 입구에 서 있는 김원국에게 백동혁이 낮게 말했다. 그의 시선은 경기장을 가로질러 오는 검은색 코트 차림의 사내들에게 향해져 있었다. 머리를 끄덕인 김원국은 그들을 향해 발을 떼었다. 코트 자락을 여미며 백동혁이 서둘러 그의 옆을 따랐다.

이철우는 자신을 향해 다가오는 두 사내를 보았다. 한 걸음쯤 앞장서서 이쪽을 향해 똑바로 다가오는 사내는 김원국이다. 그의 가슴은 자신도 모르게 빠른 속도로 뛰었다. 김원국은 검은색 코트 차림이었다. 햇볕을 등지고 있어서 짙은 재색이 그렇게 보일 수도 있었다. 그는 키가 컸고, 어깨가 넓었는데 보폭을 넓게 하여 이쪽을 향해 똑바로 걸어왔다. 걸음걸이는 가벼워 보이나 힘이 느껴졌다.

그의 옆쪽을 따르는 조금 왜소한 듯한 사내에게 시선을 준 이철우는 그의 바바리코트를 보고는 그가 누구인지 금방 짐작했다. 개백정 백동혁이다. 잔인하기 이를 데 없는 살인자인 것이다. 이철우는 옆을 따르는 서대식이 긴장하고 있는 것을 느낄 수 있었다.

두 손을 코트 주머니에 넣고 있었는데 서대식은 주머니 속의 권총을 움켜쥐고 있을 것이다. 거리가 20미터에서 10미터로 가까워졌다. 이철우는 김원국의 얼굴을 보았다. 시선이 마주쳤으나 그의 표정에는 변화가 없다. 이윽고 그들은 경기장의 한복판에서 마주쳤다.

"저쪽 관람석으로 가지."

김원국이 불쑥 옆쪽의 본부석을 턱으로 가리키며 말하자 이철우가 머리를 끄덕였다. 김원국이 먼저 왼쪽으로 발길을 돌렸고 이철우도 그를 따랐다.

이제 그들 네 명은 나란히 본부석을 향해 걸었다.

"난 조직의 보스였던 사람이야. 말을 놓을 테니까 그렇게 알도록."

김원국이 앞을 향한 채 다시금 던지듯 말하자 이철우가 힐끗 그를 바라보았다. 그러나 선뜻 입을 열지는 않는다.

그들은 잠자코 걸어 본부석으로 들어가는 계단을 올랐다. 바람이 그들의 뒤쪽에서 불어와 코트 자락을 날렸다. 본부석은 이미 짙은 그늘에 덮여 있었다. 햇볕도 따사롭지 않았지만 그늘로 들어서자 새삼 더 추워졌다.

김원국은 본부석 의자 하나를 골라 앉았다. 그의 옆으로 다가간 이철우가 옆자리에 앉았고, 백동혁이 망설이다가 김원국의 뒤쪽 의자에 앉았다. 그러고는 서대식을 바라보자 눈치를 챈 그가 두 개의 의자를 사이에 둔 옆자리에 앉았다.

"날씨가 춥군."

코트 주머니에 손을 넣은 채 김원국이 말했다. 시선은 경기장을 향하고 있다.

"자네도 섬에 가보았겠지만 그곳은 언제나 따뜻해. 습기도 없고. 그렇다고 건조하지도 않아."

바로 앞자리에 앉아 있는 그의 말소리가 백동혁에게 똑똑히 들렸다. 마치 부하에게 세상살이 이야기를 하는 것 같은 자연스러운 태도였다.

"난 당신 가족을 그렇게 한 것에 대해 사과나 변명을 하고 싶지는 않습니다. 그러니 섬 이야기는 하지 맙시다."

이철우의 목소리는 조금 딱딱하게 들렸다.

백동혁이 눈시울을 젖히고 그의 두통수를 노려보았다. 불과 1미터쯤의 거리였다.

"나도 듣고 싶지 않아. 일부러 한 이야기는 아니었는데, 반응이 예민하군."

김원국의 말소리에는 웃음기가 섞여 있었다.

백동혁은 지금 둘이 붙는다면 김원국이 이긴다고 믿었다. 굳어 있는 쪽은 이철우다. 기세에 눌린 것이다.

"만나자고 한 용건을 말해 주시오. 쓸데없는 이야기를 할 시간이 없으니까."

머리를 돌린 이철우가 김원국을 바라보았다. 백동혁은 옆쪽의 서대식이 몸을 굳히는 것을 보고는 코트의 아래 단추 하나를 풀었다. 그와의 거리는 1미터 50센티미터쯤 되었는데 목검이 충분히 닿을 수 있는 거리였다.

"넌 이제 이무섭이나 임종휘에게 쓸모없는 존재야. 그걸 알려 주고 싶었다."

김원국의 목소리가 날씨처럼 차가워졌다.

"넌 조만간 제거돼. 그래서 묻고 싶었다. 배신당한 것을 뻔히 알면서도 그들에게 목숨을 내놓는다면 할 수 없는 일이다. 하지만 분하다면 내가 도와주지. 그것은 날 위한 일도 되니까."

"이간책이군."

이철우가 혼잣소리처럼 말하자 김원국이 그를 돌아보았다.

"이봐, 네가 나에게 원한을 가질 일은 없다. 그렇지 않나?"

"당신은 적이오. 적의 개개인에게 원한을 가진다는 이야기는 들어 보지 못했소."

"바보 같은 놈이로군, 너는."

부드러운 말투였으나 이철우가 어깨를 치켜세우면서 그를 마주 보았다.

"말을 함부로 하지 말어."

백동혁이 상체를 조금 굽혔고 서대식이 온몸을 굳혔다. 김원국이 입을 벌리고 소리 없이 웃었다.

"너를 내 편으로 끌어들이려고 온 것은 아니다. 네 가족을 죽인 자가 누군지를 너는 알았고, 네가 지금 그들의 경계 대상이 되어 있다는 것도 느끼고 있을 것이다. 적의 적은 친구라는 말도 있지만 우선 너를 내세워 놈들을 치고 싶었다. 그러고 나서 나와 너의 관계를 해결할 생각이었어."

그의 말소리는 낮았으나 본부석에 앉은 세 사람의 귀에 똑똑히 들렸다.

"네놈들의 행위는 배신과 모략으로 이루어진 구역질 나는 반역 행위야. 권력에 대한 미련을 버리지 못한 썩어 빠진 놈의 사주를 받고 그저 상관에 대한 충성심만으로 자위하면서 일해 왔겠지. 그리고 이제 이 꼴이 되었다. 불쌍한 놈 같으니."

이철우가 자리를 차고 일어났으므로 백동혁이 엉겁결에 따라 일어섰다. 그는 목검의 손잡이를 움켜쥐고 있었다. 서대식도 백동혁과 거의 동시에 일어섰는데 코트 호주머니가 불룩 튀어나와 있는 것이 보였다.

김원국이 머리를 들어 이철우를 올려다보았다.

"네가 안정태를 쳐라. 너희들의 규율대로라면 놈은 상관인 너를 배신한 놈이지. 살아갈 가치가 없는 놈이다."

이철우가 눈을 부릅뜬 채 김원국을 내려다보았으나 입을 열지는 않는다.

“이무섭의 정확한 거처를 알 수가 없다. 그것을 나에게 알려주도록. 놈들을 제거할 때까지는 너와 나는 휴전이야.”

“……”

“지난번에 조웅남을 위기에서 구해준 것이 네 부하였다고 믿는다. 나는 이미 네가 마음을 굳혔다고 믿고 있어.”

이철우는 두 눈을 서너 차례 깜박이더니 다시 자리에 앉았다. 백동혁이 따라 앉았고 옆쪽의 서대식도 그를 따랐다.

경기장을 휩쓸고 온 바람이 종잇조각과 함께 본부석으로 밀려들어 왔다. 경기장의 그늘은 더욱 넓어져 있었고 햇볕이 차지한 부분은 조금밖에 되지 않았다.

정원의 마른 잔디 위에 짙은 그늘이 드리워져 있었다. 담장가의 나무들이 앙상한 가지를 저녁 하늘로 내뻗었고 담을 뒤덮고 있는 넝쿨은 검은 줄기를 흉하게 드러낸 채 바람에 흔들렸다.

임종휘가 찻잔을 내려놓고는 헛기침을 했다.

“어차피 우리는 같은 배를 탄 입장입니다. 서로 도와야 할 처지요. 그렇게 생각하지 않습니까?”

“글쎄요, 나는 잘……”

강한석이 소파에 등을 기대고는 임종휘를 똑바로 바라보았다. 30분 전에 현관으로 들어섰을 때보다 더 딱딱해진 표정이었다.

여당의 대표 위원이자 차기 대선의 후보자인 강한석은 임종휘의 갑작스런 연락을 받고 그의 저택을 방문하게 되었다. 아무리 급한 일이 있다손 치더라도 자존심이 상하는 일이었다. 어떻게 보면 모욕적인 일이다.

"같은 배라고 하셨는데, 표현이 조금 과장되신 것 같군요."

강한석이 입술 끝으로만 웃었는데 눈동자가 가볍게 흔들렸다.

"그리고 난 임 선생의 도움은 사양하겠습니다, 배려는 고맙습니다만."

임종휘와는 지난 정권 때 서너 번 만난 일이 있었을 뿐이었고, 그것도 여럿이 모인 자리에서 동석했던 것이어서 이렇게 단 둘이 마주 앉아 있기는 처음이다. 분위기를 부드럽게 만들려는 생각으로 강한석이 다시 웃었다. 그러자 잇몸이 드러나 보였다.

그가 다시 말을 이었다.

"잘 아시다시피 요즘 정국이 혼란스러워요. 각하께서도 심려가 많으시고. 문제는 김원국을 소탕하는 것뿐인데 조만간에 정리될 겁니다."

"대표 위원께서는 오해하고 계십니다."

임종휘가 따라 웃으며 말했다.

"나는 대표 위원님을 염려하고 있는 겁니다. 김원국 문제가 아니에요."

"날 염려하다뇨?"

웃음기가 가신 얼굴로 강한석이 물었다.

"대표 위원께서는 요즘 정국에서 제외되신 것 같습니다."

"뭐라구요?"

강한석이 두 눈을 치켜떴다. 그에게 이보다 더 모욕적인 표현은 없다.

"내가 정국에서 제외되다니? 무슨 말을 그렇게……."

"각하께서는 더 이상 대표 위원님을 신뢰하고 계신 것 같지 않습니다."

"……."

"예민하시니까 눈치를 채셨겠지요. 대통령과 총리는 대표 위원을 겉돌게 하고 있습니다. 아마 다음 달쯤에 전당 대회가 열리겠지요. 그 전에 대표 위원의 실책에 대한 내부 반발이 있을 것이고……."

"……."

"요즘 각하와 독대할 기회가 없으셨지요? 한 달이 넘도록 말입니다. 하지만 총리는 세 번, 이찬형 씨가 두 번 각하를 만났지요, 고성섭과 함께."

"이찬형이가?"

강한석의 얼굴이 금방 나무껍질처럼 딱딱해졌다.

"그 사람이 왜?"

"나와 대표 위원과의 관계, 이무섭이나 이철우 등의 관계에 대해서 이야기를 나누었을 겁니다."

"……."

"나는 아직도 정보력이 꽤 있습니다. 정보는 핏줄입니다. 피가 끊기면 사람은 오래지 않아 죽어요."

"……"

"이찬형이가 우리의 관계에 대해서 보고서를 내었어요. 그것을 각하가 심각하게 검토한 것 같습니다."

"말도 안 되는 소리."

"현실을 부정하지 말아요. 우린 시간이 없습니다. 이 상황을 돌파해 나가야 해요. 그래서 우리가 같은 배를 타고 있다고 말씀드린 거요."

"각하를 만나겠소. 만나서 해명해 드릴 거요."

"이미 늦었습니다. 각하의 마음은 굳어져 있을 겁니다. 차기 대표 위원은 장희만 총리나 이찬형 전 안기부장 둘 중의 하나가 될 거요."

"……"

"대표 위원과 나는 내란 음모죄로 구속될지도 모릅니다."

"이것 봐요, 말을 함부로 하지 말아요."

강한석이 눈을 부릅떠 임종휘를 노려보았다.

"그건 당신이 한 일이지, 나하고는 상관이 없어! 그런 식으로 날 끌어들였다가는 당장에 당신을 고발하겠어."

"이미 늦었다고 말씀드렸지요."

임종휘의 말투는 여전히 부드러웠다.

"내가 얼마나 대표 위원께서 차기 대통령이 되기를 바랐는지 아십니까? 그것을 내가 세상 사람들에게 알려주기를 바라십니까?"

입을 쩍 벌린 강한석이 멀거니 임종휘를 바라보았다.

"하지만 방법이 있지요. 아직도 기회는 있다는 말인데……."

찻잔을 든 임종휘가 녹차를 한 모금 삼켰다.

"경찰청장이 곧 바뀌게 된다는 건 알고 계시지요?"

한동안 임종휘를 바라보던 강한석이 이윽고 머리를 끄덕였다.

"준비를 서둘러야 합니다. 늦으면 안 돼요."

임종휘가 찻잔을 내려놓고는 강한석을 똑바로 바라보았다. 표정이 어느새 굳어져 있었는데 그를 바라보는 강한석은 아직도 입을 열지 않았다. 그저 임종휘의 다음 말을 기다리는 표정이었다.

손채석은 턱을 조금 치켜든 채 벽을 바라보았고, 이강일은 그와 반대로 방바닥을 내려다보고 있었다.

두 명 모두 방바닥에 무릎을 꿇고 앉아 있는 것이 얼핏 보면 학생이 벌을 받는 듯한 모습이었다. 그들의 앞쪽에 책상다리를 하고 앉은 것은 조웅남이다.

그는 물컵에 따른 소주를 냉수 마시듯이 벌컥이며 삼키고는 물컵을 내려놓았다.

"느그덜도 한 잔씩 혀라."

"예, 형님."

대답은 얼른 하였지만 손채석은 앞에 놓인 잔에 손을 내밀지 않았다. 그 옆에 앉은 이강일도 주춤거리며 조웅남과 손채석의 눈치를 살피다가 역시 술잔을 잡지 않았다. 그는 아래층에서 심

부름을 왔다가 조웅남에게 잡힌 것이었다.

"내가 술에 약혀졌어. 왕년에 소주 30병은 족히 먹었는디."

물컵에 소주를 따르며 조웅남이 말했다. 벌써 빈 소주병이 7, 8개가 한쪽으로 놓여 있다.

"지금은 열댓 병만 먹어도 알딸딸허단 말여."

스무 번도 더 듣는 이야기였으므로 손채석은 잠자코 벽을 바라보았다. 그는 이제 조웅남의 레퍼토리를 훤히 외우고 있었다. 술 이야기 다음에는 오유철의 이야기였고, 마지막에는 강만철 순서가 된다. 조웅남이 말을 이었다.

"내가 유철이허고 제수씨를 합장시켜 주고 말여, 쇠주를 먹었는디 한 50병은 먹었을 거여. 근디 배만 부르고 하나도 안 취혀. 그리서 오짐을 쌌는디 오짐에서 술 냄새가 나더란 말여."

그는 다시 벌컥이며 술을 삼켰다.

이강일이 힐끗 손채석을 바라보았다. 좀이 쑤시는지 연신 몸을 꼼지락거리고 있었다. 술잔을 내려놓은 조웅남이 말을 이었다.

"그리서 양푼에다가 오짐을 받아서 마셔 봉게로 그것이 쇠주여. 하, 그것참, 희한허드만. 그리서 그걸 마셨당게. 술병을 깔 필요가 없었단 말여. 오짐 싼 걸 마시고, 또 싸고, 마시고."

방문이 열리더니 부하 한 명이 전화기를 손에 쥐고 들어섰다.

"형님, 전화가 연결되었습니다."

조웅남이 수화기를 받더니 귀에 대었다.

"여보시오."

—여보세요, 저예요.

만탄 섬에 있는 김경지의 목소리가 또렷하게 귀에 들렸다. 조웅남은 트림을 했다.

"거시기, 제수씨 바꿔."

—아이참, 오랜만에 목소리 들었는데…….

투정이 섞인 김경지의 목소리는 그래도 반가움에 밝게 들렸다. 섬에 온 후 처음 받는 전화인 것이다.

—별일 없으시죠? 식사 제때 하시구요?

"그려, 잘 있어. 그니까 제수씨 얼릉 바꿔."

—영옥이 엄마 말씀이세요?

"이런, 지기미."

조웅남이 와락 이맛살을 찌푸렸다.

"거시기 상도동 말여, 상도동."

상도동은 강만철이 살았던 곳이다.

—어쩌나, 지금 묘지에 갔는데. 형님하고 태훈이 묘를 손질한다고 영옥이 엄마하고 이재영 씨하고 같이 갔어요.

"뭐여?"

조웅남이 눈을 껌벅이며 앞에 앉은 손채석을 바라보았다.

"뭐라고 혔어, 시방? 태훈이 묘에 갔다고?"

—네, 묘에 풀들이 많이 자라서요.

침을 삼키고 난 조웅남이 숨을 커다랗게 들이마셨다.

"태훈이가 묘지에 왜?"

—그게 무슨 말씀이세요? 우리가 형님하고 태훈이 묘도 돌보

는 것은 당연한 일인데. 우린 매일 묘지에 가요.

"죽었어?"

손채석은 초점을 잃은 조웅남의 눈을 보았다. 반쯤 벌린 입가에서 술인지 침인지는 모르지만 물기가 흘러나와 있다.

"긍게, 죽었단 말여? 그러고 형수님은 또 무슨……."

—당신, 무슨 말씀을 하시는 거예요?

동문서답 비슷하게 조웅남과 말을 주고받던 김경지가 이제는 짜증을 내었다.

—당신, 술 마셨어요?

"묘지에 있단 말여, 형수님허고 태훈이가?"

—그래요, 편히 잠들고 계세요.

"언지 죽었는디?"

그러자 김경지가 말을 멈추었다. 무언가 이상한 것이다.

"빨리 말 안 혀?"

조웅남이 버럭 고함을 치자 앞에 앉아 있던 이강일이 번쩍 상체를 세웠다. 손채석은 이제 술잔을 내려다보고 있다. 수화기를 내던진 조웅남이 자리를 박차고 일어섰다. 그는 방문을 박차고 나가서는 곧장 아래채의 현관으로 들어섰다. 방에서 나오던 김칠성이 눈을 둥그렇게 떴다.

"너, 이 시키, 이리 좀 와."

그는 김칠성의 멱살을 움켜쥐고는 방으로 끌고 갔다. 그것을 본 집 안에 있던 부하들이 놀라 멈칫했다. 김칠성이 그의 팔을 쥐었다.

"왜 이러는 거요, 형님?"

"나는 니 형님 아녀. 너 같은 동생 없고."

입맛을 다신 김칠성이 멱살을 잡힌 채 방으로 발을 옮겼다.

"너 이 시키."

방문이 닫히자 조웅남이 김칠성을 벽에다 세차게 밀어붙였다. 얼굴이 검붉게 달아올라 있었고, 악문 잇새에서 지독한 술 냄새가 풍겨 나왔다.

"도대체 왜……."

김칠성도 눈을 치켜떴다.

"대낮부터 술 마시고 이게 뭡니까?"

"이 씨발 놈아, 형수씨허고 태훈이가 죽었담서?"

악문 잇새로 조웅남의 말소리가 흘러나오자 김칠성이 온몸을 굳혔다.

"왜 나헌티는 말 안 혔냐? 나는 형제간 아니냐, 이 씨발 놈아?"

"형님."

"내가 미친놈이 될랑가 겁나서 그렸냐?"

"……."

"왜 나헌티만, 나헌티만 말 안 허고……."

"형님."

"어이고, 어쩐디야."

갑자기 김칠성에게서 떨어져 나간 조웅남이 방바닥에 털썩 주저앉았다.

그는 두 손으로 방바닥을 짚은 채 머리를 숙이고 있었으므로 그의 앞에 선 김칠성에게 절을 하는 모습이 되었다.

"어이고, 형님……."

조웅남의 목소리가 떨려 나왔다. 조웅남의 옆으로 다가온 김칠성이 무릎을 꿇었다.

"형님."

그러자 조웅남이 번쩍 머리를 들었다. 얼굴이 눈물로 범벅이 되어 있었다.

"칠성아, 형수씨허고 태훈이는 어뜨케 죽었냐?"

"고통 없이 죽었습니다. 만철 형님이 그렇게 말했어요. 저는 못 봤습니다."

"갸가 봤다냐?"

"예, 봤답니다."

"직사혔단 말이지?"

"…예."

"그 씨발 놈은 그리서 죽었고만."

"……."

"긍게로 섬에 묘똥이 세 개고만."

"형님, 죄송합니다."

김칠성이 머리를 떨구었다.

"저도 그때 있었습니다. 그런데 이렇게……."

"아녀, 다 이해혀."

조웅남이 손을 들어 김칠성의 어깨에 올려놓았다.

"니가 살어서 다행여. 만철이가 죽은 것도 이해허고. 나헌티 말들을 안 혀 준 것도, 그 속 다 알어. 그런디 형수씨허고 태훈이가 죽은 것은 이해 못 혀."

조웅남은 소매를 들어 눈물을 훔쳤다.

"갸들이, 아니 형수씨허고 태훈이가 무신 죄가 있다고."

이제는 김칠성이 손바닥으로 눈을 씻었다.

김연수 경위는 차에 타 카폰을 꺼내 빠르게 다이얼을 눌렀다. 운전석에 앉아 있던 강 순경이 백미러로 힐끗 그를 바라보았다. 아침 출근 시간이어서 길가에 세워둔 그들의 승용차 옆으로 차량들의 행렬이 길게 이어져 있었다.

신호음이 들리자 김 경위는 허리를 세우고는 카폰을 힘주어 잡았다.

—여보세요.

"과장님, 접니다. 김 계장입니다."

—그래, 어떻게 되었어?

기다리고 있던 양인재 경감이 서두르듯 물었다. 그는 방배 경찰서의 직속상관이었다.

"연립주택 세 채에 나누어 살고 있습니다. 인원은 모두 열 명 정도, 입주한 지는 일주일가량 되었다고 합니다."

—김원국이나 조웅남 등을 보았다는 사람은 없고?

"바깥출입을 좀체 하지 않고, 밤에만 외출해서 어디 술집 종업원들인 줄 알고들 있던데요. 부동산에서 계약한 것은 이민철과 정훈, 강용식 세 사람으로 되어 있습니다."

—놈들은 지금 집에 있나?

"네, 과장님. 그런 것 같습니다."

—그런 것 같다니?

"모두 문이 잠겨 있어서요."

—지금 몇 명 데리고 있지?

"형사반원 다섯 명을 데리고 왔는데요."

—기다려. 잠시 후에 연락할 테니까.

전화가 끊겼으므로 김연수는 머리를 돌려 창밖을 바라보았다. 흐린 날씨에 아침부터 눅눅하다 했더니 흰 눈이 내리고 있었다. 출근길을 서두르는 사람들을 헤치고 오 형사가 다가오는 것이 보였다. 그는 머리에 붙은 눈을 털고는 조수석에 탔다.

"계장님, 2층과 3층으로 나누어 살고 있는데, 무작정 조사하러 들어갔다가는 봉변을 당할지도 모릅니다."

40대 중반의 오 형사는 행동이 다소 느린 것이 흠이지만 수사에는 베테랑이다. 그리고 관내에 있는 여관이나 음식점, 하다못해 포장마차에 이르기까지 달달 외우고 있는 고참이었다. 연립주택 세 채가 거의 비슷한 시기에 전세로 나가고, 입주자가 음식점 종업원과 회사의 독신 사원들이라는 정보를 얻어 온 것도 그였다.

그는 이틀 밤낮을 꼬박 새우며 연립주택 부근을 배회하면서 동정을 살피다가 김연수에게 보고했던 것이다. 만일 입주자들이 김원국 일당이라면 오 형사는 일 계급 특진에 5천만 원의 보상금을 받게 될 것이다.

"과장님이 다시 연락한다고 했으니까 기다리자구. 이봐, 조 형사랑 다른 사람들은 그쪽에 있지?"

김연수가 묻자 오 형사가 머리를 끄덕였다.

"예. 출입구가 두 곳인데 양쪽을 감시하고 있어요. 하지만 여기는 지대가 높은 데다 찻길이 좁고 골목이 많아서 인원이 많이 필요하겠습니다."

"인원이야 얼마든지 있어. 연립주택을 통째로 포위해도 돼."

그때 카폰이 울렸다. 서둘러 전화기를 빼 든 김연수가 그것을 귀에 대었다.

"김 계장입니다."

—나야. 서장이 청장에게 보고했어. 청장의 지시가 곧 내려질 거야. 그때까지 잘 감시해야 돼.

과장의 목소리였다.

"알겠습니다, 과장님."

—놈들이 눈치채지 않도록 주의하고.

"염려하지 마십시오."

—이번 청장은 전의 박동호 청장하고는 성격이 다른 모양이야. 서장 이야기로는 신중한 성격이래.

이쪽의 김이 빠질 것을 염려했는지 과장은 묻지도 않은 말까지 해주었다. 하긴 박동호 같았으면 당장 기동대를 동원하고 인근 경찰서의 지원을 받는 등 난리를 피웠을 것이다. 카폰을 내려놓은 김연수가 머리를 들자 그를 바라보던 오 형사와 시선이 마주쳤다.

"청장이 기다리래. 곧 지시를 내리겠다고."

"새로 온 청장 말이군요?"

머리를 끄덕인 오 형사가 물었다.

"그 양반, 깐깐하게 일한다고 소문났던데."

"그런 모양이야."

"그 양반이 오고 나서 일주일이 지났는데, 이상하게도 김원국 일당의 테러가 없었습니다."

"청장이 무서워서 숨은 모양이군그래."

웃음 띤 얼굴로 김연수가 말하자 오 형사가 주머니에서 담배를 꺼내 물었다.

"저도 그런 것 같아요. 근데 놈들을 잡아서 특진하고 상금도 타고 싶지만 왠지 놈들이 밉지가 않습니다."

"무슨 쓸데없는 소리야? 밉고 곱고가 어디 있어? 법을 어기면 잡는 거지."

"그거야 당연한 일이지만 아마 약자를 동정하는 심리인가 봐요. 그건 저뿐만이 아닙니다."

"이런 제길, 총리가 인터뷰를 하고 나서 경찰들까지 이런 물이 들었다니까."

김연수가 혀를 찼다. 눈발이 점점 굵어지고 있었다. 출근 시간이 막 지나서 거리가 조금 한적해졌다. 차들이 눈가루를 흩날리며 옆쪽을 달려 나갔다.

김연수는 시계를 내려다보고는 길게 하품을 했다. 어차피 다섯 명을 가지고는 일을 하지 못한다. 상부의 지시가 있을 때까지 기다려야만 하는 것이다.

"이봐, 차를 저기 안쪽에다 대. 그리고 오 형사, 자네는 조 형사하고 민 형사한테 가서 기다리라고 전해. 눈치채지 못하도록 조심하라고 하고."

김연수가 턱을 들어 앞쪽을 가리키며 말하자 오 형사가 문을 열고 밖으로 나갔다. 김연수는 입맛을 다셨다. 오 형사에게 잔소리를 하였지만 맥이 풀리는 것은 자신도 마찬가지였던 것이다.

수화기를 내려놓은 문창인 청장은 한동안 앞쪽의 벽을 바라보았다. 넓은 얼굴에 턱이 사각형이어서 다부져 보이는 인상이었고, 머리는 반백으로 단정히 뒤로 넘겨져 있었다.

이윽고 벽에서 시선을 뗀 그는 손을 뻗어 책상 옆에 내려놓은 무선 전화기를 집어 들었다. 그러고는 생각난 듯이 안주머니를 뒤져 조그만 수첩을 꺼내어 펼쳤다.

전화기의 스위치를 올린 그는 수첩에 적힌 번호를 바라보며 다이얼을 하나씩 눌렀다. 신호가 가는 동안 상체를 똑바로 세운 그의 얼굴은 굳어 있었다.

—여보세요.

사내의 목소리가 흘러나왔다.

"아, 난 경찰청장 문창인입니다. 고성섭 씨 계신가요?"

—접니다. 그런데 청장께서 웬일로…….

청와대에서 파견 근무를 하고 있다가 경찰청장으로 임명된 문창인이었다. 고성섭을 청와대에서 두 번쯤 만난 일이 있지만 길게 이야기를 나눈 적은 없었다.

"말씀드릴 일이 있어서요. 기밀 사항인데 옆에 누가 있습니까?"

—아니, 저 혼자 있습니다. 말씀하세요.

문창인은 어깨를 올리면서 숨을 들이마셨다가 뱉어냈다.

"저, 지금 김원국 씨 조직원이 기거하고 있는 숙소가 포착되었어요. 방배 경찰서의 형사들이 감시하고 있는데."

저쪽은 긴장한 듯 입을 다물고 있다.

"저로서는 연락할 길이 없습니다. 하지만 고 차장께서는 연락이 되는 것으로 알고 있는데."

—됩니다.

고성섭이 자르듯 말했다.

—지금 감시당하고 있습니까?

"네. 기동대는 아직 보류시키고 있는데, 시간이 촉박합니다."

—알겠습니다. 그럼 전화 끊습니다.

저쪽에서 먼저 전화를 끊었으므로 문창인은 천천히 전화기의 스위치를 내렸다.

특실은 열 사람이 앉아도 충분할 만큼 넓었다. 장방형의 탁자 위에는 유리판이 깔려 있었고, 그들이 앉아 있는 소파는 흰색 가죽 제품이었다. 탁자 위에 놓인 고급 위스키와 코냑 사이로 안주가 정갈하게 놓여 있다. 정성스럽게 차린 술상이었다.

소파에 등을 기대고 앉은 안정태는 주위를 둘러보던 것을 멈추었다. 이곳은 박용근이 관리하는 명성클럽의 특실이다.

"자, 듭시다. 우선 목부터 축이고……."

박용근이 잔을 들어 올렸다. 그의 벗겨진 머리는 이미 붉게 달아올라 있었다. 앞에 놓인 술잔을 들어 한 모금 마시고 난 안정태는 박용근을 찬찬히 바라보았다.

"박 사장님, 술은 천천히 마셔도 되니까 우선 이야기부터 들어 봅시다."

"이야기는 무슨, 우리끼리 친선을 도모하는 것이지요."

술잔을 내려놓은 박용근이 튀어나온 배를 흔들며 웃었다.

"요즘 돌아가는 모양을 보니 어쩐지 허전해서 안 형을 모신 겁니다. 이 형을 함께 모시려고 했는데 그쪽은 바쁜 일이 있으셔서……."

"그렇습니까? 난 또 말씀하실 이야기가 있다고 해서 긴장하고 있었지요."

안정태가 흰 이를 보이며 따라 웃었다.

"단장님 말씀대로 서로 도우면서 지내야지요. 이런 자리를 만들어주셔서 고맙습니다."

"원, 천만에요."

박용근이 민망한 듯 손을 들어 보였다.

"요즘은 일주일이 넘도록 김원국이 사건을 일으키지 않았어요. 그래서 주변을 정리할 건 하고, 인원 보충이나 조직 배치도 다시 마무리 지었습니다. 그러고 나서 이렇게 모신 거지요."

술잔을 들어 위스키를 한 모금 삼킨 안정태가 머리를 끄덕였다.

"제가 오면서 둘러봐도 그렇고, 듣기로도 조직 관리는 뛰어나신 것 같습니다. 이젠 단단히 기반을 굳히셨어요."

"아니, 부끄럽게 무슨 말씀을……. 그런데 신임 경찰청장은 대통령의 신임이 각별한 모양이지요?"

박용근이 묻자 안정태가 머리를 끄덕였다.

"아무래도 청와대에서 파견 근무를 하면서 각하를 많이 뵈었을 테니까요."

"박동호 씨하고는 스타일이 다르다고 하던데."

"손자병법에 전대의 왕이 강압 정치를 하였으면 새로운 왕은 국민들을 제한과 속박에서 풀어 놓아주어야 기뻐한다고 쓰여 있지요. 신임 청장이 아마 그대로 하는 모양입니다."

"인기 전술이겠지요."

"어쨌든 국민의 인기를 얻어야 당선되는 것이니까요. 인기 따로, 투표 따로 생각하지는 않습니다."

안정태는 자신의 빈 잔에 위스키를 채웠다. 박용근이 술기운에 붉어진 얼굴을 들고는 안정태를 바라보았다.

"지난번 이 형 이야기를 하셨을 때 솔직히 고민을 조금 했지요. 내가 집착이 조금 강한 편입니다. 미련을 쉽게 버리지 못해요. 그래서 며칠간 생각을 했는데……."

"……."

"안 형께서 제 업체 몇 군데를 관리하고 싶으시다면 말씀하세요. 이건 단장님이 조정하실 문제도 아니니까 말씀하시면 내가 검토하겠습니다."

"아니, 박 사장님, 그게 무슨 말씀이십니까?"

안정태가 정색을 했다.

"제가 언제. 그리고 이 고문님도 지금 관리하고 계신 업체들을 다시 점검하느라고 바쁘신 모양이에요. 그럴 경황이 없으실 겁니다."

"그렇다면 말씀하실 때까지 기다리지요."

조그맣게 머리를 끄덕인 박용근이 말했다.

"요즘 강한석 씨가 핵심에서 벗어나 겉돌고 있다던데 괜찮을까요?"

"글쎄요, 그건 잘……. 그런데 그 사람하고 우리하고 무슨 관계가 있습니까?"

안정태가 부드러운 얼굴로 그를 바라보았다.

"그런 건 단장님께 의지하면 되겠지요. 우리와는 상관없습니다."

"……."

"어쨌든 박 사장님은 우리 중 제일 연장자이시고 이 세계에 먼저 발을 디디신 데다 기반을 굳혀서 저희들이 들어오는 발판을 만들어 주셨지요. 군대 말로 전입 고참이란 말도 있지 않습니까?"

"어디 제가 혼자서 한 일입니까? 두 분, 아니 모두가 도와주신

덕분인데.”

말을 마친 박용근이 안정태를 향해 부드럽게 웃었다.

“안 형, 여자들을 부르지요. 모처럼 홍을 내어 한잔하십시다.”

“좋습니다. 봐서 회포까지 풀고 돌아가지요.”

박용근이 손을 뻗어 옆쪽에 놓인 탁자 위의 벨을 눌렀다. 10초도 되지 않아 노크 소리가 들리더니 사내 한 명이 들어와 섰다.

“여자들을 들여보내라.”

박용근이 던지듯 말하자 그는 몸을 돌렸다.

문이 열리고 다시 닫힐 때까지 바깥의 음악 소리가 희미하게 들렸다가 다시 방 안은 적막에 싸였다. 그들은 시선을 두어 번 마주쳤고 그때마다 입술로 웃으면서 머리를 돌렸다.

곧 방문이 열리더니 사내 뒤를 따라 여자 두 명이 들어섰다. 그들은 미리 지시를 받은 듯 잠자코 박용근과 안정태의 옆자리에 앉았는데 박용근의 옆자리에 앉은 것은 이혜경이었다.

안정태와 시선이 마주친 그녀는 가볍게 머리를 숙여 보였다. 박용근이 팔을 뻗어 이혜경의 어깨를 끌어당겨 안았다. 그녀는 잠자코 그의 가슴에 얼굴을 대었다.

“내가 요즘 귀여워하고 있는 여자지요, 들으셨을 줄로 압니다만.”

박용근의 말에 안정태가 이혜경을 바라보며 웃었다. 흰 이를 드러내는 밝은 웃음이었다.

“들었습니다. 물론 알고 있는 여자지요.”

"이 기회에 보여 드리고도 싶었습니다. 그리고 안 형의 기분이 언짢으시다면 가까이하지 않겠습니다."

"원, 천만의 말씀을."

정색을 한 안정태가 한 손을 들어 저어 보였다.

"고맙게 생각하고 있습니다. 힘든 일인 줄 알고 있는데, 그렇게까지……."

"그렇다면 되었습니다."

박용근이 밝은 얼굴로 이혜경을 바라보았다.

"그리고 이해하실 줄도 알았구요."

"박 사장님은 철저하십니다, 말씀하시는 것이나 행동하시는 것이. 오늘 새삼스럽게 느꼈습니다."

술잔을 들며 안정태가 박용근을 바라보았다. 이제 그의 얼굴은 환하게 펴져 있었다.

노크 소리와 함께 문이 열리더니 안재일이 들어섰다. 그는 안정태를 향해 머리를 숙여 보이고는 박용근을 바라보았다.

"사장님, 경찰청의 김 경감이 잠깐 뵙자고 하는데요. 지금 밖에서 기다리고 계십니다."

"아니, 그 사람이 갑자기 왜?"

박용근의 이맛살이 찌푸려졌다.

"자네가 알아서 처리해. 난 외출했다고 하고 말이야."

"계신지 알고 있습니다."

그러자 방문이 열리더니 최춘식이 들어섰다. 안정태의 심복으로 눈에 흰자위가 많은 장신의 사내이다. 그는 문 옆으로 비켜서서 잠자코 그들을 바라보았다.

"잠깐이면 된다는데요, 사장님."

뒤쪽에 서 있는 최춘식을 힐끗 바라본 안재일이 재촉하듯 말하자 박용근이 혀를 찼다.

"어디에 있어?"

"저기, 사무실에 있습니다."

박용근이 안정태를 향해 몸을 돌렸다.

"안 형, 경찰청에서 난데없이 손님이 찾아와서요. 김 경감이라고 이쪽 담당인데……."

"사무실에 있습니까?"

안정태가 부드러운 얼굴로 묻자 박용근이 머리를 끄덕였다.

"기다리고 있는 모양입니다."

"언제 왔는데?"

그가 안재일을 향해 머리를 돌려 물었다.

"예, 조금 전에."

"그렇다면 나에게 연락이 왔어야 하는데."

그러자 최춘식이 입을 열었다.

"아무도 오지 않았습니다."

모두들 머리를 돌려 최춘식을 바라보았다.

"그게 무슨 말이야?"

그렇게 물은 것은 박용근이었다. 그는 안재일과 최춘식을 번갈아 바라보며 엉거주춤 자리에서 일어섰다.

"아무도 오지 않았다니, 그게 무슨 말이냐구?"

안정태가 입술 끝으로 웃었다.

"박 사장님, 만일 밖에서 손님이 들어오면 나에게 즉시 연락이 오기로 되어 있지요. 안 온 것이 틀림없습니다."

"아니, 그렇다면……."

"박 사장님의 계획이 틀어진 것이지요."

"아니, 뭐요?"

"네가 말해 봐라."

안정태가 최춘식을 바라보았다. 무표정한 얼굴로 최춘식이 입을 열었다.

"홀 안에 있던 세 놈은 조금 전에 해치웠습니다. 홀의 무대 뒤에 숨어 있더군요."

"그렇다면 홀 안에 아무도 들여놓지 않았던 것이 아니군."

"예, 세 놈은 모두 소음기를 낀 권총을 가지고 있었습니다."

안정태가 머리를 끄덕이며 박용근 쪽으로 몸을 돌렸다.

"그럼 누군가를 만나러 방을 나가신 다음에 그놈들을 이 방으로 들여보낼 생각이셨습니까?"

"아니, 안 형……."

박용근이 선 채로 눈을 치켜떴다.

"도대체 무슨 소리인지 나는……."

"박 사장님이 나를 제거할 이유는 하나뿐이지요. 이철우와 손을 잡기 위해."

"아니……."

안재일이 주춤 몸을 움직이는 순간 어느새 꺼내 든 최춘식의 권총이 그의 옆구리를 뚫었다. 권총에서는 둔탁한 소리만 들렸는데 소음기를 끼웠기 때문이다.

눈을 하얗게 치켜뜬 안재일이 옆구리를 움켜쥐고 탁자 위로 쓰러졌다.

술병이 넘어지고 안주 접시가 엎어졌다. 여자들이 손으로 입을 틀어막고 비명을 억눌러 참는다. 최춘식이 쥐고 있던 권총의 총구는 이제 박용근의 가슴을 향해 겨누어졌다.

"내가 여기까지 대비도 없이 왔다고 생각한 모양인데."

안정태의 말소리가 방 안을 울렸다.

"네가 이철우와 두 번 접촉했다는 것을 알고 있어. 그리고 나를 초대한 이유도 석연치 않았고. 뭐, 조직 관리를 맡기겠다고?"

안정태는 바지 뒤쪽 혁대에 찔러 넣은 권총을 꺼내어 들었다. 소음기가 끼워진 권총은 금속성 빛을 반사하며 번쩍였다.

"이철우가 제 손을 더럽히지 않으려고 하는군."

"이것 봐요, 안 형. 나는……."

박용근이 한 손을 저으며 입을 열었으나 그 순간 안정태의 권총에서 흰 불꽃이 튀었다. 가슴을 움켜쥔 박용근이 소파에 털썩 주저앉았다.

안정태는 다시 권총을 그의 이마에 겨누었다. 얼굴색 하나 변하지 않은 침착한 태도였다.

다시 둔한 소리와 함께 불꽃이 튀었고, 이마에 구멍이 뚫린 박용근의 머리가 뒤쪽으로 넘어갔다.

"이것들도 없애라."

몸을 돌린 안정태가 여자들을 둘러보며 말했다. 그의 시선이 이혜경을 스쳐 지나갔다.

제9장

죽음의 예행연습

밤의 대통령

텔레비전에서는 송년 프로가 방영되고 있었다. 이제 이틀 후면 신년이 되는 것이다. 무대를 가득 메운 가수와 배우들은 진한 화장을 하고 제각기 뒤질세라 화려한 의상을 걸치고는 카메라를 따라 몰려다니고 있었다.

꼭 불을 따라 몰려다니는 하루살이 같다는 생각을 하면서 이무섭은 리모컨을 들어 텔레비전을 껐다. 소파의 앞자리에 앉아 있던 안정태가 머리를 들었다.

"단장님, 우리들의 사업에는 하자가 없습니다. 정부에서 압력을 넣는다손 치더라도 견뎌낼 수 있습니다."

그는 눈을 치켜뜨고 이무섭을 바라보았다. 항상 단정한 양복 차림이었으나 오늘은 넥타이의 매듭이 비뚜름하니 늘어져 있었고, 머리칼도 헝클어져 있었다.

이무섭이 시선을 돌려 벽에 걸린 시계를 바라보았다. 오후 5시가 되어 가고 있었다.

안정태가 말을 이었다.

"그리고 애들도 철저하게 조직되어 있지 않습니까? 밤의 세계는 이미 우리가 장악하고 있는 겁니다."

"자네, 경찰 병력이 자네나 내 주변의 경비를 그만두고 철수한 것을 어떻게 생각하고 있나?"

이무섭의 물음에 안정태는 두어 번 눈을 깜박였다.

"우리가 그만큼 자생 능력이 있다고 생각해서 그런지도 모릅니다. 우리의 힘으로도 충분히 경비할 수 있으니까요."

이무섭이 머리를 끄덕였다.

"우리에게도 그런 힘은 있지. 김원국이가 지금보다 열 배의 힘이 있더라도 부숴 버릴 수 있어. 하지만……."

입맛을 다신 이무섭이 소파의 등받이에 몸을 기대었다.

"기분이 언짢아. 우리를 김원국이에게 내맡긴 기분이 든단 말이야. 대통령과 총리, 경찰청장, 이 세 명의 라인이 무슨 음모를 꾸미고 있는 것 같다는 생각도 들고."

"이 기회에 정리할 것은 하루빨리 정리해야 됩니다. 저쪽도, 이철우 씨 문제도 어서 지시를 내려 주셔야……."

"오늘 아침에도 전화가 왔었어. 박용근의 문제였는데."

"뭐라고 했습니까, 그 사람이?"

"그 조직은 당분간 그대로 두는 게 낫지 않느냐는 거야. 박용근이나 안재일이가 없더라도 운영이 될 것이라고 하더군. 전문 경영인이 여럿 있으니까 말이야."

"별걱정을 다……."

안정태가 얇은 입술의 끝을 추켜올리면서 웃었다.

"박용근이를 시켜서 저를 없애려고 할 때는 언제고."

"내가 방심했어. 놈이 섬에서 돌아왔을 적에 제거했어야 하는데. 아까워서 그대로 두었는데 말이야."

"지금이라도 늦지 않습니다. 그가 묵고 있는 숙소를 아니까 습격하지요. 김원국 일당이 한 것처럼 위장하면 됩니다."

이무섭이 머리를 저었다.

"이제는 경찰이 호락호락 우리 편이 되질 않아. 이번의 박용근 사건은 놈들의 소행으로 만들어버렸지만 이철우는 철저한 놈이야. 대비책을 세워두는 놈이라구."

"저도 잘 압니다. 그 사람에게 배운 거지요. 그래서 누구보다도 더 잘……."

"놈의 목표는 나야. 자넨 박용근이를 시켜서 처리할 생각이었고, 나는 제 손으로 직접 상대하려고 하겠지."

"어쨌든 그의 계획은 빗나갔습니다. 한번 틀어지기 시작하면 작전을 바로잡기 힘들지요. 이대로 기다리고 있을 수는 없습니다."

"인원은 30명 정도가 적당해, 정예로."

"제 직속으로 골라 놓았습니다."

안정태가 탁자 위로 상반신을 숙였다.

"50명을 골랐지만 20명은 단장님의 경비로 돌리고, 30명은 제가 직접 인솔해서 이철우를 잡겠습니다."

"내가 우려하는 것은 이철우가 김원국과 손을 잡는 거야. 그렇게 되면 우린 양쪽에서 공격을 받게 돼."

"김원국이는 인원이 10여 명밖에 되지 않습니다. 오함마도 잡혀 있고. 놈들이 공격을 한다고 해도 길거리에서 강도짓을 하는 것밖에 못 합니다."

"길게 끌면 일이 어려워져. 경찰도 이젠 호의적이지가 않고. 단숨에 끝내야 돼."

안정태가 머리를 끄덕였다. 눈꼬리가 추켜올라 간 눈을 한껏 크게 뜬 그의 표정은 생기에 차 있었다.

"이것으로 완전히 정리가 되는 겁니다, 단장님. 주변 상황을 걱정하시지만 이것을 계기로 밤의 세계는 일원화되는 것이지요. 그렇지 않습니까?"

"그건 그렇지."

머리를 끄덕인 이무섭이 입가에 웃음을 띠었다.

"자넬 보면 든든해. 자넨 진정한 사내야, 좌절하지 않는."

집무실로 들어선 강한석은 눈을 껌벅이며 방 안에 있는 사람들을 둘러보았다. 소파의 상석에는 대통령인 이중섭이 앉고, 그의 좌우에는 총리인 장희만과 이찬형이 마주 보고 앉아 있었다.

비서실장인 윤성하는 이찬형의 옆자리에 앉아 있었는데, 자리에서 일어서더니 그의 앞자리를 가리켰다.

"여기 앉으시지요, 대표님."

그렇다면 총리인 장희만보다 하석이 될 뿐만 아니라 공직이 없는 이찬형보다도 낮은 자리였다. 그러나 강한석은 이중섭을 향해 머리를 숙여 보이고는 장희만의 옆자리에 앉았다.

장희만과 이찬형이 힐끗 그에게 시선을 주었다가 다시 돌렸고, 이중섭은 잠자코 손에 든 서류를 읽고 있었다. 강한석은 그가 손에 든 서류에 시선을 주었으나 그것이 무엇인지 알 수는 없었다.

집무실 안은 한동안 침묵이 흘렀다. 머리를 세운 강한석은 앞쪽의 벽에 붙어 있는 대형 지도에 시선을 주었다. 대한민국 전도였으나 처음 보는 것 같았다. 오랜만에 들어선 집무실이었고, 이중섭과도 한 달여 만에 만나는 셈이었다.

오후에 비서실에서 연락을 받고 설레는 마음으로 달려왔지만 이중섭이 총리와 이찬형을 같이 불렀을 줄은 생각지도 못했다.

이윽고 이중섭이 서류를 내려놓고 머리를 들었다. 그의 시선이 강한석에게 머물자 강한석은 다시 가볍게 묵례를 했다.

"어, 이제 다 모였군."

이중섭의 목소리가 집무실을 울렸다.

"그렇다면 시작해 볼까?"

그가 윤성하에게로 시선을 돌렸다.

"예, 각하."

윤성하가 손에 쥐고 있던 서류를 펼쳤다.

"당 대표와 총리가 함께한 자리에서 당 총재이자 대통령이신 각하의 운영 방침을 설명해 드리고자 합니다."

강한석은 머리를 들고 앞쪽의 윤성하를 바라보았다. 그는 이중섭이 의원일 때부터 비서관으로 있다가 보스가 대통령이 되자 의원직을 버리고 비서실장이 된 인물이다. 별명이 크렘린으로 입이 무겁고 행동이 둔했다. 그러나 토종개처럼 충성심이 강한 사내였다.

잠시 뜸을 들였던 윤성하가 다시 입을 열었다.

"각하께서는 1월 중순에 긴급 대의원 총회를 소집하실 예정입니다. 대의원 총회에서는 당 대표의 사표를 수리하고 다시 당 대표를 선출하게 됩니다."

강한석의 얼굴이 굳어졌다. 안간힘을 써 표정을 풀려고 하였지만 불가능했다. 너무나 뜻밖의 일이어서 미처 대비하지 못한 것이다.

"당 대표로는 여기 앉아 계신 장 총리와 이찬형 전 안기부장이 입후보해서 경선을 벌이는 것이 낫다고 생각하십니다."

윤성하가 서류에서 시선을 들자 장희만이 헛기침을 했다.

"현직 총리가 사표를 내고 당 대표로 입후보한다는 것은 모양도 안 좋을뿐더러 저는 행정 수반에 적합합니다. 죄송합니다만, 적성에 맞는 현재의 직분에 충실할 수 있게 해주십시오."

이찬형이 뒤질세라 머리를 들었다.

"저는 더욱 그렇습니다. 능력도, 경륜도 부족할뿐더러 자격도 없습니다."

이제 이중섭의 시선은 강한석에게 머물렀다. 그러자 강한석의 얼굴이 벌겋게 달아올랐다. 저쪽은 사양인데 이쪽은 정반대의 입장이 될 것이다.

소외감에 배신감까지 겹친 강한석은 어금니를 물었다.

이중섭이 입을 열었다.

"강 대표, 의견을 말해 보게."

"부덕한 제가 여러 가지 물의를 일으켜서 면목이 없을 뿐입니다."

그가 겨우 그렇게 말하자 이중섭이 머리를 끄덕였다.

"자네는, 악의는 없는 사람이야. 그것은 내가 잘 알고 있어."

"각하, 부끄럽습니다만……."

어깨를 추켜올린 강한석이 이중섭을 똑바로 바라보았다.

"저에게 명분을 주시기 바랍니다. 그것이 각하나 우리 당을 위해서도……."

이중섭과 강한석의 시선이 마주쳤다.

무엇 때문에 이 지경이 되었는지를 강한석은 짐작하고 있었다. 김원국 사건이다. 앞쪽에 앉아 있는 이찬형의 보고서 때문이었다. 그리고 그것에 대한 물증은 하나도 확보되지 않았지만 대통령은 이제 심증을 굳혔다.

"명분이라, 그것도 이해가 가는군."

이중섭은 머리를 돌려 윤성하를 바라보았다.

"들여보내게."

"네, 각하."

윤성하가 자리에서 일어섰다. 그가 방을 나가자 이중섭이 부드러운 시선으로 좌우에 앉은 세 사람을 바라보았다.

"올해의 경제 성장률은 7퍼센트가 넘었어요. 나는 참으로 우리 국민이 자랑스럽습니다."

장희만이 머리를 끄덕였다.

"각하, 공무원들의 자세는 크게 변했습니다. 모두 칭찬받을 만합니다."

"그래요, 적극적이고 사명감이 있어. 우리는 제2의 도약을 할 거요."

집무실 문이 열리고 윤성하가 들어섰다. 그의 뒤를 따라 집무실 안으로 들어선 사내를 본 강한석은 눈을 껌벅이며 몸을 굳혔다. 양복 차림이었는데 머리는 짧았고, 피부는 햇볕에 탄 듯 구릿빛을 띠고 있었다.

"자, 이 사람을 알고들 있겠지요? 청와대에 파견 나온 고재철 준장이오. 고 준장이 이번 일을 조사하는 데 꽤 애를 썼어."

이중섭의 말소리가 방 안을 울렸다.

강한석은 고재철의 시선이 자신을 스치고 지나가는 것을 느꼈다.

"정신 똑바로 차려, 졸지 말고."

서대식이 정문을 들어서면서 문 옆에 비켜서 있는 두 명의 부하에게 말했다. 부하 한 명이 어둠 속에서 흰 이를 드러내며 웃었다. 발밑에는 자갈이 깔려 있어서 걸음을 옮길 때마다 돌멩이들이 밟히는 소리가 났다. 벽의 한쪽에는 엊그제 내린 눈이 녹지 않고 쌓여 있었다.

정문에서 현관까지 30미터쯤 되는 확 트인 자갈 마당이 펼쳐져 있었는데 원래 집주인이 정원을 만들려다가 회사가 부도나는 바람에 공사를 하지 못했다고 한다.

그래서인지 자갈 마당의 한복판에는 시멘트로 만든 분수대도 있었다. 물줄기를 뿜어 올리지는 못하지만 바위와 시멘트를 섞어 만든 꽤 커다란 분수대였다.

"춥지 않니?"

분수대를 지나던 서대식의 물음에 시멘트 구조물 사이에서 움직이는 기척이 났다.

"춥습니다, 형님."

"참아, 세 시간만."

"예, 형님."

서대식은 현관으로 다가갔다. 이철우가 양평 근처에 있는 이 집으로 옮긴 것은 닷새밖에 되지 않았다.

국도에서 산기슭을 타고 안쪽으로 300미터쯤 떨어진 곳에 세워진 이 저택은 주변에 민가도 없을뿐더러 뒤쪽은 호수로 막혀 있어서 요지였다. 더구나 저택은 벽돌로 지은 단단한 구조였고, 앞쪽으로 시야가 확 트여 있기 때문에 방어하기에는 최상의 조건을 갖추고 있었다.

삐걱거리는 현관문을 열고 서대식이 집 안으로 들어섰다. 바로 앞쪽은 널찍한 응접실이었다. 벽에서 가까운 소파에는 손의열과 박진찬이 이철우와 함께 앉아 있었다. 페치카에서는 장작불이 기세 좋게 타오르며 불티를 튕겨 올렸다.

"형님, 오석이한테서 연락이 왔습니다. 별일 없다고 하던데요."

서대식이 이철우의 앞자리에 앉으면서 말했다. 얼었던 피부가 응접실의 열기에 녹기 시작해 그는 저도 모르게 진저리를 쳤다.

"안정태 그놈은 서초동 빌라로 들어갔답니다. 요즘은 일찍 집에 들어갑니다."

"무슨 짓을 할지 모르는 놈이야. 박용근이를 해치우는 걸 보라구."

박진찬이 서대식을 향해 말했다. 그는 상사 출신으로 안정태와는 2년쯤 같은 부대에서 소대장과 선임하사 관계였다.

"난 이곳으로 옮긴 것이 마음에 들지 않아. 이곳은 방어용 주택이야. 우리가 놈들을 겁낼 필요가 없다구."

"이봐, 그만둬. 새삼스럽게 이제 와서 무슨……."

작은 체격이었지만 야무져 보이는 손의열의 말에 박진찬이 입맛을 다셨다. 그들은 언제나 다투면서도 떨어지지 않았다.

창밖에서는 바람이 나뭇가지를 스치고 지나 날카로운 소리가 났다. 페치카의 불꽃을 바라보던 이철우가 머리를 들었다.

"안정태가 빌라로 들어갔다고 했지?"

"네, 형님."

서대식의 대답에 이철우가 가볍게 머리를 끄덕였다.

"나흘째 계속 일찍 들어가는구나."

"집에 있는 것이 안전할 테니까요. 놈은 김원국뿐만 아니라 이제는 노골적으로 우리를 경계하고 있습니다."

"오석이가 눈엣가시일 겁니다. 죽이지도 못하고 말이지요."

옆자리의 박진찬이 거들었다. 신오석은 지금 안정태의 빌라가 바라보이는 구멍가게에 앉아 있었다. 아마 그는 소주를 마시면서 가끔씩 가게 밖으로 머리를 내밀고는 빌라를 힐끗거릴 것이다.

이철우는 다시 페치카의 불꽃을 바라보았다. 손의열이나 서대식, 박진찬, 신오석 등은 그가 키우고 가르친 제자이면서 혈육보다 더 짙은 의리로 뭉친 형제였다.

그들은 그가 역경에 처해 있을 때마다 힘이 되었다. 김원국과 그의 동생들의 관계에 비교해 보아도 결코 뒤지지 않을 것이라고 이철우는 믿고 있었다.

손의열이 시계를 올려다보더니 자리에서 일어섰다.

"10시 반이야. 여기서 서초동까지 가려면 한 시간이 넘게 걸릴 테니까 지금 가 봐야겠어."

신오석과 교대하려는 것이다. 그들은 안정태의 주위를 24시간 감시하고 있었는데 어떻게 보면 자신들의 몸을 미끼로 내놓은 것이나 다름없었다.

안정태가 움직이는 경우에는 먼저 집 옆에서 감시하고 있는 그들을 따돌리거나 해치워야 할 것이다. 비록 서로 다른 분파이지만 그래도 같은 조직 안에 있는 것이다. 집 앞에 차를 세워두고 차 안에서 잠을 자거나 건너편의 가게에서 술을 마신다고 쫓아낼 수는 없는 노릇이었다.

손의열이 방을 나가자 서대식이 이철우를 바라보았다.

"형님, 박용근이는 안정태의 상대가 아니었습니다. 그에게 일을 맡긴 것이 오히려 놈의 경계심만 높여 주고 말았어요."

이철우의 옆모습을 바라보며 그가 다시 말을 이었다.

"이미 놈과 우리는 전쟁을 하고 있다고 봐야 합니다. 우리가 이곳으로 옮겨서 방어에 좋은 조건이긴 하지만."

그가 말을 멈추고는 힐끗 이철우의 눈치를 살폈다. 이철우가 머리를 돌려 그를 바라보았다.

"공격적인 자세가 아니라는 말이지?"

"네, 형님. 애들의 사기 문제도 있습니다. 사기가 제일 중요하다고 형님이 가르쳐 주셨지요."

"내가 안정태에게도 가르쳤다."

장작이 파닥이는 소리를 내며 불꽃을 튕겨 올렸다. 이철우가 몸을 돌려 서대식과 박진찬을 번갈아 바라보았다.

"안정태는 공격적인 성격을 가지고 있어. 놈이 특히 좋아하는 훈련은 F 작전이었다."

"F 작전이라면 게릴라의 거점을 기습 공격하는 훈련 아닙니까?"

"그렇지. 난공불락처럼 보이는 거점을 공격하는 훈련이다."

"……."

"마침 네가 이곳을 잘 찾아내 주었다. 이곳은 놈의 마지막 훈련장이 될 것 같다."

이철우가 그들을 향해 빙그레 웃었다.

"형님."

박진찬이 상체를 세우고 이철우를 바라보았다.

"저, 안정태도 그 사실을 알고 있지 않을까요? 형님이 놈을 위해 훈련장을 만들어 놓고 기다린다는 것을 말입니다."

"알고 있겠지, 물론."

"알고 있으면서도 올까요?"

"올 것이다."

박진찬과 서대식이 서로 얼굴을 마주 보았다.

그들은 이제 이곳으로 주거지를 옮긴 후 닷새 동안 이철우가 밤에는 일찍 들어와 집에만 있었던 이유를 알았다. 그러나 안정태가 이쪽이 기다릴 줄 뻔히 알면서도 찾아올 것이라고는 믿지 않는 표정이었다.

"전에 훈련할 때의 확률은 반반이었다. 반은 놈이 이겼고 반은 졌어. 하지만 지금은 상황이 다르다."

"확률이 높아진다는 말입니까? 아니면……."

서대식이 묻자 이철우가 머리를 저었다.

"이길 확률은 문제가 아니야. 놈은 지금 나에 대한 선입견을 버리려고 하고 있어. 자신을 가르치고 단련시켰던 나를 이번 기회에 지워 버리려는 욕심까지 겹쳐져 있어. 놈은 자신의 과거까지도 없애 버리려는 거야."

"……."

"이곳이 공격하기가 어렵다고 판단될수록 놈은 더욱 오려고 할 것이다."

"……."

"안정태는 대담한 놈이야. 최고다."

서대식과 박진찬이 다시 얼굴을 마주 보았다. 페치카의 장작이 다시 불꽃이 튀는 소리를 내며 타올랐다.

신오석은 술값을 치르고 가게를 나와 길가에 주차시킨 승용차로 다가갔다. 뒤쪽에서 가게 문의 셔터를 내리는 소리가 커다랗게 들려왔다.

"야, 인마. 담배 좀 그만 피워."

차 안으로 들어선 신오석이 와락 이맛살을 찌푸리며 말했다. 승용차 안은 담배 연기로 가득 차 있었던 것이다.

옆자리에 타고 있던 부하 두 명이 서둘러 담배를 끄고 차창을 내렸다.

"저 새끼들은 오늘 밤에도 고스톱을 치는 모양이지요? 어젠 새벽 4시까지 불을 켜고 있던데."

부하 한 명이 턱으로 옆쪽을 가리키며 말했다. 빌라는 길 건너편의 3층 건물이었다. 그들이 앉아 있는 승용차에서 직선거리로는 50미터도 되지 않는다.

3층짜리 빌라는 모두 아홉 채였는데 층마다 세 가구씩밖에 없는 대형 빌라였다. 안정태가 거주하는 맨 오른쪽의 빌라는 모두 불을 밝히고 있었으나 다른 곳은 한두 개의 창에만 불빛이 보일 뿐이다. 밤 11시가 넘어 있었다.

"형님, 저기 현관 안에 두 놈 보이지요? 저 새끼들 오늘도 졸고 있습니다."

부하 한 명이 직선거리에 있는 빌라의 현관을 손으로 가리켰다.

이쪽에서는 현관의 안쪽에 앉아 있는 사내들의 등만 보일 뿐이다. 전기난로를 사이에 두고 앉은 사내들은 움직이지 않았다. 신오석은 손목시계를 보았다.

"의열이가 올 시간이 되었는데. 야, 일성이. 네가 한 바퀴 돌고 와라."

조수석에 앉아 있던 사내가 문을 열고 밖으로 나갔다. 두 명의 부하와 함께 올 것이다.

등받이에 몸을 묻은 신오석은 머리를 돌려 빌라를 바라보았다. 100평에 가까운 면적에 방만 여덟 개나 된다는 대형 빌라였다. 빌라에 묵고 있는 안정태의 부하는 20명 정도였는데 차이가 나도 많아야 두어 명이다.

현관과 계단, 그리고 정문에 두 명씩 경비원이 있고, 한 시간에 한 번씩 빌라의 정문 안쪽에 있는 경비원이 순찰을 하는데 여기서는 정문 안쪽의 경비원들은 보이지 않았다.

갑자기 호주머니에 든 휴대폰이 울렸으므로 신오석은 전화기를 꺼내 들었다.

"여보세요."

—아, 오석이냐? 나, 의열이다.

"응, 의열이. 지금 어디냐?"

그들은 입대 동기이자 전역 동기, 같은 부대 출신이었다. 서로의 사타구니에 달린 그것까지 속속들이 알고 있는 사이였다.

—지금 강남 대로로 들어섰어. 길이 잘 뚫리니까 15분이면 간다.

"알았다, 이 시키야."

—이 시키, 까불어.

스위치를 내린 신오석은 머리를 들었다. 가게에서 시나브로 마신 소주의 취기가 머리끝으로 올라오자 관자놀이가 지끈거렸다. 맥주를 마시면 소변을 자주 보게 되기 때문에 소주를 마셨으나 이것 또한 단점이 있었다. 어설프게 마시면 골치만 아픈 것이다.

신오석이 손바닥으로 쑤시는 이마를 가볍게 치다가 손을 내렸다. 빌라의 정문을 나와 이쪽으로 다가오는 두 명의 사내를 본 것이다.

운전석에 앉아 있던 부하도 그들을 보고는 긴장한 듯 몸을 굳혔다. 신오석은 혁대에 끼워 놓은 권총을 손에 쥐었다.

시동을 걸어 히터만 켜놓고 라이트를 껐으므로 차 안은 어두웠다.

사내들은 차량의 통행이 없는 차도를 횡단하여 그들에게 다가왔다. 신오석은 두 놈 모두 안면이 있었다. 안정태의 직속 부하들로 군 시절부터 얼굴을 익힌 사이인 것이다.

"어이, 추운데 고생들 많으시구만."

차에 바짝 다가온 사내 한 명이 신오석을 향해 소리치듯 말했다.

“우리, 안에 들어가서 한잔합시다. 찌개를 얼큰하게 끓여 놓았어.”

정문 안쪽의 경비실에서 노닥거리다가 나온 모양이었다.

“괜찮어, 댁들이나 먹어.”

신오석이 창문을 반쯤 내리고 말했다. 놈은 자신이 중사였을 때 하사 계급장을 붙이고 있었다. 어쨌든 이쪽이 고참인 것이다. 군번은 영원하다.

“허, 우리끼리 그럴 것 어디 있소? 술 한 잔 마시고 다시 와서 경비 서면 될걸. 우린 왕년에 북한 놈들하고도 반찬 나눠 먹지 않았소?”

사내가 차체에 두 손을 짚고는 능글능글하게 말하며 웃었다.

“우리야 같은 뿌리 아닌가? 높은 놈들이야 그렇다고 치고, 우리끼리는 의좋게 지냅시다.”

운전석에 앉은 부하가 힐끗 신오석을 바라보았다.

“이봐, 귀찮게 하지 말고…….”

그러던 신오석은 사내의 얼굴이 갑자기 굳어지는 것을 보았다. 시선이 향하는 곳은 자신의 뒤쪽이었다. 사내가 한 걸음 뒤로 물러서는 것을 보면서 신오석은 머리를 뒤쪽으로 돌렸다.

이미 손에 쥐고 있던 총구도 함께 돌려졌다. 반대편 창가에 붙어 서 있는 사람의 그림자를 본 순간 그는 가슴에 충격을 받고 몸을 의자에 부딪쳤다. 앞쪽에 앉은 부하가 뒤로 머리를 젖히는 것이 보였다. 두 눈을 부릅뜨고 있었다. 이내 다시 한 발의 총탄이 날아와 신오석의 머리를 뚫었다.

빌라의 담을 돌아 승용차가 주차되어 있는 곳으로 걸음을 옮기던 이일성은 차의 주위에 둘러선 네 명의 사내를 보았고 그들의 손에서 번쩍이며 흰 빛이 뻗쳐 나가는 것도 보았다. 그는 반사적으로 담에 몸을 붙였다. 소음기가 끼워져 있는 권총이었다.

이일성이 눈을 부릅뜨고는 허리춤에 끼워진 권총을 빼 들었다. 승용차와의 거리는 50미터 정도였는데 사내들은 아직 이쪽을 발견하지 못했다. 그러나 차 안에 있던 신오석과 정필수는 당한 것이 틀림없었다.

이를 악물고 그쪽을 바라보던 이일성은 벽을 따라 뒷걸음질을 쳤다. 그러는 사이 사내들이 차에서 늘어진 두 명을 끌어내는 것이 보였다. 당한 것이다.

그는 이를 부드득 갈았다. 그러나 이쪽은 한 명이다. 거리에는 인적이 없었고, 지나가는 차도 없었다. 빌라가 위치해 있는 곳이 국도에서 200미터쯤 떨어져 있었기 때문이다.

빌라의 정문에서 너덧 명의 사내가 뛰어나와 그들을 거들고 있었다.

이일성은 길게 숨을 내쉬었다.

"두 명이야? 세 명이 아니고?"

최춘식이 이맛살을 찌푸리며 물었다.

"한 놈이 없어. 이런 빌어먹을."

"형님, 시간이 없습니다. 5분 전 12시인데요."

둘러서 있던 부하 중 한 명의 말에 최춘식이 머리를 끄덕였다.

"좋아, 교대하는 놈들은 어제처럼 차를 뒤쪽에다 댈 거다. 차가 멈추는 것을 기다려서 쏴라."

"알겠습니다."

대여섯 명의 사내들이 차도를 뛰어 건너 신오석의 승용차를 지나 길가에 있는 건물의 어둠 속에 묻혔다.

몸을 돌린 최춘식이 빌라의 현관으로 들어가 3층으로 들어섰다. 안은 수십 명의 사내들로 어수선했다. 그는 사내들을 헤치고 응접실의 소파에 앉아 있는 안정태에게로 다가갔다.

"형님, 교대하는 놈들이 곧 옵니다."

안정태가 손목시계를 들여다보았다.

"놈들은 시간마다 보고했을 것이다. 교대가 끝나면 이상 유무를 보고해 왔을 것이고. 그것은 교본에 적혀 있어."

"염려하지 마십시오, 형님."

안정태는 의자 옆에 세워둔 M-16을 쥐고 주위를 둘러보았다. 사내들의 시선이 일제히 그에게 집중되었다.

"형님, 세 놈 중 한 놈이 안 보입니다. 지금 애들이 찾고는 있습니다만."

최춘식의 말에 안정태가 눈썹을 추켜올렸다. 한동안 최춘식을 바라보던 그가 천천히 머리를 끄덕였다.

"상관없다. 이철우는 연락을 받더라도 도망치지 않을 것이다."

"하지만 형님."

"해볼 만한 싸움이 되겠다. 조직 사회의 깡패 새끼들이 아니야, 우리는. 정예 군인이었단 말이다."

응접실 안의 사내들은 모두 숨을 죽인 듯 조용했다.

안정태가 한 손에 총을 쥐고 자리에서 일어섰다.

"자, 가자."

이일성은 골목을 빠져나와 차도로 나왔다. 12시가 다 되어 있었지만 차도에는 차량의 통행이 많았다. 손의열은 강남 대로에서 이쪽으로 진입해 올 것이다. 땀이 흐르는 얼굴에 차가운 바람이 닿자 피부가 얼음덩이가 된 것 같았다. 재킷의 깃을 추켜올리면서 이일성은 강남 대로 쪽으로 다시 몇 분쯤 걸었다. 수십 대의 차량이 그의 곁을 스치고 지났으나 손의열이 타고 있는 차는 보이지 않았다.

이일성은 멈추어 서서 시계를 들여다보았다. 12시 5분이 되어 있었다. 손의열은 그가 골목길을 헤매고 있을 적에 이미 빌라에 도착했을지도 몰랐다. 주위를 둘러보던 이일성은 길 건너편의 공중전화 박스를 향해 달려갔다.

도로를 달리던 차량들이 브레이크를 밟는 소리가 날카롭게 들려왔다. 이일성은 미친 듯이 길을 건너 전화박스 안으로 뛰어들었다. 전화기의 다이얼을 누르면서 차도를 바라보자 멈추어 섰던 차량들이 다시 움직이고 있었다. 신호가 울리기 시작했으므로 그는 소매를 들어 이마의 땀을 닦았다. 다섯 번쯤 신호가 울렸을 때 전화를 받았다.

—여보세요.

"나, 일성이요. 형님 좀 바꿔 주시오, 대식이 형님."

—아, 잠깐 기다려.

전화를 받은 사람이 누군지 확인할 겨를도 없었다. 잠시 후에 전화를 바꾸는 기척이 들렸다.

—여보세요.

서대식의 목소리였다.

"형님, 저 일성이입니다."

이일성은 기운이 빠지며 온몸이 땅바닥으로 꺼져 들어가는 것 같은 느낌이 들었다.

—어, 너, 웬일이냐? 오석이는 어디 있어?

"당했습니다, 형님."

—무엇이?

"놈들이 몰려나와서 쏘았습니다. 저는 그때 마침 한 바퀴 돌아보느라고……."

—쏘았어? 분명해?

서대식의 부릅뜬 눈과 굳어진 표정이 눈앞에 보이는 듯했다.

"분명합니다. 놈들은 오석 형과 필수를 끌어 내리고 빌라 안으로 데려갔습니다."

—넌 어디야?

"강남 대로 근처인데, 의열이 형을 기다렸다가 알려주어야 하는데……."

—의열이도 연락이 안 된다.

서대식이 뱉듯이 말했다.

—빨리 돌아와.

이일성은 손바닥으로 이마의 땀을 씻어내면서 수화기를 내려 놓고 몸을 돌렸다.

"아니?"

몸을 돌린 이일성이 턱을 치켜들면서 와락 이맛살을 찌푸렸다. 전화박스의 문을 가로막고 선 사내와 정면으로 마주쳤기 때문이다. 그가 반사적으로 허리춤에 손을 넣자 문이 거칠게 안쪽으로 밀쳐지면서 그의 몸을 눌렀다. 팔은 허리춤에 돌려진 채 문에 끼어 움직이지 않았다.

"이 개새끼들."

놀람과 긴장과 체념을 모두 맛보는 데는 3초도 걸리지 않았다. 그것들이 끝나자 이제는 울분이 터져 나왔다. 이일성은 얼굴을 붉히며 다시 악을 썼다.

"이 개새끼야, 나도 어서 죽여라!"

사내의 힘은 놀라워서 몸을 움직일 수가 없었다. 이내 옆쪽에서 다른 두 명의 사내가 모습을 드러내었다.

"그 새끼, 서두르기는."

사내가 팔을 뻗어 이일성의 허리춤에 끼워진 권총을 잡아 빼고는 다시 와락 문을 밀어 그의 몸을 죄었다.

"네가 이래라 저래라 할 수가 없단 말이다, 이제부터는."

사내가 이일성의 멱살을 쥐자 문짝이 느슨해지면서 그는 밖으로 내동댕이쳐졌다. 그리고 곧 기다리고 있던 사내들이 덮쳐 왔다.

일곱 대의 승용차는 시내를 빠져나와 국도로 들어서자 일제히 속력을 내었다. 영하의 날씨에 바람까지 세찬 깊은 밤이었다.

시내에도 차량의 통행이 많지 않았으므로 막히지 않고 달려 나온 참이었다. 엔진 소리가 더욱 무겁게 들려오기 시작했다. 차량 간의 거리는 30미터쯤 되었는데 그 사이에 끼어드는 다른 차량도 있었다.

차량을 할퀴고 지나가는 바람 소리가 거칠게 들려왔다. 도로에는 가로등도 없어서 먹물 같은 어둠에 덮여 있었다. 가끔씩 한두 대의 차가 그들을 스치고 지나갈 뿐 국도는 한적했다.

세 번째의 차량에 타고 있던 안정태는 휴대폰을 꺼내어 다이얼을 눌렀다.

—여보세요.

금방 최춘식의 목소리가 들려왔다. 옆에서 이야기하는 것같이 커다란 목소리였다. 그는 맨 뒤의 차에 타고 있었다.

"계획대로라면 25분 후에 샛길 앞을 통과하게 돼. 지금부터 준비해라."

—알겠습니다, 형님.

"그곳에서 만나자."

휴대폰의 스위치를 끈 안정태는 의자에 세워 두었던 M—16을 손에 쥐었다. 전투복 차림에 허리에는 권총을 꽂았고, 수류탄 두 발이 가슴에 매달려 있다.

"자, 가자."

안정태가 앞쪽을 향해 말하자 차는 부쩍 속력을 내었다. 안정태는 머리를 돌려 뒤쪽을 바라보았다.

뒤차와의 거리가 점점 멀어져 가고 있었다. 뒤차의 헤드라이트가 어둠 속에서 환하게 비치고 있었는데 차 안은 보이지 않았다. 그러나 그들은 이쪽이 보일 것이다.

안정태는 한 손을 들어 올렸다. 주먹을 쥔 손을 가볍게 흔들어 보이고 난 그는 몸을 돌렸다.

이제 차량은 두 개의 그룹으로 나뉘어 달리고 있었다. 앞쪽은 안정태가 이끄는 세 대인데, 텅 빈 국도를 맹렬한 속도로 달려 나갔으므로 어느덧 뒤쪽의 차량들과는 500미터 이상 거리가 벌어졌다. 뒤쪽의 차들은 오히려 속력을 떨어뜨리는 편이었다.

안정태가 다시 머리를 돌려 뒤쪽을 바라보자 산비탈을 돌아가고 있는지 최춘식의 그룹이 보이지 않았다.

"놈이 옵니다."

서대식이 탁자 위에 펼쳐 놓은 지도의 한 부분을 손가락으로 가리켰다.

"어쨌든 여기까지는 차를 타고 오겠지요. 하지만 샛길을 못 미쳐서 차를 버리고 도보로 접근해 올 겁니다."

둘러앉은 사내들이 그가 가리킨 지도를 내려다보았다. 손으로 그린 지도였지만 근처의 지형을 한눈에 알아볼 수 있었다.

저택은 국도에서 300미터쯤 안쪽으로 들어온 곳에 위치하고 있었다. 앞쪽의 시야는 훤히 트여 있었고, 뒤쪽은 호수로 막혀 있었다. 국도는 호수 쪽에서 뻗은 산자락의 옆으로 뻗어 있어서 일부분만 저택에서 바라보였다. 어쨌든 이곳을 중심으로 사방 300미터가 그럴듯한 엄폐물도 없는 벌판이었다.

"오석이와 의열이는 모두 당했다고 봐야 합니다. 놈은 선전포고를 하고 달려오는 겁니다."

서대식이 머리를 들었다.

"충남이를 서초동에 보냈는데, 오석이와 의열이가 탔던 차들도 보이지 않았습니다. 놈들이 치워 놓은 모양입니다."

머리를 끄덕인 이철우가 둘러앉은 사내들을 바라보았다. 모두 굳은 표정이었고, 그와 시선이 마주치자 선뜻 눈길이 떨어지지 않는 듯했다. 이철우가 입을 열었다.

"좋아, 시작한다."

사내들이 말없이 자리에서 일어나 응접실을 나가자 넓은 응접실은 금방 텅 비워졌고, 남아 있는 것은 페치카 옆에 앉은 이철우와 서대식, 박진찬 셋뿐이었다.

"밖은 영하 몇 도쯤 되지?"

이철우의 물음에 박진찬이 머리를 한쪽으로 기울였다.

"글쎄요, 아마 영하 7, 8도쯤은 되겠는데요. 호수 바람이 세서 체감온도는 영하 10도 이상일 겁니다."

"10도 이상이라……."

옆에 놓인 전화기를 집어 든 이철우는 다이얼을 눌렀다. 서대식과 박진찬이 물끄러미 그를 바라보았다.

한동안 수화기를 귀에 대고 있던 이철우가 이윽고 전화기를 내려놓으면서 머리를 저었다.

"전화를 받지 않는군."

"어디에다 하신 겁니까?"

서대식이 묻자 이철우는 옆에 놓인 권총을 집어 허리에 찔러 넣으면서 일어섰다.

"안정태에게 해보았어. 놈이 어디 있는지 궁금해서."

"대장님, 이건 게임이 아닙니다. 죽이느냐, 죽느냐의 싸움입니다."

"그건 안정태의 생각이지, 나는 아니야. 그렇다고 그놈을 가볍게 보지는 않는다."

이철우는 앞장서서 응접실을 나와 현관문을 열었다. 강한 바람이 몰려와 얼굴에 부딪쳤으므로 세 사람은 제각기 머리를 숙였다.

산자락에서 잠깐 멈추었던 밤바람은 거침없이 평지를 쓸어가면서 기세를 모으고 있었다. 분수대 뒤에 쪼그리고 앉아 있던 부하 두 명이 이쪽으로 머리를 돌렸다. 자갈길은 그들에 밟혀 버글거리는 소리를 내었다. 정문 쪽으로 다가가자 담장 밑에서 움직이는 기척이 났다. 두 명의 부하가 웅크리고 있었던 것이다. 높이가 1미터밖에 되지 않는 낮은 벽돌 담장이었다.

이 저택을 지은 사람은 겨울밤에 전직 특수부대 요원들이 이곳에서 전투를 치르리라고는 생각조차 해보지 못했을 것이다.

정문을 나온 이철우는 앞쪽의 벌판을 바라보고 섰다. 별도 떠 있지 않은, 검은 장막이 씌워진 것같이 어두운 밤이었다. 시계의 오른쪽 끝에 흰 불빛이 보였다가 사라졌다. 국도를 달리는 차량의 불빛이다. 벌판을 훑고 정면으로 부딪쳐 오는 바람은 얼음처럼 차가웠다. 부하들이 벌판의 언 땅에 몸을 붙이고 있을 것이었으나 여기서는 보이지 않았다.

이철우는 팔을 들어 시계를 내려다보았다. 야광 시계의 시침과 분침이 새벽 1시 10분을 가리키고 있었다.

저택의 불빛이 100미터쯤 전방으로 다가왔다. 세 개의 창과 응접실의 불빛이 물 위에 길게 빛살을 던지고 있었다. 바람이 세서 호수의 물결이 출렁거리며 얼굴을 쳤으나 이제는 감각이 없었다.

안정태는 머리를 돌려 주위를 둘러보았다. 물결 사이로 수초 덩어리처럼 보이는 검은 물체가 이곳저곳에 떠 있었다. 검은 잠수복을 입고 머리만 물 밖으로 내놓은 부하들이었다. 안정태는 다시 물속으로 머리를 넣었다. 호수의 수심은 깊었고, 깊이 들어갈수록 따뜻해진다.

그러나 물속은 그야말로 먹물같이 어두워서 가끔씩 물 밖으로 머리를 내놓고 방향을 잡아야 했다. 어깨에 비스듬히 매달고 있는 자루가 부레 역할을 해주고 있어서 몸이 가라앉을 염려는 없었다.

자루 속에는 소총과 수류탄 등 무기와 함께 갈아 신을 신발이 들어 있었다. 옷을 갈아입을 여유는 없었는데 일이 끝나면 어디서든 주워 입을 수 있을 것이다.

물속으로 30미터쯤 나아갔다고 생각한 안정태는 다시 물 밖으로 머리를 내놓았다. 차가운 물결이 얼굴을 때렸다. 60미터쯤 앞쪽에 저택의 불빛이 보였다. 이제 금방이다.

잠수복으로 갈아입고 호수를 건너 저택의 정면을 치는 것은 안정태와 일곱 명의 부하였다.

저택은 현관과 정문이 벌판 쪽을 향해 있었지만 창문과 응접실, 베란다 등은 모두 호수를 향하고 있어서 이쪽이 정면이라고 해도 되었다.

안정태는 저택의 좌우를 주의 깊게 살펴보았다. 이철우가 호수 쪽을 무방비 상태로 둘 리는 없었다. 틀림없이 함정을 파고 기다리고 있을 사내였다. 근처에서 수초 덩어리 같은 부하들의 머리가 불쑥 떠올랐다. 각자의 허리에 가느다란 끈이 매달려 있어서 선두의 안정태가 떠오르면 나머지 부하들도 알게 되는 것이었다.

"끈을 풀고 갈라서라."

안정태가 가까이 다가온 부하에게 말했다. 입이 얼어 있어서 턱이 잘 움직여지지 않았으나 부하는 금방 알아들었다.

"시간은 충분하다. 서두르지 말어."

부하가 머리를 돌리고 왼쪽으로 헤쳐 가기 시작했다. 세 개의 수초 덩어리가 그를 따랐다. 안정태는 오른쪽으로 천천히 방향을 바꾸었다. 오른쪽의 끝은 창고처럼 보이는 건물이었다. 창문도 없이 한쪽 벽만 저택의 불빛을 받아 희미한 윤곽을 드러내고 있었다.

최춘식은 적외선 망원경을 눈에 대고는 한동안 움직이지 않았다. 시야는 확 트여서 저택까지 거칠 것 없이 보였으나 움직이는 물체는 없었다.

"이런, 빌어먹을."

혀를 찬 최춘식이 머리를 돌려 옆을 바라보았다.

"벌판 어디엔가 놈들이 숨어 있어. 이렇게 확 열어 놓고 있을 놈들이 아냐."

"할 수 없지요, 뭘. 이철우나 안에 있었으면 좋겠습니다."

부하가 웅얼거리듯 말했다. 옷을 든든히 껴입었으나 땅바닥은 얼음덩어리나 마찬가지였다. 금방 뱃가죽에서부터 온몸으로 차디찬 냉기가 옮겨져서 피부는 감각이 없었다. 바람이 뒤쪽에서 불고 있어서 그나마 다행이었다.

최춘식은 손목시계를 내려다본 후 결심한 듯 말했다.

"10분 전이다. 갈라서라."

부하가 엎드린 자세로 오른쪽으로 기어 나아가자 그의 뒤를 7, 8명의 부하가 꿈틀거리며 따랐다. 잘 훈련된 동작이어서 땅을 스치는 소리도 나지 않았다.

"저기, 좌측 100미터 지점에 세 명, 아니 네 명입니다. 이쪽으로 다가옵니다."

서대식이 손가락으로 가리키는 쪽으로 망원경을 돌린 이철우는 꿈틀거리며 다가오는 물체들을 볼 수 있었다. 적외선 망원경에 들어온 그들의 몸체는 붉었다.

"우측에도 있습니다. 저기도 네 명, 가만, 저쪽은 다섯 명인데."

서대식이 조급한 목소리로 다시 말했으므로 이철우는 그쪽으로 망원경을 돌렸다. 도로 가에 잠복시켜 두었던 두 명의 부하는 5분에 한 번씩 보내기로 한 휴대폰의 숫자 신호를 15분이 지나도록 보내오지 않았다. 놈들에게 당한 것이다. 상황을 보고할 겨를도 없이 기습당한 것이 틀림없었다.

"양쪽에서 몰려옵니다, 대장님."

서대식이 자신도 모르게 그를 대장이라고 불렀다.

"저것들, 50미터쯤 되면 모조리 없애 버리지요."

맞바람이 불어와 얼굴을 때렸다. 바람 속의 차가운 물기가 피부에 와 닿는 것으로 보아 눈이 섞여 있는 모양이었다.

"넌 다섯 명만 데리고 뒤로 돌아라. 호수 쪽을 경계하란 말이야."

이철우가 서대식의 어깨를 잡았다.

"놈들이 저렇게 단순하게 공격할 리가 없다."

"뒤쪽에는 좌우에 여섯 명이나 있는데요."

말은 그렇게 하였지만 서대식은 엉거주춤 몸을 틀었다.

앞쪽의 방어를 맡고 있는 부하는 도로 가의 두 명, 그리고 부채꼴의 중간 지점에 두 명씩 나뉜 세 팀과 담장의 앞쪽 10미터 지점에 참호 식으로 파놓은 구덩이에 횡대로 엎드려 있는 여덟 명이었다.

그리고 후방 격인 담장의 안에 세 명이 있었고, 분수대에 두 명이 있었다. 뒤쪽은 정면을 비워 놓고 좌우에 세 명씩 여섯 명을 배치시켜 놓았는데 서대식은 담장 안의 인원을 모두 데리고 뒤쪽으로 갈 것이다.

다시 망원경을 들여다본 이철우는 휴대폰을 들어 다이얼을 눌렀다. 최전방에 있는 부하들에게 보내는 신호였다. 그들은 땅을 파 구덩이를 만들어 놓고 눈만 밖으로 내놓은 채 숨어 있었다. 안정태의 부하들은 그들을 발견하지 못하고 20미터 앞까지 다가와 있었던 것이다. 휴대폰의 신호는 진동식이었다. 부하의 호주머니에 넣어진 휴대폰이 진동하게 될 것이다.

이내 앞쪽에서 요란한 총성이 터졌다. 신호를 받은 이철우의 부하들이 구덩이에서 총을 쏘아 댄 것이다. 밤이었지만 20미터 밖에 안 되는 거리였기에 문제없었다.

망원경을 눈에 댄 이철우는 안정태의 부하들이 총격을 받고 쓰러지는 것을 보았다. 그러자 그들도 이쪽을 향해 응사하기 시작했고 옆쪽에서도 쏘아 대었다.

매서운 바람 소리만 들려오던 밤의 벌판이 갑자기 활기를 띠었다. 이쪽저쪽에서 희고 붉은 불꽃이 튀었고, 요란한 총성이 울려 퍼졌다. 좌측에 있던 참호가 갑자기 폭발하면서 불기둥이 하늘로 솟아올랐다. 놈들이 수류탄을 던진 것이다.

이철우는 전방에서 덮쳐 오는 사내들의 수가 생각보다 많지 않다는 것을 깨달았다. 그렇다면 옆쪽이나 뒤쪽이다. 그때 뒤쪽에서 요란한 총성이 울렸다. 앞뒤에서 공격을 받고 있었다.

안정태가 벌판 쪽의 총성을 들은 것은 잠수 장비를 벗고 엎드린 채 신발을 신고 있을 때였다. 30미터쯤 앞쪽에 저택의 창고가 있었는데 창고 옆에 엎드려 있는 두 명의 사내가 육안으로도 보였다.

그들은 총성에 놀란 듯 상체를 들고 뒤쪽을 바라보다가 다시 엎드렸는데 그것이 이쪽의 모든 사람들에게 위치를 알려준 셈이 되었다. 안정태는 손에 쥔 M—16의 안전장치를 풀고는 오른쪽에 엎드린 사내의 가슴을 겨누었다. 저택의 불빛이 그의 윤곽을 희미하게 보여주고 있어서 조준하는 데 도움이 되었다. 손가락이 물에 젖어 얼었지만 방아쇠를 당기는 데 어려움은 없었다.

타앙.

총성이 울렸고, 사내가 몸을 뒤로 젖히면서 시야에서 사라져 갔다.

그것을 신호로 이쪽은 저택을 향해 어지럽게 총을 쏘면서 달려 들어갔다. 반대쪽 창고의 그늘에서 흰 불꽃이 튀고 총성이 울렸는데 이쪽의 집중 사격을 받고 금방 잠잠해졌다. 그러자 저택의 중심 부근에서 일제히 총성이 울렸다. 옆에서 뛰던 부하 한 명이 허우적거리면서 앞으로 넘어졌고, 뒤를 따르던 부하가 짧은 신음 소리를 내었다. 복병이 또 있었던 것이다.

땅바닥에 몸을 던지듯이 엎드린 안정태는 허리에 찬 주머니에서 수류탄을 꺼내 손에 쥐었다. 이빨로 안전핀을 물어뜯은 그는 몸을 굴리면서 저택을 향해 힘껏 수류탄을 던졌다. 귀청이 터질 것 같은 폭발음이 들리면서 불기둥이 솟아올랐다. 이어서 다시 한 발의 수류탄이 폭발하였는데 옆쪽의 부하가 던진 모양이었다. 바람을 타고 화약 냄새가 콧속으로 들어왔다. 익숙하고 친근한 냄새였다.

상체를 들어 올린 안정태는 앞쪽을 노려보았다. 흰 불꽃과 함께 총알이 이쪽으로 날아오기는 하였지만 숫자는 부쩍 줄어들었다. 다시 흰 불꽃이 보인 자리에서 폭발이 일어나자 저쪽의 화력은 두어 개밖에 남지 않았다.

"자, 가자."

자리에서 뛰쳐 일어난 안정태는 저택을 향해 달렸다.

이철우는 분명히 저택에 있을 것이다. 그는 결코 도망치는 사람이 아니었다. 맞서서 승부를 가리는 사람이라는 것을 그는 누구보다도 잘 알고 있었다.

서대식은 수류탄의 파편으로 인해 다리뼈가 부서져 엎드린 채 총을 겨누고 있었다. 옆에는 부하 한 명이 하늘을 보고 누워 있었다. 그는 폭발로 인해 머리가 부서져 이미 시체가 되어 있었다.

저택의 안으로 물러난 부하 두어 명이 어지럽게 총을 쏘아대고 있었지만 서대식은 상황이 나빠지고 있다는 것을 느끼고 있었다. 놈들은 호수를 헤엄쳐 왔는데 이쪽이 주력이었다. 벌판

쪽은 주의를 끌려는 놈들의 작전이다. 그사이 저택의 안에서 수류탄이 폭발하면서 부하들의 총격이 멈추었다.

앞쪽에 번들거리는 검은색 옷차림의 사내들이 나타났다. 저택의 불빛을 받은 사내들의 옷은 유난히 번들거렸는데 그것은 고무 옷이기 때문이었다. 서대식은 이를 악물고 부하의 다리에 총신을 올려놓았다. 부서진 다리는 감각이 없었으나 상체를 움직이자 극심한 통증이 머리끝까지 전달되었다.

사내들이 15미터쯤 앞으로 다가왔다. 저택의 뒤쪽은 아직도 총성이 계속되고 있었다.

고무 옷의 사내들은 허리를 숙인 채 앞에총을 하고는 소리 없이 달려왔다. 그의 눈에도 익은 야간 공격의 자세였다.

총신을 움켜쥔 서대식은 입술 끝으로 웃고는 방아쇠에 걸친 손가락에 힘을 주었다.

타타타타타…….

10미터 정도밖에 되지 않아서, 허리를 숙이고는 있었지만 저쪽은 방심하고 있었다. 구덩이가 파이고 두 구의 시체가 처참하게 놓인 사이에 서대식이 뒤틀린 다리로 엎드려 있었기 때문이다.

서대식은 세 명의 사내가 온몸을 뒤틀면서 넘어지는 것을 보았다. 총구를 옆으로 돌린 그는 막 땅바닥에 엎드린 사내를 향해 방아쇠를 다시 당겼다.

타타타타.

사내가 두 팔을 번쩍 들더니 한 바퀴 몸을 굴리면서 하늘을 보고 눕는 것이 보였다. 이내 총성이 요란하게 울렸다. 마치 자신을 둘러싸고 불꽃놀이를 하는 것 같은 느낌이 들었다. 그리고 그 느낌을 마지막으로 서대식은 총탄의 충격에 온몸을 튕겨 올리면서 숨을 거두었다.

참호는, 낮에는 혹시나 안정태의 부하들에게 위치를 노출당할 염려가 있었으므로 밤에만 작업해서 만들었다. 언 땅을 곡괭이로 찍어 파는 것이 마치 돌멩이를 깨는 것 같았지만 부하들은 묵묵히 사흘 안에 만들어 놓았다.

부챗살의 중심 부근이나 돌담 앞쪽의 참호는 사람이 웅크리고 앉을 만한 깊이였고, 구덩이 안은 추위를 막기 위한 담요를 넣어서 견딜 만은 했다. 윗부분 판자에 뗏장을 올려놓았고, 내다볼 구멍은 앞으로 향해져 있었다.

앞쪽을 공격해 온 안정태의 부하들은 부챗살의 중심 부근에 있는 이쪽의 참호를 모두 파괴했으나 더 이상 앞으로 진출하지 못하고 있었다.

이철우가 앞으로 공격해 온 이들이 주력이 아니라고 믿게 된 것은 뒤쪽의 공격이 시작되고 나서였다. 참호에 웅크린 그는 휴대폰의 다이얼을 눌렀다. 그러자 곧 박진찬의 말소리가 울려 나왔다. 그는 좌측 끝에 있었다.

"난 뒤쪽으로 돌아간다. 대식이가 걱정돼. 앞은 네가 맡아라."

—걱정하지 마십시오.

그는 소리치듯 말했고, 그사이 총알이 이철우의 옆을 스치고 지나갔다.

"근처 주민들이나 지나가던 차량들이 신고했을 거야. 곧 경찰 병력이 온다."

—그 전에 결판이 납니다, 대장님.

박진찬이 악을 쓰듯 대답하자 이철우는 이맛살을 찌푸렸다. 손의열과 연락이 끊기고 나서부터 그는 눈빛이 달라져 있었다.

"움직이지 말어."

—알고 있습니다.

"하나씩 차근차근 없애라. 지형은 우리가 유리하니까."

—염려하실 것 없습니다. 저는 흔들리지 않습니다, 대장님.

휴대폰을 주머니에 넣은 이철우는 옆에 엎드린 부하의 어깨를 쳤다. 놀란 듯 부하가 이쪽으로 머리를 돌렸다.

"따라와."

그들은 참호를 빠져나와 바짝 엎드린 채 열려 있는 정문으로 들어섰다.

저택은 응접실이 파괴된 채 불타오르고 있었다. 불꽃 사이로 희끗한 눈발이 보였다. 뒤쪽의 총성이 조금 전에 그쳐서 이철우는 긴장하고 있었다. 그들은 자갈길을 뛰어 분수대를 지나 저택의 옆쪽으로 다가갔다. 불길 때문에 저택 주변이 환했다.

"안정태, 이놈. 영하 10도 이하가 되었을 때는 물에 들어가지 말라고 교육시켰는데."

건물의 벽에 등을 기대고 멈춰 선 이철우가 가쁜 숨을 몰아쉬며 부하를 바라보았다. 낯이 익은 부하였으나 이름은 잊었다.

손의열이나 박진찬의 부하일 것이다.

"나를 없애려고, 내가 가르친 것을 모두 부정하는구만."

벽에서 몸을 뗀 이철우는 호수 쪽이 바라보이는 건물의 측면으로 머리를 내놓았다. 한쪽 벽이 허물어진 창고가 보였다. 나뭇조각과 흙더미 사이로 사람의 팔과 다리가 삐져나와 있었는데 움직이는 것은 없었다.

어금니를 문 이철우는 깊게 숨을 들이마시고 나서 벽을 따라 달려 나갔다. 저택의 옆면을 달리는 것이었다. 세 발자국쯤 뛴 그는 땅바닥에 몸을 내동댕이치듯 굴렸다. 그러자 요란한 총성과 함께 총탄들이 벽에 맞아 튀었다. 뒤쪽을 따르던 부하가 억눌린 신음 소리를 내면서 쓰러지더니 움직이지 않았다.

이철우는 이쪽을 향해 반짝인 불줄기를 보았는데 대여섯 개가 넘었다. 그가 엎드린 곳은 건물의 모서리 쪽이어서 호수와 옆쪽의 공터가 훤히 보였다.

좌측의 공터에 서너 명의 사내가 엉키듯 쓰러져 있었는데 그들은 검은색 옷차림이었다. 그 위쪽에도 두어 명의 사내가 쓰러져 있었다. 그들은 자신의 부하였다.

호숫가의 어둠 속에서 다시 흰 불꽃이 튀었다. 요란한 총성이 울려 나왔고, 총알이 그의 머리를 스치고 지나갔다.

이철우는 흰 불꽃들을 향해 M-16의 방아쇠를 당겼다. 10여 발을 쏘고 나서 몸을 굴려 자리를 옮기자 이제는 정면에서 총탄이 쏟아졌다. 적들은 좌우로 나뉘어 있었던 것이다.

몸이 돌덩이에 걸린 이철우는 구르는 것을 멈췄다. 이쪽은 지대가 조금 높았는데 화단을 꾸미려고 꽤 큼직한 돌덩이들을 모아 놓은 곳이었다. 총알이 돌덩이에 부딪쳐 야무진 소리가 났다.

총신을 바로잡은 이철우는 좌우에서 빠르게 다가오는 사내들을 보았다. 모두 검게 번들거리는 고무 옷 차림이었고, 얼핏 보아도 대여섯 명이 넘었다. 그들의 총구는 모두 이쪽을 향해져 있었다. 그가 총을 겨누는 순간 눈앞에서 불빛이 번쩍이더니 요란한 폭음이 났다. 고막이 터진 듯했고, 그는 자신의 몸뚱이가 폭풍에 번쩍 들렸다가 땅바닥으로 떨어지는 것을 느꼈다. 돌멩이들이 떨어져 내리면서 그의 등과 다리를 쳤다.

이철우는 눈을 치켜떴으나 잠시 아무것도 보이지 않았다. 그는 앞쪽을 향해 방아쇠를 당겼다. 총이 발사되는 게 반동으로 전해져 왔지만 총소리는 아직 들리지 않았고, 시야는 흐려서 희미한 불빛만 보일 뿐이었다.

최춘식은 망원경을 내려놓고는 머리를 들었다.

"자, 쏘아라, 한 발씩. 세 방이면 끝난다."

옆에 엎드린 부하가 어깨에 걸치고 있는 것은 로켓포였다. 고정된 목표에 대한 명중률이 100퍼센트임을 자랑하는 최신형 국산 제품이다. 놈들이 담장 밑쪽에 참호를 파 놓고 있을 줄은 생각지도 못했다. 그러나 이쪽이 로켓포를 가지고 있으리라고는 놈들도 예상하지 못했을 것이다.

부하는 담장 오른쪽의 참호를 겨누었다. 거리는 100미터밖에 되지 않는다. 이윽고 날카로운 분사음이 들리면서 포탄이 일직선으로 뻗어 나갔다. 최춘식의 눈에 포탄의 항적이 잠깐 보였다가 사라졌다. 곧 밤하늘을 울리는 폭음과 함께 불기둥이 하늘로 뻗쳐올랐다.

"다음."

최춘식이 눈을 부릅뜨고는 앞쪽을 바라본 채 소리쳤다.

"다음은 중간 부분이다."

다시 분사음이 들려오자, 참호의 중간 부분이 하늘로 불기둥을 뿜으며 폭발했다. 최춘식의 입술 끝이 추켜 올라갔다.

"다음은 좌측 끝 쪽이다."

흰 불꽃을 반짝이며 이쪽으로 쏘아대던 참호 쪽의 사격은 이제 멎었다. 전멸한 것이다.

이번의 작전은 이쪽의 완전한 승리였다. 그 원인은 첫째로 양면의 기습이다. 놈들은 주력이 호수 밑바닥을 헤엄쳐 다가올 것을 예상하지 못했다. 둘째는 이쪽의 화력이다. 이철우는 기껏해야 소총이나 수류탄쯤으로 무장해 올 줄 알았을 것이다. 안정태의 말대로 그는 군인의 기백을 잃고 건달 세계에 물이 들어버린 것이 틀림없었다.

로켓탄이 다시 날카로운 분사음을 내며 좌측의 참호를 향해 날아갔다. 요란한 폭음과 함께 검은 하늘에 불기둥이 솟는 것을 보면서 최춘식은 언 땅에서 몸을 일으켰다.

"자, 가자."

주변에 엎드려 있던 부하들도 일제히 땅을 박차고 일어섰다.

앞쪽은 이제 불길에 휩싸여 폐허로 변해 버렸고, 움직이는 물체는 없었다. 그 순간 요란한 총성이 울려 퍼졌다. 한두 정의 총성이 아니다. 수십 정을 일제히 쏘는 총성이었다.

가슴에 거센 충격을 받고 휘청거리던 최춘식이 겨우 머리를 들었다. 주변의 부하들이 팔다리를 휘저으며 땅바닥에 내동댕이쳐지듯 쓰러지는 것이 보였다. 이내 다시 아랫배에 찢어지는 듯한 충격을 받은 그는 입을 쩍 벌린 채 땅바닥에 주저앉았다. 저택의 일렁거리는 불길을 뒤로하고 어둠 속에서 모습을 드러낸 사내들이 보였다.

그들이, 뒤쪽에 횡대로 늘어선 사내들이 쥐고 있는 소총에서 아직도 흰 불꽃이 튀어나오고 있었으나 이제 최춘식의 귀에는 아무 소리도 들리지 않았다. 그리고 곧 아무것도 보이지 않았다.

"자, 앞으로!"

김칠성이 한 손에 M-16을 작대기처럼 움켜쥐고는 앞장서 달려 나가자 부하들이 뒤를 따랐다. 저택은 불길을 하늘로 뿜으며 타올랐고, 뒤쪽에서 두어 발의 총성이 울렸다.

"모조리 죽여라!"

김칠성이 다시 소리치자 그의 옆을 달리던 백동혁이 속력을 내어 그보다 두 걸음쯤 앞서 나갔다.

바바리코트 자락이 깃발처럼 나부꼈고, 머리칼은 눈발에 젖어 갈래갈래 뭉쳐 얽혀 있었다.

저택과의 거리는 이제 30미터로 좁혀졌다. 여덟 명의 사내는 횡대로 벌려선 채 아수라장 같은 불길을 향해 달려들었다. 이철우든, 안정태든 살아 있는 놈은 모조리 죽일 것 같은 기세였다.

달려가던 서너 명의 부하가 이곳저곳을 향해 난사하였으므로 밤하늘은 다시 요란한 총성으로 가득해졌다.

저택은 완전히 화염에 휩싸여 타올랐고, 뒤쪽에서 들리던 총성은 곧 멎었다.

제10장

어둠의 끝

밤의 대통령

백동혁의 눈에 제일 먼저 띈 것은 검은 옷을 입은 두 명의 사내였다. 그들은 저택의 환한 불빛을 받으며 급히 이쪽으로 다가오는 중이었다.

백동혁은 그들이 쥐고 있는 총에서 불꽃이 튀기 전에 몸을 굴렸다. 뒤따르던 김칠성과 부하들도 제각기 땅바닥에 엎드렸다. 총알이 빗발처럼 날아와 언 땅에 맞아 튕겨 올랐다.

"수류탄!"

뒤쪽에 엎드린 김칠성이 버럭 고함을 치자 잠시 후 앞쪽에서 수류탄 한 발이 폭음을 울리며 폭발했다.

그것이 신호라도 된 듯 수류탄이 한꺼번에 불기둥을 뿜으며 터지자 한동안 앞쪽은 흙먼지에 뒤덮여 아무것도 보이지 않았다.

김칠성이 몸을 뒤척이며 일어섰다.

"싹 쓸어버려라."

백동혁이 솟구치듯 일어나 앞장을 섰다. 부하들은 횡대로 벌려 서서 호수 쪽으로 나아갔다. 간간이 부하들이 쏘아 대는 소총 소리만 들릴 뿐 앞쪽은 조용했다. 군데군데 사내들의 시체가 처참한 모습으로 널브러져 있었는데 검은색 고무로 된 잠수복을 입은 것은 공격했던 안정태의 부하들일 것이다.

부하들의 총성도 드물어지다가 이윽고 멈추었다. 그들은 이제 호수를 바라보고 벌려 서 있었다. 얼음 끝으로 찌르는 것 같은 바람이 그들의 피부에 와 닿았고, 옷자락을 날렸다.

김칠성이 몸을 돌려 저택을 바라보았다. 그의 얼굴에 불꽃의 그림자가 너울거렸다.

"빌어먹을, 이철우, 안정태, 이놈들이 죽었나 살았나 확인해야 하는데."

그는 이곳저곳에 쓰러진 사내들을 훑어보았다.

"형님, 호수로 들어가지 않았다면 산 놈은 없을 겁니다."

장우길이 다가와 말했다.

"자빠져 있는 놈들을 뒤져 보면 있을 겁니다."

"시간이 없다."

김칠성이 입맛을 다시며 머리를 저었다.

"놈들이 저희들끼리 싸우다가 몰살당한 것이야. 우리는 뒷정리를 해주었고. 이것은 손도 안 대고 코 푼 격이다."

서초동의 빌라를 감시하던 그들이 무리에서 떨어져 나온 이철우의 조무래기를 잡은 것이 행운이었다. 그는 반쯤 얼이 빠져 있었고, 이철우의 거처를 알려주었을 뿐만 아니라 안정태가 공격했다는 말까지 털어놓았던 것이다.

"경찰이 오기 전에 철수하자."

몸을 돌리던 김칠성이 움직임을 멈추었다. 백동혁이 검은 호수를 가만히 바라보고 있었기 때문이다. 마치 찌가 움직이기 시작할 때의 낚시꾼처럼 그는 눈을 빛내며 한곳을 응시하고 있었다.

이철우는 다가오는 물소리를 들었다. 파도치는 소리가 아니었다. 규칙적으로 헤엄을 치는 소리였다. 철벅이며 발로 물을 저으며 머리가 물살을 가르고 있었다.

꼿꼿이 선 채 손발을 조용히 저으며 물 위에 떠 있던 이철우는 허리춤을 더듬다가 이맛살을 찌푸렸다. 권총이 어느 틈엔가 떨어져 나간 것이다.

총은 이미 버리고 왔으므로 맨손이었다. 물소리는 점점 다가왔다. 좌측이었다. 눈만 겨우 물 위에 내놓은 이철우는 저택을 바라보는 위치에 떠 있었다. 벌판에서 포격이 시작되고 다시 자지러질 듯한 총격이 일어났을 때 몸을 굴려 호수 쪽으로 뛰어들었던 것이다.

안정태처럼 고무 잠수복으로 체온을 보호하지 못하였으므로 금방 전신이 얼어 왔으나 온몸을 쉴 새 없이 움직여 체온을 높였다. 그러나 길어야 15분일 것이다. 그사이 호수에 접해 있는 좌측의 튀어나온 산기슭으로 헤엄쳐 갈 생각이었다.

그러나 저택의 뒤쪽에서 무시무시한 수류탄의 폭음이 연달아 일어나자 그는 뒤를 바라보았다. 사내들이 몰려드는 것이 보였다.

안정태의 부하들은 이미 보이지 않았다. 물소리가 점점 가까워지고 있었다. 이제 소리의 실체를 알아챘다. 가끔씩 머리가 물 위로 치솟고 있었다. 거리는 10미터도 되지 않았다. 그가 똑바로 이쪽을 향해 헤엄쳐 오는 것으로 보아 이철우처럼 좌측의 산기슭이 목표인 모양이었다.

숨을 가득 들이마신 이철우는 슬그머니 머리를 물속에 담갔다. 물속은 어두웠고, 눈을 뜨나 감으나 마찬가지였다. 그는 두 손을 앞으로 내밀고 다가오는 사내를 기다렸다.

철벅거리는 물소리가 더욱 크게 들려왔다. 물 위로 머리를 내밀고 거칠게 숨을 뱉는 소리도 났다. 이윽고 주욱 뻗은 사내의 손길이 이쪽에 닿았다. 이철우는 온몸을 틀면서 사내의 옆을 스치고는 뒤로 돌았다. 이미 사내의 팔 하나는 그에게 잡혀 뒤쪽으로 꺾여 있었다.

사내가 한 팔로 물을 치면서 떠올랐다가 이철우와 함께 가라앉았다. 두 다리로 힘껏 요동을 쳤으나 이제 두 다리도 이철우에게 단단히 감겨 있었다.

이철우는 다른 한 손으로 사내의 목울대를 눌렀다가 떼었다. 호흡을 참고 있던 사내가 더욱 요동을 쳤다. 물을 삼켜 대기 시작한 것이다. 그들은 천천히 호수의 바닥으로 가라앉았다.

사내가 팔꿈치로 이철우의 옆구리를 찍었으므로 그는 저도 모르게 숨을 뱉었다. 정확한 가격이었다. 다시 사내가 온몸을 뒤틀면서 이철우의 옷깃을 쥐었다. 맨땅에 서 있었다면 아마 그의 손에 낚여 앞쪽으로 내동댕이쳐질 만한 강한 악력이었다.

그러나 중심을 잡지 못한 그는 빙글 바닥에 넘어졌다. 쿨럭이며 물을 삼키는 소리가 났다.

상대가 다시 팔꿈치로 이철우의 가슴을 찍었다. 물을 두어 모금 삼킨 이철우의 머리에 자신이 잡고 있는 사내가 안정태라는 생각이 빛처럼 스쳐 지나갔다.

그러자 그는 더욱 힘을 주어 사내의 팔꿈치를 뒤로 꺾었고, 다른 한 팔로 목울대를 쳤다. 쿨럭이는 소리가 계속해서 들려왔다. 이제 그들은 한 덩이가 되어 호수 바닥에 누워 있었다.

이철우는 강바닥이 의외로 따뜻하다고 생각했다. 가슴이 폭발할 것처럼 뜨거웠고, 두 눈은 금방이라도 튀어나올 것같이 팽창되었다. 그러자 문득 죽은 아이들의 생각이 났다. 아내의 얼굴도 떠올랐고, 어머니의 모습도 보였다. 그러더니 김원국의 말소리가 귀에 들려왔다. 섬이 따뜻하다는 말이었다.

이철우는 자신이 부둥켜안고 있는 사내가 온몸을 흐느적거리며 떠 있는 것을 느꼈다. 이제 쿨럭이며 물을 들이켜지도 않는다. 이철우는 자신도 그와 같이 편하게 눕고 싶다고 생각했다.

이제 가슴의 고통도, 눈의 아픔도 없었다. 밖은 추울 것이다. 이철우는 사내의 목덜미를 한 손으로 움켜쥐고 물 위로 떠올랐다. 그러고는 가슴이 찢어질 듯이 숨을 들이켰다.

"저기, 한 놈이 이쪽으로 옵니다."

백동혁이 호수를 가리켰다.

"물거품 사이로 떠 있지 않습니까? 저건 사람입니다."

"그렇군. 이쪽으로 온다."

김칠성이 머리를 끄덕였다.

"놈이 물속으로 들어갔다가 얼어 죽게 생겼으니까 다시 돌아오는 거다."

그는 손을 들어 그쪽을 겨누고 있는 부하들을 제지했다.

"쏘지 마라. 나중에 죽여도 된다."

사내는 점점 가까워졌다. 그러자 그가 혼자가 아니라는 것이 드러났다. 그가 한 사내를 끌고 오는 것이었다. 사내는 물에 반쯤 잠겨 있었다.

"저 새끼, 한 놈을 끌고 오는데."

누군가의 말에 이제는 대부분의 부하가 그를 주목하고 있었다.

김칠성이 시계를 들여다보았다.

"시간 없다. 저 새끼 나오는 대로 확인해서 끌고 가든지, 없애든지 해."

사내는 철벅이며 물속을 걸어 나왔다. 그의 상반신이 불빛에 드러났다.

"형님, 이철우입니다."

백동혁이 소리치듯 말하자 이쪽저쪽의 부하들에게서 소총의 노리쇠 소리가 났다.

눈이 찢어질 듯 치켜뜬 김칠성이 다가오는 이철우를 바라보았다. 어금니를 악물고 있어서 볼의 근육이 드러났다.

"나, 이철우요. 보아하니 김원국 씨의 동생들 같은데, 날 그분에게 데려다주시오."

이철우가 커다랗게 말했는데 입이 얼어 있어서 발음이 분명치가 않았다. 그러나 모두들 그의 말을 알아들었다. 저택의 나무가 불에 타오르며 불꽃을 튕겨 올리는 소리가 났다.

"여기, 안정태를 잡았소. 죽였지만."

다가온 그는 잡고 있던 안정태의 옷깃을 놓았다. 안정태의 몸은 물결에 흔들리고 있었다.

"그것으로 네 목숨을 구하지는 못해."

김칠성이 씹어뱉듯 말하자 그는 온몸을 떨며 머리를 끄덕였다.

"알고 있소, 잘 알고 있소."

"누가 이 새끼에게 옷을 벗어 주어라."

던지듯 말한 김칠성이 몸을 돌렸다.

"자, 가자. 저 새끼를 끌고."

백동혁이 다가가 이철우의 어깨를 밀자 흔들거리던 이철우가 넘어지듯 앞으로 발을 디뎠다.

신문을 내려놓은 이무섭은 머리를 들었다. 눈썹을 모아 앞쪽을 뚫어질 듯 쏘아보았으므로 한치규는 그의 시선을 피하려는 듯 찻잔을 들었다.

"어쨌든 아까운 놈들이었어, 한 형. 개개인의 능력은 뛰어난 놈들이었단 말이야."

이무섭이 혼잣소리처럼 말했다.

"둘 중의 하나는 없어져야 할 운명이었지만 한꺼번에 둘이 없어지다니. 어떻게 보면 내 어깨가 조금 가벼워졌는데."

머리를 든 한치규가 눈을 껌벅이며 그를 바라보았다.

시선이 마주치자 이무섭이 입술 끝을 올리며 웃음을 띠었다.

"놈들은 매스컴을 너무 타고 있었어. 안기부의 리스트에 적혀서 고위층에도 알려진 처지였고. 이젠 새로운 얼굴이 나타날 차례야."

"그렇습니까?"

"조직은 아직도 단단하네. 관리자만 비어 있을 뿐이지. 업체들은 모두 합법적으로 운영되고 있단 말이야."

"보좌관님도 그 말씀을 들으시면 기뻐하실 겁니다."

"그렇다면 걱정하고 계셨단 말인가?"

"하룻밤 사이에 이철우와 안정태 모두 살해되었으니까요."

"서로 죽이고 죽은 것이지."

이무섭이 소파의 등받이에 몸을 기대고는 한치규를 바라보았다.

"하지만 이 신문을 봐. 김원국이 다시 매도당하고 있어. 전쟁과 같은 상황을 일으켜서 이철우와 안정태 양쪽을 살상했다고 적혀 있지 않은가? 이제 대통령도 김원국이를 어떻게 할 수 없을 거야."

이무섭이 손가락으로 탁자 위의 신문을 짚었다.

"이철우와 안정태를 해칠 놈은 김원국이밖에 없지. 그렇지 않은가?"

"그건 그렇습니다만."

"그러면 됐어."

"이건 제 생각입니다만, 이철우에게 문제가 있었다면 미리 제거했어야……."

"우리가 밤의 세계를 장악하게 된 것은 이철우의 공 때문이야."

이무섭이 다시 눈썹을 모았다.

"우연이었어. 놈이 내막을 알게 된 것은 말이야. 하지만 끝났어, 이제는."

"……."

"보좌관님께 걱정하지 말라고 전하게. 그리고 이제는 자네가 나서야 돼."

"아니, 무슨 말씀이십니까?"

한치규가 상체를 세웠다.

"제가 나서다니요?"

"한 형을 보자고 한 것은 그것 때문이야. 아직도 눈치를 채지 못했다니, 사람이 너무 겸손하구만."

"……."

"이철우와 안정태, 그리고 박용근의 조직까지 한 형이 관리해 주어야겠어. 한 형은 명실 공히 밤의 세계의 일인자가 되는 거야."

"저는 아직 그런 생각을 해본 적이 없습니다."

"한 형이 이곳에 오기 전에 나하고 보좌관님 사이에선 이야기가 되었어."

"……."

"새로운 인물. 경력에 오점도 없고, 능력 있는 인물이 나타난 거야. 아무도 그것을 제지할 수는 없네. 설령 대통령이라 할지라도."

한치규는 잠자코 탁자 위에 놓인 찻잔을 내려다보았다. 벽에 걸린 시계가 열 번 울었다. 느리고 굵은 종소리가 끝나기를 기다린 듯 이무섭이 잠시 틈을 두고 말을 이었다.

"강한석 씨가 대표 위원을 사임하고 평의원으로 돌아간 것이나, 박동호가 물러난 것에 신경 쓸 필요는 없어. 앞으로 시간은 충분하니까."

"……."

"대한민국은 민주 국가야. 그리고 미국의 맹방이고. 보좌관님은 내일 미국 대사를 만난다고 하셨지?"

"네, 맥도널 더글러스 사 회장이 내일 옵니다. 대사와 셋이서 함께할 예정이지요."

머리를 끄덕인 이무섭이 한치규를 바라보았다. 입술 끝이 조금 올라가 있었다.

"한 형, 이젠 자신이 섰겠지?"

그러자 탁자 위의 전화벨이 울렸다.

손가락을 튕겨 담배꽁초를 땅바닥에 버린 노정규는 다가오는 승합차를 향해 손을 들었다. 옆쪽에 서 있던 김채문이 그의 옆으로 다가왔다.

"저 새끼는 어딜 들어오는 거야?"

이쪽은 막다른 골목이다. 승합차가 돌연히 오른쪽으로 꺾어져 들어왔으므로 긴장한 것이다.

그들의 앞에 정지한 승합차의 문이 열리고 내려선 것은 점퍼를 걸친 사내였다. 노정규의 눈에는 그가 시장에서 야채를 파는 장사꾼 비슷하게 보였다. 40대 초반이나 중반에 꾀죄죄한 차림이었지만 체격은 단단했다.

"어이, 여기가 이무섭 씨 댁이지?"

다가온 그가 대뜸 반말지거리를 했으므로 노정규는 와락 이맛살을 찌푸렸다.

"당신, 누구야?"

옆에 선 김채문이 호주머니에 두 손을 찌르고 있었다. 권총을 움켜쥐고 있는 것이다.

"허허, 내 참, 내가 검문을 받네."

사내가 입을 벌리며 차 안으로 머리를 돌렸다. 차 안에는 대여섯 명의 사내가 가득 들어앉아 있었다.

"나는 경찰이야. 여기, 신분증."

사내가 바지 주머니에서 지갑을 꺼내 펼쳐 보였다. 낡은 신분증이 보였다.

"그리고 서에서 연락이 갔을 거야. 우린 영장을 가지고 있어. 수색영장인데."

사내가 차 안으로 손을 내밀자 누군가가 접혀진 종이를 그에게 건네주었다.

"얼른 당신들 두목한테 보여주고 문을 열어. 설마 우리하고 전쟁놀이하자고 하진 않겠지."

차 안에서 두어 사람이 웃는 소리가 났다. 맥이 풀린 노정규가 김채문을 바라보았다. 그러고는 다시 머리를 돌려 뒤쪽의 정문을 바라보았다. 정문 위쪽의 감시 카메라는 지금 이 장면을 찍고 있을 것이다.

"어이, 시간 없어. 당신들이 무기를 소지하고 있다는 정보가 있어서 말이야."

노정규의 위아래를 훑어보던 사내의 시선이 김채문의 코트 주머니로 옮겨졌다.

"자아, 빨리 연락해서 문을 열라고. 우리도 이러고 싶어서 이러는 것 아니니까. 당신 두목도 연락을 받았을 거야."

사내가 재촉하듯 말하자 노정규는 몸을 돌렸다. 한 손에 영장을 들고 문 앞으로 다가가자 육중한 철문이 쇳소리를 내면서 고리가 풀려졌다. 안쪽에서 스위치를 누른 것이다.

그가 안으로 들어서며 다시 철문이 닫히자, 혼자 남은 김채문은 시무룩한 표정으로 사내와 승합차를 바라보며 서 있었다.

"당신, 호주머니에 장난감이 들어 있는 것 같은데, 그걸 우리한테 쓰려는 건 아니지?"

사내가 턱으로 김채문의 호주머니를 가리키며 입술 끝으로만 웃었다.

"우리한테 썼다가는 10년 공부 나무아미타불이야. 알고 있어?"

"어이, 되게 말이 많구만."

김채문이 씹어뱉듯 말했다.

"입만 가지고 사는 놈들이 있다고 하더니, 오늘 만난 것 같어."

"너는 좆만 가지고 사냐?"

그리 말한 사내는 여전히 웃는 얼굴이다. 차 안에서 다시 낄낄거리는 소리가 들렸다.

"나이 들면 양기가 모두 입으로 옮는 거여. 어린놈들은 몰라."

김채문은 어금니를 물고 사내를 노려보았다.

"몇 명 보냈다구요?"

이무섭이 소리치듯 물으며 손에 든 영장을 찬찬히 살펴보았다.

—모두 여덟 명입니다. 영장은 보셨지요?

물어보는 것은 송파 경찰서장인 한성필이었다.

—이거, 이해해 주십시오. 청장님이 원체 꼼꼼하신 분이라. 그리고 근처의 주민들의 신고도 있고 해서요.

"그렇다면 청장의 지시란 말씀이군요."

—그렇게 생각하셔도 좋습니다.

"폭력 단체가 있는 곳도 아니고, 이곳은 개인 주택인데 너무하시는 것 같습니다."

—글쎄, 민원이 들어왔다고 말씀드리지 않았습니까?

한성필의 말투에 귀찮은 기색이 역력해졌다. 얼마 전만 해도 그는 이러지 못했는데 그때는 박동호가 청장으로 있었기 때문이다.

—어젯밤의 양평 사건으로 발칵 뒤집혔어요. 대통령께서도 총기 소지에 대해 특별 단속을 하라는 지시를 내리셨습니다. 이해해 주십시오.

그러면서 한성필은 일방적으로 전화를 끊었다. 이무섭은 눈을 치켜뜨고 움켜쥔 수화기를 내려다보았다.

"가택 수색입니까?"

앞에 앉아 있던 한치규의 물음에 그는 머리를 끄덕였다.

"총기 소지자 단속이야. 총기만 압수하고 끝나겠지. 하지만……."

그가 탁자 위에 설치된 벨을 누르자 문이 열리고 사내 한 명이 들어섰다.

"애들이 가지고 있는 총기류를 모두 모아. 지하실의 비밀 금고에 넣어라, 어서."

사내가 머리를 끄덕이자 이무섭이 서두르듯 말을 이었다.

"그동안 경찰을 들여보내지 마라. 어서 서둘러라. 일이 끝나면 들여보내."

사내가 나가자 한치규가 자리에서 일어섰다.

"전 잠깐 피해 있겠습니다."

"그렇게 하는 것이 낫겠군. 애들 사이에 섞여 있든지, 아니면……."

"아니, 옆방에서 잠이나 자겠습니다. 조사가 끝날 때까지는 나갈 수도 없을 테니까."

"개자식들, 이런 단속 하나마나야. 문제가 있어도 서장 놈은 애들을 어쩌지 못해. 나한테 약점이 잡혀 있거든."

한치규가 응접실을 나가자 이무섭은 길게 숨을 내쉬었다.

복도에서 수선스러운 발소리가 들려왔다. 부하들이 무기를 감추느라 서두르는 것이다. 안정태가 호위로 붙여 준 부하들이 집 안에 10여 명 남아 있는 데다 개인 호위가 여섯 명이었으니, 20명에 가까웠다. 그들의 무기를 모으면 아마 보병 1개 소대분은 될 것이었다.

짜증을 내던 이강수 경위는 정문이 열리자 승합차에 올랐다. 승합차는 엔진 소리를 요란하게 내면서 정원을 가로질러 현관 앞에서 멈추었다.

정원과 현관 앞에 7, 8명의 사내들이 모여 서서 승합차를 바라보았다. 멈춰 선 승합차에서 사복 차림의 형사들이 쏟아지듯 내렸다.

"어이, 당신들, 이리 좀 집합해."

이강수가 사내들을 소리쳐 불렀고, 두어 명의 형사를 제외한 나머지는 현관 안으로 들어섰다. 모두들 건장한 체격이었는데 이런 일에 익숙한 태도였다.

"이봐, 이무섭 씨는 어디 있어?"

앞장서서 들어선 형사가 소리치듯 묻자 응접실 앞에 서 있던 두 명의 사내가 이맛살을 찌푸리며 서로의 얼굴을 마주 보았다.

"이런, 젠장. 말 안 들려?"

다가선 그가 물으며 집 안을 둘러보았다. 2층 양옥이었는데 건평은 아래층만 해도 100평은 되어 보였다. 여러 개의 문과 복도가 있어서 이무섭이 어디에 있는지 알 수가 없었다.

오른쪽에 서 있던 사내가 형사들을 하나씩 둘러보고는 못마땅한지 이맛살을 찌푸렸다가 문득 한 사람에게로 머리를 돌렸다. 사내의 눈이 치켜떠져 있었다.

"아니, 대장님."

그러자 앞쪽에 서 있던 형사 한 명이 성큼 한 걸음 내딛더니 주먹으로 사내의 턱을 쳐올렸다. 덜컥, 소리와 함께 사내의 머리가 뒤로 젖혀졌고, 다시 머리를 문짝에 부딪치고는 바닥에 넘어졌다.

그에 옆쪽에 서 있던 사내가 온몸을 긴장시키면서 그들을 바라보자 형사 한 명이 한 걸음 다가서면서 코트 속에서 무엇인가를 꺼내어 사내의 머리를 쳤다. 빠악, 소리와 함께 이마가 갈라진 사내가 두 눈을 홉뜨고 주저앉았다.

백동혁은 한 손에 목검을 쥐고는 사내들이 서 있던 뒤쪽 문을 발로 차 열었다. 넓은 응접실 안쪽의 소파에 앉아 있던 이무섭이 눈을 부릅뜨고 이쪽을 바라보았다. 사내들이 한꺼번에 방 안으로 밀려들어 갔다.

"무슨 일이야? 당신들, 웬 소란이야?"

소리치듯 묻던 이무섭의 시선이 사내 한 명에게 머물렀는데 그도 말을 멈추고는 입을 벌렸다.

"아니, 이게……."

사내가 이무섭 쪽으로 한 걸음 다가섰다.

"이 소령, 어떻게 된 일이야?"

이무섭이 앉은 채로 겨우 물었다.

"살았어, 안정대와의 게임에서 내가 이긴 것이지."

이철우가 그를 내려다보며 대답하자 이무섭의 앞자리에 사내 한 명이 앉았다.

"나는 김원국이다. 널 한번 만나 보려고 왔다."

이무섭의 얼굴이 하얗게 질렸다. 그는 뚫어질 듯한 시선으로 김원국을 바라보았다.

"김원국이……."

"얻다 대고 함부로 이름을 불르능 거여, 이 씨발 놈아."

뒤쪽에서 으르렁대며 거한 한 명이 다가섰는데 그는 조웅남이었다.

"이런, 지기미 씨발 놈이 쳐다보기는."

막 이무섭의 멱살을 잡으려던 조웅남은 김원국이 팔을 들자 주춤 멈추었다. 김원국이 이철우를 바라보았다.

"이철우, 네가 해결해라."

이철우가 이무섭을 바라보고 섰다.

"난 죽을 각오를 하고 있다."

"그건 나도 마찬가지다, 이 소령."

이무섭의 말소리는 가라앉아 있었다. 놀랍도록 빨리 평정을 찾은 것이다.

"우린 언제나 그래 왔지. 안 그런가, 이 소령?"

"좆 까네."

옆쪽에 선 조웅남이 한마디 하였는데, 아무도 귀를 기울이지 않았다.

"난 당신한테 충성을 다했어. 그것으로 만족하려고 했다."

"그런데 지금은 아니군."

"너는 내 가족을 제물로 삼았고, 나중에는 내 목숨까지 노렸다."

"할 수 없었지, 목표를 위해서는."

이무섭이 머리를 돌려 김원국을 바라보았다.

"당신의 수단도 놀랍군. 이 친구를 끌어들이다니."

김원국이 잠자코 웃을 때 조웅남이 한 걸음 다가서면서 주먹으로 이무섭의 머리끝을 쳤다. 가볍게 쳤으나 골이 울린 나머지 이무섭의 눈에는 한동안 수백 개의 흰 불꽃만 보였다.

"좆같은 놈이 누구헌티 말을 놔?"

조웅남의 목소리가 들려왔고, 서너 차례 눈을 깜박이자 이제 앞이 보였다.

"당신한테 한마디만 하고 싶었다. 이무섭이, 넌 배신자다."

이철우의 말에 이무섭이 이를 드러내며 웃었다.

"넌 배신자의 부하였다. 지금 네 행동도 배신자의 부하답다."

"널 내 손으로 죽이려고 온 거야."

"죽여라, 이 소령. 네 상관을."

그러자 옆쪽의 문이 왈칵 열리면서 사내 한 명이 뛰어들었다. 한 손에 권총을 움켜쥔 한치규였다.

방 안의 사내들이 미처 몸을 가누기도 전에 한치규는 김원국을 겨누었고, 이내 총성이 울렸다. 그러나 그가 뛰어들 때부터 이쪽에서도 움직인 사내가 있었다. 지금은 후줄근한 검은색 코트 차림인 백동혁이었다.

그는 두 팔을 벌리고 몸을 던지듯 한치규의 앞을 가로막았다. 총알은 그의 복부를 뚫었고, 그 충격으로 김원국이 앉은 의자의 팔걸이에 엉덩이를 부딪치며 주저앉았다가 튕기듯이 일어섰다. 다시 총성이 울렸고, 그는 이제 가슴을 움켜쥐었다.

그제야 옆쪽에 있던 조웅남이 한치규의 얼굴을 주먹으로 쳤다. 머리가 돌아간 그가 중심을 잃고 비틀거리자 두 손으로 목을 움켜쥔 백동혁이 몸을 일으켜 세웠다. 입가에서 피가 흘러내려 목을 적시고 있었으나 두 눈은 한껏 부릅뜨고 있었다.

"그려, 동혁아. 여그다, 여그."

조웅남이 한치규를 뒤에서 끌어안았다.

"여그다, 동혁아!"

김칠성은 이무섭의 어깨를 누르고 있었고, 이철우는 백동혁을 바라보고 있었다. 자리에서 일어선 김원국이 아랫입술을 물었다. 백동혁은 목검을 겨눈 채 한 걸음씩 다가갔다.

"형님."

그렇게 부르자 입에서 피가 쏟아져 나왔다.

"그래, 죽여라, 동혁아!"

그렇게 소리친 것은 김칠성이었다. 그의 목소리는 젖어 있었다.

"내가 미안하다, 너한테……."

"형님, 제가……."

다시 한 걸음 내디딘 백동혁은 목검을 한치규의 가슴에 꽂았다. 조웅남이 손을 놓자 한치규가 하얗게 눈을 치켜뜨면서 뒤로 넘어졌고, 백동혁은 목검을 놓고 주저앉아 숨을 거뒀다.

"자아, 너도."

이철우의 말에 이무섭이 머리를 들었다. 어느새 이철우의 손에는 대검이 쥐어져 있었다.

"너답게 죽어 보아라."

대검을 이무섭의 앞에 던지자 쇳소리를 내면서 탁자 위에 떨어졌다.

이무섭이 머리를 숙이고 눈앞에 놓인 서슬이 퍼런 대검을 바라보았다. 방 안의 사람들이 모두 그에게 시선을 주었다. 백동혁의 옆에 가 있던 조웅남과 김칠성도 몸을 굳히고 그를 바라보았다.

이무섭이 천천히 손을 뻗어 대검을 쥐었다. 그러고는 머리를 들어 이철우와 김원국, 그리고 조웅남과 김칠성의 얼굴을 차례로 바라보았다.

시선을 거둔 다음 순간이었다. 이무섭은 자리를 차고 일어나 앞에 선 이철우의 가슴을 향해 대검을 찔러 넣었다. 이철우가 몸을 틀었으므로 칼날은 빗나갔으나 이무섭은 다시 칼을 옆으로 후려쳐 앉아 있는 김원국의 얼굴을 목표로 삼았다.

김원국이 몸을 눕혀 칼날을 피하자 이철우의 발이 날아와 이무섭의 팔을 찼다. 칼이 손에서 떨어졌지만 이무섭은 빙글 몸을 돌려 이철우의 가슴을 주먹으로 쳤다. 이철우가 비틀거리면서 한 걸음 물러섰다.

"지기미."

투덜거리면서 이쪽으로 다가오는 조웅남을 김원국이 손을 들어 막았다.

이무섭이 이철우의 옆구리를 발로 찍자 다시 한 걸음 물러난 이철우가 이무섭의 주먹을 피하면서 다리를 걸었다.

요란한 소리를 내며 이무섭이 바닥에 넘어졌다.

이철우는 바닥에 떨어진 칼을 집어 들었다. 몸을 굴려 일어나려는 이무섭에게 다가간 이철우는 단숨에 칼날을 그의 가슴에 박았다.

"어억."

숨이 막힌 듯한 신음 소리가 났고, 한쪽 무릎을 꿇은 이무섭은 한동안 움직이지 않았다. 이철우는 발을 들어 이무섭의 어깨에 걸치더니 왈칵 밀어젖히면서 칼날을 뽑았다. 순간 이무섭의 가슴에서 피가 분수처럼 뿜어져 나왔다.

이철우가 머리를 돌려 김원국을 바라보았다. 그를 바라보고 있지만 먼 곳을 바라보는 시선이었다. 그러나 손에는 아직도 피가 흘러내리는 대검을 들고 있었다.

"야, 그 칼, 이리 내, 인자."

조웅남이 한 손을 내밀며 그에게 다가섰다.

"볼일 다 보았응게, 얼릉."

이철우와 김원국의 시선은 한동안 떨어지지 않았다.

이윽고 김원국이 보일 듯 말 듯 머리를 끄덕이자 이철우가 입술 끝을 희미하게 떨었다.

그는 한쪽으로 몸을 돌리더니 칼끝을 가슴으로 향한 채 두 손으로 힘껏 밀어 넣었다. 곧 머리가 숙여졌다. 그는 벽을 향한 채 천천히 무릎을 꿇었다. 그러자 온몸이 둥그렇게 구부린 자세가 되었다.

조웅남은 넋을 잃은 표정으로 그를 내려다보았고, 김칠성은 백동혁의 얼굴을 손바닥으로 쓸며 이쪽에는 관심을 두지 않았다.

김원국이 머리를 들고 길게 숨을 내쉬었다.

*　　　*　　　*

안내 방송이 울려 나오고 있었다. 영어와 한국어로 방송되는 출발 안내였다. 귀빈실에 앉아 있던 임종휘는 옆자리에 앉은 매버릭 대령을 바라보았다.

"시간이 되었는데, 30분 전이야."

"제너럴 임, VIP는 10분 전쯤 타셔도 됩니다. 그렇게 서두르실 것 없어요."

매버릭이 눈가에 주름살을 만들며 웃었다. 그는 미 대사관의 무관이다. 임종휘의 부탁을 받고 공항까지 배웅을 나온 것이었다.

"대사한테 내가 전화하겠다고 전해 주게, 매버릭."

"알겠습니다, 제너럴."

매버릭은 전에도 한국에서 근무한 경험이 있었다. 그는 임종휘가 군단장 시절을 자랑스러운 추억으로 삼고 있으며 장군으로 불리기를 좋아한다는 것도 안다.

"그리고 워싱턴의 코반 차관보와 리처드슨 장관에게 내가 간다고 연락해 주게."

임종휘의 말에 매버릭은 사람 좋은 얼굴을 다시 끄덕였다.

귀빈실은 텅 비어 있었는데, 당번 아가씨도 전화를 받는 것 같더니 어디론가 사라져 이제는 둘밖에 남지 않았다.

임종휘가 다시 시계를 올려다보았을 때 귀빈실 입구로 양복 차림의 사내 두 명이 들어섰다.

30대 초반으로 보이는 건장한 체격의 사내들이었다. 그들은 좌우를 둘러보더니 거침없이 이쪽으로 다가왔다. 공항의 경찰이거나 기관원인 것 같았다.

매버릭이 사내들을 바라보더니 머리를 돌렸다. 그러자 사내 한 명이 임종휘가 앉은 의자 뒤쪽으로 돌아갔고, 다른 한 명은 앞쪽으로 바짝 다가왔다.

임종휘가 눈을 치켜떴다. 그 순간 뒤로 돌아간 사내가 임종휘의 상반신을 뒤에서 안았고, 앞으로 다가온 사내가 주머니에서 조그만 주사기를 꺼내 들었다.

"아니, 이놈들이……."

놀람과 공포로 얼굴색이 하얗게 변한 임종휘가 버럭 고함을 치자 주사기를 쥔 사내가 이를 드러내며 웃었다.

그는 한 손으로 임종휘의 턱을 추켜올렸다. 그러자 소리를 지를 수 없었다. 두 다리로 힘껏 바닥을 밀던 임종휘가 조금 힘을 늦추는 순간 주사기의 바늘이 목의 혈관을 뚫고 들어갔다.

임종휘는 턱을 밀린 채 신음 소리를 내었다. 그러고는 한껏 눈동자를 옆으로 돌려 매버릭을 바라보았다. 매버릭은 자신의 목에 들어간 주사기를 주의 깊게 바라보고 있는 중이었다. 마치 아이에게 주사를 맞히는 부모처럼 걱정스러운 얼굴이었다.

바늘이 빠져나오자 뒤에서 부둥켜안았던 사내가 손을 떼었다. 앞에서 주사를 놓았던 사내도 몸을 세웠다.

임종휘는 몸을 솟구쳐 일어나야 한다고 생각했다. 그러고는 소리를 질러 경찰이나 경비병을 불러야 한다.

그러나 임종휘는 몸을 움직일 수가 없다는 것을 깨달았다. 온몸이 쇳덩어리처럼 무거웠다. 그러나 정신은 맑았다.

그의 가슴이 세차게 뛰어오르기 시작했다. 심장의 고동 소리가 마치 북을 치는 것처럼 머리를 울렸다. 이내 그 속도가 빨라지기 시작했다.

임종휘는 이를 악물고 고동 소리를 줄여야 한다고 생각했다. 이러다가는 심장이 터지거나 마비가 될 것 같았다. 자, 다른 생각을 하자. 행복했던 시절을 떠올리려 했지만 고동 소리는 더욱 빠르고 세차게 울렸다. 그의 입가에서 침이 흘러나왔고, 두 눈은 충혈되었다.

눈앞을 지키고 서 있던 두 명의 사내가 매버릭을 향해 머리를 끄덕여 보이고는 귀빈실을 나갔다. 매버릭이 자리에서 일어서고 있었다. 그는 힐끗 임종휘를 바라보더니 앞쪽의 전화기로 다가갔다.

임종휘는 가슴의 고동이 갑자기 뚝 멈추는 것을 느꼈다. 심장이 멎은 듯했다. 두 눈을 부릅뜬 그의 귀에 매버릭의 목소리가 희미하게 들려왔다.

"급해, 제너럴 임이 심장마비인 것 같네. 공항의 병원을 부탁하네."

잠시 후, 의사와 간호원이 달려왔으나 임종휘는 이미 죽어 있었다.

난감한 표정을 지으며 죽은 임종휘를 따르던 매버릭은 공항의 기둥 사이에 서 있는 사내를 보았다. 시선이 마주치자 사내가 머리를 끄덕여 보였고, 매버릭도 눈으로 아는 체했다.

사내는 몸을 돌려 공항 밖으로 나가 기다리고 있던 차에 올랐다.

"가자."

짧은 머리의 그가 말하자 운전수는 차를 출발시켰다. 그는 고재철이었다.

*　　*　　*

출국장의 입구에 모여 있는 10여 명의 사내는 아까부터 주위 사람들의 시선을 끌고 있었다. 그들은 한 사내를 중심으로 둥글게 모여 서 있었는데 드문드문 이야기가 흘러나올 뿐 조용했다.

모두 건장하고, 하나같이 옷차림이 말쑥해서 어색하게 보이기도 했다.

마치 의식이나 장례식을 치르려는 사람들 같았는데, 굳이 따지자면 장례식 쪽이 맞을 것이다. 모두들 엄숙한 표정이었고, 이를 드러내는 사람은 없었다.

"거시기."

조웅남이 한 걸음 앞으로 나와 김원국을 바라보았다. 양미간을 좁힌 표정이었다.

"거그 가시믄 여자들 싹 가라고 혀요. 싹 말이요. 한 년도 남지 말고."

"가라니, 어디로 말이냐?"

그러다가 김원국이 입술 끝을 올리며 웃었다.

"어련히 안 오겠니? 여기로 말이다. 어쨌든 그렇게 하마."

"아니, 지 말은 그것이 아니라……."

조웅남이 손을 저으며 더욱 이맛살을 찌푸리자 김칠성이 나섰다.

"형님, 약속하신 대로 며칠 있다가 오서야 합니다. 안 오시면 저희들이 갈 거예요."

머리를 끄덕인 김원국이 주위를 둘러보았다.

"하지만 여긴 이제 급한 게 없다. 대통령이나 총리, 이찬형 씨가 모두 배려해 주고 있으니까."

김원국은 주위에 둘러선 사내들을 하나씩 둘러보았다. 이제 이들이 밤의 세계의 보스가 될 것이다. 큰 별들이 떨어져 나간 자리를 이들이 메우게 된다. 강만철, 백동혁, 그리고 수많은 부하들이 목숨을 잃었다.

어깨를 들어 올린 김원국이 몸을 돌렸다. 그러자 그의 뒤를 장우길이 따른다. 새로 김원국의 경호원이 된 그는 바짝 긴장하고 있었다.

"자, 나는 간다."

그 말에 사내들이 말없이 길을 비켰다.

그가 섬으로 돌아가는 이유를 모르는 사람은 없다. 그는 여태까지 참아왔다. 일 년 동안 한 번도 자신의 아내인 장민애와

아들 김태훈의 이름을 꺼낸 적이 없었다.

김원국은 허리를 굽히는 부하들의 사이를 지나 출국장으로 들어섰다. 그들이 허리를 폈을 때 김원국은 막 유리문 안으로 들어서는 참이었다.

유리문이 닫히고 그의 모습이 보이지 않았으나 사내들은 한참 동안 그 자리에 서 있었다.

『밤의 대통령』 3부 1권에 계속…